이아생트의 정원

▲

LE JARDIN D'HYACINTHE
by Henri BOSCO

이아생트의 정원

앙리 보스코

정영란 옮김

▲

문학과지성사

옮긴이 정영란

서울대학교 불어불문학과와 같은 과 대학원을 졸업하고 프랑스 파리
10대학교에서 베르나노스에 관한 논문으로 문학박사 학위를 받았다.
1985년부터 2021년까지 한국방송통신대학교 프랑스언어문화학과(전
불어불문학과) 교수로 재직했고 현재 명예교수로 있다. 베르나노스의
소설『어느 시골 신부의 일기』, 바슐라르의 상상력 연구서들『공기와
꿈』과『대지 그리고 휴식의 몽상』, 보스코의 소설『반바지 당나귀』를
우리말로 옮겼으며,『프랑스 현대소설연구』와『프루스트와 현대 프랑
스 소설』등의 공저 논문집이 있다.

문지 스펙트럼 세계 문학

이아생트의 정원

제1판 제1쇄 2024년 4월 29일

지은이	앙리 보스코
옮긴이	정영란
펴낸이	이광호
주간	이근혜
편집	박지현
마케팅	이가은 최지애 허황 남미리 맹정현
제작	강병석
펴낸곳	㈜**문학과지성사**
등록번호	제1993-000098호
주소	04034 서울 마포구 잔다리로7길 18 (서교동 377-20)
전화	02) 338-7224
팩스	02) 323-4180(편집) 02) 338-7221(영업)
대표메일	moonji@moonji.com
저작권 문의	copyright@moonji.com
홈페이지	www.moonji.com

ISBN 978-89-320-4277-0 03860

프랑수아 봉장에게
투리아 봉장에게

차례

일러두기

1. 이 책은 Henri Bosco의 *Le jardin d'Hyacinthe*(Éditions Gallimard, 1946)를 우리말로 옮긴 것이다.
2. 인명, 지명 등 고유명사의 외래어 표기는 국립국어원 외래어 표기법에 따랐다.
3. 이 책의 각주는 모두 옮긴이 주이다.

이아생트는 망설이고 있었다. 남자는 말을 이었다.

"목초지 아래에서 기다리마. 이 대롱으로 소리를 내서 가끔씩 신호를 보내겠다. 바로 이것으로. 낮은음이라 사람들 주의를 끌지 않지. 그냥 두꺼비 소리 같기 때문에……"

이 말에 내 심장은 후드득 떨렸다. 시프리앵 씨다!

그는 양손을 입으로 가져갔다. 피리의 부드러운 음이 흘러나왔다.

"가거라." 그가 말했다.

이아생트는 집 쪽으로 날렵하게 달아났다.

사나이는 문을 열어둔 채 목책 너머 풀밭으로 멀어져갔다.

바로 그였다, 의심할 여지 없이. 그러나 그 목소리라니! 가혹한 음색…… 사뭇 낯설어진 어조……

숨어 있던 구덩이에서 나와 눈길로 그를 뒤쫓았지만 그는 그새 사라지고 없었다.

'그 애는 다시 오겠지'라고 나는 생각했다.

그러나 곧 나는 그 애가 그의 손에서 벗어날 수 없으리란 걸 돌연 깨달았다. 그는 그 애를 마치 짐승처럼 홀려 길들여놓았던 것이다.*

* 이 작품과 내적 유대를 갖는 보스코의 『반바지 당나귀』의 한 대목.

내 이름은 메장 드 메그르뮈다. 그것만 대도 사람들이 내 말을 신뢰하는 아주 떳떳한 이름이다.

지금부터 써 내려가고자 하는 이야기를 사람들이 전적으로 믿어주기를 나는 바라 마지않는다.

기이하다 할지라도 결국 사건들만 얘기하는 일이라면 독자의 신뢰를 굳이 청하지 않았을 것이다. 독자가 날 믿어주건 아니건 그리 중요하지 않을 테니까.

그러나 여기 이 이야기는 내가 잘 알았던 한 소녀, 이아생트, 내 집에서 키우기도 했던 소녀의 이야기와 관련된 몇 가지 잘못을 바로잡으려는 일이다.

그 이야기는 이미 나온 바 있지만 이상한 방식이었다. 난 그 이야기를 꼼꼼하게 읽었으나, 정말이지 이치에 닿을 만한 그 무엇도 발견하지 못했다.

앞선 이야기에서 소녀는 손에 닿지 않는 환영幻影처럼 등장한다. 어디서 와서 어디로 가는지 알 수가 없다. 그에 대해 얘기하노라던, 이름도 알려지지 않은 한 남자의 고삐 풀린 몽상에 덧없고 미흡하나마 나름의 구체성을 부여하기 위해, 환영은 안개 속에서 살포시 솟아올랐던 듯한데.

그 이야기는 사내가 작정하고 들려준 게 아니다. 그건 스스로에게 들려주는 기나긴 독백에 불과하고, 그는 그것으로 자족한다. 참으로 기이한 자이기에 이야기에 그토록 일관성이 없을 터. 정녕 그는 참 이상한 사람이다. 환상에 사로잡혀 있고, 꿈속을 헤매며, 황홀경과 절망을 오가는 불안한 상태에서 비롯한 빽빽한 구름에 갇혀, 그는 자기 영혼이 응시하는 대상과 제 영혼을 구분하지도 못한다. 열정적 주시의 극한에서 그는 다름 아닌 자기 자신에게 이르게 되고, 그저 허무만을 마주한다. 그는 자신의 비참에 내리 닿은 것이다. 그러나 하느님께서는 이런 자들에게도 자비하신 분이기에 작은 숨결에 담아 메시지를 보내시니, 완전히 공空으로 화한 이 영혼은 어느 저녁 처음으로 '성령'의 바람결을 접한다.

이 파란 많은 사건 와중에 소녀의 모습은 화자에 의해 가벼운 껍질 분신만 환기되는 듯 신비하게 나타났다가 사라진다. 정말 그는 이 땅 위에 딛고 있는 그녀의 단단한 육신, 마땅한 영혼과는 만나지 못했던 것이다.

그럼에도 그는 그녀의 어린 시절에 대해 진정성 있는 몇몇 사실을 전하고 있는데, 하도 이상한 방식으로 들려준 나머지 믿기가 어렵다. 나처럼 그 사실들이 맞다는 증거까지 가진 경우에도 말이다.

그 나름의 통찰력은 어디서 비롯했을까? 나로선 알기 어렵다. 그가 지녔다고 하는 특별한 간파력이 실제적인 것이었다면, 이 피조물과의 상궤를 벗어난 만남을 다 해명할 수도 있었으련만. 정말이지 이 피조물 자체도 보통을 벗어난 존재다.

하지만 그 애는 거의 내 눈앞에서, 시골 들에서 자란 소녀에 지나지 않기도 하다.

우리 앞에 나타나기 전 그 아이는 여기서 먼 미지에서, 여전히 비밀에 잠겨 있는 사람들과 함께 제 유년의 첫 시기를 보냈다. 내가 알기로 그 아이는 가족이 없으니 말이다.

그래도 내가 발견한 바는 이 이야기를 확실한 사실들에 기초하여 이어갈 수 있게 해주었다. 이제 나는 진솔하게, 이 지상 그 어느 소녀도 풍기지 못하는 향기를 품고 있는 소녀, 정원과 꽃과 과일의 향기를 띠고 있는 걸로 보아 아마 자신도 모르는 새 천국을 가로질러 온 한 시골 처녀의 젊은 날에 대해 얘기해보겠다.*

* 이상은 저자로서도 익명의 화자의 길 잃은 몽상이라는 이야기 방식이 미흡하게 여겨진 전작 『이아생트』와 달리, 성실한 새 화자의 또렷한 회상 형식으로 새로운 이야기를 시작하기에 앞서 붙인 머리말 격.

보리솔

I

보리솔*의 게리통 내외를 알게 된 것은 우리 집 목동 아르나비엘을 통해서다.

보리솔은 동쪽을 향해 클라파레드 고원 뒤로 우리 집에서는 3리유** 떨어져 있다. 소박하지만 튼튼하니, 퓌클루브 아래 여러 오름 중 첫 언덕에 단단히 기대서 있다. 햇볕을 담뿍 받고 있는 이 농가는 아주 오래된 모습이다. 다락의 천창 아래 목재로 된 도르래와 밧줄이 있고, 열려 있는 두 개의 작은 창으로는 옥수수와 과일 냄새가 새어 나온다. 이곳이 위층이다. 7월부터 9월까지 덧창을 열어둔 채 거기서 잠을 자곤 한다. 1층의 전면은 사향 포도가 몇 송이 달린 덩굴시렁이 이루는 그늘이 약간 드리워져 있다. 외양간은 오른쪽에, 우물과 굵직한 무화과나무 앞에 있다. 왼쪽으로는 돌절구를 세워놓았는데, 손수레를 정리해 넣어둔 헛간과 타작마

* 프로방스어 어원상 땅에 바짝 붙어 있는 작은 돌집을 의미하는 옥호.
** 1리유lieue는 약 4킬로미터.

당 바로 곁이다. 꽃 화분 세 개가 테라스를 꾸미고 있다. 한 그루 플라타너스가 집 앞쪽 개 한 마리 위로 그늘을 드리우고 있다. 개집은 푸른색으로 칠해져 있고 개는 거기서 거의 움직이지 않는다. 플라타너스 아래가 상쾌한 데다가 농가 사람들이 돌로 된 야외 식탁을 만들어놓아서 여름에는 거기 앉아 건물 앞을 바라보며 저녁 식사를 하기 때문이다.

집의 전면은 멋지다. 창호들도 뭔가 말이라도 하는 듯하다. 너무 크지도 너무 작지도 않고 햇빛과 공기가 드나들게끔 적재적소에 나 있어서, 집 안에 사는 사람에게나 그 바깥에 막 도착하는 사람에게도 상쾌한 기쁨을 안겨준다. 단순소박한 사람들이 만든 친근한 공간으로 모두 진솔함을 한껏 드러내고 있다.

아래쪽 문은 특히 호의적으로 보인다. 신발창이 수도 없이 닿아 마모된 아주 오래된 돌덩이, 차분한 사람들이 수없이 드나들어 부드럽게 닳은 돌덩이 하나로 된 문지방이 있다. 저녁이면 필경 닫기야 하겠지만, 정작 문은 열려 있어야 한다는 각별한 소명을 지닌 듯 보인다. 그 문은 정오의 문, 대낮의 문이지 어둠의 문이 아닌 게다. 시골집을 시골집답게 지키는 정령이 맞이해주는 듯 보이는 민감한 공간으로, 빵과 따뜻한 화덕의 재 냄새, 고요한 휴식과 노동 뒤의 푸근한 숙면을 약속하는, 짚으로 가득 채운 오래된 침대에서 번져 나오는 향기 가득한 큰 거실로 들어가게 하는 문인 것이다.

집 아래쪽에는 사탕 수숫대 울타리 한가운데에 채소밭이 있다. 물은 조금씩 아껴가며 주는데, 보리솔이 상당히 고지에 있는 터라 물이 좀 부족하기 때문이다. 그래도 토마토와 수영, 가지 몇 대, 호박, 음식에 풍미를 더하는 참으로 향긋한 전호와 파슬리, 광대나물, 타라곤이 꽤 잘 자란다.

자두나무 네 그루, 앵두나무 열 그루가 주된 과수원은 복숭아도 두세 광주리 안겨준다. 더 이상은 아니다. 그것만으로도 과수원은 송진 머금은 목재, 신선한 수지樹脂, 과일 향 나는 나뭇잎 냄새를 선사한다. 그러니 그곳은 과수원이라기보다 앵두를 따 먹으며 어슬렁거리러 찾는 휴식처다. 아주 따스한 벌통이 대여섯 개 놓여 잘되고 있는데, 과수원의 꽃들은 바스락거릴 정도로 당분이 넘치기 때문이다. 그러니 워낙 작은 과수원 안 사방에서 꿀과 밀랍 냄새가 풍긴다.

과수원에서 내려오는 길에 포도밭이 있다. 햇볕을 아주 잘 받는 언덕 기슭에 건조한 자갈이 깔린 곳으로, 마르고 매듭이 진 아몬드 나무 즉 편도나무가 몇 그루 자라고 있다.

두 곳 솔밭 사이 더 아래쪽으로는 갈색빛을 띤 오름이 하나 보이고 그 너머는 경작지다. 더 멀리 들판에 닿는 방향으로 두어 채 소작농네 집들이 있다. 평지 저 안쪽으로는 몇 그루 플라타너스를 따라 버드나무와 커다란 수양버들 군락 사이로, 햇빛을 받아 환히 빛나는 평평한 강바닥이 조약돌을 드러낸 채 구불거리며 펼쳐져 있다. 아침나절에는 거기서 약간의 안개가 올라오고, 저녁에 풀을 태울 때면 고요한 연기가 솟아오르곤 한다.

더 너머로는 푸른 산언덕들이 있고, 활엽수들이 있는 우묵 들어간 자리에는 작은 마을이 한둘 잠겨 있다.

끝으로 저 멀리 남쪽으로는 깎아지르듯 부벽扶壁을 이루는 거대한 암반이 있어 사방 바람을 맞고 있는데, 날이 맑을 때 그 위에 서면 알프스와 바다를 조망할 수 있다.

고장의 모습이 바로 이렇다.

지금 말하고자 하는 이 농가도 (이 지역 시골집의 자연스러운 특색이지만) 착한 모습을 띠었다는 것 외에는 달리 더 말할 것이 없지만, 해시계와 샘이 있다는 걸 부기할 수 있겠다.

문 위 부드러운 돌판에 새겨 칠을 한 해시계는 흥미로운 존재다. 원 안에는 풍배도風配圖가 새겨져 있고 바람의 네 방향이 형상으로 그려져 있다. 남쪽 방향은 새인데 날개는 펼쳐져 있다. (아마 새매이리라.) 그리고 동쪽은 둥근 나무, 서쪽은 작은 쪽배, 위쪽 작은곰자리에는 칠각의 별이 그려져 있다. 그 주위로 다음 명구가 적혀 있다.

나는 별빛에도 민감하다.

Et stellae sentio lumen.

각각의 형상 곁에 단어가 하나씩 새겨져 있으나 세월 탓에 지워져 읽기는 불가능하다. 하지만 나무 형상 위에는 아직도 다음과 같은 여섯 철자를 짚어낼 수 있다.

PARDÈS

그러나 이 철자가 무슨 뜻인지 나로선 알 수가 없다.

사람의 시선과 별을 차단하는 포도 덩굴에 가려진 채, 이 오래된 해시계는 그저 집 전면을 장식하는 하나의 장식물에 지나지 않게 된 것이다. 나는 포도송이들과 포도나무 잎사귀 사이에서 우연히 이 해시계를 발견했지만, 이제 더 햇빛의 운행과 일치할 수 없게 된 그것은 실제의 시간과 감각의 세상에서 벗어나 그저 상상의 시간을 가리키고 있는 격이었다.

샘으로 말하자면, 농가 위쪽 바위에서 손가락 굵기 정도의 갈대를 타고 은밀히 흘러내린다. 대지가 겨우내 품었던 물을 샘마다 뿜어주는 봄에도 이곳은 그저 물줄기 하나뿐. 몇 방울 물이 자그만 개수대 격의 수반에 떨어져, 덕분에 약간의 이끼와 붉은색 줄기의 물미나리 몇 대가 그 안에서 자란다.

그러나 가느다란 갈대 대롱에 물방울이 똑똑 떨어지는 배수구 바로 위로, 지금은 말랐지만 불그레한 색의 큼직큼직한 타일을 발라 마감한 거대한 수조가 있는 걸로 보아 예전에는 샘에 물이 많았던 것 같다. 바위 벽면을 이루는 부드러운 석회석 위로 예전에 물이 콸콸 흘렀을 때 남겨진, 돌로 된 배수구의 장밋빛 도는 구멍이 아직 보인다.

그러다가 물길은 점점 약해져서, 이젠 맑지만 작은 물줄기 하나만 졸졸 흐르는 정도라 푸성귀나 씻으러 찾을 뿐이다.

그래도 과수원 나무들 뿌리와 작은 채소밭 뙈기를 적셔줄 물을 끌어댈 수 있는 유일한 원천은 바로 그 작은 수반에 고이는 걸 모은 것이다. 이 물이라도 없다면 열네댓 그루의 나무들은 말라버리고, 떫은 야생 장과漿果밖에는 거둘 게 없을 것이다.

그러니 농가의 소박한 삶은 산이 허락하는 이 미약한 선물에 온전히 달려 있지만, 비가 많이 올 때 진흙 안에 휩쓸려 들어간 조약돌 하나만으로도, 감춰진, 이 가느다란 정맥과 같은 물줄기를 막아버릴 만큼 간신히 드러나 있는 샘은 여리디여렸다.

거기서 가까운 곳에 오래된 양 우리가 하나 버려져 있는데, 보리솔의 한때 좋았던 시절에 적어도 양 100마리는 재우러 지은 것이다. 북쪽 방어막 격인 바위에 기대어 지어진 이 구조물은 아직도 튼튼하다. 용마루에 얹힌 기와는 작은 고원 가장자리와 맞닿아 있고, 거기에서는 오래전부터 사용되지 않는 돌바닥 깔린 타작마당이 굽어 보인다. 타작마당은 짚과 여름 땡볕으로 거무스레해진 거대한 공간이다. 그 바닥 주변에는 돌 테두리가 둥글게 둘러쳐져 있는데, 해시계를 떠올리게 하는 기이한 형상들을 거기에도 새겨둔 듯했다. 하지만 비바람에 워낙 시달려, 태양의 얼굴 그림 하나를 제외하고는 해독 불가능한 돌을새김 흔적만 있을 뿐이다.

*

보리솔에 올라가는 길은 둘이다. 내가 사는 상세르그에서 가려면, 먼저 아멜리에르라 불리는 마을을 가로질러야 한다. 마을을 나오면 올리브 나무에 이어 소나무와 떡갈나무를 헤치고 오르막길을 2킬로 정도 오른 다음 과수원을 지나 농가에 이른다. 농가는 너무나 깊은 골에 들어서 있어 아래에서는 거의 보이지도 않는다. 농가가 마을과 등지고 떨어져 있듯이, 마을도 이 농가가 있는지 모를 정도다.

이 구불구불한 길은 건초와 쏩쓸한 송진 냄새 가득한 좋은 길이다. 특히 더운 여름날, 소나무 잔가지가 발밑에서 바스락거리면 머리를 얼얼하게 하는 숲 냄새와 화덕 냄새가 올라오곤 한다. 작은 다람쥐들이 친근한 모습으로 소나무에 깃들어 살고 있고 비둘기 몇 쌍도 거기 둥지를 틀고 있다. 오르막은 완만하고 땅은 부드러우며 비스듬한 솔밭 너머 나무들 그림자도 가볍다.

다른 길은 통행이 덜한데, 산에서 협곡으로 내려가며 마을에 이른다. 그 길은 농가 50미터쯤 위에 보이는 작은 재에서 시작된 것으로, 돌바닥 깔린 방치된 타작마당과 오래된 양 우리를 거친다. 이리 가면 지름길이긴 하다. 이 길은 성당 뒤 두 그루 사이프러스 사이에 있는 사제관 정원에 이른다. 하지만 아무도 이 길을 더 찾지 않는다. 퍽 가파르기도 하거니와 성당에 닿자마자 이 길은 이유는 모르지만 마을에 진입하는 대신 동쪽으로 다시 이어져 산중으로 사라지기 때문이다.

아멜리에르 마을 주민들은 첫번째 길을 '사람 다니는 길'이라고 외지인들에게 친근하게 소개한다.

그러나 두번째 길은 이름이 없다. 있었더라도 모두들 오래전에 잊어버렸다. 하지만 검은딸기 가득한 가시덤불이 있고, 언덕진 곳에 마른 도금양이 있으며, 유향나무가 꽃다발처럼 반기는가 하면, 작은 케르메스 참나무의 싱싱한 뿌리가 조약돌을 퉁겨놓은 그 길도 아름답다.

그 아래, 마을은 언덕에 바짝 기대어 옹기종기 모여 있다. 널찍하지만 땅딸막한 형태를 한 집이 마흔 채가 넘지 않는 마을이다. 아침부터 순수한 햇빛 아래 갈색과 붉은 보랏빛을 띠며 부드럽게 내려오는, 구운 흙 기와를 얹은 커다란 지붕이 보인다. 지붕들은 지의地衣와 이끼, 키 작은 풀 아래서 조는 듯하다. 정말 어찌 그리되는지 모를 일이지만, 봄에는 그 지붕들 위에 소박한 꽃이 하나 피어나기도 한다. 아멜리에르 마을에는 100명이 안 되는 주민이 살고 있다. 잡화 가게는 단 하나가 명맥을 잇고 있는데 실, 단추, 담배 그리고 우표까지 판매한다. 햇발에 숫자가 완전히 탈색되어버린 지 오래인 알코올 온도계가 가게 전면 창을 장식하고 있고, 그 가게에 들어서는 손님은 염소 목에 매달았던 커다란 방울이 딸랑딸랑 소리를 내는 가리개를 걷어 올려야 한다. 가게는 비누와 올리브유, 알프스 산록에서 생산된 차 그리고 설탕을 넣은 빵 냄새를 풍긴다.

그보다 조금 아래로, 접근이 어려운 고립된 손바닥만 한 광장에는 아주 자그마한 카페가 하나 있는데, 인적이라곤 없지만 손님맞이용 나무 테이블 하나와 짚방석 의자 두 개가 말벌이 윙윙거리는 덩굴시렁 아래 놓여 있다. 여기서 멀지 않은 곳에 마을 공동 샘이 있다.

가구 만드는 이도 광장 시원한 곳에 자리하고 있다. 여름이면 그는 플라타너스 아래 작업대를 차린다. 가게 안은 오래되어 연기로 그을렸다. 그가 작업 중일 때 (하지만 일거리가 드물다) 전나무 널판은 아직 산의 향기를 풍기고, 백목질白木質의 건강한 냄새를 지닌 떡갈나무 조각에서 밀려 나온 아름다운 갈색 대팻밥을 보게 된다.

마을 끝자락에선 편자 박는 이가 한 주에 한 번꼴로 겨우 모루를 두들긴다. 모처럼 일거리가 생겨 노새나 나귀의 발굽 편자를 달아줄 때 말이다. 나머지 시간은 대부분 개울가 자그마한 정원을 가꾸는 데 보낸다.

커다랗고 축축한 교실이 안쪽 운동장을 향한 학교가 하나 있다. 운동장에는 다행히도 두 그루 마로니에가 자라고 있다. 교실 벽은 하얗게 칠을 했고 작은 검정 책상을 스무 개 정도 들여놓아, 슬픈 듯한 아이들 스무 명 정도가 거기 기대어 있다. 아이들은 벽에 걸린 프랑스 행정구역 지도 한 장과 석 장의 채색 도면을 바라본다. 하나는 뿌리, 몸체, 가지와 잎을 그린 나무 표본으로, 실제 땅에 사는 식물 이름을 거기 갖다 대기는 어려울 것이다. 교과용 그림인 게다. 다른 하나는 무게와 같은 국가 표준 도량형을 보여준다. 세번째는 둥그스름한 돌계단으로 장식되고 유리 베란다를 두른 집 한 채 그림으로, 학생들 보란 듯 집 위에 '면사무소'라고 적혀 있다. 학교는 정말 조용하다. 4월 수업 중에도, 나무들의 수액이 왕성하게 위로 오르고 벌들이 햇살 속에서 춤을 추는 계절에도, 마을 아이들이 내지르는 소리를 들을 수 없다. 한적한 이 골목길을 우연히 지나노라면, 학교 창이 열려 있는 경우 한 사나이의 저벅거리는 발걸음 너머로 고요하고 악의라곤 없는 아이들이 고개를 돌려 무관심하게 내다보는 것을 목도하게 될 따름이다.

마을에서 가장 평화로운 구역은 마치 땅에서 조금 솟아올라 있는 듯한 성당 터다. 정말이지 성당 건물은 반쯤은 땅속에 잠겨 있어서 안에 들어가려면 외려 네 계단을 내려가야 한다. '성모님'의 정말 오래된 집이다. "*Deiparae sacrum*"*이라고 봉헌패에 적혀 있다. 본당 신부 한 분이 그곳에서 생애 마지막을 세상의 주목에서 멀어진 채 늙어가고 있다. 그분은 벌을 키운다. 베르젤리앙 신부님이라 불리는 좋으신 사제다. 하지만 주일 미사에도 신자가 적다. 그래도 제대로 잘 드리는 훌륭한 미사 시간이다. 평화롭고 자애 넘치는 음성과 부성애 가득한 몸짓으로 드리는 미사다.

말씀은 짧다. 신부님은 초에 불을 켜고 안경을 쓴 후, 쉼표 다음에는 꼭 잠시 멈추면서 그날의 복음을 아주 천천히 읽는다.

그런 다음 말한다. "자녀들이여, 좋으신 하느님께서 친히 이렇게 말씀하셨습니다. 잘 들으셨지요, 얼마나 잘 말씀해주셨는지요. 이 세상에서 이렇게 잘 말씀하실 분은 없습니다. 그러니 모두 '그분'을 따라야 합니다. '그분'을 사랑하고 서로 사랑하십시오. 그럼 모두 더없이 잘될 겁니다. 정말 그렇게 되길 간구합니다. 아멘." 그런 다음 미사를 이어간다.

* 천주의 모친 성소聖所.

사제관은 정말 작다. 그래도 정원이 있다. 벌통 네 개가 정원 벽에 기대어 있다. 신부님은 꽃을 가꿔서 벌을 먹인다. 집은 예쁘고 약간 낡았지만 깨끗하게 손질되어 있다. 아래층 제일 좋은 공간인 거실은 보리수나무 두 그루가 돌탁자에 그늘을 드리워주는 정원 쪽으로 나 있다. 본당 신부님은 방문객을 꼭 이 고풍 어린 거실에서 맞이한다. 객에게는 세이지를 띄우고 손가락으로 두 마디 정도 꿀을 탄 물 한 잔을 대접한다.

사제관 정원 깊은 안쪽 문을 나서면 곧장 움푹 팬 협곡이고, 거기서부터는 이름 없는 길이 내리막을 이룬다. 두 그루 사이프러스 아래에 야외용 벤치가 하나 있어서, 여름 석양이 내릴 무렵이면 베르젤리앙 신부님은 성무일도서를 읽으러 시원한 그곳을 찾곤 한다. 나무에 둥지를 튼 두 마리 산비둘기가 친근하게 길에까지 가끔 내려온다. 그러면 신부님은 기도서를 덮고 사제복 품에서 큰 빵 한 덩이를 꺼내 발로 부스러뜨린 다음, 그 두 마리 새가 받아먹는 걸 지켜본다.

다른 주민들은 농사꾼들로, 저녁이면 가족별로 스무 개 남짓 등잔불 아래 모여든다. 선량하고 조용한 이들은 과수원과 꽃 단지를 가꾸며 애지중지하는 족속들이다. 과수원들이 마을을 감싸안고 있고, 집 앞마다 제라늄과 키 작은 패랭이꽃과 라일락이 돌로 된 단지나 톱으로 켜서 둘로 갈라 화분으로 쓰는 큰 술통 안에서 물도 잘 먹으며 자라고 있다.

메꽃이 면사무소 전면에 피어 있고, 매듭이 멋진 등나무는 면사무소 건물 상인방을 왕관처럼 장식하고 있다. 거대한 인동덩굴 자락이 벽을 따라 여기저기 뻗쳐 있다. 부유하진 않지만 생기 있는 고장이다. 약간의 여유로움과 넉넉한 겸손함이야말로 각자 100그루 아몬드 나무를 갖고 있고, 올리브유 두 항아리와 백포도주 세 들통 정도를 수확하는 이 소유주들 나름의 지혜다. 서로 간에 결혼하고, 가족으로 토론하고, 큰 어려움 없이 해산解産하고, 또 어느 아름다운 날 평화로이 숨을 거두는 이들이다. 모두 소박하여 고운 얼굴과 아주 침착한 몸을 하고 있고, 필요할 때마다 아름다운 마음 씀씀이를 보인다.

부르주아는 전혀 없다. 은퇴하여 포도 덩굴시렁 아래서 신문을 읽으며 초록색 앵무새를 기르는 왕년의 치안판사 말고는. 그에게는 유리 달린 책장에 간직한 고서 몇 권이 있다고 한다. 그는 다섯 주에 한 번씩 우체국에 편지를 부치러 갈 때를 제외하곤 거의 외출하지 않는다. 그 집 정원에서는 들판 감상을 멋지게 할 수 있다고들 한다.

가끔 행상이 마을까지 올라와 사람들의 평화를 잠시 흔들어놓는다. 우체부는 보부상을 보자마자 배달을 중단하고 (마을을 한 바퀴 늘 돌기는 하지만 배달할 우편물이 있는 경우가 드물다) 본당 신부님께 달려가서, 네 번 짧은 종소리를 울려 이 사건을 마을에 알려도 되는지 허락을 청한다. 정해진 방식이 그렇다. 신부님은 항상 허락한다. "그래도 (원칙상 신부님은 이렇게 말한다) 무슨 일인지 사람들이 알 수 있도록 알아서 종을 잘 치게나. 조종弔鐘을 울리면 안 되네, 절대 조종을 울려선 안 되네!" 우체부는 줄을 잡고 아주 맑은 소리로 넉 타를 울린다. 종에 은으로 된 추를 단 것 같은 소리다. 모두 이게 무슨 알림인지 알아듣고, 아낙네들은 한 사람 한 사람씩 서두르지 않고 광장으로 향한다. 마을은 잠시 활기를 띤다. 이윽고 행상도 떠나고 아멜리에르는 다시 일상으로 돌아가 따사한 햇살 아래 아몬드 나무 한가운데서 오수에 되잠긴다.

대로에서 떨어져 과일나무 뒤 작은 울타리 안에 각자 머무는 이 고장은 워낙 조용하여 누구도 딱히 관심 두지 않는다. 행인도 거의 드물다. 나뭇잎들과 숲 사이로 조금씩 조금씩 땅에서 나온 듯한 인가들은 흙과 나뭇잎과 숲의 색을 그대로 지닌 듯하다. 계곡 쪽에서 보면, 갈색 띤 작은 오름의 물매 역시 부드럽기 그지없어서, 그것과 이어진 이 기와지붕들일랑 겨우 알아볼 수 있을까 말까 할 정도다. 산자락에 이르러서야 정원들이 계단식으로 포개진다. 아멜리에르 마을이 거기 있다는 걸 알지만, 그건 그냥 이름이지 그 이상은 아닌 격이다. 소음이랄 만한 소리도 없다. 주일날 아침 8시 미사를 알리는 종소리가 약간 서툴게 울릴 때를 제외하곤 말이다. 그래도 그곳 사람들이 불행한 건 아니다. 세월의 운행에 순응하며 그저 기쁘게 지내는 듯 보인다. 사람들은 한 해가 베푸는 선물을 받고, 겨울에는 난롯가에서, 봄에는 나무 아래에서, 여름에는 잘 익은 제 고장 과일들을 앞에 놓고서, 가을에는 포도 덩굴시렁 아래에서 지낸다. 그렇게 살기에 모두, 걸음도 미소 짓는 일도 느긋하다. 질문에 대답하는 일도 느릿느릿하다. 모두 평화로운 신뢰감 때문이다. 말을 천천히 하기에 머리가 잘 돌지 않는 사람들이란 오해도 받을 수 있다. 그러나 전혀 그렇지 않다. 생각하기 위해서라기보다 오히려 당신이 그들에게 던진 말을 충분히 음미하고, 찾은 답도 입에 올리기 전에 먼저 음미하는 여유를 즐기기 때문이다.

이런 지극한 단순함과 호의가 바깥세상의 관심을 끄는 일도 못 된다. 다른 마을 사람들에게 아멜리에르 마을에 대해 물으면, 그들은 방심한 투로 어깨마저 제법 으쓱거리면서 이렇게 대답한다. "촌락이죠. 살 곳이 못 되죠." 사람들은 그런 말을 곧이곧대로 믿는다. 우연히 이 마을에 올라와보기 전까지는 말이다. 당신이 이 마을에 당도하는 것이 아침나절이건 저녁때이건 낮잠에서 깨는 오후 시간이건, 이 마을은 발걸음 소리를 듣고 굳이 달리 움직이지 않고서도, 유년 시절 친구의 집처럼 당신을 너무나 가슴 따스하게 맞아준다.

하지만 우연이란 게 늘 그리 빨리 찾아오는 것은 아니다.

나도 아멜리에르 마을의 덕목과 우정 어린 매력을 오래도록
알지 못한 채 있었다.

II

나는 거기서 꽤 멀리 3리유 떨어진 곳, 상세르그 마을, 리귀제라 이름 붙인 농가*에 살고 있다. 이 지방 사람이 아닌데 여기 정착한 지 벌써 10년이 된다. 메장 가문은 솔로르그가 본本이다. 재산이 약간 있는 편이어서 한가하게 지내도 되었지만 관리를 잘해야 했다. 그에 기대어 좋은 농사꾼인 아그리콜 메리자도 살아야 하고, 내가 가진 양이 100마리 정도에 지나지 않았기에 나더러 까다로운 요구를 별로 하지 않는 늙은 양치기도 살아가기 때문이다. 양치기는 아르나비엘인데 대대로 양을 친 가계다. 살아 있을 적 파스칼 데리바가家의 양 떼를 몰고 퓌루비에르까지 간, 저 유명한 테오팀 농가 소속 아르나비엘의 친사촌이다. 양을 치고, 털을 깎고, 거세하고, 암양의 기름진 젖에서 유막을 걷어내고, 염소젖 치즈에 멋진 향을 더할 회향풀 줄기를 섞어 엮어가며 갈대나 개울가 왕버들로 치즈 뜨는 체를 만들어내는 일에 그들

---

* 프로방스어로 '양 떼가 모여드는 집'이라는 뜻의 전통 가옥.

보다 더 뛰어난 사람은 없다.

하지만 그네들 천성은 정말 독립적이다. 사람들이 일단 가축 떼를 맡기고 나서 어디로 몰고 가라고 간섭이라도 할라치면 꽤 언짢아한다. 그네들이 알아서 하도록 두어야 하는데, 사실 양 모는 일이라면 더할 나위 없이 확실히 아는 자들이라 그게 제일 나은 일이다. 하지만 그런 지식을 마음속 깊이 감추고 있는 터라 호기심을 일으키지만 남들이 그걸 알아낼 수는 없다. 그들이 산의 풀들이 가진 효용, 양 떼에게 미치는 풍향, 샘물의 상태, 산 경사면의 각도며 깊은 숲의 냄새 등 유용하고도 깊은 지식을 간직하고 있음을 나는 알고 있다. 오늘날에는 가축 치는 이들조차 거의 잊어버렸지만, 이런 것들은 목축의 지혜를 이루기에 그걸 깨우친 이로서는 그야말로 고상한 지식이자 고대로부터 전승되는 지혜에 해당한다.

앎과 지혜가 일치되어 동물에게 베푸는 손길 하나하나는 심오한 감정의 표현이고, 손길 대신 말로 해도 그건 깊은 숙고에서 나오는 행위다. 세월을 함께 보내며 겪은 양 떼들의 요구가 이런 삶의 깨달음을 낳은 것이다. 계절의 운행과 더불어 이어지는 느릿한 변화는 동물들의 묵직한 피에도 영향을 미치고, 사람은 점점 마음에서부터 단순해지며 생각의 무게까지 조절하게 되었으니 목축하는 이의 최고 지혜가 이리하여 다듬어진 것이다. 그러나 아아! 애석하게도 오늘날은 그저 나이 든 몇몇 목자만이 이런 지혜의 전승자 명맥을 잇고 있다. 그들을 알아볼 수 있는 세 가지 표징이 있다. 느릿느릿함과 침묵과 관상적 태도다. 말과 거동에서 서두르지 않고, 멀찍이 떨어져 살기를 즐기며, 내면이 일러주는 바와 속으로만 나누는 대화와 더불어 사는 그들은 정말 고릿적부터의 고독을 음미하며, 어쩌면 그 추억을 지닌 채 살아가는 존재들이다.

아르나비엘은 바로 이런 취향을 가지고 있다. 그런 나머지, 겨울을 제외하고는 양치기 처소에서 기거하지 못한다. 한 해 장장 여덟 달을 정말 혼자서 양 떼와 개 두 마리만을 데리고, 우리 집에서 2리유 떨어진 에스칼령嶺 위에서 유목하며 지낸다. 일단 그는 두 협곡을 중턱까지 탐사한 후 차츰차츰 조심스레 고원까지 올라간다. 다 오르면 우선 보름 동안 '카스트'라는 장소에서 야영을 한다. 양 막사와 돌로 지어진 임시 거처가 하나 있는데, 거기 닿아서야 비로소 편히 숨을 쉰다. 그 높은 곳에서 지내는 자신만의 습관에 편안해하는 것이다. 양에게 줄 염분을 얻는 바위도 알고 있고, 오직 자기에게만 허락된 샘과 숲, 낮잠을 자는 떡갈나무 아래에서 말이다. 소나무 잔가지로 뒤덮인 우묵 땅은 바람이 불 때 피신하는 장소다. 보름 동안 그는 관찰을 계속하고 생각한다. 밤에는 아직 상당히 춥지만 환한 아침나절은 따스한, 4월 초부터 시작되는 봄철 보름간이다. 바람만 기세를 부풀리는 쨍한 하늘이지만, 가끔 그야말로 유희처럼 가벼운 구름이 스쳐 지나곤 한다. 그즈음 온 대지는 말을 건다. 그걸 아는 이에게는 다가오는 계절의 값어치, 다시 말해 두 차례 소나기 사이의 싱싱한 새 풀의 맛이며, 이런 양식을 먹을 양들이 누리게 될 봄의 혜택을 가늠해볼 수 있는 시간이다.

아르나비엘은 바람의 방향과 구름의 무게를 가늠하고 물맛을 판단한 후 양 떼를 어디로 이동시킬지 네 방향을 머릿속에 그려본다. 그는 바람의 흐름에서 목초지가 어디서 처음 펼쳐질지 알아낸다. 그래서 바다 미풍을 등지고 고원을 향해 나아가기 시작하는 것이다. 아둔한 사람에겐 아무 의미도 없고 이상하게까지 보일지라도 풀이 어디 있고, 어떻게 자라고, 풀밭 어디쯤 젖은 데가 있으며, 불순한 짐승들 냄새는 어디에 포진해 있는지, 계절의 각별함이 어떠한지를 알고서 수행하는 이동인 것이다. 사실 양 떼는 늑대 발자국이 더럽혀놓은 꽃이나 얼었다 녹은 추적추적한 풀은 먹지 않는다. 설령 재미 삼아 한입 뜯긴 하지만 그 이상은 아니다.

양 떼에 둘러싸여 마냥 꿈이나 꾸는 듯 보여도 좋은 목동은 눈길 한번 주는 것만으로, 냄새 한번 맡기만 해도 지형을 파악한다. 사실 그는 지극한 인내심을 가지고 모든 양이 황무지를 가로지르며 충분히 먹기를 기다린다. 분명 그렇다. 그러면서 미동 없이 오래오래 머무른다. 움직이지 않는 것 같이 보여도 그는 이동 중이다. 그러기에 저녁때 보면 그는 점심때 모습을 보였던 숲 공터에서나 바위께에서 모습을 감추고 없다.

그의 묵상은 이렇게 진행된다. 묵상과 그 생각에 잠긴 진지한 사람이 일체가 되어 나아갈 길을 관찰하고, 아직 풀이 젖어 있는 기슭에서 풀이 잘 마르는 다른 기슭으로 이동해 양 떼를 제대로 먹일 방목지를 찾는 일에만 집중한다. 이 모두가 그의 관조적 사념만큼이나 차분히 이루어진다.

고요하게, 깊이 숙고해서 진행되는 이러한 유목은 4월 석양에 아르나비엘이 고원을 오르는 것을 시작으로 조금씩 동쪽으로 이동하여 겨울 며칠 전에 보리솔 절벽에 닿는다.

그 높은 곳에서 목자는 아멜리에르를 내려다본다. 리귀제로 돌아가기 전 가로지를 그 마을을 말이다.

그는 고원에서 한두 주를 더 난다. 떠나야 할 시점이 오면 애석해 마지않는다. 정말이지 평지로 내려가기 전 마지막 야영지인 이 장소는 이제 바람과 비가 사나워졌음에도 그의 마음을 차지하고 있는 곳이다. 그는 600미터도 넘는 이 산각山脚이 좋아 떠나기가 애석한 것이다. 그런 나머지 그는 매우 신중한 사람임에도 때로 폭우를 맞기도 한다. 아랫마을 사람들은 목자가 저 위에서 피워 올린 모닥불 연기가 솟는 걸 보고 이렇게 얘기들 한다. "아르나비엘이 아직 저기 있군. 서두르는 법이 없네. 작년에도 그랬지. 11월 말이나 되어야 내려오려나 보군." 정말이지 그가 집에 딸린 양치기 처소에서 기거하기를 좋아하지 않는다는 걸 온 마을이 다 알고 있다. 그러나 워낙 그를 잘 알고 있기에 걱정은 하지 않는다. 구유를 준비하고 짚을 펼쳐놓고 기다리기만 하면 된다. 그가 언제 들이닥칠지 모른다. 어느 저녁나절 문득, 그는 소리도 없이 나타난다. 인사를 나누고 관례적인 질문에 대답하고 나면, 외투를 걸고 지팡이를 기대어놓고 천천히 양들을 센다. 그런 다음 대문 앞에 앉아 아무 말 없이 밤이 내리는 것을 바라본다.

하지만 사나흘 그러고 나면 다른 사람들도 그의 눈에 들어오기 시작한다.

내가 게리통 내외, 보리솔의 농가 그리고 이 이야기에 등장할 사람들을 알게 된 것도 사람들과 어울리는 일에 조바심치지 않는 태도를 지닌 그 덕분이다. 6년 전 일이다.

III

그해는 여름이 전부 가을로 옮겨진 것 같았다. 사람이 기억할 수 있는 한 그때처럼 날씨가 좋았던 적이 없다. 매일 아침 동쪽으로 에스칼 너머 떠오른 고요한 아침나절은 정오 열두 점을 칠 때까지 서서히 열려갔다. 햇살은 동물들도 사람들도 아쉬워 미적거리며 보내는 고요하고 긴 저녁을 향해 다시 서서히 이울어갔다. 정말 놀랍도록 부드러운 날씨가 밤이 되도록 모두에게 기쁨과 경이감을 안겨주었다. 지열과 부드럽게 스치는 공기로 따스해진 밤 시간도 믿음직했고 순수하기만 한 삭망월朔望月이 마을 들판 위로 환했다. 포도 수확기에 바로 이어 온 위엄 있는 소낙비가 아직 나뭇잎 가득한 풍요로운 대지를 후려쳤지만, 위협적인 기세를 매일 치켜드는 건 아니었다. 태양은 여전히 맑은 지평선으로 내려가면서, 첫 가을 비바람을 실은 여느 때의 구릿빛 구름 더미를 그리지 않은 채 10월의 마지막 날에 이르렀다. 모두 매일 저녁 서쪽을 바라보며 경이로워했다. 보통 이 계절, 오후 끝 무렵이면 소나기가 불현듯 일면서 번개가 불을 뿜는 구름 기둥이 순식간에 생겨나 다가오며 번쩍거리다가, 밤에나 무너져 내리는 바로 그 서쪽 말이다. 혹자는 비정상이리만큼 좋은 날씨를 외려 걱정했으나 사람들 대부분은 그런 날씨에 몸과 맘을 그냥 내맡겼다. 그만큼 부드러운 공기가 나쁜 생각을 물리쳐준 것이다. 모든 이가 경험으로, 이토록 좋은 날씨는 오래가지 않으리라는 걸 알면서도 그걸 즐겼다. 그런 나머지, 이토록 좋은 날을 마냥 누린 다음인데도 또 좋은 날이 이어지길 바라기까지 하였다.

멀리 에스칼 야영지에서 올라오는 연기를 보면서 나는 아르나비엘이 조금씩 이동해가는 걸 눈길로 따르고 있었고, 가을 날씨가 이토록 부드러우니 그도 양 떼를 풀 좋은 저 고원에 좀더 머무르게 할 수 있을 거란 생각에 기뻐하였다. 하지만 그는 집과 가까워지고 있었다. 11월 16일 정오에 푸르스름한 연기 기둥이 보리솔 절벽 근처에서 피어올랐다가 금방 사라졌다. 나는 새삼 놀라지는 않았다. 점심을 데운 후 불길을 재에 묻고 더 이상 장작을 넣지 않았을 터임을 알고 있었다. 불은 저녁때나 다시 지펴 오래 타오를 거다. 절벽 근처에서 지피는 불길이 유난히 오래 타오르곤 했다. 그건 아르나비엘이 저 높은 곳에서 보내는, 곧 돌아올 거란 신호 격이다. 하루나 이틀 후면 그는 농가로 귀환한다.

오후 5시에 나는 절벽 쪽을 바라보았는데 연기 기둥이 보이지 않았다. 밤이 빠른 속도로 내리고 있었으나 하늘은 아직 파랬다. 매우 더웠다. 조금 더 기다려보았다. 헛일이었다. 고원 위로 그 어떤 불길도 지펴지지 않았고, 나는 살짝 걱정에 잠겨 농가로 돌아왔다. 8시에 다시 나가보았다. 에스칼 쪽에서는 여전히 불 피운 흔적이 보이지 않았고 별도 없었다. 거대한 검은 구름이 조용히 솟구쳐 하늘 들판 고원 숲, 사방을 덮고 있었다. 더위는 심해졌다. 집 안은 답답했고 바깥 나무 밑도 그랬다. 노천 들에서도 공기가 무겁게 짓누르듯 숨이 막혀왔다.

농장 일을 맡고 있는 아그리콜이 포도밭에서 돌아오면서 말했다.

"폭풍우예요. 정작 비가 쏟아지는 건 지체되네요."

그렇게 말한 후 걱정스러운 기색으로 물러갔다. 하지만 밤이 내리기 전 가축들은 전부 집결시켜 이미 안으로 들여놓았다. 모두 외양간과 닭장 안에 안전하게 있었다. 시골 들판에 후려치는 비바람은 언제나 걱정거리다. 날씨가 너무 좋았던 나머지, 폭우의 위력에 거의 종교적이기까지 한 두려움을 갖지 않을 수 없었다. 우리 집처럼 외따로 떨어진 농가의 경우 폭풍우 부는 밤은 더 무시무시하다. 거대한 생각의 기둥이 솟은 듯하고, 깊은 목소리가 말하며 분노와 화를 표현하는 듯.

나도 모르게 이런 이상한 생각을 하니 목이 메는 듯한데, 폭풍 더미의 집결지처럼 보인 고원 한데에 외따로 있는 아르나비엘과 양 떼에 대한 근심이 가중되었다.

나는 들에 서서 10시까지 에스칼 쪽을 바라보았다. 컴컴하기만 할 뿐 절벽은 보이지도 않았다.

10시가 되자 아주 가까이에서 세찬 천둥이 울렸다. 금방 사방에서 굵은 빗방울이 마구 두들겨댔다. 건조한 대지를 따다닥 때리는 빗방울이 처음엔 듬성듬성했으나 곧 거세지면서 얼굴을 후려갈겼다. 에스칼에서 번개가 치고 마치 나무가 쪼개지듯 벼락이 내리꽂혔다. 산 전체가 번쩍했고, 후덥지근한 바람이 세차게 지면 가까이 불더니 먼지와 나뭇잎을 회오리처럼 쓸어 올렸다. 비 기둥들이 내달려가는 걸 들으면서 나는 집에 뛰어 들어와 꼭꼭 숨었다.

지붕 위로 내리던 비는 금방 그쳤다. 대신 바람이 거세져서 나무들 우듬지가 휩쓸려 꺾여들었다. 쉬 그리되는 키 큰 소나무들은 조금만 바람이 불어도 뒤흔들린다. 나무들은 윙윙거렸다. 다시 천둥이 치고 집 주위 사방으로 거대한 신음이 동심원처럼 펼쳐졌다. 기와는 바람의 압력에 삐거덕거렸지만, 집은 이 비인간적인 회오리와 신음 사이에서 기적적으로 고요히 살아남았다. 멀지 않은 곳에서 땅으로 마구 내려치는 장대비 소리가 들렸다. 너무나 놀란 나는 머리를 밖으로 내밀어보았다. 집 위로는 비가 내리지 않았으나 먼지와 유황 냄새가 공기 중에 감돌고 있었다.

에스칼 위쪽에 집결한 폭우는 초록색, 보랏빛, 붉은색 섬광으로 에스칼을 뒤덮었다. 이런 번개 불길이 이어지면서 고원은 신음했다. 광물질로 된 이 지붕 아래로 여름에 이어 뜨거운 가을이, 그때까지 응집해온 저 모든 타는 듯한 힘이 이제 구름의 부름을 받아 분출했고, 거기서부터 폭풍우에 딸린 번개가 아니라 고원 전체를 고압 전류처럼 휘도는 푸르스름한 섬광이 터져 나왔다. 넓은 보처럼 펼쳐지는 이 화염 사이로, 간혹 고원의 측면이 환해지도록 휘감는 무거운 증기의 소용돌이가 지나갔다. 갑자기 번개로 번쩍 밝혀진 절벽은 새하얀 부벽의 그림자를 찢었고, 다시 홀연히 어둠 속으로 잠겨갔다. 폭풍우의 요새에 맞부딪히듯 세워진 뱃머리 격의 부벽 위로 비와 우박, 구름과 비명 같은 소리들, 벼락이 떨어졌고, 가을을 알리는 자기磁氣 띤 강풍의 거대한 너울이 밀려들었다. 번쩍거리는 하늘을 진동하는 폭우 아래, 지하 깊은 곳에서도 기이한 폭풍이 형성되었다. 컴컴한 구름과, 검은 광선 같은 빗줄기와, 보이지 않는 저 번개와, 숨 죽인 천둥소리와 더불어 전기가 흐르는 기류를 타고, 폭풍은 땅 아래로도 불어닥쳐 파열되듯 광대한 지하로 번져가고 있는 것 같았다. 보이지는 않았지만, 우리 집 아래로 그 너울이 지나갈 때 창유리들이 전부 흔들렸고, 섬광이 바닥 돌 놓인 지면을 훑다시피 지나며 문 아래로 스며들어 천장까지 빛을 쏘아 올리는가 하면, 급기야 신비롭게 광택을 띠며 부르릉 떨기 시작하는 가구들을 휘감았다.

살아오면서 이런 폭풍우를 본 적이 없었다. 농가에 피신해 있는 우리는 간신히 무탈하게 살아남았다지만 점점 더 걱정이 더해갔다. 번갯불이 반복해 뿜어 나오는, 퍼붓는 비와 우박 아래에서 완전히 고립된 아르나비엘과 양 떼 생각이 떠나지 않았기 때문이다. 나무들을 뿌리째 뽑아버리고, 조약돌을 휘날리게 하며, 돌을 쌓아 만든 대피소를 내리 두들겨 양들을 공포로 질리게 해, 아마도 초지 바깥으로 그 모두를 여기저기 흩어놓았을 강한 회오리바람 아래 고립된 그들 아닌가. 양들은 놀라 시커먼 낭떠러지 쪽으로 달아났을 터인데, 그 아래에서는 거대한 증기 기둥이 솟구쳐 오르고 있으니.

악천후는 수그러들지 않고 밤 내내 계속되더니 다음 날까지 종일 이어졌다. 저녁 무렵에 바람의 광기는 배가되었다. 폭우를 맞으며 아그리콜이 달려와 경작지 상황을 두 번 알려주었다. 비바람이 휘몰아치면서 리귀제 쪽을 휩쌌으나, 우리 지역의 손해는 에스칼이나 아멜리에르 지역이 입었을 피해에 비해 큰 것 같지 않았다. 그쪽으로 폭풍우의 주 세력이 화를 응집해 억수 같은 비와 우박을 쏟아놓았고, 우지끈 소리와 함께 소나무와 떡갈나무 숲을 박살 내버렸다.

"양 떼는 끝장난 거지. 아르나비엘은 아마 익사했겠고. 어디 피할 곳이라도 있었으려나? 저 꼭대기에 그럴 만한 곳이 없으니……"

아그리콜에게 말하자 그도 고개를 끄덕였다. 나는 그가 무슨 생각 중인지 알 수 있었다.

*

폭우가 마침내 잦아든 것은 화요일에서 수요일로 넘어가는 밤이 되어서였다. 천둥은 산 깊은 곳으로 가라앉았고, 비는 그쳤으며, 젖은 상태에서 벗어나기 시작한 대지에서는 축축한 나무뿌리가 풍기는 강한 냄새와 신선한 풀 내음, 좋은 날씨가 돌아옴을 알리는 흙냄새가 올라왔다. 그러자 새 한 마리가 마로니에, 칠엽수에서 노래를 시작하고, 닭들은 꼬꼬댁거리고, 산사나무 울타리는 군데군데 생겼던 작은 물웅덩이가 말라가는 채소밭 전체를 향긋하게 감싸안았다. 농갓집 굴뚝 안 검댕에서는 습기 머금은 연기 특유의 냄새와 오래된 벽돌 냄새가 풍겼다. 소식을 들으러 아침나절에 찾아간 상세르그에는 아멜리에르 상황을 아는 사람이 아무도 없었다. 그러나 내가 잘 이해하기론, 모두 양 떼는 끝장났다고 생각하고 있었다. 오후에 나는 말에 채비를 해서 아그리콜과 함께 마을로 떠났다. 그러나 에게발(마을을 둘로 가르고 있는 작은 개울이다)에 이르렀을 때 개울물이 다리를 쓸어가버렸고, 물은 급류를 이루며 기슭이 넘치도록 흘러가고 있음을 보게 되었다. 진흙과 조약돌, 나뭇가지들도 떠내려가고 있었다. 도로 돌아와야 했다.

저녁나절에 아멜리에르는 완전히 고립되었다는 사실을 알게 되었다. 다리도 전선도 없어져버렸고, 홍수 진 길에서는 수레바퀴가 푹푹 빠져버린다 했다.

이런 고립 상태는 이틀간 계속되었다. 사흘째 되던 날 왕래가 가능해졌다. 아멜리에르는 피해가 심했으나 생각보다는 덜했다. 비에 아래쪽 과수원들은 쓸려가버렸지만, 마을이 들어서 있는 언덕 경사면 위에 계단식으로 지어진 과수원들은 기적적으로 손상이 크지 않았다.

에스칼에서는 무소식이었다. 심한 토사가 흘러내려 오솔길마저 다 끊어놓았고, 아직 사람이 기거하는 보리솔 외에 저 높은 곳 그 어디에도 아무도 사는 이가 없는 터였다. 모두를 흙물에 빠뜨린 홍수를 입은 아멜리에르 사람들은 아르나비엘과 양 떼를 깜박 잊고 있었다. "그 사람, 먼저 떠났어야 했는데. 여하튼 그이는 마을을 통과하지 않았습니다요"라고 뒤늦게 들려주었다.

이런 답을 들으니 희망이 거의 없어졌다. 사실 그 상황에 아르나비엘이 어디로 빠져나갈 수 있었겠는가? 절벽에서 아슬아슬한 낭떠러지 위로 난 오솔길이 하나 있기는 하다. 사냥꾼들이 고원에서 리귀제 숲으로 내려갈 때 택하는 길이다. 그러나 걸어 네 시간이 걸리고 날이 좋아야 탈 수 있다. 좁고 미끄럽고 쉽게 무너져서 위험한, 절벽에 난 길이 아닌

가. 그토록 세찼던 폭우 아래, 저 신중한 아르나비엘이 그 길로 접어들었을 법하진 않았다.

걱정에 사로잡혀 더 참을 수 없었던 나는 급기야 아멜리에르로 가서 어떤 대가를 치르고서라도 에스칼까지 기어 올라가보려고 결심했다.

경작지 농가 앞에서 마구를 매고 있을 때 내가 하는 양을 지켜보고 있던 아그리콜의 사냥개가 바람을 탄 듯 문득 포도원 쪽으로 내달린 건 토요일이었다. 사납게 개 짖는 소리가 들리고, 곧 사이프러스 울타리 너머로 아르나비엘의 양 지키는 개 클라리몽이 등장하는 걸 보았다. 녀석은 흙투성이에다 헐떡이긴 했지만, 기쁨에 차서 혀를 쑥 내놓은 채 나에게 달려왔다. 아그리콜과 그의 아내, 가족 모두가 달려 나왔다. 숨이 턱까지 차긴 했어도 클라리몽은 계속 짖어대면서 한 사람 한 사람 앞에서 뛰어오르고 또 뛰어오르며 짖어댔다. 개는 언덕 쪽으로 몇 걸음 가더니 멈춰 서서, 그 민감한 네발 콧등을 우리 쪽으로 돌린 채 크게 짖어댔다. 취한 듯 허공을 향해 주둥이를 쳐들고 귀를 세차게 흔들어대면서 말이다.

곧이어 작은 방울 소리, 구리로 된 두세 개의 양치기 종이 울리는 소리가 들리며 양 떼가 가까이 다가옴을 알렸다. 우리는 그들을 맞으러 나갔다. 농가로 인도하는 소나무 가로수 아래로, 이윽고 심각하고도 느릿한 걸음의 양 떼가 등장했다. 맨 앞에 수염 달린 늙은 암염소가 고개를 쳐들고 언짢은 듯한 모습으로 걸어왔다. 이어서 두 마리 숫염소와 두 마리의 당당한 숫양 뒤를 어린 양과 여러 마리 양이 따랐다. 어린 양, 당나귀, 염소 그리고 어깨 위에 케이프를 걸친 저 충직한 아르나비엘이 단풍나무 막대를 손에 잡고서 나타났다. 약간 진흙이 묻은 듯도 했으나 얼굴은 만족감으로 가득했다. 이번만큼은 그도 집에 당도한 것이, 아그리콜과 나 그리고 양 우리를 다시 보게 된 것이 기쁜 듯 보였다. 폭풍우에 기적적으로 새끼 양 한 마리도 잃지 않고서 귀가한 것이다.

죽 도열한 양들은 구유로 갔고 우리는 농장 대리인네 집으로 식사를 하러 갔다. 아그리콜의 어머니와 아내가 식사를 준비해두었다.

거기 모두 앞에서 침착하게 아르나비엘은 이번 이동 방목이 어떠했는지 보고해주었다.

"경계는 하고 있었죠." 그는 말했다. "날씨가 너무 좋았으니까요."

그 이틀 전 그는 방랑 무리를 만났는데 말, 노새, 개와 당나귀를 거느린 방랑객들을 본 것은 보리솔에서 아멜리에르로 이르는, 이름 없는 길이 나 있는 고지의 재 너머에서였다고 한다. 아르나비엘은 덧붙였다.

"정말이지 그쪽으로 수도 없이 다녔지만 그런 사람들을

본 적이 없었지요. 열두 명은 족히 되었어요. 노지에 불을 피우고 야영하더군요. 멀리서 한동안 지켜보았지요. 그들도 절 보았지만 피해서 이동하진 않더군요. 평판이 좋지 않은 자들이라 조심하느라 양 떼를 에스칼 절벽 쪽으로 몰았습니다. 그리고 오후에 하산하기로 작정했더랬지요. 내려오는데 폭우가 덮치기 시작하더군요. 보리솔까지는 달리듯 했어요. 보리솔에 사는 게리퉁 노부부가 전력을 다해 낡은 막사를 열어주어서 양 떼를 거기 피신시켰어요. 정말 아슬아슬했지요. 하늘이 곧바로 사방에서 쪼개지기 시작했어요. 그러길 이틀. 하지만 우리는 모두 잘 피신했습니다. 양들도 먹이를 충분히 먹었고요. 게리퉁 부부가 가난하긴 해도 건초가 좀 있어서 제게 다 내주었어요. 그들 덕분에 양 한 마리도 잃지 않은 거죠. 전부 다 살았습니다. 요컨대 이번 계절 방목도 성공이었습니다. 초가을 더위가 심했어도 양들이 다 통통합니다. 그리고 암양 여섯 마리는 주말 전에 새끼를 낳을 겁니다. 혹한이 될 거라는 이번 겨울이 닥치기 전, 큰 복인 거죠."

IV

과연 매서운 겨울이었다. 내 양 떼를 구해준 그 선량한 이
들에게 감사하러 보리솔에 가보아야겠다는 바람에도 불구
하고 눈과 삭풍, 추위가 발걸음을 가로막았다. 때로 용기가
없다고 자책하면서 외투를 걸치고 보리솔이 위치한 동쪽을
바라보면, 일부러인 양 매번 바람이 에스칼 위로 휘몰아치
고 눈발이 날리는 게 목격되었다. 잿빛 구름마저 절벽을 감
싸고 있으니 산은 머지않아 폭풍우 속에 사라질 터였다.

게다가 그해 겨울 나는 외출 자체를 거의 하지 않았다. 외
따로 농가에 기거했다. 날씨가 너무 고약할 때는 거의 나가
지 않았다. 할 일이 없진 않았다. 다락에는 다시 점검해야
할 곡물 자루들이 있었고 손잡이 부분이 흔들거리는 삽도
있었다. 책도 읽고 장부도 정리하고 마음이 생기면 뭘 좀 쓰
기도 했다. 사실 한 주 한 주 무얼 했는지 가끔이라도 잘 적
어놓아야 한다. 그리고 계제마다 하루하루 날씨, 토양 상태,
밀과 포도 그리고 올리브유에 대해 생각한 바를 기록할 일
이 있지 않은가. 겨우살이가 그런 것이다. 그런가 하면 여유

롭게 즐기기도 한다. 난롯불을 활활 피우고 가끔은 한두 가지 후회도 해보다가 제 영혼을 향해 말도 걸어본다. 그런 일을 누리기에는 겨울이 제격이다. 영혼은 화덕 불 앞에 대기해 있는 듯 정말 친숙하게, 손이 닿기라도 할 듯 가까이 느껴진다. 바람기에 그리도 예민한 화덕 불을 바라보노라면, 보이지는 않으나 영혼이 불길 곁으로 다가오는 것만 같다. 그건 물론 천사랄 순 없지만 소박한 존재의 형태가 아닐까. 문득 그와 함께 있는 것만 같다. 그게 화롯가였는지, 낡은 기왓장 아래로 윙윙거리며 마냥 신음하듯 지나가는 삭풍 소리를 들으면서 뭔가 써 내려가려 골몰한 채 앉아 있던 식탁 앞이었는지 모르는 가운데.

그러나 계속 악천후가 이어지면 결국 하루가 길게 여겨진다. 걸음걸이 소리라도 들리면 어떤 희망과 함께 고개를 들게 된다. 연유인즉, 시골에서 외따로 사노라면 무언가를 항상 기다리는 법이다. 때로는 아그리콜이나 그의 아내가 나타나는 걸 보게 되거나, 때로는 그의 어머니거나. 그들은 비, 바람, 고장 난 쟁기, 쇠약해진 가축 등에 대해 말하러 오는 것이다. 그럼 내심 실망한 채 대답하지만, 정작 그들이 떠나는 걸 또 아쉬워하게 된다. 비는 오고, 물에 젖어 있는 헐벗은 거목들 너머로 밤이 내리는 것을 보게 되는 만큼 더 더욱.

*

　그러던 중 아르나비엘을 보러 가기 좋은 날씨가 찾아왔
다. 가죽 웃옷을 입고, 랜턴을 챙기고, 물에 질컥거리는 땅
을 건너 양치기 처소를 향해 간다. 커다란 바위 아래 위치
한 그 창가에는 희미한 빛이 늦도록 머무른다. 멀리서도 보
인다. 아르나비엘은 밤을 지새운다. 그게 그의 가장 큰 기쁨
이다. 혼자 있을 때나 누구와 함께 있을 때나 그는 항상 마
음이 평정하다. 그가 기꺼이 먼저 말을 꺼내는 때도 있지만,
대부분은 버릇처럼 침묵에 잠겨 있다. 말을 하건 입을 다물
고 있건 그와 함께면 외양간의 평화와, 돌 위에 지펴진 모닥
불의 따스함과, 목동의 화로 속 재를 말없이 응시하고 있는
이 좋은 노인의 내적 평온을 함께 누리게 된다.

　날씨가 고약할수록 아르나비엘과 함께 있으면 더욱 깊은
평화를 느낀다. 그래서 비와 삭풍, 눈이 온 고장을 괴롭히던
이 겨울에 나는 양치기 처소의 작은 램프 아래에서 저 평화
로운 밤샘을 종종 함께 누렸다.

　아르나비엘이 너무 과묵으로 일관하지 않을 때면 함께 에
스칼에 대해 얘기를 나눌 수 있었다. 사실 그는 에스칼을 사
랑하기에 기꺼이 그곳 얘기를 한다. 그가 선택한 고지 목초
지가 바로 그쪽이기도 하다. 여러 번 그곳을 찾아가본 끝에
바위와 소나무, 풀과 물 그리고 바람의 생리와 햇살의 강도

가 자신이 생각하는 전원에 대한 취향과 깊은 숙고에 가장 걸맞은 곳임을 그는 인정했던 것이다. 참으로 아르나비엘은 고요하면서도 생각 깊은 저 옛 시대 목자에 속하는 인물이다. 그런 사람은 이제 거의 드물다. 파스칼 데리바가家 테오팀 농가에서 살다가 거의 100살이 되어 타계한 그의 숙부는 성 요한의 대大아르나비엘이라고 불렸는데, 전 산간 지역에서 가장 현명하고 뛰어난 사람이었다. 내게 속한 아르나비엘은 바로 이런 지혜를 고스란히 이어 간직한 인물이다. 이 고장에서 그는 소小아르나비엘로 불린다. 키가 큰 데다 평온한 얼굴에 현명한 판단이 넘치는 인물로, 작다는 호칭은 단지 그의 숙부와 구별하기 위해서일 뿐이다. 그는 나이 들어갈수록 점점 그 숙부를 닮아갔다. 거동도 시선도 말 속에 담긴 지혜도. 정말이지 이 아르나비엘네 사람들은 모두에게 선익善益을 안겨주는 전설적인 지혜의 총합이어서, 필요할 때마다 그 지혜의 샘에서 조용히 물을 길어내었다. 사람들이 우리 집 아르나비엘에게 말을 하면, 그는 무심한 듯 대답하지만 임기응변으로 답하는 게 아님을 모두 느낀다. 우선 그는 잠시 숙고한다. 이윽고 자기 안에서 당신에게 줄 현명한 답을 길어낸다. 바르고 분별력 있는 한마디. 그건 바로 그의 조상들에게서 온 것이다. 이런 지혜에 내심 감탄하면, 그는 그런 생각을 읽고 미소까지 지으며 이렇게 대답한다. "그걸 발견한 건 제가 아닙니다, 메장 씨. 전 그저 전할 뿐입니다. 긴 세월 동안 저도 전해 받은 것이죠. 무얼 덧붙이겠어요? 아득히 오래전부터 이어온 거죠. 단언컨대 옛사람들이 참 많은 걸 알고 있었다고 생각됩니다." 이처럼 목동의 전통을 사려 깊게 전수한 그는 행동에 앞서 바로 그 전통에서 많은 사람에 의해 오랫동안 다듬어져온 결정 사항들을 찾아낸다. 선조들의 소견이 생각의 갈피를 잡아주었다. 그건 대개 계절의 운행과 일치하는 매우 단순한 법칙을 따르는 것이기도 하고, 자신의 육신이 요구하거나 마음이 청하고 영혼이 희망하는 바를 따르는 것이기도 했다.

바로 그렇기에 그와 함께 있으면 시간을 전혀 느끼지 못한다. 그가 입을 다물고 있을 때조차 바로 그 순간 그렇게 침묵을 지키는 것이 자연스럽게만 느껴진다. 생각의 소리를 전달하는 데 말이 편리한 방법일지라도, 침묵이야말로 생각에 동반되는 깊은 의미를 이해하려고 할 때 꼭 필요하다. 나는 이런 점을 아르나비엘에게서 배웠다.

나는 또한 에스칼을 사랑하기를 배웠다. 부끄럽지만 이렇게 심한 폭우가 있기 전에는 거기까지 가본 적이 한 번도 없었다. 한가할 때 들판을, 특히 언덕들로 쏘다니기 좋아했지만, 에스칼은 멀고 접근이 쉽지 않아 리귀제에서 출발해 그곳을 탐사하는 일은 적어도 이틀은 걸린다. 어디서 묵을지쉽지 않고 언제나 차갑기 마련인 밤을, 그 높은 곳 한데서 나려면 아르나비엘만큼 강건해야 한다.

그러나 대단한 폭우에 이어 온 바로 그해 겨울, 그는 에스칼에 대해 하도 자주 얘기를 한 데다 참 멋지게 들려주었으므로, 보리솔에 사는 사람들 덕분에 내 양 떼가 절멸을 면했던 만큼 그들에게 감사를 표하기 위해서라도 한번 올라가봐야겠다고 마음먹었다.

"그 사람들은 외따로 살지요"라고 아르나비엘이 알려주었다. "둘 다 노인입니다. 충직한 사람들이죠. 대대로 모두 그래요. 그 아버지를 '게리통 집안 진국'이라고 불렀죠." 집안에서 불리던 멋진 별명이다. 게리통의 윗대는 이제 저세상 사람이고 모두들 아멜리에르 성당에서 장례를 치렀다. 지금은 그들 부부와 게리톤*의 여동생으로 결혼을 끝내 원치 않았던 마르슬린만 남았다. 그이는 실바칸에서 멀지 않은 뒤랑스강ㅍ 건너편에 산다…… 퍽 참한 곳이다, 물이 있으니…… 하지만 게리통 내외가 사는 곳은 물이 거의 없다. 샘도 미약하고 땅은 뭘 경작해도 잘 자라지 않는다. 바위를 깨뜨려 뒤져서 원천을 찾아야 할 거다. 그런 일을 하기에 그들은 너무 연로하다. 그저 당나귀와 암탉들을 먹이려고 약간의 밀, 보리, 귀리 정도만 일군다. 채소 조금과 포도주 약간, 염소와 어린 염소. 그게 그네들이 가진 것 전부다. 그러

---

* 게리통의 아내, 게리통댁.

나 그들은 그 둥지를 떠나지 않는다. 내가 안 지 40년째, 그들은 자기네 집터에 대해 호의적으로 얘기한다. 그들이 얘기하는 걸 듣고 있노라면 지상의 낙원이다…… 그런데 겨울에 단둘이 눈 속에 갇혀 지내면, 나이를 한 살 더 먹게 되는 즈음 그들도 가끔 시름에 잠긴다…… 물론 그네들이 끝까지 그리 살려는 건 알지만, 예상컨대 언젠가는 그들도 아멜리에르로 내려와야 할 날이 있을 것이다. 아니면 강 건너 저 아랫마을, 마르슬린네에 가야 하지 않을까. 그때가 오면 정말 두 사람은 맘 아파할 것이다. 평지는 좋아하지 않는 그들 아닌가…… 난 그들이 이해가 간다……

아르나비엘을 통해 차츰차츰 게리통네 두 사람과 보리솔에 대한 소식을 다 들었다. 사람도 땅도 가난했지만 아르나비엘은 이런 가난이 품고 있는 너무나 깊은 면모를 잘 알고 있기에, 그가 자신의 두 노인 친구에 대해 얘기하는 걸 들으며 저녁나절을 보내는 것보다 더 다정하고 흐뭇한 일은 없었다.

"에스칼에는 그들밖에 없어요." 그는 되뇌곤 했다. "고원에 닿기 전 마지막 인가죠. 그다음엔 아무도, 아무것도 없습니다. 조약돌, 숲, 황무지* 그리고 두어 채 양치기 막사뿐이죠. 절 제외하면 여름에도 아무도 없어요. 풀을 바싹 말리는

* 프로방스어 어휘 ermas를 대고 있다.

더위 때문에 가능하면 그늘진 북쪽 경사면에 머무르죠. 양들도 잘 먹일 수 있고요. 그러니 그들을 만나는 것도 올라갈 때와 내려올 때 두 번입니다. 봄에 한 번, 가을에 한 번요. 그때 외에 그들을 찾아오는 건 여우 한 마리 혹은 멧돼지 한 마리 정도죠. 잠깐 친구 격도 그게 전부입니다. 그래도 그들은 행복합니다……"

이렇게 말했지만 아르나비엘도 이런 행복은 영속되지 못하는 것임을 잘 알고 있었다.

"그런데 물이 부족해지면, 메장 씨?…… 물, 그건 바로 생명이니까요…… 두 사람은 그 한 줄기에 매달려 있는데…… 바람이 워낙 드세게 부는 날에는 가느다란 갈대 대롱 속 샘물도 흐르지 않아요. 아시다시피 정말 작은 샘이죠…… 그저 눈물 한 방울 정도라고나 할 수 있을지……"

겨우내 우리는 보리솔 얘기를 했다. 봄이 되자 나는 그곳으로 올랐다.

V

　나는 4월의 어느 멋진 날, 성 안셀무스 축일이기도 한 21일
을 택했다. 아르나비엘은 양 떼와 함께 벌써 15일부터 농가
를 떠나고 없었다. 그는 고원에 닿아 야영지에서 연기를 피
워 올려, 어디에서 양들이 풀을 뜯고 있는지를 내게 표시했
다. 그는 보리솔에서 멀지 않은 곳에 있었다. 내가 도착하면
그도 보리솔로 내려올 터였다.

　20일 저녁에 농가 앞에서 두렁 불을 지펴 올려, 내가 다음
날 그곳으로 출발할 거라는 신호를 아르나비엘에게 보냈다.
리귀제에서 아멜리에르까지 마차로는 두 시간이 걸리지 않
는다.

　마차 채비를 했다. 아그리콜의 아내 마르틴이 올리브와
껍질이 단단한 치즈, 토마토, 아몬드 조금, 타라곤을 넣은
오믈렛 그리고 맑은 백포도주 한 병을 챙긴 '산행 도시락'을
마련해주었다. 나이 든 말은 마차에 매달아놓은 커다란 자
루 속 귀리 냄새를 맡고서 발굽으로 기쁘게 땅을 툭툭 쳤다.

　날씨도 얼마나 좋았던지! 정말이지, 평생 리귀제의 하늘

이 그토록 맑은 걸 본 적이 없었다. 대지 아주 가까이 드리워져 손을 들어 올리면 손가락 사이에서 공기가 빠드득하는 걸 느낄 수 있을 만큼 라일락빛 부드러운 하늘이었다. 상쾌한 공기의 생기발랄한 빛으로만 어우러진 하늘이 벨벳처럼 감싸는 듯 뺨에 쾌적하게 느껴진 덕분에 기꺼운 정신은 더욱 맑아졌다. 바람이 시원하게 해주는 가슴도 가벼웠다. 유럽 대륙의 바람이 해풍에 밀리며, 해수면의 따스함이 남쪽으로부터 고요한 보처럼 올라왔다. 저 높은 곳에서는 구름 두서너 점이 가볍게 날고 있었다. 계곡마다 크고 느린 소용돌이를 이루며 향기가 감돌다가 산기슭 위로 흘러갔다. 때로는 이런 바람결을 타고 멀리서부터 이국적인 향기들이 우리가 사는 곳까지 번져왔다. 선박과 오렌지 냄새, 바람이 확 더워질 때면 계피와 제향祭香의 강한 냄새, 불에 달궈진 석탄과 야생 가죽 냄새가 풍겨왔으니, 아프리카 대륙이 먼저 맞은 타는 듯 깊은 봄 냄새였다. 눈에 보이지 않는 열기와 향기와 해풍이 무리 지어 건너와 우리네 고색창연한 마을을 쓰다듬듯 스치면서, 4월을 맞은 과수원 위로 떠도는 꽃가루와 꿀의 가벼운 향기와 어우러졌다. 온갖 꽃들의 거대한 군락이 봄바람에 몸을 맡기고, 한 해의 절도 있는 절기에 맞춰 눈을 밀어내며 서서히 솟아오르고 있었다.

이토록 아름다운 여행을 나는 여태 해본 적이 없다.

1리유 정도 걷고 나니 부락 밖이다. 오른편에 곧바로 작은 시골길이 나 있는데, 거기서 누굴 만날 일은 결코 없다. 계단식 밭으로 가꾸어진 올리브 나무 경작지 사이로 언덕을 오르는 길이다. 제멋대로 자란 풀이 그곳을 잠식했고, 키 큰 들장미 군락이 경사면에 자라서 마차 바퀴를 할퀴곤 한다. 산등성이를 에두르면서 천천히 오를 수밖에 없는 길이다. 그러고도 아직 1리유 길을 더 간다. 백리향과 회향 풀이 향을 뿜는다. 좋아하는 이 향기들을 맡게 되어 마냥 행복했다.

그러나 아멜리에르 지역에 닿자마자 시골 풍경이 확 달라진다. 우리가 사는 아래에선 길을 가노라면 경작이 가능한 넓은 들을 곧잘 가로지르게 된다. 쟁기가 애쓰고 초록빛 밀밭들이 큼직큼직 구획 지어 있는 곳 말이다. 하지만 저 높은 곳엔 경작지는 더 이상 없고, 겨우 곡물이나 조금 일굴 정도이고 소규모 과수원이 옹기종기 있을 뿐이다.

그런 작은 과수원이 사방에 포개져 있다. 그 아래로 제멋대로인 풀밭을 가로지르는 아주 작은 개울이 굽이돈다. 거기 히아신스*와 황금단추꽃**이 자란다. 풀밭에 적절한 거리로 의연하게 서 있는 커다란 앵두나무들은 둥그스름한 머리를 곧추세우고 있다. 갈대 울타리 뒤로 살구나무들이 숨

* 프랑스어로 '이아생트'라고 발음되는 히아신스는 이 소설에서 고유명사로 소녀의 이름이기도 하다.「옮긴이의 말」참조.
** 미나리아재비의 환한 황금색 꽃에서 착안한 속명인데, 꽃의 환한 빛에 주목한 속명을 굳이 쓴 이 식물의 등장도 의미 깊다.

어 있다. 더 높은 쪽에는 과수장을 이루며 배와 복숭아가 따스한 햇볕 속에서 천천히 익어가고 있다. 야트막한 옹벽擁壁이 언덕 경사면에 있는 부지를 지탱하고 있다. 여기저기 나무들 사이로 사각 지붕으로 덮인 정자가 보이는데, 초록색으로 칠해진 문과 함께 정자를 호위하는 키 큰 사이프러스도 눈에 띈다.

4월을 맞아 모든 나무가 꽃을 피우고 있다. 나는 마법에 걸린 것 같았다. 벚나무 아래 사다리가 보였다. 거기 올라가 싱그럽기 그지없는 신록 속에 머리와 두 손을 파묻고 있는 아낙네가 보인다. 다른 쪽에서는 농부 한 사람이 가지를 몇 대 쳐내고 있었다. 전혀 서두르는 법 없이, 때로는 웃자란 가지를 잘라내거나 때로는 곰곰 신중하게 나무를 살펴보곤 했다. 전정가위 소리가 들렸다. 벌들은 취한 듯 사방에서 날아다녔다. 갈라진 나무껍질 사이로 신선한 수액이 흘러내렸다. 꽃가루가 공중에 날렸고 꿀 향기가 공기를 달콤하게 만들고 있었다. 이따금 꽃술이 한 줌씩 허공으로 모험을 떠났다. 꽃송이 다발에서 빠져나온 꽃술들은 땅바닥에 떨어져 활짝 펼쳐지곤 했다. 따스한 미풍이 꽃들이며 향기며 곤충들을 공중으로 밀어 올리고, 바람은 새집을 흔들었다. 둥지마다 셀 수 없이 많은 새가 봄바람 신풍에 목을 부풀리면서 정원들이 촘촘한 이 언덕 위에서 노래하고 있었다. 피리새, 꾀꼬리, 통통 튀는 박새를 알아볼 수 있었다. 그중에서도 가장 부드러운 노래의 주인공은 산비둘기로 한창 짝짓기 철을 맞은 터였다. 향기로운 꽃이 구름처럼 덮여 있는 과수원에 감도는 이런 혼인의 기운이 발가락 짧은 종다리와 종달새의 얌전한 피도 두근두근 흔들어놓고 있었다.

나지막한 담이 경계를 이루는 작은 길을 통해 마을로 들어섰던 게 기억난다. 마차 너머로 너무나 평화롭고 오래된 집들 곁에, 포도 덩굴시렁과 신선한 물을 담은 질그릇이 우물에 그늘을 드리워주는 무화과나무에 매달려 있는 광경이 보였다. 그와 더불어 채소밭 안쪽도. 내가 지나가자 겁먹은 비둘기들이 날아올랐다. 머리쓰개를 한 노파가 창 뒤로 잠시 나타났다가 얼른 뒤로 물러났다. 수탉들이 여기저기서 노래하고 있었고, 약한 불에 아침 식사를 데우고 있는 살림집의 살짝 열린 문틈으로 신선한 빵과 토마토, 잘 달궈진 기름 향기가 흘러나왔다. 장작 재와 상큼한 비누 냄새가 공중에 감돌고 있었다. 어떤 마사 앞을 지날 때엔 말 한 마리가 몇 번 발굽으로 땅을 긁었다.

그날 어디선가 대장장이는 모루를 내려치고 있었다. 오르막 골목길 문지방 계단 위에 앉아 어린 여자아이 둘이 세계지도를 익히느라 나란히 들여다보고 있었다. 목요일이었다. 광장에는 한 그루 보리수 그늘 아래 목공의 작업대가 보였다. 널빤지 위로 대패가 놓여 있었지만, 일하는 사람은 정작 보이지 않았다. 날이 따스한 데다 분수 물소리는 그야말로 휴식을 선사하며, 신선한 물의 기쁨으로 모두를 초대하고 있었기 때문이다. 충직한 한 마을의 봄날 아침으로는 자연스러운 광경 아닌가. 오래된 관례대로 마을 카페는 테이블 두 개를 밖에 내어놓았는데, 가까이 가보니 작은 도마뱀 한 마리가 거기서 은밀히 햇살에 몸을 데우고 있었다.

나는 플라타너스에 말을 매고 나서 카페 문을 가리고 있는, 자루 천으로 된 커튼을 들어 올렸다. 안쪽은 컴컴했다. 초록빛 병 하나가 올려져 있는 계산대와 벽에 걸려 있는 세시歲時 풍속 달력, 파리잡이 끈끈이 사이로 천장에 매달려 있는 구리 램프 하나, 고양이 한 마리가 곁에서 자고 있는 긴 나무 의자 하나가 겨우 희미하게 눈에 들어왔다.

안쪽으로는 필경 주방으로 향한 유리 달린 문이 보였다. 그러나 안젤리카 향초香草와, 개암 시럽과 향료를 넣어 만든 빵의 향기가 풍기는 이 시원하고 어둑한 집에는 아무도 없었다. 동네 다른 곳에도 아무도 없었듯이.

보리솔로 향하는 길은 혼자서 찾아낼 수밖에 없었다. 온 마을 골목길 그 어디에도 인적이 없었다. 학교도 닫혀 있고 사제관도 잠들어 있었다. 오르막길이 쉽지 않아진다는 것을 느꼈을 때, 마구를 벗기고 오후를 대비한 건초와 귀리 먹이를 말과 함께 한 그루 나무 아래 남겨두었다. 그런 다음 보에 싼 도시락을 비스듬히 가슴 위로 메고서, 소나무들 아래로 산을 가로질러 한 시간 뒤 보리솔에 닿았다.

*

우선 거기서도 아무도 볼 수 없었다. 그 농가도 마을만큼이나 어떤 마법에 걸려 있는 듯했다. 이윽고 암탉 한 마리가 꼬꼬댁 소리를 냈고 염소 한 마리가 메에 울었고, 그리 멀리 않은 곳에서 바위와 사철 푸른 떡갈나무들 사이로 익숙한 방울 소리가 나지막이 들려왔다. 누가 집 안에서 기침을 하더니 고양이 한 마리가 문 앞으로 나와 호기심에 찬 눈으로 날 바라보다가 커튼에 몸을 비비면서 안으로 들어갔다.

"포도 덩굴시렁 아래 누가 있는 것 같아요." 여인네 목소리가 말했다.

"메장 씨겠지." 노인이 답했다.

집에서는 백리향과 셀러리, 익힌 가지의 황홀한 냄새가 흘러나왔다. 음식을 만들던 중이었다.

커튼이 들어 올려지고 게리통 부부가 나타났다.

키가 작고 말랐으나 생기 있는 노경老境에 접어든 두 사람이었다. 남편은 셔츠 바람에, 아내는 하얀 머릿수건을 쓰고 치마 위로 앞치마를 두르고 있었는데 입술이 곱고 눈은 웃음기와 총기로 반짝거렸다. 키는 서로 비슷했다.

정말 호감 가는 모습이었다.

그들은 문틀에 서로 어깨를 기대고 서서 미소를 보냈다. 고양이는 두 사람 사이에 끼어들어, 꼬리는 몸통에 붙이고

문턱에 앉아 주인들 발치에서 기다리는 자세를 취했다. 오리 두 마리가 건들거리며 마당으로 나왔다. 나귀는 외양간 반쪽문 위로 갈색 머리통을 내보였다. 충직한 흰색 개가 자기 집에서 나왔고, 선량한 아르나비엘도 무화과나무 아래로 모습을 드러냈다.

이 모두가 기적 같았다. 숲에 사는 야생 비둘기가 머리 위에서 구구거리고 있었기에 나는 말을 꺼내지도 못했다. 말한마디가 이 소박한 기적의 분위기를 깨뜨릴까 봐 두려웠던 것이다.

그렇지만 그걸 깨뜨릴 수 있는 건 아무것도 없었다. 사람들이 얘기하는 바와 달리, 물질적인 덩어리를 치워 없애듯 비물질적인 것을 지워버리기란 쉽지 않다. 내가 그때 보았던 것은 상상의 세계에서 솟아 나온 것과 다름없어서, 그 안에서 나 역시도 경이에 사로잡혀 비현실적인 존재가 되었던 것 같다. 그만큼 모든 것이 꿈인 양 매혹적으로 보였다. 이들처럼 늙었지만 감미롭고, 세상과 거리를 둔 존재가 있으리라곤 생각하기가 쉽지 않다. 나는 일상에서 마주치는 사물들이나 사람들에게서 오는 것이라고 생각하기에는 너무나 큰 기쁨을 느꼈다. 이런 첫인상이 워낙 강하게 스며들었기에, 그 이후 이 꿈에서 완전히 깨어난 적이 한 번도 없었다 하겠다.

물론 아르나비엘이 다가왔고, 두 노인네는 문턱을 건너

와 모두 무화과나무 아래 앉았다. 고양이는 무릎 위로 뛰어 올랐고, 개는 내 발 근처에 와서 끙끙거리며 제 몸을 둥글게 마는가 하면, 돌판 식탁 위로 내온 작은 멜론을 다 함께 먹으며 사향 포도주를 조금 마셨다. 정말이지 행복한 아침이 었다. 바로 그뿐. 그러나 그것만으로도 분명 이 행복한 세계를 기쁨의 순수함만 간직한 것으로 가뿐하게 만들기에 충분했다.

"한데 말이죠!" 게리통 노인이 외쳤다. "단 이틀 전만 해도 이런 날이 오리라 누가 말할 수 있었겠어요?"

그러고선 환히 웃었다.

아르나비엘로 말하자면, 천사들에게 다가간 듯 보였다. 내가 그의 맑고 고요한 눈에서 그런 천진함을 읽은 적도 처음이었다. 그의 눈빛 생기는 여전히 젊디젊었다. 게리톤 노파는 이렇게 말했다.

"이 사람은 아기랍니다, 메장 씨. 사리를 따지지 않아요."

아르나비엘이 왜 사리를 따지지 않는다는지 아무도 몰랐지만, 모두 곧이곧대로 그녀의 말을 믿고서 다 함께 웃음을 터뜨렸다. 그러자 행복한 아르나비엘은 식탁 위에 두 손을 내려놓고, 고요히 족장 같은 기품으로 우리를 한 사람씩 건너다보았다.

무화과나무 아래에서 점심도 했다. 모든 게 다 맛있었다. 내 '비상식량'조차도. 그들은 내가 가져간 맑은 포도주를 마셨고 나는 그들 빵을 먹었다. 밀기울과 빵 굽는 잉걸불의 향기를 풍기는 커다란 둥근 빵이었다. 가축들도 다 모여들었다. 당나귀도 쪽문을 열고 나와 자유롭고도 만족스러운 듯 딱 네 걸음 앞에 멈춰 서서는 호의 가득한 모습으로 우리가 먹는 걸 지켜보았다. 거기서 멀지 않은 곳에서 클라리몽이 지키고 있는 내 양 떼들의 방울 소리도 딸랑딸랑 들려왔다. 양 떼들은 백리향과 산山 백리향을 뜯고 있었다.

저녁나절까지 우리는 얘기하고 웃었다. 기쁨을 누리려고 머리를 짜낼 일도 없었다. 그냥 거기 그렇게 있음으로 족했다. 행복감은 조약돌로부터도 생겨났고 나무들로부터도 내려왔다. 생각에 골몰하지 않았다. 이 행복도 이 세상 모든 행복처럼 달아나리라는 것조차 겁내거나 걱정하지 않았다. 그러나 알고 있었다, 자신 안에 이 행복을 지니고 평생토록 간직할 수 있으리라는 것을, 고마우신 하느님이 주신 봄의 선물로.

"정말이지 천국입니다!" 놀라움에 겨워 난 이렇게 뇌었다.

"여보 게리통, 당신도 들었지요? 내가 늘 그랬잖아요. 당신이 가꾼 이 집이 천국이라고." 게리톤도 얌전히 속삭였다.

"나도 그리 생각하오." 게리통이 만족한 음성으로 답했다.

그러는 동안 저녁이 감미롭게 내려앉았고, 에스칼 위로 커다란 별 떨기가 반짝이기 시작했다.

*

    리귀제에 귀가한 것은 밤이 이슥해서였다. 걱정에 사로잡힌 집 사람들이 길까지 나와 기다리고 있었다.

    "이제야 오시는군요, 메장 님! 걱정했습니다!⋯⋯"

    나는 착한 아그리콜을 다독였다.

    "한데 저 위는 어떻던가요?" 호기심에 찬 그가 물었다.

    그는 말고삐를 잡았고 나는 여전히 마차에 앉아 있었다.

    "저 위는 말이죠, 아그리콜, 손이 하늘에 닿던 걸요! 이렇게요!" 나는 외쳤다.

    "물이 있으면야 그렇죠." 그는 중얼거렸다⋯⋯

    이런 그의 생각에 나도 침울해졌다.

    "물은 있더이다. 좋은 물이더군요. 마시기도 했어요⋯⋯" 나는 그에게 답해주었다.

    내 기분이 좀 상했다고 판단한 것 같았다. 이렇게 덧달았기 때문이다.

    "그리 높은 곳이니 물이 맑긴 하겠죠."

    그러고서 그는 말을 마차에서 풀었다.

VI

리귀제에 돌아온 후 종종 보리솔을 생각했다. 그러나 거기 다시 올라가기는 두려웠다. '그토록 행복했던 날을 되찾을 수 없을 거야'라는 생각이 들어서였다. 그건 그럼직한 우려였다. 거기 그 집도, 사는 사람들도, 진정 실제가 아니었을 터. 그날, 봄바람이 아마 모두의 머리를 좀 돌게 한 건 아닐까. 꿈을 꾼 거지…… 하지만 그들을 다시 보고 싶기도 했다. 그네들이 그대들이나 나처럼 그날 우연히 영혼과 육신을 잠시 갖춰 입었던 그런 존재라 하더라도. 집도 참하게 그 고장식으로 돌로 지어진 것이고. 그래도 확신할 수 없었다…… 난 이렇게 되뇌었다. "참 연약한 세계 아닌가. 행복이란 게 고작 물 한 줄기에 매달려 있는 세계니. 아그리콜 생각도 그런 거지." 그런 연약함이, 덧없이 사라질 위기에 처한 행복에서 비로소 번져 나오는 매력을 보리솔에 부여해주었던 것이다. 그런 행복이란 밤낮 천행天幸에 달렸다고 느껴지기에 우리는 그것을 더욱 사랑하게 되는 것이다. 불안정하기에 부서지기 쉬운 그 보화들은 이토록 비현실적이기까지 한 면모를 보이고, 우리는 그걸 순수히 기적인 양 느끼게 된다. 그것들이 존재하고 있음을 우리가 감탄하매, 우리는 설명 불가능한 경이에서 그 모두가 생겨나 존재하는 거라고 생각하기에 차츰 이르는 것이다. 우리는 거기서 경이를 기대한다. 생각해보면 자연의 법칙상 그 모두는 구름 한 덩이보다 더 오래 존속할 수 없는 천성天性의 것들 아닌가.

그곳을 방문한 지 한 주 후에 나는 보리솔에서 온 작은 바구니 하나를 받았다. 아멜리에르의 정원사가 상세르그 시장에 왔다가 그 바구니를 우리 집까지 가져다주었다. 바구니에는 오리알 여섯 개가 담겨 있었다. 품어 안을, 부화를 기다리는 알들. 그때 정말이지 게리톤이 키우던 오리에 감탄했었지. 예상치 못한 이 선물이 모두의 마음을 뭉클하게 했다. 아그리콜은 탄성을 질렀고, 그의 아내는 알을 하나하나 집어서 차례차례 무게를 달아보았으며, 그의 어머니는 정말 둥글고 예쁘다고 천명했다. 게리통 부부의 섬세한 마음 씀씀이를 모두 오래오래 칭송했다.

"메장 님, 저도 거기 올라가봐야겠습니다. 저도 두 사람을 보고 싶군요." 아그리콜이 말했다.

내게 마침 오렌지 한 상자가 있었다. 알제리에 사는 사촌 뒤팽-메그르뮈가 매년 자기 소유지에서 직접 수확한 감귤류를 선적용船積用 큰 바구니로 한둘 보내온다. 상자에서 좋은 오렌지 여섯 개를 골라 게리통이 보내온 바구니에 담은 뒤 아그리콜은 제 마차에 타고서 보리솔로 떠났다. 보통 때는 다른 사람들이 대개 그렇듯 그도 걸음이 느긋하다. 그러나 그날은 급히 마차를 몰았다. 길 위로 싱그러운 대기를 가르며 그의 채찍이 내려치는 소리가 들렸다. 그토록 그는 그 멋진 오렌지들을 가져가는 기쁨이 컸던 터이다.

모두 그가 돌아오길 초조히 기다렸다. 그는 밤이 돼서야 돌아왔다. 마차를 들여놓으면서 내게 말했다. "두 노인네가 우셨습니다요. 정말이지 그리 좋은 분들을 평생토록 본 적이 없어요."

그렇게 말하면서도 그는 무언가 신경 쓰인다는 기색이었다. 나는 그를 한쪽으로 불렀다.

"두 사람에게 물이 거의 없더군요." 그가 털어놓았다.

고통스러웠다. 선량한 아그리콜은 다 간파한다.

"걱정하시는군요. 저도 그래요. 그분들이야 믿고 지내더군요. 하느님과 함께 사는 분들이라고 해야겠지요!……"

우리는 아멜리에르 얘기를 나눴다.

"참 신기한 마을이었어요!" 아그리콜이 소리를 높였다. "생각해보세요, 메장 님, 거기 닿기 약간 전에 말굽 하나가 떨어졌어요. 그런데 바로 그때 대장간 모루 치는 소리가 들려오기 시작했어요. 전 생각했죠, '대장장이구나. 정말 다행이야.' 그래서 바로 대장장이를 찾았죠. 가고 오고 돌고, 그러다 길을 잃은 거예요. 골목에 막힌 길은 벽들이며 문들만 보이고 아무도 없었습니다. 그러다 마침내 창가 작은 화분에 물을 주고 있는 어린 소녀를 발견했죠. 참한 아이였어요. 착하기도 했지요! 그 애가 나와서 막다른 길 안쪽으로 인도해주었죠. 문이 하나 닫혀 있더군요. 그걸 밀치니 제라늄과 채소로 가득한 아주 멋진 정원이 보였어요. 그 안쪽에 헛간 아래로 모루와 대장간 화덕, 커다랗고 까만 풀무가 전부 갖춰져 있더군요. 그리고 덩치가 크고 머리는 벗어지고 검정 가죽 앞치마를 두른 채 팔을 걷어붙이고 코 위에 안경을 얹은 사내가 있었죠. 그가 저더러 정중하게 말하더군요. '더 들어오세요. 더 들어와요. 아뇨! 아뇨, 방해되지 않습니다! 법관인 배쉬 씨가 맡긴 일을 하고 있습니다만. 그분을 아시나요?…… 모든 사람 일을 할 수는 없지만…… 그래도 그분 일이야! 정말 좋은 분이죠!…… 그리고 일도 참!…… 이 내부 좀 보세요, 대단하죠!…… 손목시계 부품처럼 내 머리칼보다 더 가느다란 용수철 말입니다. 암튼 이제 된 것 같습니다. 열쇠로 두 바퀴 돌리면 노래가 나오죠. 음악이 흘러나오는 멋진 원반 아니겠어요! 좀 들어보세요……' 접시*는 얌전하게 노래를 하더군요. 그러자 그 덩치 큰 사내는 감동했고요. 나는 말굽 얘기를 꺼냈습니다. 저더러 이러더군요. '그보

* 디스크 오르골을 소박하게 말한 것.

다 더 쉬운 일도 없죠! 한데 화덕을 지펴야 해요.' 전 물었습니다. '그럼 아까 무얼 두드렸나요? 원반을 두들긴 건 아니죠! 모루 치는 소리를 들었는데요.' 그는 답하더군요. '뭘 친게 아닙니다. 그냥 좋아서 치는 거니까요. 매일 아침 조금씩 치죠. 그러노라면 모루가 의연하게 답을 하고요. 그럼 이 고장 공기가 기쁘게 진동하죠. 온종일 말입니다.' 그는 웃었어요. 저도 웃었죠. 그러고선 우리는 화덕에 불을 지폈습니다. 말발굽을 달아주고선 사향 포도주를 한 모금씩 마시고 날씨 얘기며 과일 얘기며 보리솔 얘기를 나눴지요."

"'아! 저 위에 가는 길이군요.' 그 대장장이가 말을 이었어요. '한때는 그들도 대가족이었는데…… 가여운 게리통!…… 아랫마을 모두 그들을 좋아하죠. 그러나 게리통은 여기 내려오려고 하지 않아요. 그 바위 절벽에 그냥 붙어 있길 원한답니다. 정말 특별한 사람들입니다……'"

"이게 그가 해준 얘기입니다, 메장 님. 대장장이가 해준 말은 정말인 거죠. 제가 두 눈으로 보았습니다. '특별한 사람들'을요……"

아그리콜의 아내인 멜라니*와 그의 어머니(페르드리제트라고 한다), 아이들, 하인 그리고 개까지 모두 아그리콜이 여행 얘기하는 걸 들었다. 가끔 누군가 이렇게 끼어들었다.

---

* 이름이 두 개인 경우가 곧잘 있어 '마르틴'이라고도 불린다.

"다른 시대 사람들인 거죠"라거나, "세상에는 하느님이 계신 거죠, 보듯이 분명해요"라면서. 게리통 내외 덕분에 이렇게 순수한 마음으로 행복이란 것이 있음을, 우리는 모두 바로 그날 저녁 믿게 되었다.

*

손에 잡히는 행복을 누리는 일보다 더 나은 향유가 어디 있으랴. 보리솔에서 게리통 내외가 숨 쉬듯 행복을 누리고 있기에 우리도 리귀제에서 그리 행복해졌다.

그 무렵 보리솔은 아멜리에르의 꽃처럼 여겨졌다. 약간 말랐지만 참으로 청아한 꽃!…… 그곳의 정원은, 물이 풍부하고 흙이 좋고 삭풍에도 잘 보호된 타지 과원의 풍성함에는 미치지 못하지만 말이다. 아멜리에르에 참으로 큰 매력을 부여하는 기쁨과 전원의 쾌적한 기운이, 거기서는 온유함과 믿음의 천진함에 이르렀다 하겠다.

바로 그렇기에 보리솔에 다녀온 일은 한 계절 내내 그대를 신뢰에 찬 존재로 만들어준다.

리귀제에서 포도밭이 타들어가거나 포도가 터지고 밀이 꺾이고 올리브에 벌레가 들기도 한다…… 그러면 팔을 걷어붙이고 투쟁에 나선다. 아그리콜도 나도 체념하고 마는 성격이 아니기 때문이다. 우리는 외려 고집스레 나서고 그런 점이 우리 둘을 결속시킨다. 하지만 수확을 대부분 건져도 대지에 대해 탄식하거나 화가 날 때가 있다. 그 많은 구슬땀과 희망에도 불구하고, 우리 믿음을 무자비하게 저버린 이런 슬픔은 늘 만족할 줄 아는 이들을 보고 얼른 흔들어 쫓아내야만 했다. 그럴 즈음 우리는 각자 게리통을 떠올렸다.

일을 마치자 아그리콜이 무심한 투로 이렇게 말했다.

"메장 님, 한참 동안 소식이 없군요…… 보리솔에서 그 두 사람이 어떻게 지내는지 아는 사람이 없는지요……? 올해 하도 힘이 들었기에……"

나는 답했다.

"자네 말이 맞아요…… 보리솔에서 그 두 사람이 어떻게 지냈을지……? 가보면 어떨까……"

우리는 가보았다. 소출에 만족해하는 두 노인이 거기 있었다.

"참 적은 나머지 더 나쁠 일도 없네요." 게리통이 장난스럽게 말을 꺼냈다. "나쁠 일이 들어올 자리도 없는 거죠. 용케 괜찮습니다…… 그러니 뭘 더 바라겠어요, 메장 씨?"

우리는 안도하면서 마을로 내려왔다.

보리솔　　　　　　　77

VII

　원칙적으로 아그리콜과 나는 한 달에 한 번, 겨울에도 보리솔에 올라가보았다. 게리통 내외가 아주 가난했던지라 우리는 항상 '길손 요깃거리'나 작은 선물을 준비해 찾아갔다. 그럼에도 두 사람은 참으로 너그러이 정을 베푼 나머지, 우리는 그들이 가진 것의 3분의 2나 먹어 치우는 격이 되곤 했다. 하지만 그들은 받기를 사양했다.

　나는 그들에게 이렇게 말했다.

　"친구님들, 곧 성탄절인데 여기 외따로 계시다니요. 날도 춥고요. 리귀제에 이틀만이라도 와서 쉬세요. 장작불도 지피고 아그리콜네 아이들이 성탄 노래도 불러줄 겁니다. 페르드리제트는 칠면조를 구울 거고요. 한 가족으로 지냅시다……"

　게리톤이 고개를 저었다.

　"메장 씨, 생각해보셨어요? 그런 길을 나서기엔 너무 나이가 들었습니다…… 그리고 이 집이 우리를 필요로 해요, 그런 날에요…… 불도 피우지 않은 채 집을 혼자 둘 수 없어요! 안 되죠! 만일 그런다면 불행이 닥칠 겁니다……"

그러고선 게리톤은 한숨을 내쉬었다.

"저희가 마지막이죠, 메장 씨. 우리 다음엔 아무도 없어요. 불쌍한 집 같으니! 집을 기쁘게 하기 위해서라도 최소한 성탄절에 장작불을 지펴야죠…… 저희가 내년 겨울에 어디 있을지야 누가 알겠습니까……?"

나는 더 우길 수 없었다. 하지만 오래전부터 홀몸으로 사는 내 집에 성탄절을 맞아 이 선량한 두 사람을 기꺼이 재워줄 수 있었을 것이다. 그날 밤 내내 나는 게리통 부부를 생각했다. 그들이 그리웠다. 정말 그래서 더 참을 수 없었다. 나는 아그리콜에게 말했다.

"할 수 없지요! 칠면조 한 마리를 구워주시고 바구니에 초 일곱 자루와 디저트 열세 가지,* 신선한 빵 한 덩이와 포도주 두 병, 그리고 아프리카에서 사촌이 보내준 오렌지 여섯 개를 담아주세요……"

눈이 내리고 있었다. 그래도 난 길을 나섰다. 해거름에 아멜리에르에 닿았다. 집들은 다 닫혀 있었으나 지붕마다 기쁜 연기가 피어오르고 있었다. 벽 가까이 가면 따뜻이 데워

* 성탄 전야 프로방스의 전통 상차림. 숫자 13은 예수와 열두 사도를 합한 상징.

진 침실의 온기가 느껴질 정도였다. 그러나 어디에 내 마차를 두고 가야 할지 몰랐다. 이 추위에 말을 한데 두고 갈 수는 없었다. 나는 한동안 마을 골목길을 맴돌았다. 카페는 신중하니 테이블을 안으로 들여놓았고 진열장 문에는 덧창까지 내려놓았다. 빛줄기 한 점 없었다. 안쪽은 고요했으며 문은 열쇠로 잠겨 있었다. 목공소에도 아무도 아무것도 없었다. 2층 천창 뒤로 희미한 빛이 보이긴 했다. 분명 조그만 촛불일 터. 얌전하고 슬픈 듯한 빛이어서 좀 놀라웠는데 다정한 생각처럼, 충직한 밤샘처럼 고요한 빛이었다. 마을 전체에서 이 빛이 유일하게 우수를 드러내고 있었다. 적어도 그렇게 여겨졌다. 왜냐하면 겨울에 (특히 눈 내리는 밤에) 이런 유의 몽상에 쉬 빠져드는 법이지 않은가. 감히 누굴 부를 엄두가 나지 않았다. 사방 사람들이 행복에 젖은 채 서로서로 가까이 당겨 앉아 그네들의 모닥불 앞에서, 퍽 환한 램프 아래서, 밖에 벽을 쓸며 내리는 눈 생각을 하고 있으리란 짐작이 들었다. 그러니 내가 문을 두들겨 이 행복을 어찌 흔들어놓을 수 있었겠는가? 내가 그랬다면 그들은 나와 문을 열었으리라. 그럼 삭풍과 눈이 한 아름 집 안으로 쏠려 들어갔을 것이고, 문 앞에 성에로 하얘진 외투 차림으로 서 있는 나를 보고 마치 혹한의 유령인 양 그네들 모두 오싹 떨었으리라.

결국 나는 사제관에 가서 초인종을 눌렀다. 베르젤리앙 신부님이 친히 나와서 문을 열어주었다. 나는 사과하며 자초지종을 설명했다. 그분은 놀란 기색으로 날 바라보았다. 키가 크고 긴 백발에 회색 눈 그리고 덤불처럼 무성한 눈썹을 가진 그는 아직 건장했다.

그분이 말했다.

"제가 맡지요."

15분 후 말과 마차는 안전한 곳, 창고에 피신했다.

"이런 날씨에 저 위로 올라가시렵니까?" 신부님이 물었다.

그분이 나에 대해 좀 알고 있다는 생각이 들었다.

"종종 마을을 지나가는 걸 보았습니다. 플라타너스에 말을 매어두곤 하셨죠. 카페 옆에 말입니다…… 메장 씨 맞으시죠……? 리귀제의 메장 씨……?"

나는 팔에 바구니를 끼고 있었다. 그분이 그걸 받아 들었다.

"그래도 잠시 몸을 덥히고 가세요. 세이지주 한잔하시고."

나는 조그만 원탁 가까이에 앉았다. 세이지를 넣은 술은 녹색 시럽처럼 강렬했다. 좋다고 칭찬해드렸다. 신부님은 긴 숨을 내쉬었다.

"40년 묵은 거랍니다. 이제 두 병밖에 남지 않았죠. 제 어머니가 담그곤 하셨는데…… 좋은 시절이었지요……"

그러고는 입을 다물었다. 탁상시계 원형 바퀴가 움직이는 소리가 들려왔다.

"상세르그에 사촌들이 있었습니다." 그분이 문득 말을 이었다. "먼 사촌이지만, 메티디외라고 하죠……"

그분은 다시 생각에 잠겼다.

"게리통이 그 은둔지에서 계속 살기에는 이제 너무 나이가 들었지요? 특히 겨울에는요. 길도 험하고, 그렇지 않습니까, 메장 씨?"

그분은 새하얀 담뿍 눈썹을 찌푸려 보였다.

"몇백 미터나마 동행하는 게 낫겠습니다." 그분은 결론 내렸다. "그래야 조금이나마 맘이 놓이겠어요."

그분은 초롱에 불을 켰다. 우리는 밖으로 나왔다. 눈은 더 내리지 않았고 공기는 매우 온화해졌으나 하늘은 여전히 새털구름으로 낮게 깔려 있었다. 하지만 비현실적인 어떤 빛이 어려 있었다. 달이 뜬 모양으로, 그 빛은 구름 아래 떠돌고 있었다.

신부님은 당신 초롱을 건네주었다.

"내려오는 길에 돌려주시면 됩니다. 집으로 점심 드시러 오세요. 그들 소식도 들려주시고."

나는 그러겠노라고 했다. 그분은 성큼성큼 눈길을 걸어갔고 시야에서 멀어져갔다.

*

보리솔에 닿기까지 오래 걸어야 했다. 눈에 푹푹 빠지곤 했다. 기이한 정적이 산기슭 위로 펼쳐져 있었다. 바람 한 점 없었다. 얼음장 아래로 샘물이 흐르고 있었다. 사방에는 거대한 백색 장막. 눈의 맛이 좋았다. 정말 좋아서 신선하고 생기를 주는 그 짭짤한 맛을 느껴보려고 입술 위로 혀를 내밀어 핥곤 했다. 숨을 쉴 때마다 입 앞으로 김이 서렸다. 가풀막이 겨웠기 때문이다.

보리솔에는 누가 사는 듯한 기척이 전혀 없었다. 개도 안으로 들여놓은 것이다. 나는 조용히 문을 두드리며 말했다.

"겁내지 마세요. 리귀제에서 온 친구입니다."

누가 문 쪽으로 다가왔다.

"게리통, 메장 씨가 온 것 같아요. 믿기지 않네요! 이렇게 늦은 시간에! 어쩜 이런 날씨에!…… 아이구 하느님! 얼른 열어드려요!……"

그가 문을 열었다.

"정말 그분이네, 게리톤!"

그는 거기 그냥 서 있었다. 입을 멍하니 벌린 채. 작은 초 한 도막을 손에 든 채.

나는 문을 되닫았다.

"하하, 게리통! 내가 내일까지 잘 수 있게 짚방석 하나야 있겠지요……"라고 그에게 말을 건넸다.

나는 두 사람을 끌어안았다. 그런 후 식탁 위에 바구니를 놓았다.

"아이구 예수님! 아이구 저런!" 게리톤이 눈물을 터뜨렸다.

바로 그 칠면조와 디저트들, 포도주병들이며 아프리카에서 온 오렌지 여섯 개가 향기를 풍겼다.

가난한 두 노인네는 털가시나무 장작으로 그럭저럭 불을 지폈고, 조명이라곤 기름 등잔 하나밖에 없었다. 나는 일곱 자루의 굵직한 초를 꺼냈다. 진정 성당용 초 말이다. 그리고 그것들을 큼직 투박한 사기 접시 일곱 개에 차례로 의젓하게 꽂았다. 불을 댕겼다.

아! 두 사람은 자기 눈을 믿지 못했다. 벽에서, 검은 바닥에서, 천장에서, 기이한 그림자들이 튀어나와 어른어른하기 시작한 것이다. 춤을 추는 그 기다란 그림자들과 식탁 위에 놓인 단맛 도는 포도주, 호두, 칠면조 그리고 커다란 샐러드 그릇에 담긴 오렌지들이 여태 내 눈앞에 생생하게 떠오른다.

정말이지 그 성탄절 밤을, 함께했던 그 충직한 두 노인을 내 평생 잊을 수 없다. 그들은 분주히 장櫃을 뒤져 냅킨과 행주를 꺼냈다. 상대를 향한 깊은 신뢰에서 나온 그네들의 이런 행복의 표현에 당황한 나는 그들을 쳐다볼 수도 없었다.

"메장 씨, 성탄절을 제대로 지낸 게 한 10년 됩니다. 외따로 여기 우리 두 사람뿐이니까요. 애도 친척도 없으니 말입니다. 여동생 마르슬린을 빼고요. 그렇지만 동생도 저 아랫 마을에서 저 살기 바쁘니 여기 올 수도 없고. 여름에도 그런

84

걸요…… 하긴 우리가 정말 멀리 살고 있으니!……" 게리톤
이 말했다.

　게리통이 덧붙였다. "아르나비엘이 11월에 다녀가면 보리
솔에 올 사람이라곤 아무도 없어요. 올해만 예외죠……"

　"올해 누가 왔나요?……"

　"야영지를 못 보셨던가요?"

　"아뇨."

　"방랑객들요, 집시들……"

　"어디에?"

　"양 우리 좀 위쪽 타작마당 저 너머에요. 어제 저녁나절에
밤이 다 되어 그네들이 오더군요. 남자 네댓에 여자 한 명인
듯했어요. 그 이상은 아니에요. 그리고 노새 두 마리에 당나
귀 한 마리였죠. 기이한 당나귀더군요……"

　"걱정되지 않던가요?"

　"걱정되죠. 약간은요. 우리 가축들 때문에 말입니다. 하지
만 그네들도 참 불쌍해 보여서 닭을 한 마리 주었답니다."

　"어디서 온 사람들이죠?"

　"저 위, 고갯마루에서요."

　"이름 없는 길로?"

　"그렇습니다. 그 길로……"

　"한데 그 길은 어디로도 닿지 않는데, 게리통, 그 길 말입
니다……"

"사람들이 흔히 그리 말하죠. 하지만 길은 길이니. 무슨 소용이 있었던 길이겠죠. 아니겠어요?"

"한데 이런 날씨에! 무슨 생각일까요! 지금은 다들 어디에 있나요?"

"버려진 양 우리 곁에요. 제가 문을 따주었어요…… 한데 있으면 다들 얼 테니까요. 그런데 안으로 들어가려 하지 않고, 그냥 눈벌에 천막을 치더군요. 거기 다섯 명이 함께 있습니다."

"내가 가봐야겠어요." 나는 문득 소리를 질렀다.

자리에서 일어났다. 게리톤이 걱정스러워했다.

"감기 들 것 같아요, 메장 씨……"

나는 어깨에 두꺼운 외투를 걸치고 밖으로 나왔다. 달이 구름 사이로 밝게 빛나고 있었다. 잘 보였다. 나는 야영지에 접근했다.

긴 양털로 짠 모직 천 천막이 있었다. 갈색으로 꽤 컸고, 밧줄로 잘 매여 있었다. 입구 쪽 자락은 되여미느라고 접혀 있었다.

안쪽에선 소리도 빛도 없었다. 모두 자고 있었다. 가축들은 우리 안에 들여져 있었다. 어둠 속에서 발굽으로 바닥을 차는 소리가 들려왔다. 나는 부싯돌을 밝혔다. 문 근처 커다란 연장걸이에 노새 두 마리가 매여 있었다. 꽤 괜찮아 보이는 노새들이었다. 한데 안쪽에서 무언가 움직이는 소리가 들렸다. 부싯돌 불빛이 별로였고 양 우리는 꽤 길었다. 나는 들어가보았다.

거기에 당나귀가 있었다. 등 위에 모직 덮개를 덮고 있었다. (그야 추위 때문이리라.) 그런데 나귀의 네 다리에는 바지가 입혀져 있었다. 이런 차림새가 놀라웠다. 방랑객들은 통상 가축들에게 이런 식의 정성을 들이지 않는 법이기 때문이다.

그 바지 외에 나귀는 여느 나귀들과 같았다. 크지도 작지도 않았지만 튼튼한 모습에, 침착하고 생각에 잠긴 듯 사려 깊은 기색의 나귀 말이다. 여느 많은 나귀가 흔히 그러하듯이. 그는 묘하게 나를 응시했다. 그의 눈은 금빛이었고 흐린 듯 다정한 시선이 떠오르고 있었다. 이 나귀, 그는 바로 그 두 눈으로 뭐라 형용할 수 없는 투로 말을 건네고 있었다. 그런 그는 내 부싯돌이 간신히 비추고 있는 그늘 속에 잠겨서 좀 비현실적으로 보였다. 그에겐 모든 것이 민감한 듯 보였다. 가슴께 동여맨 끈이며 목줄, 따스한 콧등, 특히나 작은 빛줄기가 비추고 있는 이마의 커다란 뼈가 그리 보였다.

나는 나귀에게 건초를 한 줌 건네고서 뭐라 표현 못 할 맘으로 우리에서 나왔다.

눈발 속 천막은 여전히 잠에 빠져 있었다. 가끔 가벼운 바람이 천막 벽 쪽으로 눈발을 밀어붙이는 가운데, 천막 아래자락에는 이미 눈이 제법 경사면을 이루며 쌓여 있었다.

"친구님들." 나는 집으로 돌아와 소리를 질렀다. "그 사람들은 모두 자고 있더군요. 깨어 있는 유일한 존재는 나귀였어요."

"참 기이한 나귀죠, 그렇지 않나요? 메장 씨?" 게리통이 답했다.

나는 농담 삼아 (하지만 적지 않은 감동에 젖어) 이렇게 말한 걸로 기억한다.

"아마도 성탄 구유의 나귀인 게죠……"

게리톤이 성호를 그었다.

그러고선 모두 식탁에 앉았다. 정말 따스했고, 아주 잘 구워진 칠면조며, 환하게 켜진 초들이 참으로 좋아서 나는 게리톤 앞에서 오래된 민요 한 소절을 흥얼거리기까지 했다. 게리톤이 행복에 젖어, 눈은 접시 쪽으로 내리깔았지만 웃음을 지어 보였다.

　개가 성 요셉께 말했다네.
　좋으신 주인님, 촛불이 꺼졌어요.
　일어나 모자를 쓰세요!……

옛 프로방스의 성탄 노랫말이다. 개가 추워서 외양간에 들고자 자기 공로를 열거한다는 내용이다. 양을 지키고 사냥도 잘하고 황소와 당나귀의 친구라고 말이다.

88

"우리는 오늘 저녁 좋으신 하느님을 알아 뵙겠네(라고 결론지으며)."

"가축들을 위해 하느님은 필요해……"

예전 목동들이 분명 이 곡과 노랫말을 지었으리라. 가락은 명랑하고 가사는 순진하다. 이제 더는 불리지 않으니 애석할 뿐. 이런 노래를 제대로 음미하려면, 소박한 마음으로 동물들을 사랑하고 하느님을 믿어야 하리라.

게리통 부부는 천사와 더불어 사는 이들이다. 간신히 오물거리는 처지였지만 음식이 다 맛있다고 했다. 말린 무화과, 누가, 올리브유로 윤기를 낸 과자, 포도주, 페르드리제트가 벽장에서 꺼내 준 소박하지만 황금빛 도는 잘 익은 포도주 모두 다.

"이로써 우린 인생을 다 누렸습니다, 메장 씨. 하느님이 이제 우릴 데려가셔도 좋아요." 게리통이 말했다.

"어리석은 사람," 게리톤이 강하게 반박했다. "서두르시라고 하느님을 재촉하지 맙시다!…… 이제 막 태어나셨잖아요!…… 두 분도 참!…… 성탄 밤인데!…… 자! 그런 소리 말고 이 오렌지나 좀 드시구려……"

게리통이 그걸 먹는 동안 우리는 삶의 행복을 느끼며 얘기를 나눴다. 고요하고 눈 속 새하얀 그 성탄의 밤은 무수한 별들로 가득할 하늘을, 홀로 에스칼의 가파른 바위에 붙어 있는 이 농가, 전면이 동방을 향해 있는 이 오래된 농가 위로 드높이 펼치고 있었다……

애기를 나누며 추억에 잠겨 소박한 희망을 품거니 하면서 우리가 얼마나 시간을 보냈는지?…… 모르겠다…… 아마도 불 곁에서 따뜻이 잘 먹어 노곤해진 우리는 말을 멈추고, 알지 못하는 사이 삶의 다른 쪽을 향해 첫 꿈이 태어나는 쪽으로, 잠 속으로 그새 벌써 미끄러져 들었던 것 같다……

누가 문을 두들겼다.

나는 깜짝 놀라 깼다. 강한 손이 문을 흔들어대고 있었다.

"아니, 우리가 뭘 하고 있었지요?" 게리톤도 깜짝 놀랐다.

식탁 위에는 일곱 자루 중 석 대의 초만 남아 계속 타고 있었다.

"자다 깨신 건가요?" 누가 밖에서 물었다.

게리통이 의자에서 일어나 문까지 갔다. 그러나 여는 건 주저했다. 그 망설임을 이해했다. 나도 일어서서 말했다.

"누구시죠? 뭘 원하시는지?"

"아이가 아파요."

게리통이 빗장을 밀고 문을 열었다.

우리 앞 문턱에 키가 크고 말랐으며 고요한 형색의, 구릿빛 얼굴을 한 여인이 서 있었다.

그녀는 품에 아이를 안고 있었다. 아이의 머리는 축 늘어져 있었다. 몸은 담요에 싸여 있었다. 여덟 살에서 열 살 정도의 여자아이였다. 눈은 감겨 있었고 얼굴은 긴장한 모습이었다.

여인이 말했다.

"날도 춥고."

그녀 뒤로 이제 눈 걷힌 하늘이 캄캄하고 장대하니 펼쳐져 있었다. 북극성과, 좀더 아래로는 반짝이는 다른 별 무리가 밤을 은빛으로 수놓고 있었다. 눈송이들이 별 떨기가 된듯……

"애가 아파요. 추워하고요. 불이 없어서요." 여인이 말했다.

그녀를 들어오게 했다. 여인은 벽난로로 다가왔다. 게리통이 장작을 좀 가져왔다.

여인은 웅크려 앉으며 아이를 불 가까이에 내려놓았다. 게리톤이 방석과 담요를 가지러 갔다. 아이에게 작은 침상을 만들어주었다. 아이는 여전히 자고 있었다.

"무슨 병일까요?" 게리톤이 아주 조심스레 물어보았다.

잠시 여인은 모르겠다는 뜻으로 어깨를 들어 올렸다 내렸다. 그런 후 몸을 일으켰다.

"내일 아이를 찾으러 올게요." 그녀는 뜻밖에도 부드러운 음색으로 말했다. "저 대신 좀 돌봐주세요……"

우리는 그녀를 붙잡았지만, 여인은 전혀 들으려 하지 않았다. 그녀는 떠나갔다.

불 앞에 뉜 여자아이는 움직임이 없었다. 마르고, 기이하게도 미동조차 없는 그 얼굴이 갑자기 무서워졌다. 나는 고개를 숙여 들여다보았다.

"살아 있나요?" 게리톤이 웅얼거렸다.

"간신히 숨은 쉬는군요……"

아이는 살아 있었다. 그러나 그 낯설고 뻣뻣한 부동성은 정상이 아니었다. 살아 있는 사람이라면 이런 모습으로 자는 경우가 없다.

아이의 손을 쥐어보았다. 두 손은 얼어 있었다. 내 뺨을 아이 머리 위로 부드럽게 대어보았다. 무게가 느껴지지 않는 머리, 빈 조개껍질 같은 허약한 머리였다. 머리카락은 그래도 부드럽고 고왔다. 그 머리칼에서 그나마 생명력이 느껴졌다. 가벼운 두개골은 텅 빈 듯해서, 나는 부주의하여 그걸 그만 깨뜨려버릴까 봐 겁이 난 나머지 손가락을 대지 못했다. 얼굴에는 그 어떤 생각의 흔적도 깃들어 있지 않았다. 얼굴 형태가 한 영혼의 윤곽을 이루고 있는 것 같지도 않았다. 모든 것이 비인간적으로 보이는 그 얼굴은 오직 부재만을 드러낼 뿐.

여자아이는 아침까지 죽 잤다. 우리는 돌아가며 밤새 돌보았다. 동이 트자 나는 야영지를 살펴보러 밖으로 나왔다.

타작마당은 비어 있었다. 천막이 사라지고 없었다. 눈 위로 발자국만 보였다. 그 자취는 깔딱고개로 향해 있었다. 다시 눈이 내리기 시작했다. 밤새 불기 시작한 바람은 보리솔 위로 떨어지는 수만의 눈송이들을 소용돌이처럼 휘감고 있었다.

*

거센 바람은 종일 계속되었다. 그 때문에 아멜리에르로 가는 길이 끊어졌고, 깔딱고개로 향했던 발자취도 지워져버렸다. 베르젤리앙 신부님이 헛되이 나를 기다리는 마을로 내려갈 수도 없게 되었다. 방랑객들의 도주를 면사무소에 알릴 방법이 전혀 없었다. 눈은 우리를 다음 날까지 가두어 놓았다. 유감은 없었다. 아이의 등장으로 혼란에 빠진 게리통 부부를 도울 수 있었기 때문이다.

"정말 '작은' 아이군요." 게리통이 단정했다.

그 말이 좋게 느껴졌다.

우리는 그 애가 깨어나기를 인내심 있게 기다렸다. 하지만 10시가 되도록 아이는 여전히 잠에 빠져 있었다.

게리통이 커피를 끓였다. 모두 마셨다.

"정말이지 애도 뭘 좀 먹어야 할 텐데." 게리통이 말했다.

그녀는 여자아이의 어깨 밑에 손을 넣어 아이를 조심스레 깨워보려 했다. 머리가 다시 툭 떨어졌다.

나도 깨워보려 했지만 허탕이었다. 몸은 뻣뻣하고 차가웠으나 머리통은 말랑했다. 그래도 숨결이 느껴졌다. 아이는 숨을 쉬고 있었다.

"열 살은 안 넘어 보여요." 게리톤이 주의를 환기했다.

우리는 뭘 어째야 할지 제대로 알지 못한 채 그 애를 그저 지켜보았다.

추하지도 예쁘지도 않았고 뿌리 쪽은 적갈색을 띤 금발 머리. 광대가 튀어나왔으나 윤곽은 고운 편이고 입은 넓은 편이었다. 커다란 눈꺼풀은 닫혀 있었다. 그 얼굴 거죽 아래 아무것도 없는 듯. 그 어떤 감정도 깃들어 있지 않은 듯.

우리는 담요를 들춰보았다. 몸은 길고 가늘었지만 튼튼해 보였다.

아이는 옷을 제대로 갖춰 입고 있었다. 새 모직 원피스에 긴 양말, 좋은 구두에다 아주 따뜻해 보이는 작은 갈색 외투 까지. 목에는 뱀 문양이 든 반짝이는 고리형 호크 핀이 하나 채워져 있었다.

바깥에는 눈이 내렸다. 고요히 내리고 있었다. 에스칼의 저 날카로운 측면이 점차 둥그스름하니 부드러운 모습으로 바뀌어갔다. 아무 소리도 들리지 않았다. 온기를 간직한 벽 난로에는 장작 하나가 타고 있었다. 선명하도록 새하얀 눈 이 집을 에워싸고 있었다.

게리톤이 청소를 했다. 발뒤꿈치를 들고 살살 걸으며 식 탁에서 찬장으로, 음식이며 물잔, 접시를 들고 오가는 그녀 가 보였다. 검정빛 작은 솥이 잉걸불 위에서 뭉근히 끓고 있 었다.

개는 빵 그릇 곁에서 자고 있었고 고양이는 화덕 앞에서 자고 있었다. 가끔 개는 끙 하며 기지개를 켰다. 고양이는 움직이지 않았다. 겨울과 화덕의 불을 진중한 기색으로 즐기고 있는 듯 보였다.

뭐랄까, 초월적인 평화의 하루였다. 걸음걸이도 절로 가만가만해지고 목소리도 잦아드는 그런 날. 공기는 친숙한 형상들이 발하는 세미한 진동을 포근한 솜처럼 감싸안는 듯. 여리고 형체 없이 생각은 떠돌고, 흐릿한 꿈들도 부드러운 구름 속으로 서로서로 녹아드는 듯. 공간도 시간도 감미로우나 조금은 슬픈, 이 조는 듯한 상태 속으로 사라져가는 듯. 걱정에서 놓여나 초조함 없이 우리를 기다리게 해주는 그런 느슨함 속으로.

여자아이는 해가 떨어질 녘에야 깨어났다. 벌써 램프에 불을 밝힌 후였다.

아이는 움직이지 않았다. 두 눈만 떴다. 갑자기 눈을 떠서 게리통을 쳐다보았다.

게리통은 억지 미소를 간신히 지어 보였다. 아이의 움직임 없는 두 눈에 겁이 난 것이다. 회색이면서 맑고, 그러면서도 무표정한 아이의 두 눈.

아무도 감히 말을 꺼내지 못했다. 그저 기다렸다.

그렇게 오래 기다렸다. 마침내 아이가 머리를 움직였다.

"이름이 뭐니, 애야?" 게리톤이 물었다.

그러나 상대는 아무 답이 없었다. 두 눈만 우리에게 고정하고 있었다. 눈길은 한 사람 한 사람 우리를 살피고 있었다. 때로는 얼굴을 보는 듯하다가도, 때로는 얼굴에 머물러 있는 시선이 그 너머를 향하고 있는 듯했다.

게리톤이 아이의 손을 잡고서 설탕을 넣고 계피로 향을 낸 덥힌 포도주를 건넸다. 아이는 그걸 마시고 다시 앉아만 있었다. 병적인 수면 상태에서 빠져나올 수 없는 듯 보였고, 살아 있긴 하지만 마치 우리가 최면 속 현실인 양 그렇게.

장작을 가지러 갔던 게리통이 무거워 보이는 커다란 꾸러미를 가지고 돌아왔다.

"헛간 당나귀 곁에 걸려 있는 걸 발견했어요."

생生마포로 된 큼지막한 자루 안에 든 옷가지들이었다. 우리는 풀어보았다.

여자아이는 벽난로의 턱, 고양이 곁에 앉아 있었다. 행복에 겨운 고양이는 여전히 고요히 졸고 있었다.

물건이 차곡차곡 든 자루에는 깨끗한 속옷과 상태 좋은 옷가지와 구두가 들어 있었다.

우리는 그것들을 식탁 위에 죽 펼쳐보았다. 아이는 무관심한 투로 우리가 하는 양을 지켜보았다. 게리통이 자루 바닥에서 메모를 발견했다. 그 위에 몇 자 적혀 있었다.

"저런, 어서 읽어주세요." 게리톤이 청했다.

내가 읽은 내용은 다음과 같으며, 물론 아이에 관해서

였다.

　아이를 맡깁니다. 펠리시엔이라고 부르십시오. 부모
가 없는 아이입니다. 잘 키워주십시오. 적지만 비용을
대겠습니다. 돈은 때때로 보내겠습니다.
　저희를 찾아 나서도 소용없습니다. 한번 사라지면 결
코 찾을 수 없는 것이 저희니까요.
　우리도 어쩔 수 없어서 아이를 포기한 겁니다. 사랑
을 베풀어주십시오. 아이가 좀 이상해 보이더라도 놀라
지 마십시오.
　어느 날엔가는, 아마도……

　작은 주머니 안에 돈이 있었다. 대단치는 않아도 충분한
금액이었다.
　"그래, 이름이 펠리시엔이라고?" 게리톤이 부드럽게 다가
가 물어보았다.
　하지만 아이는 머리를 돌리고 대답 없이 불길을 쳐다보
았다.
　개가 호기심에 차서 아이 곁에 탐색차 다가왔으나 당황한
채 슬그머니 물러섰다. 그러고서 바닥에 콧등을 길게 낸 채,
하지만 눈길은 우리를 향해 들고서 호소하듯 지켜보기 시작
했다.

고양이는 움직이지 않았다. 밖에는 눈이 내렸고 우리는 말없이 저녁을 먹었다. 여자아이는 몇 입 먹는 듯하다가 벽난로 곁으로 돌아갔다.

9시경 바람이 일어 웅얼거렸다. 처음에는 네다섯 번 센바람이 불더니, 집의 틈새들이 뿌지직거릴 정도로 크게 아우성이었다.

"미스트랄* 강풍이군요." 게리통이 말했다. "눈은 더 안 내릴 겁니다…… 하지만 추워지겠지요."

나는 아멜리에르에 두고 온 말이 걱정되었다. 게리통이 날 안심시켰다.

"신부님이 말을 어디에 피신시켰을지 압니다. 벨롱네 집이겠죠. 잘 돌볼 겁니다."

여자아이는 금방 또 잠들었다. 게리톤의 침대에 옮겨주었다.

뺨이 화색으로 약간 물들어 있었다. 잠기운이 아직 강하긴 했어도 이제는 여느 사람처럼 그리 잠든 듯 보였다.

불 곁으로 짚방석을 내어왔기에 나도 거기서 잘 잤다. 하지만 한두 번 눈이 떠졌다. 그러면 따스한 재 근처에 여전히 고요한 고양이가 보였다.

모두 일찍 기상했다. 눈은 더 내리지 않았다. 바람도 잦아

---

* 알프스에서 지중해 쪽으로 부는 프랑스 남부 지방의 북풍, 북동풍.

들었다. 하지만 추위에 눈벌이 얼어 있었다. 9시에 게리통 내외와 작별했다.

"신부님께 얘기해주세요." 게리톤이 말했다. "그럼 올라오셔서 무얼 어찌해야 할지 판단해주시겠지요……"

양손을 호주머니에 넣은 채 창밖을 보고 있던 게리통이 이윽고 말했다.

"필요한 일은 해야죠…… 어렵지 않습니다."

나는 조심조심 비탈을 내려왔다. 사방이 미끄러웠기 때문이다.

*

창 너머 아예 자리를 잡고서 베르젤리앙 신부님은 아침나절부터 내가 오는지 살피고 계셨다.

"악천후가 더 계속되었더라면 보리솔에 길을 내러 파견대를 올려 보낼 참이었습니다." 신부님이 말했다.

나는 말 걱정을 했다.

"벨롱 부부가 잘 돌보았죠. 염려하지 마세요."

식기 두 벌이 차려져 있었다.

식당으로 들어가면서 누군가 기이하게 획 사라지는 걸 본 것 같다. 식당이 꽤 어둑했으므로 그 얼굴을 제대로 본 건 아니다. 하지만 복도로 가벼운 발걸음이 지나가는 소리를 들었다. 길로 통한 문이 덜컹하더니, 아주 기민한 키 작은 노인 한 명이 개암나무색 외투를 입고서 휙 날아가는 걸 보았다. 정말이지 그는 날아가듯 했다. 큰바람이 그의 옷자락을 감아올렸고, 달아나는 모자는 지붕 높이까지 날아올랐으며, 그 자신도 강풍에 휘말려 사라지는 듯 보였다.

신부님은 못 보았다. 우리 둘은 식탁에 앉았다.

"그들이 어찌 지내던가요?" 신부님이 곧바로 물어왔다.

"잘 지냅니다. 아주 잘 지냅니다. 한데……" 나는 답하며 이야기의 전모를 들려드렸다.

말을 마치자 그분이 일어나 문에 가서는 아주 부드럽게 이렇게 불렀다.

"쥘리에트, 여보게나, 쥘리에트!……"

쥘리에트가 왔다. 자그마한 노파로 머리를 양쪽으로 갈라 붙이고 입술은 얇고 걱정스러운 기색을 띠고 있었다. 특히 눈이 아름다웠는데 작지만 맑고 부드러운 눈이었다.

신부님이 날 돌아보며 말했다.

"다시 한번 이야기해주시겠습니까?"

나는 물론 기꺼이 그리했다. 이야기 내내 쥘리에트는 나를 바라보았다. 이윽고 얘기를 마치자, 살풋 미소와 함께 감사하다는 표정을 살짝 지어 보였다. 그런 후 그녀는 사라졌다.

신부님은 이 조용한 등장과 퇴장에 아무런 설명도 덧붙이지 않고 말했다.

"그 사람들이 앞으로 어떻게 할 거라 보세요?"

"아이를 돌볼 겁니다."

그분은 생각에 잠겼다.

"그들이 절 기다린다고 했지요…… 내일 올라가보리다."

"그들에게 어떤 조언을 하실는지요?"

그분은 그저 고개만 끄덕였다.

"무슨 조언을 하겠습니까. 마음이 이끄는 대로 하실 분들 께. 더구나 당신도 그들을 잘 알지 않습니까……"

신부님은 약간 걱정에 잠긴 듯 보였다. 그렇지 않느냐고 여쭤보았다.

"그 두 사람, 벌써 나이가 많고 당신이 생각하는 것보다 훨씬 더 가난하죠, 메장 씨……"

그분은 입을 다물고 부지깽이로 벽난로의 불을 되살리러 가더니 다시 식탁에 와서 말을 이었다.

"샘물이 흐르는 한 살아갈 과원이 있는 셈인데. 아시다시 피 참으로 적은 것만으로 살아가는 사람들이지요…… 한데 그 샘은 정말 오죽잖죠. 조금이라도 흙이 무너지면 그만인 걸요…… 게다가 당신도 보셨다시피……"

쥘리에트가 커피를 내왔다. 우리는 불 앞에 가서 자리를 잡았다. 불은 퍽 따뜻했다. 커피 향이 온 방을 향긋하게 채웠 다. 신부님은 호의 그 자체였다. 쥘리에트는 진중하고도 부드러웠다. 오래된 사제관은 제향과 꿀 그리고 잘 다려진 순백의 천 냄새를 풍겼다. 그곳은 겨울 한가운데의 그야말로 순수한 피난처였다.

우리는 말이 없었다. 커피를 음미하면서(훌륭한 감식가인 듯 보였다) 신부님이 가끔 나지막이 한숨을 쉬었다.

그러다 갑자기 잔을 내려놓고 화가 난 듯 소리를 높였다.

"난 이해 못 하겠어요. 내 나이에도 용납이 안 되네요. 아니 메장 씨, 그 당나귀, 바지를 입은 당나귀라니요……"

그분은 곤혹스러워하며 머뭇거렸다.

"정말이지, 그 나귀라니……"라고 덧붙였다.

이처럼 약간 퉁명하게 자신의 거북함을 떨쳐냈다.

"그 당나귀가 당신을 바라본 거죠. 당신은 그 나귀 눈을 본 거고요. 그런 다음?……"

나는 나귀의 기이한 시선, 버려진 양 우리의 어둠 속에 있던 그 동물의 흐린 듯 부드러운 시선을 떠올렸다.

"그럼 신부님도 그 나귀를 보신 적이 있다는 거죠?"

"물론이죠, 성탄 전야에요. 여기서 단 두 발짝 거리에서, 사제관 정원 뒤에서 보았습니다. 보리솔로 올라가는 두 길이 지나는 곳이기도 하죠. 사이프러스 아래에서 비둘기들 먹이를 주고 있었죠. 걷는 소리, 발굽 소리가 들리더군요. 그러더니 그 나귀가 등장했어요. 마을에서 오는 길이더군요. 마구를 달고 반바지도 입고 담요도 덮고 있었죠. 동물들을 존중해야 한다지만 좀 웃지 않을 수 없었어요. 정말이지…… 참으로 측은하기도 하고 우스꽝스럽기도 했어요…… 하지만 내가 그리 웃으니 나귀는 괴로웠을 겁니다. 메장 씨, 정말이지 나귀가 절 바라보았는데 여태껏 만난 여느 나귀와는 전혀 다른 시선이었죠!…… 아 정말, 심술이라곤 한 점도 없이!…… 그냥 지나치는 시선이었지만 조용히 꾸지람을 내리는 그런 시선이었어요!…… 나는 한동안 놀라 그냥 서 있었습니다…… 그러자 나귀는 보리솔로 가는 길로 접어들더니, 작은 발걸음을 옮겨 그 길로 올라가더군요. 혼자서 말입니다! 아무도 나귀와 동행하지 않았죠!…… 전 마을의 나귀란 나귀는 다 알지만(당연한 일이죠), 그 나귀는 마을 나귀가 아니었어요. 그런데도 그 당나귀는 오솔길을 잘 안다는 투로 접어들었답니다. 마치 그 길을 10년 넘게 하루에 두 번씩은 다니고 있다는 듯…… 이 모두가 나로선 감당이 안 되는군요……"

그분은 입을 다물고 긴 묵상에 빠져들었다. 하지만 만족스러운 답을 얻지 못한 건지, 갑자기 이렇게 웅얼거렸다.

"정말이지 메제미랑드에게 가서 얘기를 나눠봐야겠습니다."

내가 당신 앞에 있다는 걸 그제야 느낀 듯, 약간 당황한 기색으로 이리 덧붙였다.

"한데 메제미랑드를 모르시죠?……"

나는 모른다고 답했다.

"하지만 아까 들어올 때 누가 사라지는 걸 얼핏 보긴 했습니다만, 그가 아닐지……"

"맞아요!…… 별일 아니어도 그는 질겁해서 늘 사라져버리고, 자신을 지워버리는 그런 사람이죠!…… 벽도 뚫고 지나가는 사람입니다. 우리 눈앞에서 육신을 털어버릴 수 있는 존재랄까요. 그를 붙잡는대도 한 줌 바람밖에는 느낄 수 없을 겁니다……"

"아까도 바람이 그 사람을 실어 갔어요." 나는 공손하게 설명했다. "정말이지, 회오리바람이 그를 실어 가버리더군요……"

신부님은 이 말에 반색을 표했다.

"그 사람에게는 놀라운 일도 아닙니다! 영혼과 육신 양쪽의 딱 한가운데에 기적처럼 자리 잡은 존재라니까요. 날아가죠. 늘 그렇게. 이쪽에서 저쪽으로…… 그 사람은 모든 걸 다 알고 있어요!……"

신부님은 몽상가가 되었다.

쥘리에트가 나타나 발끝으로 식당에 조용히 잠입해 들었다.

뒤돌아보지 않은 채 신부님이 질문했다.

"갈레트를 가져오는 거죠?"

쥘리에트는 면포에 감싼 커다랗고 뜨끈한 갈레트를 식탁

위에 올려놓았다.

"이거야말로 쥘리에트 생각이죠. 당신이 돌아가는 길에 허기가 질까……" 신부님이 말했다.

그분은 미소 지었다. 나는 쥘리에트를 포옹할 뻔했다.

리귀제에 돌아오니 저녁나절이었다. 리귀제에서는 아침부터 아그리콜네 가족들 전부, 남녀노소 가리지 않고 모두 돌아가며 바람 부는 쪽으로 코를 내밀고는, 내가 언제 돌아오나 학수고대하고 있었다.

모두들 나를 식탁으로 이끌었고 거기서 갈레트를 함께 먹었다. 참으로 당당한 갈레트! 맛있게 부서지며 아니스와 꿀 그리고 마르멜루 열매 잼 향기를 풍겼다.

내가 여행 얘기를 하는 동안, 아그리콜네는 모두 입을 멍하니 벌린 채 이 지상에서 천 보步는 족히 두둥 떠오른 듯 보였고 간간이 탄식의 한숨을 짓곤 했다.

VIII

　일주일 후, 그새 보리솔에 올라갔던 신부님으로부터 긴 편지 한 통을 받았다. 게리통 부부는 아이를 돌보고 있었다.

　"제가 면장인 바르타벨에게 내용을 전달했습니다"라고 베르젤리앙 신부님은 썼다. "서류 절차를 생각한 것이죠. 법이 엄연히 있으니 말입니다. 잘 들여다보면 우리가 만든 법은 아니지만…… 바르타벨은 맘 편히 하라고 얘기해주더군요. 결과는 두고 보면 알겠죠. 면장에게는 큰 근심거리일 터인데도 말입니다. 헌병대가 올 거고 이것저것 적을 것도 여러 장일 텐데. 폴이건 피에르건 각자 의견을 내놓겠죠. 결론이야 '여아에게 최선책으로 사료됨'이라 하겠지만요." 나는 신부님이 쓴 대로 여기 증언한다. 사실 맞는 말씀이다……

　"아이도 보았습니다. 말도 건네보았어요. 겨우 대답만 하더군요. 그렇다고 나쁜 고집을 부리는 건 아니었습니다. 본인에 대해 부모에 대해, 어디서 왔고 누가 데려왔는지 묻노라면 눈을 크게 뜬 채 천천히 고개만 가로젓 말을 못하더군요. 알아내서 답을 하려고, 생각도 찾고 기억도 떠올리려고 노력은 하는데 말이죠. 하지만 그 애 기억의 한 부분에는 그만 텅 빈 구멍이 생긴 것 같았습니다…… 무얼 꺼낼 게 없더군요.

게다가 똑똑한 것 같으나 이해력이 느리더군요. 보고 들은 걸 제대로 파악하는 데 어려움을 겪는 것 같다고나 할까요. 뭐랄까, 만사가 그만 미끄러져 도망가서 사라지는 것 같았습니다. 감동하고 반색하며 만사를 받아들이지만 금방 사그라들더군요. 아이는 무얼 간직하지 못하는 듯했습니다. 기쁨에 곧이어 슬프고 가련한 얼굴, 제 맘을 아프게 한 어떤 복종의 모습이 보였어요. 그 아이의 지력知力에는 새는 바닥, 구멍이 있어서 그 틈으로 방금 받아들인 온갖 개념이 체에서 흘러내리듯 사라지는 격이랄까요.

그 기이한 얼굴은 착하지만 쉬 겁에 질리는 영혼의 모습이었습니다. 그리고 너무 복종적인, 정말 지나칠 정도로 복종적인 성격으로 보였습니다. 무기력한 아이에게 이런 고분고분함이라, 낯설었습니다…… 별것 아닌 일도 아이를 흔들어놓고 별 뜻 없는 시선도 아이를 불안하게 하는데, 그건 마치, 매 순간 제 잘못이라고 생각하면서 보이지 않는 어떤 위협 아래 간신히 살아 있는 것 같았습니다……

메장 씨, 당신도 가서 아이를 좀 보시기 바랍니다……

게리통 내외야 물론 이 모든 걸 좋게 생각하고 있습니다. 그들로서야 자기 집에, 바로 곁에 이제 사랑을 줄 한 존재가 생긴 것이니까요. 세심한 사람들이라 당연히 그 사실을 대놓고 드러내지는 않지만요. 그네들은 마음을 얻는 가장 확실한 길은 너무 초조해하지 않고, 숨어서 기적을 기다리는 일임을 아는 이들이죠…… 아이는 그 노인네들의 짐짓 무관심에 놀란 듯 그네들을 바라보곤 하더군요. 그러면 그들은 아이의 시선을 피하면서 몰래 다정하게, 또 걱정스레 아이를 엿보곤 하더이다.

눈이 녹는 대로 당신이 와주길 바라던데, 곧 그리되겠죠. 어제저녁부터 하늘이 저리 고요한 걸 보니 말입니다. 저는 사제관에서 당신을 기다리겠습니다. 우리 언제 메제미랑드 집을 깜짝 방문해서 놀라게 해줍시다. 말은 해두었습니다. 그도 좋아하더군요. 그 사람 영혼 육신은 거기 있을 겁니다. 서로 그럭저럭 결합된 채 말입니다. 만일 당신이 그를 유별스럽지 않은 사람으로 여겨만 준다면야 그도 자리에 가만히 있게 되겠죠. 그럼 보시게 될 겁니다……"

*

내 계획은 사고 때문에 어긋났다. 광에 장작을 채우다가 바보같이 떨어져서 엉덩이에 골절을 입었다. 의사가 고약한 경우라고 진단한 골절상은 일단 무척 아팠다. 무릎에서 엉덩이까지 석고를 한 채 두 달 동안 참을성 있게 방에 있어야만 했다. 초기에는 정말 견딜 수 없을 만큼 다리 전체에 강한 통증을 느꼈다. 근육도 세게 당겼고 석고붕대는 살을 아프게 조여왔다. 보통 때 매우 활동적으로 사는지라 이렇게 가만히 있자니 절망이 엄습했다. 그러다 이윽고 조금씩 조금씩 강제 휴식에 순응하게 되었다.

시도니

I

그 시절, 농가 우리 집에는 아직도 시도니 메리코를 집안일 하는 사람으로 두고 있었다. 사람들은 친근하게 그녀를 메리코트라고 불렀다. 내가 태어나는 걸 본 그녀는 이제 노인 줄에 들었으나, 큰 일거리는 아니라지만 여전히 집안일을 잘 건사해주었다.

정말 열심을 다하는 존재였다. 인생의 약속을 믿는 그녀에 의하면 "삶은 무위로 보내라고 주어진 게 아니다." 정말이지 그녀는 완벽한 확신감에 차서 세탁하고 솔질하고 비질하고 먼지를 털고 문질러 닦고 초 칠해 광을 내었다. 그녀는 이렇게도 말했다. "모든 게 윤이 나면 행복한 법이죠." 나이가 들어가면서 이런 일들이 한층 겨워졌으나 그녀는 일손을 놓지 않았다. 과도한 열성을 좀 누그러뜨리려고 간혹 조언이라도 할라치면 이렇게 대답하는 그녀였다. "질서가 있어야 해요. 프레데리크 씨.* 질서가 없다면 인생이 어찌 되겠

* 집 안에서 친근하게 부르는 별칭.

어요?……" 이 지상에서 그녀는 질서로 만족했다. 질서를 저해하는 건 모두 그녀의 사랑을 거슬렀다. 그녀가 자기 주위에 이루어놓은 질서를 어질러버리는 어떤 힘, 영향력에 대해선, 그것이 보이는 것이건 보이지 않는 것이건 탓하며 욱하여 화를 내는 일도 있었다. 정말이지 질서에 대한 그녀의 욕구는 내심에서 비롯한 것이었고, 논리의 바탕도 바로 마음이었다. 그 결과 내 집을 건사하는 모든 운영은 그런 깊은 감정의 소산이었다. 시도니는 자기 편하게, 아니면 내가 편하게 물건들을 정렬하는 게 아니라, 그 물건들이 고상한 빛을 발하도록 정리 배열을 했다. 그러기에 포도주를 부어 식탁에 올리는 크리스털 단지는 불에 바로 얹어 당근을 익히는 철제 냄비보다 명백히 더 고귀한 것이어서, 그건 식기장의 가장 높은 곳, 영예로운 선반 위 그것도 한가운데에 꼭 자리 잡아야 한다는 식이었다. 그런 나머지, 매일같이 하루에 두 번씩이나 의자 위에 올라가 그걸 내리는 수고는 대수가 아니었다. 크리스털 단지는 모든 식기 위에서 번쩍일 권리가 있었다. 이런 식으로 집의 높은 곳에서 낮은 곳까지, 하찮은 잔 하나라도, 정말 별것 아닌 빗자루조차도, 시도니의 마음에 합당한 제 위치에 자리하고 있었다. 열정적 사랑의 서열을 따른 이 위계질서상, 그 정서적 가치가 비록 미미할지언정 그녀 애정의 한 자락을 누리지 못하는 그 어떤 물건도 존재하지 않았다. 날이 들쭉날쭉해져서 더 쓸 수 없

게 된 오래된 식칼에 대해서도 시도니는 응분應分의 애정을
품고 있었다. 물론 눈에 잘 띄는 데 두지는 않았으나, 그 칼
은 서랍 안쪽에 언제나 광이 잘 나도록 닦인 모습으로, 여태
까지의 임무에서 놓여나 휴식을 취하고 있었다. 그 칼을 다
시 발견할 때마다 시도니는 매번 다정한 말까지 건넬 정도
였다.

우리 집안사람들은 예외로 하고, 그녀는 사람들에게 크게
관심을 두지 않았다. 하지만 우리(아그리콜네 가족들과 나)
는 그녀의 애정 위계의 기둥으로서, 위치야 다르지만 응당
서로 연결된 그런 존재들로 자리매김해 있었다. 그녀의 마
음이 흐뭇하게 닿는 그런 내적 질서 안에서, 집에서 차지하
는 중요도에 따라 각자 분류되어 있었달까. 등위 제일 위쪽
에는 내가 있었는데 그걸 몰랐겠는가. 아그리콜네 가족들은
아래쪽이었겠지만, 정작 시도니가 자기 자신은 어느 등위에
위치시켰는지만큼은 알 길 없었다.

수탉들과 암탉들, 칠면조들과 오리들, 거위들, 뿔닭들도
그이에게 소중한 존재였다. 그녀는 정성을 다해 개를 보살
폈다. 하지만 집고양이에 대해선 어쩔 줄 몰라 했다. 황금빛
눈동자에, 아주 폭신하고 따뜻한 털을 가진 이 두 마리 고양
이는 과민한 동물이었다. 멀리서 온 존재들로, 누가 옛 페르
시아 본고장에서 가져다준 것들이다. 시도니는 그들을 경
애하듯 돌보았다. 고양이들은 까다롭고도 조용한 존재였다.

점잖기도 하지만 참으로 경계심이 많았다. 딱히 이유 없이 등장했다가 사라지기를 반복했다. 그들은 양면성을 띠는 삶의 대조적 즐거움을 음미하는 듯 보였다. 겉으로 뽐내며 음전하면서도 쉽게 관능을 충족하는가 하면, 아무도 모를 어딘가를 심오한 기쁨을 느끼며 파고들었다. 그런 지경에서 다시 나올 때의 그들은 한층 더 알쏭달쏭한 존재로 보였다. 바로 그런 순간의 고양이들이 시도니의 성심誠心을 뒤흔들어놓았다. 그네들 속에 분명 지혜가 존재함을 의심케 하는 건 없었지만, 한편으로 그들은 유혹이라는 미묘하고도 보이지 않는 향기를 전파하기도 했으니 말이다. 그러나 실제 그네들이 시도니가 정한 물질적이며 정신적인 질서를 파괴한 적은 없었다. 그들은 집에 온전히 자리 잡은 존재들로, 자기네들의 습관에 충실하고 권리와 의무도 알고 있으며 우리집 고유의 규칙을 존중했다. 그건 다름 아니라 적잖이 심오한 고양이들에게 필수 불가결한, 고요히 있고자 하는 요구를 존중하는 것이었기에……

하지만 고양이들은 미동도 없이 그림자와 소통하고, 그 그늘 자락 안의 알아볼 수 없는 형상들을 우리에게 느끼게 해주는 존재들 아닌가. 시도니는 바로 이런 접촉에 소스라쳤다. 겉으로 딱히 이유가 없는데도 갑자기 동요되어 이 방에서 저 방으로 헤매는 시도니를 볼 때가 있다. 가끔은 길에까지 나가곤 했다. 불안한 듯 그녀는 마치 누구를 기다리는 양 마을 쪽을 바라보았다. 하지만 그녀는 이방인을 꺼려 했다. 그녀에게 이방인들이란 대부분 무질서의 전령으로 여겨졌기 때문이다. 그러나 이러한 초월적 의념疑念의 나날 속에서 그녀는 자신도 모르게, 고독한 마음의 비밀을 드러낸 격이다. 그녀가 생에서 기다린 것, 그건 바로 어떤 영혼의 존재로서, 정녕 그녀의 생은 한 영혼, 그 누군가를 약속했던 것이다.

특히 여름철에 그녀는 그를 기다려 마지않았다. 가을이나 봄조차도 누가 등장하기엔 그리 호계절이 아니라고 여겨진 것이다. 겨울은 그녀에게 가끔 신호를 보내곤 했는데, 특히 눈이 내리거나 매우 추운 날이 그러했다. 하지만 여름의 긴 저녁나절들, 아직 빛이 남아 있는 시간, 밤이 내리기 전 별이 뜰 무렵의 하늘을 바라보며 즐기는 그런 시간이야말로 시도니에게는 기다림의 중요한 나날이 되었다. 정말 그녀는 문턱에서 서성이면서, 귀를 쫑긋하고 긴장에 싸여, 마음은 뭐랄까 조여든 채로 첫 별이 뜰 때까지 그리 기다리곤 했다. 그녀는 가끔 웅얼거리듯 말했다. "프레데리크 씨, 개와 늑대의 시간에 올 겁니다." 그녀의 소망을 잘 아는지라, 나는 그런 소리를 실소로 넘길 수 없었다.

프로방스의 외딴 '농가'에서는 언제나 무언가를 기다리는 법. 그러려면 강단이 있어야 하는 법. 왜냐하면 그 막연한 기다림, 그 이름 모를 욕망은 대부분 충족되지 않기에 더 기다리지 않으려 시골을 등지기도 하고, 오지 않는 그 존재를 찾아 떠나기도 한다. 그러나 시도니는 시골을 떠나버리는 그런 부류가 아니었다. 깊은 본능이 그녀를 납득시켜준 바대로, 기다림의 천성을 부여받았다는 사실만으로도 이미 하늘의 호의를 알 수 있는 것이니, 아직은 실체 모를 이 상상의 얼굴을 불확실한 행로에서 찾으려 들기보다 운명이 점지한 마지막 날까지 그리 기다리기를 원할 것이다.

참 기이한 영감으로 움직이는 이 여인의 활동은 집 안에 특출한 이미지를 일궈냈다. 우리네 시골 사람들은 외려 사려 깊은 편이다. 그녀도 그랬다. 그래서 내 생활 방식이 그녀의 꿈과 충돌할 일은 없었다. 하지만 어떤 열정이 워낙 눈에 띌 만큼 시도니를 움직이고 있었으므로, 한집에 같이 산 지 그리 오랜 시간이 흘렀건만 경탄하게 되는 일이 많았다. 그녀의 거동은 전부 합당했고 말투는 현명했으며 손길은 꼼꼼했다. 하지만 바로 이렇게 말하고 행동하면서도, 즉 온갖 보살핌에 영예롭게 자신을 헌신하면서도 그녀는 기이한 어떤 열정을 드러냈다. 하는 일의 소박함이나 말투의 단순함과는 전혀 무관한 열정이었다. 그러니 바구니 안에 있는 별것 아닌 빵 한 조각조차도 다분히 묘한 모습을 갖게 되었다. 여전히 식탁 위에 오르는 친숙한 음식이면서도 그것은 영혼의 빵이 되었다. 내 말인즉, 기다리노라면 언젠가 도래할 영혼을 위한 빵 말이다…… 그러니 기계적으로 먹을 빵이 아니다. 희망, 기다림 속에서 반죽된 그 빵은 신성한 음식이 아니던가. 참으로 소박한 시골집인 내 집의 화덕은 다른집 화덕들처럼 그저 내 육신의 필요를 채울 음식만 만들고자 지펴지지 않았다. 그 불은 거룩한 불이기도 하며, 언제라도 과객을 맞기 위해, 긴 하루 내내, 음식을 뭉근하게 익히는 그런 불이기도 했다. 불이 꺼진 것을 본 적이 결코 없다. 어쩌다 재 아래에 은신했어도, 살짝 숨을 불어 넣으면 불길은 활활 다시 솟구쳤다. 살림살이라는 자신의 역할을 마친후 그저 혼자 타오르고 있을 때의 불은, 오직 그것에서만 볼수 있는 명징한 빛을 선사했다. 불길은 꼭짓점을 곧추세우며 마치 경이로운 새 창조물처럼 솟아올라, 화덕 정중앙에서 외가닥으로 오래도록 타오르곤 했다.

분명 시도니는 이런 불의 천성에 어떤 능력을 행사할 수있었던 것이리라. 물질적 삶을 건사하며 그 삶에 밀착해 산덕분에, 익숙한 사물들의 형태 아래에서 어떤 순수한 정수를 끌어낼 수 있었던 것이리라. 부드러운 손길, 수많은 보살핌, 남이 눈치채지 못하는 주의력이 있어야만 가능한 일 말이다. 덕분에 소소한 일상들은 하나씩 하나씩 그 익명성에서 벗어났다. 한 사물을 제대로 응시하기만 한다면 그 사물은 그대에게 어떤 신호를 보내는 법. 그 사물이 놓여 있는모습과 방향이 의미를 띠게 되니, 그 의미를 제대로 해독하지는 못할지라도 그것이 어떤 지향을 가지고 있음을 어렴풋

이 느낄 수 있었다. 다른 것들처럼 그 사물도 고대하는 영혼을 향해 있었다. 그러나 이 지상에 영혼들이 솟아나는 (그보다 더 예측하기 어려운 일이 있을까) 언제인지 모를 그때, 이 지향성은 물질세계의 방위표, 풍배도와 무관하게 한층 은밀한 법칙을 따른다. 그걸 아는 사람은 아무도 없었다. 시도니의 감정에 따른 질서 체계 속에서는 북도 남도 없었다. 열렬히 바라던 형태가 떠오르기만을 기다리는 내내, 그 세상에서는 모든 것이 북이자 남이었다. 그것이 등장할 지평선의 경이로운 지점을 향해 이 세상의 방위표를 잡아줄 특권은 물론 시도니의 몫이었다.

이 등장이 밤이고 낮이고 임박한 듯 느껴져서, 시도니는 맞이할 준비를 항시 갖추고 있었다. 그이는 침대를 늘 두 개 준비해두었는데 하나는 2층, 숲을 향해 창이 나 있는 방에 마련해두었다. 숲과 샘물은 언덕에서부터 우리를 향해 내려오는 형세이고, 리귀제 정원과 닿아 있었다. 다른 하나는 정원 내 아주 작은 별채에 마련되어 있었다. 과수원 안쪽 나무들 아래에 지어진 이 별채는 예전에는 대화하거나 낮잠 자는 휴식 장소로 사용되었다. 매력적인 은신처 그 자체다.

거기서는 농가, 곧 내 살림집이 보이지 않지만, 50여 그루의 앵두나무와 세 그루 소나무가 있다. 새들(특히 산비둘기들)은 앵두 철을 제외하고는 아무도 찾지 않는 이 움막을 좋아한다. 앵두 철이라 하더라도 방문객들 위로 친근하게 비행하지만 말이다.

미지의 여행객을 위한 방 두 개를 늘 준비해두고 있는 집이란, 의도된 것인 만큼 일반적인 집과는 (공감이 가겠지만) 완전히 닮은 모습일 수 없다. 우선 내 집이란 생각이 덜 든다. 나 혼자 아무도 기다리지 않는 척해봐야 소용이 없었다. 필요도 없는데 준비되어 있는 것들(나는 그리 생각했다)을 무시할 수가 없었다. 시도니가 공개적으로 갖춰놓은 것들을 모른 체하고 살 수가 없었다. 내가 눈감은 척하면, 그녀도 그리 눈감은 날 믿는 척했다. 하지만 우리는 서로의 생각을 잘 알고 있었다. 나는 시도니가 방 둘을 채비해둔 걸 잘 알고 있었고, 시도니는 내가 그에 대해 알고 있다는 걸 모르지 않았다. 자신의 기다림을 함께하진 않지만, 적어도 내가 그 희망에 대해 딱히 적대적이지 않다는 걸 그녀는 알고 있었다. 나의 이런 후의가 그녀에겐 좋았던 것이다. 무언 속에서 흐르는 이 주제에 관한 그녀의 감사의 마음은 부지중에 그걸 드러내는, 작지만 퍽 감동적인 표징들을 통해 알 수 있었다. 그녀가 기다려 마지않는 영혼(지상의 천사일 터) 바로 다음에 내가 시도니의 정감 깊은 세계 속에서 각별한 위치, 인간적 위치를 차지하고 있었다. 그건 사실이다. 더구나 인간 서열상으론 으뜸 자리였다. 그러니 시도니는 나를 주인으로 섬기는 하녀가 아니라 나를 사랑하고 있었다. 내가 좋아하는 것들 가운데 몇몇을 인정하지 못할 때의 조심스러운 거동을 보아도 알 수 있었다. 그럼에도 나는 습관을 바꾸지 않았다. 시도니는 그저 암시만 던지고 말았다. 절대로 그녀는 이런 어긋남을 따지거나 공개적으로 말하지 않았다. 내 생각에 그녀는, 특히 내가 인생에 그녀처럼 전적인 신뢰를 부여하지 않음을 꾸짖는 마음이었던 것 같다. 나는 그저 삶을 사랑하는 만큼, 그저 호의적으로 삶을 즐기는 걸로 족했다. 정말이지, 그녀가 나를 돌보느라 부여하는 그 선의를 누리는 것으로 족했다. 그 이상은 아무것도 요구하지 않았다. 그러나 시도니는 다른 세상에 과녁을 두고 있으면서도 이 지상에서 열정적으로 기다릴 줄 아는 자에게는 표징들이, 심지어는 대단한 증언까지도 거절되지 않는다는 입장이었다.

그녀는 신뢰심을 가진 자들에게 허여된 이런 은밀한 호혜에 더 관심을 두기를 바라는 듯 보였다. 내가 너무 태연 무심하여 그녀는 맘 아파했다. 그녀로서는 내가 너무 덤덤한 나머지 희망과 생각, 느낌과 앞날에 대한 꿈 혹은 확언의 말로 늘릴 수 있는, 약속의 힘이라는 삶의 유일한 기쁨을 놓치고 있다고 생각했다.

물질적 사물들에 대한 아주 각별한 감각을 갖고 있었기에 그녀는 내적인 약속이 언젠가는 현실로 이루어질 것이며, 그때 남자건 여자건 어떤 특별한 존재가 기적적으로 등장하여 그녀의 이런 기다림을 구상화해줄 것이라고 확신해 마지 않았다. 바로 그렇기에 바깥에서 벌어지는 모든 사건은 그녀를 동요시켰다. 우체부가 우편물을 내려놓으려고 농가 앞에 멈추기만 해도 그만 동요했고, 길가에 사람(행상이건 농가 인부건 목동이건)만 지나가도 그녀는 정신이 아득해지곤 했다. 길은 크지도 않았지만 경작지를 가로지르며 미끄러지듯, 고적한 산과 들판에 흩어져 있는 네다섯 채의 인가를 이어주고 있었다. 바로 그 길이 시도니로서는 생명의 모母혈관이었다. 바로 그 길을 통해 예고자가 등장할 것이기 때문이다.

과연 바로 그 길을 통해 3월 4일 아침 10시경, 신선한 날씨에 그가 등장했다.

II

제일 먼저 시도니가 마차를 알아보았다. 그녀는 즉각 와서 알렸다. 나는 문 디딤돌에 나가보았다. 멀리 마차가 가파른 퓌를루브 구릉에서 작은 보폭으로 내려오고 있었다. 정말 작은 마차였다. 안에는 남자 두 사람이 있는 듯했다. 그중 한 사람은 검은 옷을 입고 있었다.

"베르젤리앙 신부님이신데!" 나는 소리 질렀다.

"아이구 하느님!" 시도니가 웅얼거렸다.

그녀는 부엌으로 날 듯 사라졌다.

리귀제에서 200미터 떨어진 길가로 작은 숲이 하나 있다. 마차는 멈추었고 두 여행객 중 한 명이 땅에 사뿐 뛰어내렸다. 그는 나무들이 이루고 있는 궁륭 아래로 사라졌다. 마차는 다시 움직이기 시작했다. 5분 뒤, 늙은 노새를 손수 몰았던 베르젤리앙 신부님이 우리 집 대문을 넘어 들어왔다.

"메제미랑드가 곧 올 겁니다." 그분이 내게 전해주었다.

"지금 어디 있는지요?"

"숲에 좋아라 머무르고 있어요. 보셨겠죠?"

"숲에요?……"

시도니는 문 앞에 서서 두 눈으로 베르젤리앙 신부님을 뚫어질세라 바라보고 있었다.

베르젤리앙 신부님은 마당과 외양간, 집과 집 전면에 그 늘을 드리워주는 커다란 마로니에들을 칭찬했다.

날씨가 좋았다. 부속 건물 근처에 긴 줄을 걸어 세탁물을 널어놓았다. 빨래는 산들바람에 바짝 말라 바삭거리는 소리를 낼 정도였고 빨랫줄은 건들거리고 있었다. 대기는 풀 냄새와 세탁장의 맑은 물, 비누에 든 꽃향기를 풍겼다. 더구나 깊어진 봄기운이 나무들 싹을 부풀려놓았던 터라 깨끗한 집 안일에서 풍겨 나오는 이런 냄새에, 태양으로 데워져가는 과수원이 풍기는 나무껍질 향기가 어우러졌다.

베르젤리앙 신부님은 나쁜 소식을 가지고 왔다. 보리솔의 샘이 거의 말라버렸다는 것이다. 그나마 물줄기에서 이제는 드문드문 몇 방울만 나오는 형편이라고 했다.

"시골 생활에서 만사는 물에서 비롯하지요." 신부님은 옳게 단언했다. "한데 그 두 사람이 상추 열 포기에 줄 물도 없으니."

다른 나쁜 일도 있었다. 게리통 노인의 건강이 좋지 않았다. 1월에 감기가 든 그 노인네는 독감까지 앓더니, 그 이후로는 게리톤이 측은하게 지켜보는 가운데 도통 맥이 없다는 것이다.

게리톤은 몸이 몇 개인 것처럼 일해왔으나 그 노구도 무너지고 있는 터였다. 그녀 혼자서는 다 해내지 못하고 있다 했다. 정원이 퇴락하기 시작했다. 겨우내 얼기도 했고 여우가 암탉들을 먹어 치웠다 한다.

"더 기다릴 돈 한 푼도 그네들에겐 없으니." 신부님은 결론으로 말했다.

시도니는 거실을 오가고 있었다. 나는 그녀 행색을 눈길로 좇았다. 귀를 바싹 세운 그녀는 우리가 나누는 말 한마디도 놓치지 않았다. 입술이 팽팽하니 지혜와 열정으로 당겨진 형색을 보아 알 수 있었다.

"그럼 그 여자애는요?" 내가 물었다.

"그렇지, 여자아이가 있지……" 신부님이 말을 이었다.

시도니가 식사 준비가 되었노라고 알려왔다. 식기를 세 벌 차려놓았다.

"우리 친구는 숲에서 먹을 겁니다." 신부님이 말했다. "우유랑 호두 한 줌을 지니고 왔더군요. 아마 좀 늦게 올지도 모르고. 상황에 따라……"

그분은 성호를 긋고 식사 강복 기도를 했고, 우리는 식탁에 앉았다.

*

    내가 늘 식사하는 식당은 들판을 향해 있다. 커다란 창 너머로 키 작은 올리브 나무들이 심겨 있는 넓은 경작지가 둘 보인다. 부드러운 경사를 이루며 우리 집 쪽으로 내려오는 형세인데, 오래된 길 하나가 그곳을 가로지른다. 오늘날 그 길은 산 위에서 작업하는 석탄 장수가 저녁나절 지름길 삼아 접어들 때나, 이른 아침 마을에 갈 때 외에는 거의 황량하다. 그러기에 우리는 점심을 먹으면서 초 봉헌 축일*이 다가오는 겨울의 끝점에 그토록 아름다운 들을 감상할 수 있었다. 바위 밑 우묵한 곳에 남아 있던 약간의 눈이 졸음에 겨운 두더지 굴을 덮어주고 있었다. 1월 그믐 무렵, 종종 정오까지 우리를 간신히 따스하게 해주는 이 미약한 태양, 그러나 햇살만큼은 너무나 맑은 이 태양 아래, 조약돌 가득한 밭고랑은 성에로 반짝이고 있었다. 강한 바람이며 결빙, 밤 동안의 한파에 순응해야 하는 이 계절의 걱정거리에도 불구하고 사람들은 각자 창가에서 이 충직한 들판을 고요한 시선으로, 미미한 햇볕에도 만족해하는 마음으로 지켜보게 되는 것이다.

    바로 그렇게 들을 지켜보면서 신부님은 입을 뗐다.

* 2월 2일.

"그네들은 집을 팔 수도 없어요. 누가 그 누옥을 사겠어요. 사람들이 고산을 등진 지가 벌써 50년쯤 되었죠. 중간 높이 기슭에 있는 오래된 농가들이나 옛 양 우리들도 다 폐허가 되고 있지요. 아멜리에르의 양 떼가 에스칼에 가서 여름 목축을 나던 관행도 사라졌으니. 한 집 한 집 높은 데서 다들 내려와 더 확실한 과원 주위에 웅크려 앉아 사는 격이지요. 기온도 더 온화하고 뭐가 나올지 더 확실한 땅에서 말이에요. 게리통 부부만이 이날까지 잘 버텨왔는데, 이제는 그 두 사람 생명도 꺼져가는 게 확실히 느껴지는군요……그렇게 비참하게 마치게 되다니……"

시도니는 말없이 오가고 있었다. 발뒤꿈치를 들고 백리향과 송로버섯 요리와 따스한 면포에서 풍기는 향기 사이로 말이다. 그녀는 갈색으로 잘 익은 고기가 김을 피워 올리는 커다란 사기 쟁반을 우리에게 내밀었다. 향긋한 김이 기둥을 이루며 식탁 한가운데에서 피어올랐다. 그러는 동안 크게 지펴 올린 장작불이 어깨를 녹여주었다. 누굴 훔쳐보는 일 없이 그녀는 눈을 내리깔고 환하게 밝은 식당을 오갔다. 나는 이 비현실적인 존재가 조용하고도 성실한 두 손을 써서 음식을 날라다주는 것을 경탄하며 지켜보았다. 문득 내 눈과 그녀의 눈이 마주쳤다. 비어 있는 듯한 그녀의 시선에서 뭐랄까 빛줄기가 솟아올랐다. 그건 시도니의 일상 시선이 아니었다. 그만큼 집중한 시선, 가장 깊은 생각에서도 벗어나 있는 듯한 내심의 표현이었다. 약간 깜박거리는 듯하면서 마치 초의 불꽃처럼 나를 향해 왔다.

"그 집이 얼마 나간답니까?" 나는 베르젤리앙 신부님께 여쭤보았다.

"1만 프랑 정도겠지요, 아마……"

"하지만 두 사람이 집에서 나가려 하지 않을 듯해요……"

신부님은 빵을 부스러뜨리며 약간 거북한 기색으로 혼잣말처럼,

"그 1만 프랑이 여자아이에게 간다면…… 어쩌면…… "

신부님은 접시를 물끄러미 바라보았고 나는 길로 시선을 돌렸다.

길 위에는 아무것도 없었다. 자갈 더미 웅덩이로 파인 길은 작은 언덕을 향해 어렵사리 오르고 있었다. 언덕 오름 꼭대기가 끌어당기는 듯 보이는 그 길은 200미터 너머 어둠 가득한 협로로 가라앉으며 사라졌다. 길은 며칠 전부터 눈을 여태 간직하고 있는 산등성이 숲 뒤로 돌아가고 있었다.

바로 거기에서 그 당나귀가 솟아 나왔다.

처음에 나는 별로 주의를 기울이지 않았다. 정말이지 버려진 이 길에 무슨 당나귀가 나올 일이 드물었던 터이다. 당나귀는 협곡 그늘 자락에서 등장했다. 그는 오름을 에둘렀다. 멀리서 보니 아주 조그맣게 보이는 나귀였다. 그렇지만 나귀는 머리를 아래로 하고 콧등은 땅바닥을 향한 채, 산중

나귀들 특유의 지혜롭고도 순종하는 듯한 기색으로, 정말 민감한 그 코로는 길의 자갈 냄새를 맡으며 앞으로 나아오고 있었다.

"아, 저 동물을 보고 있군요?" 신부님도 탄성을 올렸다.

가슴이 두근거렸다. 나는 답했다.

"네, 바로 그 동물을 보고 있답니다. 그런데 저 나귀는 모는 사람도 없이 걸어오네요!"

시도니는 식당 한가운데 멈춰 서서 우리 두 사람처럼 경이에 차 길 쪽을 바라보았다.

당나귀는 작은 걸음으로 도착하고 있었다. 그가 우리 쪽으로 다가옴에 따라 더 잘 보였다. 나귀는 아무 짐도 지고 있지 않았다. 등 위에는 누가 모직 담요를 매어놓았다. 겨울이라 털은 무성했고 갈기는 엷은 황갈색을 띠고 있었다. 머리통 꼭대기에서부터 눈에 닿기까지 갈색 털이 까슬한 뭉치를 이루며 드리워져 있었다. 고삐도 굴레도 없이 자유로웠다. 하지만 그는 확실한 걸음새로 다가왔는데, 마치 지혜로운 그 무거운 머리통 속 미지의 인도자에 의해 확실히 그려진 길을 따라오는 듯 보였다.

그는 우리 농갓집을 지나쳐 결연한 자세로 오른쪽으로 돌더니, 경작지 사이로 접어들어서는 올리브 나무들 밑으로 사라져버렸다.

"이번 겨울에는 정말 돈이라고는 수중에 거의 없는데, 서

랍을 탈탈 털어서라도 그 1만 프랑을 만들지 않는다면 큰 불행이지요! 게리통을 만나러 가서 집 파는 일을 정리하고 마음 편히 있으라고 전해주세요. 여자아이도 별 탈 없을 겁니다······" 나는 신부님께 말씀드렸다.

여전히 방 한가운데 가만히 서 있던 시도니는 석고상이된 듯 보였다. 사뭇 창백해진 그녀는 기이한 열의를 보이며,아주 부드러운 김이 빙그르르 감돌고 있는 천장의 서까래를바라보고 있었다.

신부님이 미소를 지으며 농담조로 말했다.

"성령의 바람은 저 불고 싶은 대로 부는 법이죠······ 스피리투스 우비 불트 스피라트······"

갑자기 시도니가 외쳤다.

"좀 보세요, 저기 좀 보세요!"

창가로 다시 온 그녀는 열정적으로 길을 가리켰다.

팔에 바구니를 낀 키 작은 사내가 환상 같았던 나귀가 사라져간 올리브 나무밭을 향해 달리고 있었다.

"메제미랑드로군요! 참 빠르기도 하지!" 신부님이 말했다.

그는 정말 날아가고 있었다. 그야말로 사람이라기보다 한줌 바람과 같았다. 나뭇가지들 사이로 휘돌아 지나가는 가벼운 한 줌의 바람.

"저이가 저리 빨리 가는 형세를 보니 나보다 아멜리에르에 먼저 닿겠군요. 당신이 이번에도 저이를 못 만날 것 같네요. 참 유감입니다!⋯⋯" 신부님이 말했다.

시도니는 긴 한숨을 내쉬었고, 신부님은 작별 인사를 한 후 투박한 마차에 홀로 탄 채 아멜리에르로 향했다. 시도니의 시선은 우리 구역인, 양 떼가 머무는 기슭에서 과수원 경사지를 거쳐 아멜리에르로 이르는 길이 지나는 작은 재까지 그분을 좇았다. 우리 집에서 나가는 모든 손님은 그곳, 두 그루 떡갈나무 아래로 조용히 사라지기 마련이었다.

이어 저녁이 내리고, 집은 신비로운 불빛으로 환하게 빛났다.

*

오후가 끝날 무렵, 여태 아픈 다리 때문에 절뚝이면서 전에 포도주 숙성통을 빌려주었던 이웃 클라뤼 집에 가보았다. 우리 둘은 불 곁에서 매우 추울 거라고 예보된 밤이 내리도록 얘기를 나눴다. 공기가 멈춘 듯 고요하면서 맑은 하늘은 기온 급강하와 더불어 다음 날 아침의 빙판을 예고해주기 마련이다.

클라뤼 집에서 리케제까지 직선거리로는 700~800미터에 불과하나 두 집은 서로 보이지 않았다. 길이 중간에 약간 부푼 듯 솟아 그 꼭대기에 솔숲을 이루고 있어서이다. 지름길 격의 오솔길이 한 집에서 상대방 집으로 이르는데, 몇 그루

비틀린 나무들 사이를 지나게 된다. 별것 아니어도 흔들리고 여린 바람결에도 바다처럼 노래하는 그런 나무들 사이를 말이다.

이 숲 가운데 닿았을 때 나는 소나무들 사이로 번지는 빛의 존재, 리귀제를 볼 수 있었다.

위층에 네 개, 아래층에는 세 개의 창이 있는 우리 집이다. 덧창은 아직 닫지 않아서 유리창 너머로 초의 불꽃에서 번진 노란 빛이 흔들거리는 게 보였다. 일곱 개의 창은 그 희미한 불빛만으로도 벽에까지 빛이 번지기에 충분했고, 밤을 향해 알지 못할 어떤 신뢰의 메시지를 던지기에 족했다.

나는 감동을 느꼈다. 의도한 것은 아니었으나 오래된 우리 농갓집이 기다림의 집처럼 되었고, 오래전부터 그 아래에서 일상의 삶을 가꾸어온 지붕을 마주 보자니 존경과 감사의 느낌마저 섞인 복합적인 감동에 사로잡혔다. 그런 그 집이 내가 없는 새, 저 밤 속에서, 딱히 이유도 없이 처음으로 자신을 밝게 비추고 있었던 것이다. 약간은 미친 듯한 한 노파가 (적어도 남들은 그리 생각할 터이다) 거기 천사들과 교통하며 천연스레 살고 있었다.

이 겸허한 빛의 등장에 나는 즉각 시도니의 손길을 느꼈다. 처음부터 이유는 몰랐으나 이 광명은 정녕 도발적이면서도 나를 놀라게 하진 않았다. 그만큼 시도니는 지난 몇 년간 이런 경이로움이 도래하리라는 데에 나를 친숙하게 이끌어왔던 것이다. 밤의 도래와 더불어 내 눈앞에서 벌어진 그 광경은 정녕 경이 그 자체였다.

밤은 별 떨기처럼 빛났다. 천궁의 거대한 별빛들이 2월의 깊은 하늘을 빛나는 천체들로 총총 박아놓고 있었다. 밤이 깃든 동녘 하늘 위로 기다란 별 무리가 이어 올라왔다. 아주 높이 겨울바람에 얼어붙은 이 떠다니는 투명한 대기를 가르며, 별들이 커다란 무리를 이루면서 3월의 하늘을 향해 그리고 아직 먼 봄을 향해 이 오래된 세계의 뭇 생명을 광명으로 이끌어가고 있었다.

대지 위, 오래된 한 행성만큼이나 역시 오래된 내 집 안에서는 나도 모르는 새, 다른 세계들과 교통하는 경이의 한 작은 세계가 형성되어 있었음을 그때 계시처럼 깨달았다. 진정 감동에 젖은 나는 이 느닷없는 발견 앞에 멈춰 서서는 집에 과연 어떻게 들어갈지 망설였다. 미약한 저 일곱 촛대가 별들과도 같은 신묘한 아름다움을 보이며 창유리 뒤로 불을 밝히고 있는 바로 이 집에.

나는 그것들을 지켜보며 오래 멈춰 있었다. 이윽고 나는 들어섰다. 아래층 거실은 비어 있었다. 식탁 바짝 한끝에 커다란 구리 촛대 위로 하얀 밀랍으로 빚어진 커다란 초가 타고 있었다. 어디서 이 커다란 촛대가 나온 걸까? 집 안에서 이런 촛대를 여태 본 적이 없었다. 분명 시도니가 자기만의 서랍에서 그걸 꺼냈을 터. 윤이 잘 나게, 금으로 된 나뭇가지처럼 잘 닦인 촛대는 시도니의 지혜로 예견된 이 광명의 큰 날을 서랍 안에서 기다리고 있었을 터.

시도니가 거실 안쪽에서 나타났다.

"아이구 시도니! 단단히 쓰시네요!" 나는 짐짓 소리를 질렀다.

그러나 그이는 답하지 않았다. 그저 늘 같은 시선을 내게 고정할 뿐. 얼굴에 격앙된 기색이라곤 없었다. 육중하지 않은 그 겉모습 아래로 부드럽게, 번들거리지 않으면서도 그윽하게 빛나는 참얼굴이 빛을 발하고 있을 뿐. 눈은 감은 채젊고 순수한 윤곽을 지닌 얼굴이. 신뢰를 드러내는 얼굴이.

식탁 가운데는 저녁 수프 단지가 김을 피워 올리고 있었다. 장작과 불, 고기 기름과 채소 향을 풍기는 좋은 겨울 음식이 벽난로 화덕에서 뭉근히 익고 있었다. 모든 것이 아주 담백하게 지나갔다. 빵은 여전히 빵이었고 물은 샘물의 맛을 지니고 있었다. 나는 정말 맛있게 먹었고 잘 마셨다. 가끔접시 가장자리를 나이프로 두들겼는데 아주 자연스러운 소리가 났다. 그러니 저 촛대와 내 오른편에서 타오르고 있는 저 경이로운 초만 아니었다면, 나는 여전히 여상한 현 세상에 있는 거란 생각이 들 정도였다. 시도니는 말이 없었고 나는 감히 물어볼 엄두가 나지 않았다. 그녀는 필경 내가 자기 행동의 의미를 파악했으리라고 생각하고 있을 터였다. 이 그윽한 빛으로 축하하고 있는, 그토록 기다려 온 사건의 의미도. 맞다. 이 경이로운 조명을 갖춰낸 그녀의 별난 생각을 다 파악하진 못했어도, 내가 보리솔 사람들을 도와야겠다고 결심한 이날을 일곱 촛대를 밝혀 축하한 시도니와 나는 가까이 함께였다.

우리는 말은 한마디도 나누지 않았다. 그녀는 일찍 자리를 떴다. 하지만 나는 오래도록 거실에 머물렀다. 꿈을 꾸는 것이 아니었다. 나는 다시 셈해보았다. 그리고 혼잣말을 했다. "아무렴, 바리크*로 열 통을 더 내다 팔면 결론지을 수 있겠군."

* barrique. 포도주 숙성용 나무통, 특히 참나무통.

III

집안 살림살이는 다음 날 일상 리듬을 쉬 회복했다. 집안 건사에 기울이는 정성에 있어서 시도니는 신성한 형식의 무엇 하나 바꾸지 않았다. 온 집 안에는 초와 꿀 향기가 떠다녔다. 향내는 간밤을 밝혀준 일곱 촛대에 대한 내 안의 추억과 일치했고, 그 은근한 영향 아래 여러 해 전부터 시도니의 마음을 사로잡아온 기다림의 취향에 나도 슬그머니 기울었다. 물론 행복한 기다림이다. 그것이 정말이지 이치 모를, 초월적이고 말로 표현 불가한 어떤 사건에 대한 은밀한 기대가 아니라면, 무엇 때문에 일말의 행복을 기대한단 말인가? 그런데 보리솔에 대해 생각하면, 모든 것이 어려움과 큰 슬픔을 예고하는 것 같았다. 신부님이 가져오는 소식은 죄다 탄식이 나올 내용이었다. 그네들의 오막살이에서 게리통 내외를 떼어내는 것이 얼마나 어려운 일일지는 너무 잘 아는 바다. 내가 서너 푼을 제공한다 해도(그래도 그들이 매각에 동의하기만 하면) 오직 마음의 영역인 그런 일에서는 별 도움이 되지 않을 것이다. 아주 조금만 허투루 대해도 살과 영혼을 다치는 일이 될 터이고. 그러나 보리솔에서 번져 나오는 행복한 기운은(그게 어찌 그런지 난 모른다) 참으로 강렬해서, 비록 근심에 사로잡혀 있었지만 나는 행운의 미소를 고대했다.

그 미소는 오지 않았다.

2월 6일, 한 통의 편지를 받았는데 신부님이 보리솔을 방문하고 쓴 것이다.

…… 게리통이 현재 많이 아프다고 한다. 그 높은 곳 날씨가 너무나 찬데 난방을 할 장작 하나도 없다는 것이다. 그 노인네가 방에 누워 있게 되고서부터 아무도 숲에 나무하러 가지 못했다. 게리톤은 그저 집 근처에서 할 수 있는 한 양껏 잔가지와 낙엽을 긁어모았다. 하지만 장작을 구하러 숲에 올라갈 힘은 더 이상 없었다.

돈이 떨어진 것이다. 기름, 설탕, 말린 채소와 소금에 갈무리한 고기 조금만 남아 있을 뿐. 벽장에는 초 여섯 자루뿐. 아껴 쓰고 있지만 말이다. 날이 저물자마자 꼭 필요할 때 말고는 초를 켜지 않는 집 안에는 어둠만 가득했다. 그런데도 게리통네는 별 불평이 없었다. 여자애가 어찌 될까만 걱정했다.

신부님이 내 얘기를 했다. 내 의향을 그들에게 전한 것이다. 게리통네 두 사람은 부끄러워하며 거북한 듯 고개를 숙였다. 두 사람은 이렇게 중얼거렸다 한다. "참 좋으신 분이

세요." 그러더니 입을 다물고 말았다 한다. 예의상 공개적으로 내 제안을 감히 물리치지는 못하지만, 그들이 내놓은 낡은 집을 사들이겠다는 방안이 그들 영혼 깊은 곳까지 아픔을 주었음을 신부님은 느꼈다 한다. 그 보잘것없는 농가가 바로 그들 영혼의 심부深部였던 것이다. 오래전부터 그들이 그 집에 사는 것이 아니라, 바로 그 집이 그들 속에서 살아오고 있었다…… 신부님은 말했다. "친밀하게 정붙인 곳이라 그들은 그래도 거기 살고 있어요. 무슨 생각을 해서가 아니라, 정말이지 자신들 깊은 마음속에 살고 있는 것이지요." 그러고는 덧붙이기를 "나를 만나러 와주세요. 시간이 급합니다. 게리통 노인의 시간이 별로 안 남은 것 같아요. 기침에다 쇠약해져서 끝이 다 된 게 느껴집니다. 두 사람에게 꿀두 단지와 마르멜루 열매 졸인 것을 선사했어요. 보리수잎 우린 차나 홍차에도 좀 넣어 달게 들라고 말이죠…… 오늘 아침 대장장이 브르수예가 시간이 있어서 그편에 노새에 실어 땔나무를 좀 올려 보낼 수 있었습니다……"

*

또다시 다리가 아파서 리귀제를 떠날 수 없었다. 걷는 게 한결 나아졌지만, 추위에 약간 경솔하게 움직인 탓에 좌골 신경통이 꽤 세게 도져서 또 일주일을 꼼짝하지 못하게 되어버렸다. 다시 거동하게 되었을 땐 다리를 끄는 형편이었다. 2월 15일, 신부님은 게리통 노인이 최악의 상태에 들었다고 알려왔다.

그날, 추웠던 것과 잿빛 하늘이 온 들판을 뒤덮었던 것이 기억난다. 날씨가 분명 험악할 것 같았다. 그래도 폭풍이 닥칠 것 같지는 않아 보였다. 대기 흐름은 전혀 느껴지지 않았지만, 음울하니 비인간적인 추위 속으로 신통찮은 햇살이 그저 비칠 뿐이었다. 모든 것이, 벽난로마저, 송진 냄새를 풍겼다. 보잘것없는 마른 장작 두 개가 겨우 타들어가고 있는 아궁이의 불은 제대로 따습지도 않았다.

나는 날씨가 어떨지 더 알아보러 집 밖으로 나가보았으나 잘 알 수 없었다.

아그리콜네 집까지 갔다.

"눈이 오겠지요?" 그에게 물어보았다.

그는 확신 없이 그냥 고개를 끄덕였다.

"어떻든 오늘은 아닐 것 같아요, 메장 님."

나는 곧장 그의 곁을 떠났다. 그에게 나쁜 소식을 전할 엄두가 나지 않았다. 마음이 불편했다. 클라퓌에게 가보아야겠다는 생각이 들었다. 그러나 겨우 100미터 가다가 멈춰섰다. 사방에 그저 불모의 땅이 펼쳐져 있었다. 정말이지 거칠고 한심한 황무지로 보였다. 이삭을 찾아 쪼는 까마귀조차 한 마리 없었다.

리귀제로 돌아왔다. 리귀제도 창백한 모습일 뿐. 문을 넘어서자 좁은 공간에 억지로 들어선 것 같은 느낌이 들었다. 그러자 생각마저 좁고 범속하게 느껴졌다.

시도니를 불렀다.

"날씨가 변할 것 같지요, 시도니?"

그녀는 놀란 기색으로 날 응시하며 말했다.

"그래서요? 꼭 나갈 일 없으시잖아요."

나는 지저분한 불 앞에 앉았다.

그녀는 곁에서 잠깐 기다리더니, 내가 입을 다물어버린 걸 알고 밖으로 나갔다.

마음속에서 벌어지는 상황을 난 알고 있었다. 게리통 노인이 죽어가는 걸 보려고 보리솔에 가고 싶지 않았던 것이다. 이런 나의 비겁함을 잘 알면서도 입은 다물고 있었다. 그럼에도 귀로 듣는 말이 더 분명할 것인즉. 내 감정이 눈에 보이듯 펼쳐졌지만, 나는 그걸 변명거리로 삼지 않기 위해 안간힘을 쓰고 있었다. 그만큼 다감한 감정이었다. 난 게리통 노인과 보리솔을 사랑하고 있었던 게다. 보리솔에서 천국의 아련한 잔영을 보았기 때문이고, 그 이미지에 워낙 열렬하게 애착했던 나는 노인의 죽음을 목도함으로써 그 순수한 기억이 영원히 깨져버릴까 봐 두려워하고 있었다.

오전 내내 아무 일도 하지 않고 흘려보냈다. 가기야 하겠지만 자꾸 출발을 미루고만 있었다. 이렇게 저녁까지 기다렸다. 아멜리에르에서 아무 소식도 오지 않았다. 밤이 내리고 일찍 잠자리에 들었다. 하루가 무탈하게 지난 것에 은근히 만족했으나 그 이튿날 아침은 나를 불안하게 만들었다. 간밤엔 꼼짝하지 않은 채 짓눌린 듯 잠들었는데 근심 때문이었다. 한밤에는 꿈을 꾸지 않았다. 아침 6시경에 잠깐 악몽이 스쳤다. 의자를 끌고 기침을 하면서 복도를 지나가는 누군가의 소리를 들은 거다. 시도니의 기침 소리는 아니었다. 아니, 내가 알지 못하는 짧고 메마른 기침이었다. 겁이 났다. 왜 겁이 난 건지는 잘 모를 일이다. 소리를 지르려다가 갑자기 침대에서 몸을 일으켰다. 아주 어두웠기에 초를 하나 켠 뒤에야, 낯선 순간을 지나 곧바로 익숙한 내 방에 있음을 알게 되었다. 집은 아직 잠에 빠져 있었고, 촘촘한 덧창살 너머로 저 바깥의, 눈에 뒤덮인 들판 위로 펼쳐져 있는 거대한 침묵이 다가왔다.

잠시 있자니 아래층에서 시도니가 움직이는 소리가 들려왔다.

나는 침대에서 뛰어내려 덧창을 열었다.

과연 온 들판이 하얬다. 그러나 눈은 더 오지 않았고 대기는 고요히 정체되어 있었다. 땅바닥은 눈 아래 사라져 이제 대지는 존재하지 않으니, 그저 비물질적인 저 드넓음이 한결같이 들판을 지키고 있던 오르막 내리막도 다 지워버렸다. 눈은 오름들이며 언덕, 돌투성이 비탈의 기복을 도드라지게 하는 대신, 지울 수 없는 빛이 번져 나오는 환상적 세상의 막연한 형태만을 드러내고 있었다.

아래층 화덕에 불이 활활 타고 있었다. 회를 바른 거실의 벽들이 워낙 환한 빛을 반사하고 있어서 어디 한 군데도 그늘진 구석이 없었다. 식기장 위로는 시도니가 종교적 경건심마저 지닌 채 닦고 건사하는 큰 접시와 붉은빛 감도는 구리 집기들이 반짝이고 있었다.

시도니는 회갈색 천으로 된 앞치마를 두르고 식탁 앞에 있었다. 식탁은 온기를 지닌 빵과 염소젖, 막 신선하게 갈아 끓인 커피 향기를 풍겼다.

나는 침착했다. "금방 출발해야 하겠지"라고 혼자 중얼거리면서. 아직 좀 뻣뻣한 다리가 더는 걱정스럽지 않았다.

나는 갑자기 말을 꺼냈다. "시도니, 저녁 시간에 맞춰 돌아올 수 있을지는 모르겠어요. 아멜리에르에 가보렵니다."

그녀는 반박 없이 그저 이렇게만 답했다.

"아그리콜이 벌써 마차를 준비해두었어요. 그이가 함께 가길 원하시는지요?"

나는 몸짓으로 아니라고 했다.

마차는 마당 대문 앞에 매여 있었다. 집에서 쓰는 채소 차였다. 앉을자리 밑 상자 안에 온기를 간직하라고, 아그리콜이 짚을 한 단 넣어놓았다. 그는 암염소 가죽을 내 무릎까지 덮어주었다. 시도니가 먹을 것이 든 사냥 망태기를 주었다.

나는 튼튼한 외투를 꿴 다음 목깃을 올리고 떠났다.

*

잔걸음으로 제 맘대로 가도록 내버려 두었건만 말은 분별력이 온전했다. 눈 아래로 감춰져버린 도랑은 자취조차 사라졌으나 말은 조심스레 볼록한 길을 가려 디뎠다.

우리는 도로 위로 나아간다기보다 마치 유령 마차처럼 목적 없이 들판을 헤매고 있는 모양새였다. 워낙 조용한 아침나절이어서 아주 멀리 마을 첫 인가 쪽에서는 아기 우는 소리까지 들려왔다. 그러다 아기 울음도 그쳤다. 허허벌판에 나 홀로였다. 말 콧구멍에서 김이 뿜어 나왔고, 갈색 엉덩이가 흔들리는 걸 지켜보고 있자니 몸체에서는 갈기와 말가죽 특유의 강렬한 냄새가 피어올랐다. 길은 서쪽으로 야생 올리브 나무밭을 약간 가로지르며 구불구불 오르막이었다. 지평선 쪽으로는 떡갈나무와 백설로 가득한 에스칼 절벽이 반사광으로 번득이는 김 너머에 서 있었다. 100여 명이 거주하는, 달리 말해 30~40채의 지붕이 옹기종기 모여 있는 저 은밀한 마을 위로.

우리는 아주 천천히 나아갔기에 지름길을 택했음에도 성요한 십자가에 다다른 건 11시나 되어서였다. 고적한 작은 고원에 십자가가 교차로를 이루고 있는 곳이다. 우묵하게 들어간 자리에 목재로 된 예전의 십자고상은 사라지고 없었으나, 바위를 파서 만든 벽감은 아직 남아 있었다. 이 바위 발치를 쪼아 만든 계단 세 단도 있었다. 거기서 보면 멀지 않은 곳에 아주 부드러운 언덕과 겹치며 아멜리에르가 눈에 들어오고, 더 위쪽 오른편으로는 소나무와 떡갈나무 너머 가파른 오솔길이 나 있는데 보리솔로 바로 올라가는 길이다.

이 오솔길은 내가 말한 바 있듯이 성당에 이르는 길이다. 일견 아무도 보이지 않았고 나무들이 보리솔을 감추고 있었다. 하지만 성당 오른편, 묘지를 안치한 부드러운 언덕 위로 사람들이 있었다. 눈벌 속에, 막 헤쳐놓은 붉은 진흙이 보이는 어떤 무덤 곁에 대여섯 명이 있었다. 다른 이들은 두어 명씩 짝을 이루어 이미 마을을 향해 떠나고 있었다. 무덤 위로 뚱뚱한 사내가 삽질로 나무 십자가를 박고 있었다. 그것이 다 세워지자 나머지 참석자들도 사제와 함께 자리를 떴다. 그들은 전부 성당을 가리고 있는 한 그루 사이프러스, 사제관의 비둘기들이 깃든 그 나무 뒤로 사라졌다. 묘지는 그 무덤만 덩그러니 있을 뿐 텅 비었다. 에스칼 꼭대기에 나타난 구름 한 점이 미끄러지듯 계곡 쪽으로 사라졌다. 공기가 갑자기 축축하니 차가워졌고 눈이 내리기 시작했다. 처음에는 가볍게, 이어서 조용하지만 커다란 보를 이루듯 펑펑 쏟아졌다. 무덤은 온통 하얀 눈 속에 사위어갔다. 계곡 전체가 사라졌다. 거의 동시에 가벼운 눈송이가 회오리를 이루며 엄습하여 나는 한기를 느꼈다.

　마차에 도로 올라 들판의 정적을 넘어서 고삐를 리귀제로 향했다.

　도착하자마자 나는 자리에 들었다. 시도니가 방에 불을 지피러 왔다. 내게 뭘 묻지도 않은 채 그녀는 뜨거운 포도주를 한 사발 준비해주었다. 월계수 향이 감도는 그걸 흔쾌히 마시고 나니 한결 나았다. 피가 돌면서 체온을 회복한 것이다. 그럼에도 불구하고 밤에 상당 시간 한기에 떨었다. 시도니는 11시까지 곁에 있어 주었다. 그녀는 작은 램프를 켜주었다. 말없이 난롯불을 주의 깊게 살피곤 하면서 그 앞에서 뜨개질을 했다. 그 침묵을 깨고 싶지 않았다. 나는 깊은 평화를 느낄 수 있었으니 온갖 회한은 다 사라지고 없었다. 정말이지 내 안은 그저 순백의 눈이었고, 오죽잖은 내 묵상의 기복도 다 지워버리는 불변의 순백이었다.

　11시 조금 전에 나는 시도니에게 게리통의 죽음을 알렸다. 그녀는 고개를 숙인 채로 잠시 뜨개질을 멈추었다. 그러다 그녀의 늙은 손가락들이 다시금 예의 그 부지런한 작업을 이어가는 것을 보았다. 내가 그 장례식에 참석했는지 묻지 않고 그저 이렇게만 말했다.

　"그이가 헛되이 산 건 아닐 터지요."

　바로 그 순간 그녀가 기도를 한 것 같은데 단언할 일은 아니다.

그러다 잠시 후 자리를 떴고 나는 방에 혼자 남았다. 내 안에 간직한 저 큰 눈발이 뇌리에 다시 떠올랐다. 그 백설을 묵상할 뿐 굳이 아무 생각도 하지 않다가 나는 잠이 들었다.

IV

사흘간 나는 자리를 지켰다. 간헐적이지만 눈은 계속 내렸다. 매일 아침 11시경에 올라오는 아그리콜이 농지 소식을 알려주었다. 아무도 게리통네에 대해 입을 떼지 않았다. 베르젤리앙 신부님은 침묵을 지켰다. 나도 어찌할지 몰랐다. 아직 몸이 퍽 아팠기에 앞으로도 일주일 정도 저 엄혹한 추위를 다시 무릅쓸 형편이 아니었다. 무얼 적고 쓸 수도 없었다. 무얼 말할 수 있었으랴? 정신적인 어떤 격벽이 나와 아멜리에르 사이에 세워진 듯 느껴졌다. 보리솔에서 닥쳐올 일이 더는 아무것도 없으리라고 느껴졌다. 사실 그만큼 나는 보리솔과 늙은 게리톤, 그 아이 생각뿐이었다. 그리고 눈 속 저 위 가혹한 겨울과 에스칼의 칼바람 생각뿐.

내가 회복하는 데는 오래 걸리지 않았다.

3월 4일, 바람이 폭풍처럼 불면서 눈이 얼어붙었다. 그 바람 속에서도 나는 저녁때 구유 있는 데까지 가서 아르나비엘을 찾았다. 밖에서 망치로 수조의 얼음을 깨고 있던 그를 만날 수 있었다. 구유 옆에 있는 그이의 작은 방 안에는 두 개의 올리브 나무뿌리 위에 걸쳐진 포도 나뭇가지 장작불이 피어오르기 시작했다. 탁탁 소리를 내는 불길 위로 데워진 공기가 벽돌 홈통 속으로 소리를 내며 몰려들었다. 늘 그렇듯 아르나비엘은 날씨며 가축 얘기를 했다. 날씨는 나쁘지만 가축들은 잘 있다고 했다. 말하면서 그는 작은 밤톨들을 깎아, 두들겨 만든 주철 솥 안으로, 회향 몇 가지를 띄운 따스한 물속으로 던져 넣었다.

창밖 너머 수조와 성에가 낀 샘이 보이고 그 위로 거대한 떡갈나무가 있는데, 바위와 눈을 뚫고 나온 촘촘한 목질의 시커먼 갈퀴 같은 뿌리 끝이 고목에 끼기 마련인 기생식물들로 뒤덮여 깨어진 바위보다 더 단단해 보였다.

양 우리와 수조 사이에는 언덕 숲으로 오르는 온전치 못한 길이 하나 있다. 사라지는가 하면 금방 고원에 가 닿는데, 거기서부터는 저 황량한 공터 위로 모험하듯 걸어가야 한다. 오래전에 여름철 가축을 몰아넣기 위해 돌로 만든 울타리 외에는 인간의 자취란 없다. 에스칼의 남쪽 사면 그리고 계곡에 자라는 한결 부드러운 목초지에 이끌리면서도 아르나비엘이 이 거친 사면에 양 떼를 데려가는 걸 꺼릴 정도다. 물론 거기선 큰 고생을 하지 않더라도 양들을 넉넉히 먹일 풀이야 많지만, 사람이 기억하는 한 떠돌이 고독한 짐승들에게 내맡겨진, 마른 돌이 에워싸고 있는 그 높은 방목지에 들른 양 떼는 없었다.

시도니

이런 고독한 풍경 위로 저녁이 내리고 있었다. 나는 이 밤과 거대한 돌 사막에 대한 몽상에 잠겼다. 그러는 동안 아르나비엘은 불 곁에서 밥 익히기에 열중하고 있었다. 바깥으로 하루해는 거의 희미해졌으나 땅바닥은 그야말로 순백의 경지를 이루고 있었기에 그 빛의 잔영을 받아 계곡이 보였다. 이 빛으로부터 기이한 풍경에서 솟아 나오는 것처럼, 기억 속 여러 장소가 온전한 모습으로 조용히, 진정한 추억이 되어 가볍고도 신비하게 번져 나왔다. 충격도 없이. 가끔 구유 쪽에서 양 울음소리가 들려왔지만 이 매혹의 광경을 깨뜨리지는 않았다. 따스한 공기와 불길이 나를 보다 쉽게 몽상에 빠지게 하며, 이 양 우리의 평화를 가로지르는 그 아득한 형상들.

그날 저녁 창밖 너머로 눈발을 등지고 저 신비한 인간의 형체가 다가오는 걸 보았을 때 난 꿈을 꾼 것이 분명하다. 커다란 갈색 덩치였는데 리귀제에서 올라오고 있었다. 느린 걸음으로 무겁게. 남자였다. 거친 모직 케이프를 걸치고 머리에는 모자를 쓰지 않은 채. 노인이었다. 키가 아주 크진 않았으나 모직으로 된 뻣뻣한 어깨 덮개 때문에 육중해 보였다. 얼굴을 잘 알아볼 수 없었다. 해가 거의 졌기 때문이다. 그러나 흰 수염과 어깨의 움직임이 보였고, 한 걸음씩 디딜 때마다 외투 전체가 눈을 털어내면서 흔들리곤 했다. 그는 고개를 돌리지 않고 창 앞으로 지나갔다. 바로 그 순간 화덕에서 불길이 활활 솟구쳐 창밖으로 그 불빛을 내보냈기에 수조의 돌이며 수정처럼 맺힌 성에가 붉게 물들었다. 그러나 그는 쳐다보지도 않고 지나갔다. 개가 끄응거리며 벽난로 앞에서 힘겹게 몸을 늘였다. 그 개도 나처럼 꿈을 꾸는 것이리라. 아까 그 형체는 이제 그림자 한 자락이 되어, 고독한 황무지로 뻗은 깊은 오솔길을 따라 계곡으로 접어들었다.

하던 일에 골몰하고 있던 아르나비엘은 달리 움직이지도 않았다. 나는 바로 작별 인사를 하고 양 우리에서 나왔다. 바깥 날씨는 추웠고 밤은 캄캄했다. 그래도 새하얀 눈 덕분에 쉽게 방향을 찾을 수 있었다. 나는 불편 없이 리귀제에 닿았는데, 갑자기 어떤 생각이 엄습했다. 아까 그 유령 같은 존재는 이 엄혹한 밤에 고원 쪽으로 갈 수도 없고, 거기서 잘 곳을 찾을 수도 없을 거라는 생각 말이다. 그러니 구유가 있는 쪽으로 돌아오지 않았을까. 구유 쪽으로 도로 가볼까 하는 생각이 강하게 들었다. 그래서 리귀제를 등지고 다시 산길로 접어들었다. 바람은 얼음장 같았다. 얼굴을 후려치는 바람은 피부를 가를 정도였다. 나는 고개를 숙이고 걸어갔다.

이제 양 우리는 잘 닫혀 있었다. 내가 떠나자 아르나비엘이 덧창까지 친 것이다. 그러나 그 틈새로 빛이 번져 나오고 있었다. 그리고 지붕 위 작은 굴뚝에서는 집 안 벽난로에서 나온 연기 뭉치가 삭풍에 세게 흔들리고 있었다.

안에서 누군가 말을 하고 있었다. 아르나비엘 목소리였다. 하긴 아르나비엘은 가끔 양들에게 말을 건네지 않는가. 하지만 어투가 개나 염소에게 말을 건넬 때와 달랐다. 그는 어떤 사람에게 말을 하는 중이었다. 굳이 듣고자 하는 마음이 없었기에 문을 두드리지 않았다. 내가 거기 있어야 할 이유가 없었다. 얼음이 얼고 삭풍은 더 거세졌다. 추위 때문에 떠나야 했다. 몸을 녹이러 따스한 불이 지펴져 있는 리귀제를 향해 큰 걸음으로 서둘러 내려왔다. 나는 늦게야 자리에 들었다. 저녁 내내 아르나비엘과 구유와 고원의 오솔길 그리고 내 목동의 손님인 밤의 여행객을 생각했다. 그저 막연한 생각이었다. 굳이 질문하지 않고, 반쯤은 꿈꾸는 상태에서, 애매한 겨울 형상들에 대해 생각하듯 말이다. 무엇을 보았든, 어떤 의미를 가졌겠거니 하고 나는 정녕 꿈꾸듯 상상하고 있었다. 꿈속에서조차 비이성적으로 보일지라도 (어떻게도 정의 내릴 수 없었다) 난 백설의 표징들로 가득한 한 세상에 들어갔다 온 것이라는 비현실적인 확신으로 확고했다. 그리고 그 세상은 그때까지 한 번도 있으리라곤 생각해본 적 없던 기이한 존재들이 내 삶의 한 곁에 이미 있어 왔음을 알려주었다. 게다가 그 존재들은 내게 무언가를 요청하고 있었다. 그들의 의중이 무엇인지 모르는 상태인데도 말이다. 상상적 존재들을 불러일으키기에 더없이 좋은 모닥불 앞에서 나는 이처럼 몽상에 빠져 있었다. 등 뒤로 식탁을 치우는 시도니의 조용조용한 발소리를 듣고서, 정말이지 내가 무얼 기다리는지도 모르면서 누군가 한 영혼을 간절히 기다리고 있음을 자인했다. 평소엔 너무나 이성적인 내가 늘 기쁘게 살던 충만한 이 세상에서 다른 세계로 이끌려 드는 것을 느꼈다. 그곳의 유일한 현실이란 예감과 약속, 비현실적인 어렴풋한 얼굴들이었을 뿐. 그래도 난 전혀 두렵지 않았다. 제아무리 왜소한 영혼의 소유자들이라도, 신비의 유일무이한 매력에 끌릴 때면 미지 세계의 위험에도 불구하고 기꺼이 이끌려 들기 마련이기에.

*

아멜리에르에서 아무 기별도 없어서, 주말 무렵 나는 문득 거기 가보려는 결정을 내렸다. 아그리콜과 시도니에게 그렇게 알렸다. 아그리콜을 데려갈 수도 있었지만, 그는 농장에서 할 일이 있었다. 나는 혼자 떠났다. 여전히 눈 내리는 날씨에 하늘은 흐렸지만 바람이 잦아들어 온화했다. 말은 씩씩하게 걸음을 옮겼고 우리 둘은 아멜리에르를 향해 신속히 달려갔다. 나는 곧바로 신부님 댁에 갔다. 고백하건대 종 줄을 당길 때 가슴이 두근거렸다. 종은 아주 멀리 미약하게 집 안을 향해 울렸다. 줄은 눈을 털어내면서 등나무를 지나 당겨졌다. 오랫동안 아무도 이 종을 울리지 않았던 거다. 잠시 기다렸는데 아무 답이 없어서 다시 줄을 당겼다. 그래도 소용없었다. 정원 바닥 돌 위로 걸어오는 그 누구도 없었다. 사제관은 사람이 살지 않는 듯 여겨질 정도였다. 말을 나무에 매어두고 성당까지 가보았다.

성당에도 아무도 없었다. 5시경이었을 거다. 중앙 홀은 어둑했다. 저 안쪽으로 주主제대 앞에 작은 기름 등잔이 하나 타고 있었다. 제의실祭衣室에도 기웃거려보았다. 비어 있었다. 제의실 옷장은 잘 잠겨 있었다. 초와 향냄새만 감돌고 있을 뿐. 사방이 꼼꼼하게 관리되어 있었다. 가구의 목재는 신선한 밀초 칠로 반짝였고, 옷걸이에 걸려 있는 녹색 제의 금박이 저녁나절의 박명 속에서 은은하게 빛을 발하고 있었다. 제의실에서 복도를 거치면 사제관 정원으로 바로 닿는다. 나는 그렇게 나가보았다. 정원은 온통 눈으로 가득했고 집은 문과 덧창 모두, 아래에서 위까지 아주 꼼꼼하게 잠겨 있었다. 그걸 보니 맘이 이상했다. 한기가 오싹 가슴을 덮쳤다. 그런 나머지, 곧바로 정원을 떠나 텅 빈 성당 쪽으로 다시 걱정스레 가로질러 갔다. 한데 중앙 홀은 여전히 따스했으며 호의적인 어떤 향내가 반쯤 실체적으로 떠돌고 있었다. 그 출처가 어딘지는 모르겠다. 하지만 피륙과 인간의 체온을 증언하고, 미사를 마친 후 모든 마을 본당의 공기를 마시기에 새삼 흐뭇하게 만들곤 하는, 순수한 꿀과 강복된 빵의 섬세한 맛이 섞여든 그런 향내였다.

그렇지만 성당에서도 적지 아니 걱정스레 되돌아 나올 수밖에 없었다. 도대체 내 노인 친구, 신부님을 어디서 찾을 거냐 자문하면서 말이다. 해가 급격히 떨어지고 있었다. 나는 생각했다. '얼른 마을에 가서 물어봐야겠군.'

하지만 마을 초입에 들어서자마자 너무나 조용해서 또 놀랐다. 언급한 적 있듯이 성당은 약간 떨어져 있다. 정원이며 목초지가 마을 초입 인가들과 성당을 떼어놓고 있는 입지다. 이런 공백이 고요함을 더했다. 모든 집이 침묵을 지키고 있었다. 덧창도 모두 닫혀 있었다. 겨우 한두 지붕이 눈 아래 느릿한 연기를 피워 올리고 있었다. 빛 자락 하나 없었다. 소음이라곤 전무해서, 다락의 짚 속에서 쥐가 움직인다면 그 소리가 들릴 정도였다. 하지만 쥐들도 땅 밑 제 구멍에 들어앉아 움직이지 않았다. 눈이 워낙 걸음을 가로막고 있어서, 내가 소리 없는 걸음으로 나아가고 있던 골목 양쪽의 인가들도 이 기이한 정적의 효과로 뭐라 말할 수 없는 박명 속에 녹아드는 것 같았다. 어디를 노크해보나? 아주 조금이라도 충격을 가하면, 내게 답을 주기에는 순수하기 그지없는 이 세계의 완벽함이 깨질 것만 같았다. 나는 지난겨울에도 이 오래된 고장을 눈발에 갇힌 채 헤맨 적이 있는데 지금과는 사뭇 다른 느낌이었다. 그때는, 불 곁에서 고요한 얼굴을 가졌을 두어 명이 밤을 지새우던, 이 은밀한 인가들 속에 감춰진 삶의 무언가가 전해져왔었다. 그러나 이 밤, 모든 것이 바뀌었다. 양 우리 곁을 지나도 양 한 마리 숨 쉬는 걸 들을 수 없었다. 밤이 내리기 전까지는 약간은 말을 주고받았을 마을의 100 혹은 200의 친근한 목소리들이 다 어이 된 건가, 궁금할 뿐이었다. 눈이 내 발아래 빠드득거리는 것을 들으며 지금은 숨죽이고 있을 그들 말이다.

나는 이 길 저 길을 계속 헤매었다. 그러다가 작은 광장에 닿았는데 검은 가지의 두 그루 느릅나무 사이로, 작년에 한 번 들어가본 적은 있으나 아무도 없었던 기이한 카페가 보였다. 이번에는 카페가 열려 있었다. 천장에 석유램프 하나가 매달려 타고 있었다. 내 눈을 믿을 수 없었다. 창에 바짝 다가서서 안쪽을 호기심에 차 들여다보았다.

그 안에 바뀐 것이라곤 없었다.

연기에 그을린, 가지 달린 촛대 두 개가 여전히 들보에 매여 있었다. 계산대 위에는 커피 주전자와 줄을 맞춰 진열된 네 개의 병이 있었다. 거기 붙은, 빨강과 녹색으로 인쇄된 큼지막한 라벨도 알아볼 수 있었다. 대리석 테이블 두 개도 여전했고, 의자 여섯 개와 나무로 된 작은 벤치 하나가 벽 쪽 반투명 유리 거울 아래 놓여 있었다. 안쪽에는 전에 보았던 그 자리에 세시 풍속 달력이 여전히 걸려 있었다. 설명 불가한 이 고요함을 깨뜨릴 방문객 하나 없는 이 장소와는 전혀 걸맞지 않은, 시간의 흐름을 보여주는 세시 풍속 달력의 그림이 보였다. 그만큼 이 카페에 인적이라곤 없었다. 노란 왕관을 쓴 듯 램프의 불길이 작고 텅 빈 객석을 밝히고 있을 뿐. 그래도 버려진 느낌은 없었으니, 그만큼 모든 게 잘 정리되어 있고 바닥도 비질이 잘되어 있는, 질서 있게 조율된 공간이었다. 그러나 모든 것은 부재를 의미했다. 이 카페 안, 저 얇은 유리창 너머는 그저 고독의 조촐한 형상만이 덩그러니 남아 있을 뿐이었다.

나는 뒤로 문을 닫으면서 안에 들어갔다. 그럼으로써 저 거대한 겨울 공간에서 벗어나 두꺼운 사방 벽 안에 안겨 있는 한 칸의 따스한 공기 안으로 들어섰다. 아직도 가게에 손님이 있었던 그 옛 시간에서 번져 나오는, 아니스 술과 커피 찌끼의 묵은 향이 떠돌고 있는 그 안으로. 그런데 이 가게, 이 집은 어떻게 된 것인가? 부재가 워낙 강렬해서 이제는 사라진 옛 손님들, 커피를 마시던 그들의 환영조차 상상할 수 없었다. 누군가는 벤치 의자에 앉아 있고 누군가는 계산대를 마주하고 세시 풍속 달력 아래에서 평화롭게 카드놀이를 했을 그들.

나는 자리에 앉았다. 이 기이한 상황에 놀라지도 않고서 말이다. (정말이지 무슨 특권이었을까.) 내 앞에 벌어질 일이 무엇일지 알지 못한 채 기다리기로 하면서. 가만히 있으면 이 비어 있는 공간에서 모습을 감춘 저 손님들을 안도케 하리라고 생각하면서. 나는 태연히 테이블의 대리석 판을 들여다보았다. 기름기와 갈색이 도는 오래된 상판이었다. 사람들이 떨어뜨린 시럽이며 술 방울들이 서서히 배어들어 광물질의 커다란 가지를 엽맥葉脈같이 그려놓고 있었다. 파란 것, 갈색 도는 것들이 함께 어울려 상상의 형상을 이뤄놓고 있었으니, 이성의 상궤를 벗어난 그 줄기들은 질료 깊은 곳으로 파고든 것이다.

그런데 그 대리석 한가운데에 누군가 일곱 이파리가 달린 정연한 모양의 꽃 같은 것을 새겨놓았다. 그리고 그 꽃 아래 적힌 여인의 이름을 어렵사리 알아볼 수 있었다. "마르슬린"이라고 소문자로, 정성을 다해 칼끝으로 그리 새겨놓은 것이다. 사람의 자취를 느낄 수 있는 무엇으로는 제일 먼저 눈에 띈 표징이었다. 그 이름이 워낙 순진하고 다정하게 느껴진지라 이 겸손한 기념물 뒤로 사라져버린, 그러나 카페 안 어디엔가 숨어 있을 시골 사람의 얼굴과 모습을 떠올려보기까지 했다. 그 얼굴 윤곽까지야 알 수 없었지만, 흐릿한 삶의 자취를 간직한 비현실적인 윤곽이나마 그려볼 수 있었다. 무어라 말할 수 있을까. 어떤 희미한 향이나 부드럽게 뾰족이 솟아나는 힘으로 증거되는, 영혼보다 더 미약한 어떤 것. 내가 간파한 것이 나도 모르는 방식으로 이름 모를 친근함과 은밀한 공감을 불러일으켰지만, 구체적 대상은 물론 없었다. 그래도 나는 내 심장 기저의 내적 박동으로 친근함과 공감을 느끼고 있었다. 그 박동은 금방 무척 강해져서

숨을 훅 쉬려고 애를 써야 했고 머리를 치켜들어야 했다. 그
때 나는 어떤 남자가 창 너머로 나를 응시하고 있는 것을 똑
똑히 목격했다.

　덩치가 크고 나보다 키도 좀더 큰 사내였다. 얼굴이 넓적
하고 온유하게 보였다. 유리창 너머로 확실히 보였다. 빗질
이 제대로 안 된 머리칼이 깊은 주름이 팬 이마 위로 회색
가닥 두어 줌을 늘어뜨리고 있었다. 깨끗이 면도한 얼굴이
었지만, 피부 주름과 나이 때문에 그리고 분명 고생을 겪느
라 탄력을 잃은 살이 늘어진 듯 울퉁불퉁한 불안한 얼굴, 순
박하면서도 고통마저 드러내는 이 얼굴에는 갈색 띤 선량
한 눈동자가 자리하고 있었다. 그는 그런 호의 어린 눈으로
나를 지켜보고 있었다. 아주 오래전부터 (정말 모든 게 그렇
게 보였다) 아무도 찾지 않아 버려진 카페에 앉아 있는 나를
보고 놀란 나머지, 미동도 하지 않았다. 그는 상반신만 보였
다. 손으로 뜬 양모 조끼를 입고 목에는 목도리를 두른 차림
이었다. 입에서 뿜어져 나오는 김이 유리창에 서린 탓에 창
에 박은 그의 선량한 얼굴이 차츰 흐릿해졌다. 그러자 커다
란 손으로 그는 유리창의 김을 닦아냈다. 그로선 경이롭게
느껴졌을 날 계속 바라보기 위해서 말이다. 나도 정말 경이
감에 차서 상대를 지켜보았다. 똑똑히 보이는 얼굴과 옷차
림이 한 남자, 나와 마찬가지의 실제적 한 존재를 내가 보고
있다는 걸 말해주었지만, 그가 날 응시하는 태도, 그 선량

한 얼굴을 스쳐 가는 깜짝 놀란 듯하면서도 상심한 기색은 내가 상상의 존재라도 만들어낸 것처럼 느껴지게 했다. 아까 마을에서 말을 건넬 누군가를 헛되이 찾다가, 이제 여기서 내 환상 속 저 존재에게나마 도움을 청해야 하는 것일까. 그래서 내가 내 안에서 이 비현실적인, 그러나 도움을 줄 듯 착해 보이는 저 사내를 만들어낸 것일까. 유리창의 얇은 두께만이 어쩌면 저 섬약한 존재를 붙잡아 두는 것이 아니었을까.

그럼에도 그는 정말 나를 응시하고 있었고, 그 뒤쪽 어둠 속 작은 광장 위로 눈이 내리는 것까지 보였다. 이제 조금은 걷힌 하늘에는 두 구름 사이로 커다란 별 하나까지 보였다. 그러다 문득 별이 사라졌다.

사내는 문을 밀고서 카페 안으로 들어왔다. 둔중한 몸이 움직일 때마다 마룻바닥이 삐걱거렸는데, 다리를 약간 저는 걸 알 수 있었다. 거북한 듯 아주 어색하게 몸을 돌려 문을 찬찬히 닫았다. 그러고선 실내 한가운데 램프 거의 아래 멈춰 서서는 손을 어째야 할지 몰라 계산대 쪽으로 뒷걸음치더니, 거기 기대지는 않고 팔은 몸체 곁에 늘어뜨린 채 수줍게 서 있었다. 그래도 그는 말을 걸어왔다.

"덧창도 걸었습니다. 날이 벌써 저물었어요."

나는 답했다.

"아, 겨우 7시인데요……"

그는 미소를 지으려는 듯하다가, 망설이며 대답했다.

"그렇지만 이 계절엔 밤이 금방 찾아오거든요…… 또 늘 그래 왔던지라……"

"겨울이니 사람이 많이 없겠죠. 다들 집에 있겠지요." 나는 짚어 말했다.

그가 어깨를 약간 으쓱해 보였다.

"카페를 열어두려고 애를 쓰긴 하지요. 마르슬린이 없을 때도요."

"마르슬린은 어디 떠났나요?" 나는 물어보았다.

그는 고개를 저었다.

"아, 마르슬린은 돌아오지 않을 겁니다…… 세상을 떠난 게 20년 전인걸요……"

그는 여전히 어정쩡하게, 램프 아래, 머리 위로 떨어지는 빛 아래 서 있었다. 피곤해 보이는 얼굴 아래쪽은 그늘에 잠겨 있었다.

나는 물었다.

"당신 아내였나요?"

그는 아니라는 몸짓을 지어 보였고 이렇게만 애써 덧붙였다.

"리볼의 아내였죠. 마구 제조하는 리볼 말입니다. 그도 그녀보다 먼저 세상을 떴고요. 서로 참 사랑했는데. 저도 그 두 사람을 좋아했어요. 특히 여자를 말입니다……"

그는 자신의 맘을 어떻게 전달할지 어려워했다. 그가 말하는 동안 나는 테이블에 칼끝으로 새긴 꽃문양과 이름을 지켜보았다. 그런 나를 보면서 이렇게 말해왔다.

"바보 같은 짓이죠…… 대리석에 흠집만 낸 거죠……"

그는 잠시 생각에 잠기는 듯하더니 소박하게 털어놓았다.

"아시겠지만 대리석은 저로선 좀 낯선 재질이랍니다……
전 목공이거든요……"

정말 단순하고 곧은 심성에서 나온 이 말에 나는 뭉클해졌다. 그도 이런 내 맘을 쉬 알아챘다.

"보다시피, 선생님, 제가 살아 있는 한, 이 카페는 열려 있을 겁니다…… 사람들이 착하거든요…… 다들 이해하고요…… 더 오지는 못하지만요……"

그는 입을 다물었다. 나는 일어섰다. 그는 다리를 절면서 문까지 배웅을 나왔다. 이렇게 중얼거리면서. "죄송해요…… 이해하시지요? 선생님……"

밖으로 나왔을 때 그가 친근하게 덧붙였다.

"다시 오세요…… 절 부르시면 됩니다…… 저기 살고 있거든요……"

그는 카페 근처 구멍가게 위, 램프가 빛을 밝히고 있는 천창을 가리켰다.

"여름이 오면 포도 시렁 밑에 앉으면 좋지요. 포도나무는 잘 살아 있어요…… 실한 나무랍니다……"

그는 마침내 미소까지 지어 보이면서 아주 고이 덧창을 내렸다.

　우리는 헤어졌다.

　나는 느릿한 걸음으로 순백의 눈길을 걸어 리귀제로 돌아왔다.

*

　그다음 날 아무도 내게 어떻게 다녀왔는지 물어오지 않았다. 시도니는 기껏해야 내가 근처 포도원에서 돌아온 것처럼 맞아주었을 뿐이다. 아그리콜은 다음 수확물에 대해 말을 꺼냈을 뿐이고. 저녁이 되자 아르나비엘이 외양간 쪽에 나타났다. 나는 놀랐다. 그가 내 농갓집까지 오는 법이 없었기 때문이다. 시도니가 가서 그를 맞았고 둘은 잠시 말을 나눴다. 내가 외양간에 닿았을 때 두 사람은 마법처럼 사라지고 없었다. 그러나 시도니는 부엌에 돌아와 있었다. 그녀는 즉각 입을 뗐다.

　"베르젤리앙 신부님이 대처大處에 가셨어요. 윗분들이 소환했다 하네요. 일주일 동안 안 계실 거랍니다. 걱정하실 일은 없답니다. 게리톤은 여동생 집에 갔어요. 로크도두에 말입니다. 그리고 여자아이도 함께 데리고 갔답니다……"

　그녀는 입을 다물었고 접시를 다 행군 다음 닦으면서 납득이 된 어투로 덧붙였다.

"잠정적으로 여자아이를 데리고 있는 거죠……"

"자네가 나보다 상황을 더 많이 아는구먼. 좋은 일이지……" 나는 이렇게 정곡을 찌르지 않을 수 없었다.

그녀는 자기도 모르는 새 "뭐 놀랄 일도 아니죠"라는 뜻의 몸짓을 해 보이더니, 후회하면서 목소리를 낮추어 이렇게 물어왔다.

"그럼 아멜리에르에 가서 아무것도 모르고 오신 거예요?"

하지만 내가 알게 된 걸 어떻게 말로 전달할 수나 있으랴? 난 그저 입을 다물어버렸다. 그녀는 내 침묵과 무관하게 굴면서 자기 질문은 잊어버리고 그저 이렇게 덧붙였다.

"아르나비엘에게 들은 겁니다. 사람들이 그에게 알려주었고요."

나는 곧바로 저 유령, 밤에 크레슈 계곡을 통해 고원으로 올라가던 그를 떠올렸다.

'그런데도 내가 이 집의 주인인지?'라는 생각에 약간 거북했다. 이 생각이 겉으로 드러났는지 시도니가 이렇게 답하는 게 들렸다.

"프레데리크 씨, 당신이 주인어른이 아니시라면……"

운은 뗐으나 말을 맺지는 못했다. 마치 그 생각에 자기 자신도 놀란 듯 말이다. 나도 반문했다.

"좋아요, 내가 주인이 아니라면 분명 더 잘 듣고 알았을

164

거란 말이죠, 그런 거죠?……"

그녀는 고개를 가로저으며 말했다.

"우리가 그토록 기다리는 걸 더 이상 기다리지 않게 되겠
지요……"

워낙 조용한 말투로 자연스럽게 말한 나머지, 나는 그 말
의 의미보다 진솔한 신뢰심의 어투에 감동받았다. 그만 내
옹졸함이 부끄러워졌다. 그래서 무슨 말을 하는지 제대로
모르는 채 이렇게 웅얼거렸다.

"나도 기다린다오." 나도 기다려온 건 정말이다.

시도니는 식기 정리를 마치고 행주를 접고서는 빵 반죽
통 쪽으로 갔다. 그리고 말하기를 "다 준비되었어요. 프레데
리크 씨. 제가 생각해온 지도 오래됩니다." 그러고는 밖으로
나갔다.

나는 창에 다가서서 큰길을 내다보았다. 다시금 눈이 내
리고 있었다.

펠리시엔

I

우리가 기다린 건 그저 사흘간이었다. 그러나 바로 그 기
간에 나는 기다림이 무언지 이해하게 되었다. (분명 시도니
는 오래전부터 지녀왔겠지만) 나는 저 강박적인 약속의 무게
를 지고 있지는 않았다. 그 어떤 초월적인 입을 통해, 내 삶
의 단조로운 흐름을 약간이나마 바꾸어줄 어떤 사건이나 약
속된 인물이 다가오고 있다는 걸 알려준 일은 전혀 없었다.
나는 그저 말할 수 없는 신뢰감, 대상 없는 믿음의 상태를
경험했을 따름이다. 나는 믿을 수 없는 일을 기다리는 것도
아니고, 경계심 없이 홀딱 믿어버릴 일이 기적처럼 일어나
리라고 기대하는 것도 아니었다. 나는 그저 별것 아닌 걸 기
다리는 사람들처럼 그냥 기다렸다. 단순한 일일 거라고 스
스로 되뇔수록 내 믿음의 대상은 더 특출한 것이 되어갔다.
가슴으로 흔들림 없는 충실성을 느끼면서 나는 그저 믿었
다. 무엇에 그리 충실했던 것인지 말할 수도 없겠다. 그만큼
그 무엇도, 불확실한 형태의 이 사건에서 도드라져 나온 것
이 아직 없었다. 나는 초조해하지 않고 저 지평선 너머로 확

실한 첫 표징이 등장하기만을 바랐다. 무언가 벌써 수행할 수도 있었겠고, 앞날에 있게 될 바를 상상해보는 것이 어려운 일도 아니었겠지만, 나는 딱히 생각조차 하지 않았다. 그만큼 나는 이 순수한 기다림의 기이한 즐거움을 누리는 일에 행복했다. 그런 상태에 정말 기쁨을 느낀 터라, 오히려 어떤 알림 표징에 맞닥뜨릴까 봐 두려웠다.

그러나 그런 표징은 없었다.

어느 날 아침 시도니 곁에서 창밖을 내다보노라니, 고개에서 리귀제로 오는 구불구불한 지방도로로 작은 마차가 다가오는 게 보였다. 농가에서 50미터쯤 떨어진 곳에서 베르젤리앙 신부님이 내렸다. 누가 그에게 여자아이 하나를 넘겼다. 그분은 아이를 팔로 품어 안았다. 아이는 상복을 입고 있었다. 그분이 아이를 바닥에 내려놓았는데 작아 보이기만 했다. 더구나 키도 크고 장대한 신부님 곁에서는 더 그래 보였다. 신부님은 손으로 아이의 외투 위에 얹혀 있던 눈을 털어냈다. 그러고 나서 두 사람은 나란히 리귀제 쪽으로 다가왔다. 신부님이 창 뒤의 나를 보자 친근하니 손짓을 해 보였다.

시도니가 나가서 문을 열었다. 눈이 무표정하면서도 반짝였다. 나는 아무 생각이 없었다. 그저 준비되어 있을 뿐.

수레 만드는 목수 베뤼가가 신부님과 동행했다. 마차를 몰고 온 것이다. 그도 마차에서 내려 이제 세 사람이 몸을 녹이러 집으로 들어왔다. 정말 추운 날이었다. 바람이 동쪽에서 일어나 점점 더 세게 아침부터 불고 있었다.

모두 불 앞에 앉았다. 시도니는 아이의 외투를 벗겨주고 커피를 끓였다.

"게리톤은 로크도두에 있는 여동생 집에 머물고 있어요. 약해졌고 슬퍼하고 있지요……"라고 신부님이 말해주었다. "그래서 아이를 당분간 댁에 맡깁니다…… 한 달이나 두 달…… 그 이상은 아닙니다!…… 그쪽 상황이 나아지는 대로 아이를 돌려보낼 거라고 약속하고 온 거지만…… 제가 잘한 걸까요?…… 그저 머리가 시키는 대로 행동한 것인데…… 여하튼 그 노인들도 당신만큼이나 아이에 관해서는 어찌할 바를 몰랐던 거죠…… 아이가 여기 왔어요……"

아이는 불 곁에 서 있었다. 조그마한 검정 앞치마를 두른 차림이었다. 약간 갈색빛이 도는 빽빽한 머리는 관자놀이 쪽으로 당겨져 빗겨 있었다.

"참 얌전해요." 신부님이 말을 이었다. "온순하고 말고요…… 옷도 깨끗하게 입고 있더군요…… 이 세상에 이 아이보다 더 순순히 살아갈 사람도 없어 보일 정도지요…… 두고 보면 아실 겁니다……"

신부님이 앉은 안락의자 뒤에 서서 시도니는 긴장한 얼굴에 눈은 반쯤 감은 채 듣고 있었다.

신부님은 뒤돌아 그녀를 바라보았으나 아무 말도 하지 않왔다. 시도니는 눈을 다 뜨더니 머리를 끄덕이며 잘 알겠다는 뜻을 표시했다.

신부님이 말을 이었다.

"물론 어려움도 있겠지요…… 항상 그렇듯이 말입니다…… 이번 상황은 더 특이하긴 하지요……"

그분은 입을 다물었다. 내가 당신 말에 힘을 보태길 바란다는 걸 깨달았다.

난 그저 미소만 지어 보였을 뿐이나 그분은 안심이 된 듯했다. 다시 말을 이었다.

"아이는 이해도 하고 시키는 대로 다 합니다. 가고 오고 먹고 마시고 자고, 여러분이나 나, 누구나처럼…… 그런데 말은 거의 안 해요…… 어쩌다 대답을 해도 건성으로…… 비껴 겉돈달까 기계적이랄까요…… 익숙해져야겠지요, 아이가 무감각해 보이긴 해도 인내심과 우정으로 해결할 문제 아닐까요."

그분은 잠시 생각하더니,

"아뇨, 아이는 무감각하지는 않아요. 우리 맘이 굳어질 때의 무감각과는 다르다고 할까요…… 애는…… 뭐라 해야 할지?……"

그분은 잠시 할 말을 고르더니 찾지 못하고, 그저 어깨만 조금 추썩일 뿐이었다.

"표현이 불가능하군요" 하고 결론적으로 말했다. "애 이름은 기억들 하고 계시죠……?"

"네, 펠리시엔이라 하더군요." 나는 답했다.

그분이 여자아이를 향해 중얼거렸다.

"펠리시엔."

이름을 듣더니 그 아이는 고개를 들어 눈길을 보냈는데, 정작 무얼 보는지는 모를 그런 눈길이었다. 무얼 응시하는 게 아니었고 그냥 허공을 향하듯, 아니 어딘가를 향한 것도 아닌 듯 눈을 크게 떴을 뿐이다. 얼굴은 여전히 표정이 없었지만 순수함을 흐리는 얼뜬 표정은 아니었다. 이 부동의 얼굴은 다정함과 지력을 드러내기 위해서 아직은 갇혀 있는 어떤 생각이 돌아오기를, 기억력이 서서히 가동되기를 기다리고 있다고나 할까.

"자 그럼." 신부님은 나를 향해 말했다.

시도니가 아이를 데리고 나갔다.

*

우리는 게리톤과 보리솔에 관해 신부님과 조정·합의하여 서류를 작성했다. 보리솔은 펠리시엔이 성년이 되면 그녀에게 돌아가게 정했다. 그러나 그때까지 과일은 우리 집에서 받아 게리톤의 거주비를 대주기로 했다.

신부님은 점심 식사 후 떠났다. 서로 편지하고 다시 보자

고, 로크도두도 함께 가보고 아이도 함께 지켜보며 게리톤
을 안심시키자고 약속했다.

신부님이 떠나고 나는 시도니를 찾았다. 그런데 아무 데
서도 보이지 않았다. 아그리콜네로 가보았더니, 온 가족이
소식을 듣고 나를 돕겠다고 했다. 아르나비엘은 저녁때쯤
나타났다. 그도 소식을 알고 있었다. 그가 말했다.

"그 애 우유를 시도니에게 가져다주었지요……"

시도니는 저녁 식사 때 나타났다. 그리고 식탁 내 앞자리
에 펠리시엔을 앉혔다. 그녀가 식탁 위 촛불을 밝혀놓지 않
은 게 의아했지만 입에 올리지는 않았다. 억누르고 있겠지
만 눈에 드러나게 비집고 나오는 격정이나 초조한 태도, 어
떤 암시나 빗댐 혹은 한숨이 있을 거라 예상했으나 그녀는
그저 아주 자연스레 서 있었다. 식탁 위로 침착한 손, 우리
를 기쁘게 하는 주의 깊은 그녀의 손이 스쳐 가는 것만 보였
다. 그 손으로 그녀는 우리를 위한 음식 위에 커다란 평화를
펼쳐놓는 것이었다. 이 영혼에 깃든 깊은 기쁨을 이 표징만
으로도 짐작할 수 있었다.

II

언짢은 사건들이 터지는 바람에, 애초 아이에게 관심을
가질 경황이 없었다.

아이가 집에 온 다음 날 나는 출타해야 했다. 가족 간 미
묘한 일 때문에 즉각 떠나지 않으면 안 되었다. 그 일이 내
정신을 곧장 사로잡아버렸는데 사촌들, 조카들, 가깝고도
먼 친척들을 화해시켜야 하는 분쟁에 붙들려버린 것이다.
그들의 신랄한 반박 앞에서 나는 너무나 소중한 작은 세계
를 잊고 있었다. 천성적으로 염증을 느끼지만, 어느 편에서
결정하지 않을 수 없었다. 그저 슬프고 낙담이 되었다. 일주
일 만에야 집으로 돌아올 수 있었다. 거친 고함으로 아직 윙
윙 울리는 머리를 한 채 귀가했다. 내가 소리 지른 것도 아
니건만, 그들의 억지스럽고 집요한 정신에 오염된 것 같았
다. 어떻든 간에 탐욕, 혈연상의 질투, 가족 간의 분노라는
저 오랜 악마가 줄지어 닥치는 이런 유의 싸움에서는 누구
라도 급기야 더럽혀지기 마련이다. 그저 당혹스러운 불편
함만 느낄 뿐이었다. 내 역할을 감내할 수밖에 없었고, 해야

할 말을 할 수밖에 없었던 고통스러운 장면들이 뇌리에 거듭 스쳤다. 괴로운 잔영을 도리질해보았지만 소용없었다. 머릿속에서 사라지지 않았다. 애써 쫓아내려 할수록 더 강하게 되돌아오곤 했다. 질책하고, 질문하고, 답을 하고, 논거를 대고, 법을 인용하고, 묘안을 찾고, 원칙을 따지고, 심지어는 아아 훈계까지 하고 있는 나 자신에게 소스라쳤다. 정말이지 품위를 떨어뜨리는 이런 압박에서 벗어날 수가 없었다. 내 천성과 달리 가장 끔찍하게 여긴 일에 매달려 있어야 했다. 그런 나 자신과 다른 이들에게 거부감이 들수록, 스스로가 적어도 본모습이라 여기고 있던 모습은 점점 더 찾을 수 없었다. 강박적이었다. 정말 영혼을 앗긴 것 같았다.

그래서 재를 지나 언덕들에 기대어 있는 리귀제가 나무들 사이로 친근하게 모습을 드러내도, 내가 사는 아름다운 땅, 내 고요한 땅과 내 집의 그윽한 지붕을 볼 때마다 느꼈던 저 맑은 감동을 마음으로 느낄 수 없었다.

언제 돌아오리란 걸 알리지 않았던 터라 아무도 역에 마중 나오지 않았다. 마을까지는 승합마차를 타고, 거기서부터는 가벼운 여행 가방을 든 채 걸어서 돌아왔다. 날씨는 그새 다시 좋아졌다. 눈은 금방 녹아 사라졌고, 몇 번 삭풍이 지나간 땅은 이제 단단하게 잘 말라 있었다. 즐겁게 걸을 수 있는 땅이었다. 바람도 달라져서 아주 부드러운 대기가 느껴졌다. 봄처럼 저 남녘에서는 이미 따스해진 땅도 있을 터였다. 가끔 거기서, 여태 태평스럽게 겨울잠에 빠져 있는 마을을 일깨우는, 살짝 온기를 지닌 바람도 불어왔다. 기온이 이렇게 좋게 오른 걸 느끼면서도, 예전처럼 철 이른 좋은 날씨가 남풍에 민감한 우리 땅에 닿을 때 누렸던 그런 기쁨은 맛볼 수 없었다.

리귀제에 도착했을 때는 오후 나절도 끝나가고 있었다. 대문 앞에 여자아이가 혼자 서 있었다. 내가 다가오는 걸 보고 있었다. 아이를 불렀으나 움직이지 않았다.

"아이구 펠리시엔, 날 못 알아보는 거니?" 아이 아주 가까이에 왔을 때 물어보았다.

아이는 표정 없는 시선을 들어 올려 내 쪽을 응시했는데, 생각에 잠긴 듯하더니 부끄러운 양 고개를 떨구었다.

나는 아이 어깨에 손을 얹었다. 옷 아래로 아이의 마른 어깨가 손가락에 느껴졌다.

"시도니는 어디 있니?" 하고 물어보았다.

아이는 대꾸하지 않았다. 어깨를 가만히 빼내더니 내게서 물러섰다. 아이를 당황하게 한 걸까 걱정이 되었다. 밤이 내리고 있었고 부엌에 등이 하나 켜졌다. 시도니가 거기 있었다. 갑자기 아이가 다가와 내 손을 잡고서 집 쪽으로 수줍은 듯 인도했다.

우리가 함께 들어오는 걸 본 시도니는 이렇게 말했다.

"어디서 그 애를 만나셨어요? 대문 앞에서죠?"

펠리시엔   177

펠리시엔은 한마디도 없이 식탁에 앉았다.

"그 애가 주인님을 늘 기다리고 있었어요." 시도니가 낮은 소리로 알려주었다.

"사흘째 그리 기다리기만 했어요."

우리 두 사람은 아이를 바라보았다. 그새 멍한 시선에 무표정한 얼굴이 된 아이는 필경 우리를 보고 있지 않았다.

III

그런 기이한 거동에 애초 우리는 남들 생각보다는 덜 꽤 넘했다. 이미 들은 바도 있지 않은가. 더구나 신부님도 말했 듯 펠리시엔은 온순하게 굴었다. 한집에 사는 데 거북함을 주는 유별스러움도 전혀 없었다. 오히려 놀랍게도 깨끗하게 단정한 차림을 한 그 애는 고마운 시도니에게 수고를 덜 끼 치려고 애쓰는 듯 보였다. 그러나 이렇게 보살펴주는 일에 진정 기쁨을 느끼는 게 분명했던 시도니는 하루에도 수십 번씩 노구를 움직이며, 짐짓 걱정 가득한 머리를 하고 지치 지도 않은 채 이 일 저 일로, 이 계획에서 저 계획으로 열성 스레 굴었다. 시도니는 덕분에 젊어지고 있었다. 하지만 이 미 기민한 그녀의 세심함을 더욱 부추기는 열정은, 이것저 것 가늠해서건 자존심에서건 그 큰 사랑의 대상이나 내 앞 에서 내보이는 걸 자제했지만, 그럼에도 절로 드러나고 있 었다. 하찮은 일에 매기는 순서만큼이나 자신의 선량한 흔 쾌함과 걱정과 희망에 가하는 바로 저 지나친 조심스러운 태도를 통해서 말이다. 어색하고도 다정한, 무심한 투를 보이는 그런 애정을 내가 모를 리 없었다. 이미 40년 전부터 그 다정한 면모를 알아온 내가 아닌가. 그렇게 나를 뚱하게 대했지만 아주 조금만 그럴 뿐이었다. 이 지상의 천국에 뿌루퉁할 수 없지 않은가. 그녀는 정말 영혼과 육신으로 이런 천국의 삶을 살고 있었던 게다. 비밀이면 더 순수하고 귀한 법이겠기에, 어느 정도는 그녀의 행복감을 알고 있다는 걸 나도 내색하지 않으려 했다. 그러나 시도니는 도대체 어느 깊은 곳에서 저 충만한 환희를 자아올리는 걸까 가끔 자문하기도 했다. 바로 그 근원일 저 기이한 아이에게 생각이 미칠 때면 말이다. 그러나 정작 그 아이에게서는 우리를 향한 기쁨의 동작이라거나 우리 우정에 답하는, 조바심칠 만큼이라도 될 어떤 미미한 표징조차 오지 않았다.

실상 나는 시도니가 고통스러워한 걸 모르고 있었다. 그녀가 행복감을 감추지 못했던 것은, 적어도 자신의 답답한 고통을 하도 꼭꼭 속으로 밀어 넣고 있어서 그런 불행감이 있었음을 내가 모르고 지내온 결과다. 그래서 우연히 그걸 보아도 그 고통이 어떤 것인지를 이해하지 못했다. 그만큼 단순하지만 깊은 그녀의 속내는 하나를 보면 다른 하나는 보이지 않는 식으로 여러 감정이 담겨 있어서, 그 어느 것도 종국적 감정이 아닌 터였다.

하지만 여자아이는 우리 두 사람 사이에서 꽤 편안하게 생활했다. 그런 나머지 내 편에서도 즐거울 때가 가끔 있었으나 항상 그런 건 아니었다. 그러자 상황 파악에 능한 시도니는 내가 불편해하는 걸 알 때마다 아이를 보이지 않는 곳에 숨겼다.

불편감이라 해도 나로선 무어라 정의 내릴 수 없는 미묘한 것이었다. 그 생경함이 무언지 알지도 못한 채 그저 느낄 뿐이었다. 지금껏 나는 이처럼 파악 불가능한 인상을 받은 적이 없었다. 이름 모를 부재에 대한 느낌이랄까, 아니 이 정의 내릴 수 없는 감정보다 더 모호했다. 육신 속에 갇혀 있는 저 경직된 작은 몸이 내 앞에 멈춰 서는 걸 볼 때 아이가 바로 저기 있다고, 이보다 더 구체적이고 단순한 건 없다고 되뇌어보았다. 그러나 내가 이 실제 형상을 만져보려 손을 내밀어보아도 더한 공허감이 밀려들 뿐이었다. 이런 느낌이 하도 혼란스러운 나머지, 나는 아이가 부주의하게 나를 스칠까 봐 펠리시엔을 간혹 피하기도 했다. 마치 꿈에서 우리 몸을 스쳐 가는 육신 없는 형태와 마주치는 것 같은 이 비물질적인 접촉에서 아무 느낌도 받을 수 없을까 봐 두려워하며.

하지만 내 걱정은, 나도 알고 있었다시피, 보통 때보다 덜 평온했던 상상력의 헛된 작동에서 비롯한 것이었을 뿐이다. 그렇긴 해도 그런 뜻밖의 동요가 왜 생겨나는지, 내 혼란의 이상한 측면이 무엇인지 결코 설명해주지 못했다.

펠리시엔이 시선 밖 멀리 있을 때 내가 그 아일 생각한 적은 한 번도 없고, 아이의 부재에 대해 별 느낌도 없었다. 또한 아이가 작은 손님처럼 집에 살고 있다는 걸 조금이라도 떠올린 적도 없었다.

그래도 아이는 집에 살고 있었고, 워낙 온순해서 자신의 존재감을 더욱 미약하게 했다. 워낙 그래서 가끔은 아이의 지나친 부재가 아이의 존재를 느끼게 해줄 때도 있었다. 그리고 마치 분신처럼, 그 부재성 너머로 신비한 모습이 떠오르기도 했다.

다행히 이런 이상한 상태가 잦지는 않았고, 종종 펠리시엔은 시선과 말이 닿는 곳에 있었다. 그 존재에 잠복하고 있는 무감응만 아니었더라도 아이는 깜찍한 웃음만 없지, 유년기 특유의 모든 특은特恩을 간직하고 있다고 생각될 정도였다.

정말이지 아이는 웃지 않았다. 아이 땐 웃는 일이 격한 유희 아닌가. 펠리시엔은 자기 자신처럼 소리 없이 이상한 놀이만 했다. 하도 조용해서 가끔 그 애가 놀기라도 하는지 궁금할 지경이었다. 아이의 모든 행위는 그 비현실적인 성격 때문에 심심풀이 거리를 전혀 찾지 않는 듯 보였다. 그래서 어린 시절의 자연스러운 즐거움을 모르겠거니 생각하고 말았다. 처음에 아이를 열심히 뒤쫓던 시도니는 아이가 우리에게 염려나 가벼운 걱정이라도 끼칠 행동을 할 수 없는 상태임을 금방 알아차렸다. 그 애에게는 아이들 맘 안에서 모험에의 격한 욕구를 부추기는 내적 활기가 없었다. 대개 아이들은 별것 아닌 일에도 뛰어오르고 본다. 금단의 시도를 해보게 꾀는 매혹의 대상물이 자기네들 앞에 등장하길 기다리면서 말이다. 왜냐하면 논다는 건 어느 정도 미친 듯 구는 일이니까. 펠리시엔은 자유로웠고 엿보는 사람도 없었다. 그러나 이런 자유도 아이에겐 필요가 없었다. 그걸 누리지도 않았으니까. 아이는 무엇으로 매어놓은 것도 아니건만, 질서에 대한 설명하기 힘든 어떤 취향이 감도는 집에서 결코 멀리 나가지 않았다. 우리는 시도니의 자부심이기도 한 식기장 앞에 서 있는 아이를 본 적이 더러 있었다. 그 식기장으로 말하자면 접시들이 불변의 위계질서에 따라 잘 정리되어 있는 곳으로, 바로 그 앞에서 한번은 휘둥그린 눈을 하고, 두 손을 모아 잡고, 입은 멍하니 벌린 채 아이는 황홀경에 빠져 있었다. 너무나 감동한 시도니가 나더러 말하지 말라는 신호를 보내, 그 천진한 황홀경을 깨뜨리지 않으려고 우리 둘은 발뒤꿈치를 들고 물러 나왔다.

다른 아이들(아그리콜네 아이들) 앞에서 그 아이는 강한 충동에 진 듯 먼저 기계적인 걸음으로 한 보 다가가다가 금방 헛디디고 말았다. 당황한 아이는 집으로 달아나 사라져 버렸고 저녁때까지 찾을 수 없었다. 남은 아이들(사내 녀석 둘과 또래의 어린 여자애)은 그저 멍하니 서 있었을 뿐이다.

그 애들은 천성적으로 고약함이라곤 없었다. 몇 번 접근하려고 시도해보더니 허사가 되자, 녀석들은 그저 여자애를 멀리서나 걱정스레 호기심을 가지고 바라보는 것으로 만족하기로 마음먹었다. 하지만 녀석들은 여자아이를 매일 관찰하기에 이르렀다. 나는 어느새 녀석들을 엿보고 있었다. 아이들은 맴돌았다. 어떨 때는 농가 주위를 어정쩡 어슬렁거리는 투를 보였다. 또 어떨 때는 날씨가 좋아지자 녹은 땅에서 귀뚜라미 집을 찾기도 했다. 땅바닥에 코를 박은 채 웅크리고들 움직이지 않았으나 그 눈만큼은 저 아래 농가를 훔쳐보고 있었다. 들판 가운데 움직임 없이 묵언을 지키고 있는 우리 집을 말이다. 종종 자기네들 놀이에 주의를 끌어들이려 소리를 지르며 서로서로 달려가기도 했다. 때로는 정원 햇가지 울타리 아래 웅크려 앉아 목을 지키고 있는 그네들을 볼 수도 있었다. 아니면 해거름에 살금살금 네발로 기어서, 목장의 나무 아래로 세 마리 작은 짐승들처럼 솔솔 지나가기도 했다.

정말이지 녀석들은 누가 자기네들을 발각해낼까 봐 겁을 잔뜩 먹고 있었다. 아이들은 완전히 보이지 않는 존재가 되고 싶어 했다. 우연히 펠리시엔이 그 애들을 발견하기라도 하면 당황해 마지않으며 도망쳤다. 펠리시엔이 멀어지기도 전에 진작 달아나버리곤 했다. 훌쩍 뛰어서 미친 듯 종종걸음 치거나 달려서, 아니면 땅에 배를 대고 기면서 들을 가로질러 갔다. 펠리시엔은 덤불과 웅덩이, 손수레를 뛰어넘어 가는 작고 가벼운 몸뚱어리들을 목격하곤 했다. 샘물 곁에서, 키 높은 풀들이 흔들리는 사이로, 가시양골담초 속으로 기어드는 아이들.

설명 불가한 두려움에 사로잡힌 아이들. 그러면서도 또 찾아오곤 하던 아이들. 다음 날이면 으레 다시 찾아오던 그 아이들. 더 두려운 듯하지만 여전히 열정을 느끼며, 아니 더 대담해져서겠지. 발꿈치를 높이 세우고 서서 울타리 너머로 호기심에 차 있는 그 세 아이의 머리통은 어떤 다정함마저 풍기고 있었던 게다.

그러나 그네들의 시도는 누가 알아주지 않았다. 펠리시엔은 접근 불가였다. 아무것도 그들의 용기를 꺾지 않았지만, 애석하게도 여자아이는 아이들의 가슴 찡한 집념에 전혀 흔들리지 않았던 것이다. 어찌 그리 무관심 일색인지, 아이들은 이해할 수 없었다. 이 미지의 여자아이가 온 일이 그들 가슴엔 그리 큰 감동이었건만. 마차에서 펠리시엔이 내린 게 어느 월요일 저녁이었다. 화요일 아침부터 애들이 찾아왔던 것이고. 마구간 뒤로 아이들 셋이 등장했던 거다. 평소에도 항상 뭉쳐 다녔기에 아이들이 놀러 오는 일이 드문 이 애매한 장소일지라도, 셋이 다 함께 등장한 일이 놀랍지는 않았다. 그곳은 (시도니의 의심을 너무 사지는 않으면서) 리뤼제 마당에서 일어나는 일을 관찰할 수 있는 목이었다.

한데 마당에선 아무 일도 벌어지지 않았다. 낙심한 아이들은 떠나갔지만, 호기심에 다시 되돌아왔다. 그다음 날은 샘가 갈대 덤불 속에 자리를 잡았다. 인내심이 필요했고 아이들은 인내했다. 사흘간, 신비한 새 인물은 모습을 나타내지 않았다. 마침내 금요일, 여자아이는 문 앞에 모습을 드러냈다. 아이들은 소나무 가지를 초소 삼아 올라앉아서 숨죽인 채 몰래 지켜보고 있었다. 아이들은 여자아이를 잘 살펴본 다음에야 나뭇가지를 흔들어 주의를 끌어보려 했다.

그러나 여자아이는 아무 소리도 못 듣고 잠시 뒤 집 안으로 들어가버렸다. 그러자 아이들도 골이 나서 자리를 떠났다. 아이들은 한 줄로 차례대로 걸어갔다. 맏이인 가스통이 선두였고 그다음은 여동생 바르브, 이어서 막내 오노레였다. 말 한마디 없었다. 정말 슬펐기 때문이다. 아이들이 엄마 앞에 섰을 때 엄마가 짐짓 물어보았다.

"그래, 그 애를 보기나 했니……?"

"귀가 먼 것 같아요." 가스통이 무시하는 듯한 어투로 삐죽거렸다.

"귀먹은 애와는 놀 수가 없죠." 가스통의 여동생이 단정조로 받았다.

막내 오노레는 침묵을 지켰다. 그 아이가 놀라울 만큼 예뻤다는 걸 감히 말할 수가 없었다. 그 사실은 나중에야 알게 되었다.

IV

　이 외진 곳에서 그나마 유일한 이 조무래기들과도 거리
를 두고 있었기에 펠리시엔은 자연스러운 세상과 떨어져
있었다. 아이는 우리에게만 의지했다. 그러니 어린 시절만
이 줄 수 있는 호의를 누리지 못했다. 상상력과 감정과 누그
러뜨릴 수 없는 사기士氣가 엮어주고 잠시 유지하다가 이윽
고 잠깐의 그 구조물을 허물곤 하는, 유년 공동체의 마법 같
은 삶을 대신해줄 것은 세상에 없다. 아이는 활발함을 잃은
자신의 상태엔 걸맞지 않은, 발랄한 유희의 왁자함을 두려
워하는 듯했다. 실제로 (몰입하노라면 미친 짓도 불사하게 되
는) 유희를 즐기려면 자신을 잊어야 하는데, 기억력을 거의
다 상실한 마당에 어찌 또 자신을 잊을 수 있겠는가? 펠리시
엔에겐 추억이 없었다. 추억들로 세워진 상상의 세계 속에
서만 자신을 잊을 수 있는 법.
　우리는 이런 사실을 금방 깨달았다. 아이는 우리에게 의지
한 채 자기를 사랑하는 시도니와 측은히 여기는 나 사이에
자리 잡았기 때문이다. 이런 위치에서 아이는 우리의 시선이

머물고 돌보아야 하는, 끊임없는 염려의 대상이었다. 그러
나 우리가 정을 주려고 하면 할수록 아이에게 가닿을 수 없
었다.

리귀제에서의 첫 며칠간 시도니는 엄청난 열정을 쏟아부
어 아이를 씻기고 빗질해주고 옷도 갖춰 입히며 이 집에서
꼭 지켜야 할 신성한 준칙에 대해 알려주었다. 불과 물, 공
기, 흙 곧 대지가 존중받는 수천 년에 걸친 전통에 대해서.
리귀제에서 우리는 정말이지 이 4원소의 법칙 아래 살아가
고 있었던 것이다. 그것들의 호의를 느끼지 못하거나 적대적
기운과 부딪히지 않고서는 한 걸음도 뗄 수 없었다. 물, 불,
공기, 흙 곧 대지는 그것들을 존중하는 의식儀式 속에서, 헤아
리는 말 속에서 느껴지는 존엄한 힘이었다.

시도니는 가정 건사에 적용되는 이 의례와도 같은 규칙들
을 펠리시엔에게 설명했다. 아이는 듣고 있는 것 같지 않았
지만 늘 지켰다. 우리 지시를 존중해서였는지, 아니면 본능
에 따라서였는지는 모르지만. 예컨대, 아이는 한 번도 불 속
에 장작을 감히 집어넣지 않았다. 시도니의 손에서 나온 저
신기한 불. 작은 재 무더기 위로 장작이 없는데도 지펴져 있
는 듯 보이는 불. 아이는 불길이 아궁이 가운데에서 연도煙道
입구까지 닿도록 솟구치다가, 이윽고 화염을 아래로 내뻗으
며 날름거리다가, 일그러져 되떨어지면서 두 개의 불꽃으로
쪼개지는 것을 멍하니 바라보기만 했다. 무용해졌지만 불사

의 그 가벼운 불길을 말이다.

　날씨가 쌀쌀해진 어느 저녁, 우리 세 사람은 이 불 앞에서 몸을 녹이고 있었다. 밖에서는 기와지붕을 훑으며 3월의 마지막 삭풍이 휘불고 있었다. 갑자기 시도니가 아이에게 말을 꺼냈다.

　"여기 온 지 보름이 되었는데 한 번도 입을 열지 않았네."

　기분이 나빠지며 생긴 의심스러운 마음이 시도니의 목소리를 떨리게 했다. 그래도 여자아이는 말이 없었다.

　"듣고는 있니?" 시도니는 초조해져서 윽박질렀다.

　휙 하니 바람이 집을 흔들었다. 펠리시엔은 울음을 터뜨렸다.

　"아이구 하느님!" 갑자기 두려움에 휩싸인 시도니는 소리를 질렀다. "내가 맘을 아프게 한 모양이다."

　시도니는 아이를 불쑥 끌어당겼다. 펠리시엔은 시도니의 커다란 앞치마 폭에 머리를 묻었다. 얼굴이 푹 파묻혔다.

　"왜 그리 말이 없는 거니, 글쎄?" 나도 부드럽게 물어보았다.

　그러자 여리지만 아주 다정한 목소리가 새어 나왔다. 똑똑히 잘 들렸다. 아이가 말했다.

　"할 수가 없으니까요……"

　"무엇 때문에 그런 거지?"

여자아이는 부르르 떨었다. 나는 아이를 진정시키고자 손을 잡으려 했다.

"아뇨, 절 그냥 두세요. 잠이 오네요……" 아이는 중얼거렸다.

아이는 간신히 다시금 애를 쓰며 이렇게만 덧붙였다.

"제가 말을 하려고 하면 언제나 잠이 와요……"

그러고선 입을 다물어버렸다.

시도니는 고개를 돌렸다. 아이의 눈은 감겼고 표정은 고요하니 고른 숨을 쉬었다.

우리는 아이를 방에 데려갔다. 시도니가 겉옷을 벗기고 침대에 누인 후 이불을 잘 여며준 다음, 아이 위로 얼굴을 가까이 가져갔다.

잠이 아이를 부드럽게 장악하여 신비한 평화의 나라로 쉬 데려가버렸다. 순수한 어린아이들이 그러하듯 아이는 방심한 채 탁 풀어져 잠이 들었다. 하지만 저항 없이 온몸과 약간뿐인 그 영혼이 내맡겨진 휴식은 저 스스로 취하는 휴식이 아니었으니, 아이의 조그만 얼굴에서 생명력의 가장 미미한 자취까지 전부 지워버린 비인간적 수면 상태였다. 그래도 아이는 살아 있었다. 박약해진 존재에 남은 희미한 생명 지표인 숨으로 판별해보면 말이다. 자신에게서 내쫓긴 어떤 피조물이 내쉬는 그런 숨. 그런데 이런 숨마저 가끔 하도 희미해져서, 시도니는 걱정된 나머지 손등을 내밀어 아이의 살짝 벌어진 입가에 대보곤 했다. 거기서는 느껴질 듯 말 듯 가느다란 숨이 새어 나오고 있었다. 시도니는 약간의 온기를 확인했다.

"겁이 났어요." 시도니가 말했다.

그러고선 아이를 지켜보려 머리맡에 자리 잡았다.

아이가 자연스러운 수면 상태를 보인 건 11시경이었다. 나는 소리 없이 자리에서 물러났다. 시도니는 새벽까지 방에 머물러 있었다.

V

시골에서는 일이 끝나도 대지의 요구와 밀접하게 연결되어 있지 않은, 말하자면 영혼의 일들에 대해 성찰할 수 있는 시간이 거의 없다. 하지만 나처럼 가축 떼, 경작과 밀에 대해 생각하며 아주 오래 살다 보면, 경작지를 돌보는 삶과 감성과 지력의 영역일 깊은 삶에 연결점이 있는 듯하다. 그리하여 농사철 내내 땅을 착실하게 돌보며 생긴 지혜는 영혼의 요구에 제대로 응하도록 끌어주는 듯. 분별력과 애정이 밀을 제대로 수확하는 데 필요한 신중함과 힘을 불어넣어주는 것과 마찬가지로.

바로 그렇게, 시도니와 나는 일에 골몰하면서도 아이가 한 말과 자는 모습으로 보여준 기이한 계시에 대한 생각을 며칠이나 떨칠 수 없었다. 아이는 그만큼 우리를 심히 동요시켰다.

나는 펠리시엔 돌보는 일을 시도니에게 다시 맡겼던 터다. 그러나 시도니와 나는 서로 간에 느낄 수 있는 어떤 끈으로 연결되어 있었다. 그녀에게 어떤 근심이나 생각이 형태를 갖추자마자, 말로 하지 않아도 그것들이 내게 떠올랐다. 이런 유의 상호 교통이 아주 흔한 일이 된 나머지, 우리는 종종 의식도 하지 않은 채 여러 날을 온통 침묵 속에서 보내곤 했다.

이런 방식으로 나는 시도니의 걱정을 알아차렸다. 동시에 내 걱정 또한 하도 생생해져서, 나는 그런 불안을 가라앉히고자 펠리시엔의 희미한 고백 속에 감추어진 비밀을 확실히 파악해보겠다고 결심하기에 이르렀다. 말하는 도중 무거운 졸음이 몰려와 그에 휘어 무너지던 그 기이한 광경의 의미를 밝혀보려고 정신을 집중했다. 그러나 두어 가지 생각을 묶어보려 하자마자, 발이 닿지 않는 심연을 느끼고 당황했다. 허공으로 떨어지기 일보 직전이었다. 정녕 허공이 거기 있었다. 순간 날 휩싸던 현기증을 어찌 더 잘 설명할 수 있을까. 헛소리, 어리석은 당착 일보 직전이었다. 정말이지 실성 직전이었다. 생각이 널뛰는 나머지, 나는 스스로가 무서워졌다. 하지만 나는 그저 펠리시엔의 기이한 수면 상태에 대해서만 생각했을 뿐, 어쩌면 가당한 그 이유를 막 찾아낼 것 같았는데 다시 한마디가 내 정신을 아득하게 했다. "언제나"라고 펠리시엔이 말했었지…… "제가 말을 하려고 하면 언제나 잠이 와요." 이 말이 나를 사로잡았고 깨달음을 주었다. 이 말이야말로 바로 신비의 열쇠겠어,라고 나는 스스로에게 되뇌었다. 이렇게 혼자 되뇌면서 나는 입 다문 펠리시엔과 그 아이에게 침묵을 강요한 채 우리에게 아이를 안겨준 미지의 세계 사이의 불안한 관계성을 그려보았다. 그러면서 불현듯 나는 리귀제라는 거처와 아이가 얼마나 서로 낯선 존재인지를 깨닫게 되었다. 정말이지 (내가 아는) 리귀제는 그저 가정으로 충실한 거처에 지나지 않았다. 이 집에선 만사가 그저 단순하고 용도에 걸맞았다. 여기 사는 이들도 아주 소박하고 분명한 사람들 아닌가. 펠리시엔은 이런 특성을 흔들어놓은 것이다. 설명하긴 어렵지만 아이는 이 장소의 고유한 용도와 질서 그리고 시골다운 고요한 기운을 바꾸어버렸다. 아이는 이곳에 특유의 침묵과 기이하게 덮쳐드는 잠의 위협을 들여놓았다.

"그래도 얘가 몇 마디는 한 거죠." 시도니가 말했다.

보름간의 침묵 끝에 말이다. 그러고서 겨우 저 아득한 목소리를 들었던 것이고. 정말 몇 마디뿐. 하지만 얼마나 불안 가득했던가!…… 웅얼거린 그 문장보다도 목소리 자체가 우리 심장을 뒤흔들어놓았지. 우리가 뭉클했던 것은 목소리가 약해서라기보다, 비인간적 음색으로 우리에게 전해주었던 고백의 인간적 의미 때문이었다. 정녕코 이 세상에서는 이런 비슷한 음색을 접할 수 없으리라. 이 세상 목소리라곤 할 수 없었다. 고저 없는 목소리. 말마디의 특성을 살려주는 강약이라곤 없이 흘러나온 단어들. 순수하지만 몰개성하게 울리기만 한 단어들. 그것들은 인간의 입이 조음한 단어들이 아니었다. 무에서 나온 그저 소리라고나 할 수 있을까. 그건 혀와 민감한 입술을 거쳐 촉촉한 숨결로 따스해져 들려오는 것이 전혀 아니었다. 들어도 말한 이의 존재가 떠오르지 않는 그냥 소리. 그 단어들은 이 생기 없는 언어로 자신의 탄식을 제대로 표현하지 못하는, 텅 빈 한 영혼을 무미하게 전달할 뿐. 나는 그저 왈칵 걱정스러운 말의 의미 때문에 이 나른한 목소리를 펠리시엔과 결부시킬 수 있었을 뿐이었다. 그 의미는 (참으로 막연하고 아득하기는 했지만) 아마도 아직 살아 있는 한 영혼으로부터 솟아오르는 것이었으리라. 서투르면서도 이 영혼이 일단 내뱉은 그 두 마디는 표현 불가한 고통을 감추고 있는 동시에, 생각과 연결되지 못하는 기이한 무력감을 드러내지 않았던가. 정녕 생각은 그 침묵 뒤에 남아 있는 듯했다. 왜냐하면 생각과 말, 이 두 생명 표지는 그 아이 안에서 서로 교응交應하지 못하거나 혹은 간신히 교응하고 있는 듯. 실제 교응이 이루어지려면 아마도 온갖 힘을 다하는 섬세하고도 큰 노력이 필요할 듯. 어떤 심연이 소녀의 미약하고 막연한 생각을 떼어놓고 있는 듯, 따스한 빛 속에서 그 생각을 기다리는 단어들이 있는 언저리로부터. 캄캄한 꿈속에서 생각이 심연에 다가감에 따라 침묵의 바닥 모를 깊이를 드러내면서, 심연 기슭들은 더 벌어지고 생각은 도로 잠의 수렁 속으로 빠져들었던 것 같다.

펠리시엔   195

*

그날 이후, 며칠간 새로운 일이 전혀 없었다. 나는 시도니에게 재차 말했다.

"애가 어디서 온 건지부터 알아야겠어요."

시도니는 고집스레 고개를 저었다.

"그걸 알아서 뭐 하시게요. 프레데리크 씨? 애는 여기 있잖아요. 그러니?……"

시도니로서는 펠리시엔이 온 것으로 족했다. 하지만 나는 그 아이가 진정 여기 와 있기라도 한 건지, 진지한 자문에 빠져 있었다. 그래도 시도니를 불편하게 할 수 없어서 아이에게 질문하는 것도 삼갔다. 결국 우리는 아이를 그냥 내버려 두었다.

아이는 동물 같은 제 작은 삶의 방식을 이어갔다. 나는 은밀히 아이를 관찰하기 시작했다.

우선 아이가 정말 무심한 것에 놀랐다. 때로 어떤 강렬한 이미지가 내적으로 우리를 사로잡을 때처럼, 아이는 제 속에 제가 없음이 역력했다. 그러나 때때로 다시 자기 육신의 주인이 되어 소리와 소음, 냄새와 가시적 물체들과의 관계 속으로 되돌아오기도 했다. 그럴 때의 아이는 듣고 느끼고 보았다. 무슨 말 한마디나 특정한 향기나 색을 띤 어떤 형태와 접하자마자 아이는 온통 환해지면서 열정을 회복한 듯

환희에 차 소리 지르고 싶어 동작을 그려 보이다가도, 갑자기 귀 코 눈이 다시 무감동해지며 무관심한 태도로 돌아가 텅 비어 가벼운 머리를 무표정하게 다른 쪽으로 돌려버리곤 했다.

어느 날 아침 일찍 마구간 쪽으로 지나가다가, 노지 공중 줄에 커다란 여우 가죽이 널려 있는 걸 보았다. 그 전날 석양 무렵에 아그리콜이 일주일 전부터 목을 지키고 있다가 우리 닭장을 초토화하던 그놈을 잡아 죽이는 데 성공한 것이다.

가죽은 말라가고 있었다. 뒤집어 널어 말리는 중이었다. 두 다리가 벌려진 채 끈으로 줄에 매여 있었다. 피에 젖은 머리는 콧등이 땅 쪽을 향해 있었는데, 야생의 강한 냄새가 벌써 꾸덕꾸덕해지고 있는 털가죽에서 번져 나오고 있었다. 거칠게 가죽을 벗겨낸 그 짐승의 목 근처 상처 부위에서 응고되어가는 피가 검은 조약돌처럼 굳은 채 털을 더럽히고 있었다. 잔인한 송곳니가 드러난 주둥이 안으로 개암나무 막대를 밀어놓은 건 이 지방 관행이었다. 천천히 김이 오르는 피에 젖은 가죽을 태양이 비추고 있어 잘 마르는 중이었다. 들춰진 녀석의 입술 두 마디 근처에는 말벌 한 마리가 부르릉거리며 침을 들이꽂을 장소를 그 살점에서 찾고 있었다. 가끔 아침 미풍이 녀석의 가죽을 부풀리며 들어 올렸다.

그럴 때면 저 잔인했던 짐승의 콧등은 고통과 증오의 표현을 여실히 그려 보였다. 그러자 말벌마저도 주춤거렸다.

이 기이한 광경을 바라보고 있을 때 펠리시엔이 마당에 들어섰다. 나는 장작더미 뒤로 몸을 숨겼다. 아이는 내 쪽으로 왔다. 머리를 숙인 채 앞으로 나아왔다. 세 걸음마다 무릎을 꿇고 풀꽃을 꺾어 드는가 하면, 작은 조약돌을 주워 들기도 했다. 아이는 그렇게 미처 보지 못한 채 가죽 널린 곳까지 왔다. 그러다 갑자기 머리를 든 아이는 제 얼굴 바로 곁에서 피로 줄줄이 얼룩져 있는 여우의 콧등과 마주쳤다. 아이는 뒤로 훌쩍 물러서며 비명을 질렀다. 그러더니 팔을 벌린 채 놀람과 공포에 질려 얼어붙었다.

나는 달려가 아이 손을 잡아 집 쪽으로 데려왔다. 여자아이는 떨고 있었다. 시도니는 농장에 가고 없었다. 나는 유리잔에 화주를 약간 따라서 설탕을 조금 넣었다. 하지만 이를 악물고 있던 펠리시엔은 그걸 거절했다.

나는 말했다.

"아그리콜이 그걸 잡은 거야. 녀석은 닭이며 다 잡아먹었거든. 이제는 안심해도 된단다……"

그러자 아이는 나를 바라보았다.

아름답고 깊고 표현 가득한 시선으로 바뀌어 있었다. 내가 지켜보는 가운데, 좀더 폭넓어진 사고력이 아이에게 천천히 형성되고 있었다. 그 사고력은 아직은 어둡지만, 인간

형체를 가진 이 존재의 깊고 허허로운 바닥에서부터 올라오고 있었다. 마치 보이지 않는 수중 짐승이 지나가자, 잠든 물 저 깊은 곳에서 기포가 생겨 위로 올라오듯이. 사고력이 이렇듯 상승함에 따라 영혼에 생기가 돌면서 커진 아이의 두 눈에는 두 줄기 황금빛 광채가 솟구쳤다. 아이 곁에 앉자마자 이렇게 말하는 게 아닌가.

"나는 그게 정말이지 죽은 걸 알고 있었어요, 프레데리크 씨……"

그때 시도니가 안으로 들어왔다. 펠리시엔은 그녀를 향해 몸을 돌리더니 일어섰다. 시도니가 아이 곁으로 가서 얼굴을 어루만졌다. 나는 두 사람이 함께 있도록 두고 나왔다.

마당에 나와 곧바로 가죽 있는 데로 가서 그걸 들어 올렸다. 갑자기 어떤 생각이 들었다. (가혹하지만 아마 유용한 생각일 터) 이 가죽을 서둘러 숨기지 말고, 펠리시엔이 다시 보게 기다리자는 생각이었다. 그만큼 이번에 아이의 감응 반응은 아주 강했기에, (게다가 아까 들었던 말의 내용도 참으로 이상했다) 여러 가지 미스터리 다음에 온 한층 더한 이 미스터리 아래 감춰진 어떤 표징이 모습을 드러내기를 바랐던 것이다.

나는 지켜보기 시작했다. 낮 동안은 시도니가 펠리시엔을 내내 곁에 두었다. 나는 식사도 혼자 했다.

저녁나절이 되자 아이는 집에서 나왔다. 아이는 다시 마구간을 향했다. 가죽은 여전히 피로 꾸덕꾸덕해진 채 동아줄 가운데서 건조되고 있었다. 아이는 뭔가 기억이 나서 홀린 듯 자신도 모르게 그 무서운 물체를 향해 도로 가고 있는 거란 생각이 들었다. 그런데 여우 근처에 닿자 아이는 그걸 지나쳤다. 지나가면서 줄을 지탱하고 있던 말뚝 하나를 워낙 세차게 흔들었기 때문에 가죽이 흔들거렸다. 그러나 아이는 알아차리지 못했다. 땅에 고정한 시선은 돌 틈에 돋아나 있던 야생 수레국화를 보고 오히려 놀란 것 같았다. 아이는 그걸 뽑으려고 했는데, 순순히 뽑히지 않았다. 그러자 밭고랑으로 몇 걸음 들어가더니 다시 나왔다. 짐승 가죽에는 시선 한번 던지지 않고 줄 아래 말뚝 사이로 지나갔다. 침착한 걸음걸이로 아이는 시도니가 막 등을 켠 집으로 돌아왔다.

여우는 그러고도 이틀 더 내걸려 있었다. 그러나 펠리시엔은 아무 감응 없이 그걸 보았다. 아이는 생각도 시선의 빛도 되잃어버렸던 것이다.

*

그저 놀랍기만 했다. 내적 흡수라는 느낌 때문이었다. 보통 때는 텅 비어 있던 시선 속에 느닷없이 생겨난 이런 생기가 구멍 숭숭한 땅으로 새면서 막 사라진 것 같다고나 할까.

모래 속으로 스며들어 사라지는 한 줄기 물줄기처럼.

무심함 속에 들어앉아 머리는 텅 비고 육신은 가벼운 펠리시엔, 이치에 가닿는 생명에서 떨어져 나온 낯선 생명의 끝자락에 우연히 얹혀 있는 듯 보이는 그 아이는 의미가 거의 지워진 그저 기표에 지나지 않는 듯. 하지만 그 애가 내뱉은 두 문장은 강력한 환기력을 뿜지 않았던가. 잠과 망각이라는 거대한 궁륭과 단단한 층을 가로질러, 나에게까지 건너온 일종의 속내 호소呼訴. 그 두 문장에 쓰인 단어들은 쉬운 뜻으로 연결되어 있었지만 여전히 설명할 길 없었다. 평범해 보이는데 어떤 암시의 웅얼거림이 들리고, 그 정확한 뿌리를 미처 찾아낼 수 없었으나 나는 적어도 그것들이 어떤 식으로든 예전 삶의 자취를 전해준다고 느꼈다. 여자아이는 그 말을 할 때 제대로 뜻을 알고 쓴 것이고, 그 말 속에는 비록 기이한 황폐화를 겪긴 했으나 잘려 나간, 아마도 파괴된 기억에서 떨어져 나온 두 가지 추억이 들어 있는 것이다. 정말이지, 단어들만이 펠리시엔의 기억을 이루고 있는 듯 보였다. 아이는 그 단어들을 여태 기억해왔고, 어렵사리 아직 사용할 수도 있었다. 그러나 그렇게 엮인 두 문장은 언어가 전달할 수 있는 많은 추억을 환기하고 모으기도 하며 휘저을 수 있는, 내적 힘은 없어 보였다. 아이가 말해준 것이 어떤 의미를 가졌을지언정 그 아이 입안에서 벌써 비밀이 되고 말았다. 단어들의 저 신비한 힘이 약해지면서 입

안에서 그 신비가 빛을 잃은 터. 기이한 사실은, 그 아이 밖에서는, 즉 우리 안에서는, 그 단어들이 빛의 확산처럼 분사되었는데, 바로 이런 인광燐光이 내 생각을 흔들어놓았다. 그래서 나도 모르는 새 막연한 상황 속에 자발적으로 접어들었다. 무슨 말인가 하니 이성과 사물의 일대일이라는 마땅한 대응 관계를 벗어나 느슨한 몽상에 나 자신을 맡김으로써, 모두에게 낯설 뿐 아니라 스스로를 모르는 이 아이의 지난 삶을 재구성해보려고 했다. 내적인 감동에 놀란 나머지 (나는 이리 상상했다) 펠리시엔이 말을 하려고 들었지만, 그 아이의 사고 속에서 문장을 향해 열려 있는 말의 의미 영역은 무한히 커진지라, 기나긴 무언지경을 넘어 말을 향해 나아온 문장은 그 무한한 의미 영역을 하도 천천히 거치는 바람에, 입이라는 실제 발성기관에 닿기도 전에 그만 도로 잠에 빠져버려 입안에서 사그라져버린 것이라고. 간혹 아이가 말을 하는 경우가 있어도, 그건 기억할 수도 없는 여러 해의 여행 후에 이뤄진 격이랄까. 떨리는 목소리로 모은 단어들은 시간에 닳아 온전히 말하기에는 불가능해진 조각난 전언만 남길 뿐. 그러나 그 메시지는 바로 그러한 부족함 때문에 내 마음을 울렸다.

부드럽게 그러나 숙명적으로 어떤 수면 법칙이 아이의 말을 잘라버리지만, 펠리시엔은 이 적敵에도 불구하고 자기 자신에 대해, 바로 자신이 이 법칙 아래 살고 있음을 우리 앞에서 털어놓을 수 있었다. 이제 아이는 아그리콜이 잡아 죽인 그 여우를 보고 순간이나마 그와 아주 비슷한 어떤 사건에 대한 흐릿한 추억을 환기하기에 이르렀다. 아이가 그리 놀란 걸로 판단해보자면, 그리고 아이의 목소리에 담겼던 그 감동으로 짐작해보건대, 아이는 예전에 그것에서 깊고도 아마 무서운 인상을 받은 적이 있는 것 같았다…… 그러나 이런 희미한 지표들은 명확한 해명을 주기는커녕 풀 길 없는 문제를 안겨준 격이다. 그리하여 조금씩 빠져들고 있던 이런 동요 상태를 가라앉히기 위해서라면, 나도 모르게 절로 상상에 빠져드는 이 삶을 통째 바치겠다는 유혹이 나를 사로잡았다.

다행히도 신부님이 편지해주었다. 펠리시엔 소식을 묻지는 않았다. 이미 아시는 것이다. 이렇게 썼다. "아이가 댁에서도 마치 게리톤네에 있었을 때처럼 행동한다는 걸 압니다. 뭐든 다 잊는 아이니 벌써 게리톤도 잊었겠지요…… 게리톤이 아이를 퍽 보고 싶어 하므로 날을 잡아 데려가야겠지요…… 하지만 망설여집니다, 아이를 사랑하지만 게리톤은 쇠진한 나머지 겨우 심장만 뛰는 상태입니다…… 펠리시엔이 노파를 알아보지 못하면(그게 걱정입니다), 불쌍한 그 노인의 허약한 심장에 무슨 일이 일어날지?…… 그러니 길을 나서기 전에 잘 생각해야겠지요. 예민한 채 약해진 노인들에게는 모든 것이 중대한 결과를 낳으니까요…… 저는 잘 알고 있어요. 참으로 신기할 정도로 감상적인 그런 노인네들을 이 고장에서 매일 보게 되거든요. 호인이고 침착한데도 말입니다…… 물론 아이가 어디서 왔는지 안다면 만사가 더 잘 풀리겠죠…… 수천 가지 비밀에 달통한 메제미랑드가 추적을 시작했어요. 벌써부터 드러나는 세부 내용에 그이도 놀라고 걱정하더군요…… 당나귀를 다시 못 보았습니다. 당신네 양 우리 쪽을 잘 살펴보는 게 좋을 것 같아요. 적어도 메제미랑드가 당신께 드리는 조언입니다…… 나도 댁을 보러 가겠습니다. 몸이 좀 불편하지만 하느님이 도우시면 길을 나서는 게 가능하겠죠. 무슨 일이 생기기 전까지 제일 나은 방법은 아이를 시도니 손에 맡겨두는 걸 겁니다. 그리고 기다려야죠. 보리솔은 (지난 화요일에 올라가보았는데) 참으로 황량해졌더군요. 싹이 하나도 없었어요. 눈이 녹았지만 물은 샘가 갈대까지도 차지 않았어요. 가구 만드는 장인 베롤이 게리통 노인 묘지를 온전하게 보살폈습니다. 자기 집 작은 마당에서, 그리고 수레 만드는 이와 우리 집 마당에서 두루 꽃을 꺾어다가 말이죠. 충직한 사람이죠……"

참으로 분별력 높은 베르젤리앙 신부님의 편지는 나를 며칠간 진정시켜주었다. 좋은 계절이 다가왔다. 양들이 아침이면 우리 지붕 아래에서 부드럽게 기지개를 켜기 시작했다고 한다. 아르나비엘을 보러 가니 그리 알려주었다. 그의 말을 듣는 내내 나는 메제미랑드의 조언을 생각했고, 밤에 눈보라를 헤치며 고원을 향해 올라가던, 내가 얼핏 본 노인의 기이한 얼굴을 떠올렸다. 그걸 아르나비엘에게 말해보았다. 그이는 거북해하지 않았다.

"그래요, 저도 보았습니다. 지난겨울에 두 번요. 과객입니다."

"어디서 오는 사람이지요?"

그는 모른다는 시늉을 했다.

그리고 털어놓았다. "하룻밤 재워준 적은 있어요. 무척 추운 날이었거든요. 그냥 날씨며 동물이며 나무 얘기만 했었죠……"

그는 잘 생각해보려는 듯 잠시 입을 다물었다.

"그런 영역을 잘 아는 사람이었어요." 심각하고 단호한 어투로 덧붙였다.

"당신만큼이나 잘 알던가요, 아르나비엘?" 나는 물어보았다.

"더 잘 알더군요." 그는 그저 간단히 답하고만 말았다.

그러고선 우리는 헤어졌다. 한 주인가 두 주 동안 남모르게 양 우리 쪽을 지켜보았다. 내가 보기에 특별한 일은 일어나지 않았다. 그런 경위를 신부님에게 써서 보냈지만 한 달이 다 되도록 답이 오지 않았다.

VI

농사일에 활력을 불어넣으며 밭갈이가 찬찬하고 당당하게 재개되었다. 아직은 겨울 위세 아래 얼어 있지만, 지하에서 첫 수액을 휘젓기 시작한 봄날의 가벼운 기운이 한 해가 깨어나는 걸 알릴 무렵이었다. 그즈음이면 식물들은 뿌리 끝에서 발아의 은밀한 생명력이 터지고 있음을 느낀다. 대지는 태양을 향해 몸을 기울여 한결 따스해진 볕을 받아 봄을 향해 가고 있었고, 맑은 바람은 싱싱한 햇살 사이로 번져갔다. 가축들은 콧등을 신풍이 불어오는 쪽으로 들어 올린다. 그러면 공기의 부드러움이, 특히 새벽녘에 다산을 약속하는 그들의 허리를 충동하는 것이다. 종일 녀석들이 힝힝거리는 소리가 들려온다. 가축 떼가 떡갈나무 숲을 가로지를 때 동물들 특유의 강한 냄새가 그 시큼한 가죽에서 올라오고, 염소는 메에거리고, 달떠서 벌써 제정신이 아닌 숫양들의 콧방울을 향해 개들은 미친 듯이 컹컹거린다. 송진이 스며 나오는 부지직거리는 나무들 아래로, 파리들이 붕붕 춤을 추는 것이다. 꿀벌은 볕을 찾아다니고 연못에는 진흙 은거지에서 나온 물고기들의 황금빛 지느러미들이, 햇살이 데워가는 수면을 가르며 따스한 쪽으로 올라오곤 한다. 물 기포 위로 무수한 하루살이 떼가 술렁거리는가 하면, 혼인식을 막 마치고 도취경에 여태 젖은 새들이 날렵한 배로 수면을 스치듯 가르며 휘파람 불 듯 대기를 가로지른다. 사람들도 몸을 타고 오르는 이 혼란에 당황해하며 들판에서, 짐승들에게서, 아니면 정원에서 느껴지는 동물적 생명력의 상승 기운에 자신을 내맡기곤 한다. 걸음이 닿는 곳마다 욕망이 찾아들고, 감미롭고도 아릿한 가지를 가진 혈기의 나무가 몸 안에서 피어나는 걸 느끼게 된다. 손아귀에 쟁기 자루를 잡고, 그들은 봄을 맞은 쟁기 소리를 내며 굳었던 땅을 깨뜨린다. 정녕 그들에게 욕망이란, 노동과 정복이라는 거친 면모를 가진 것이었기에. 노인들은 햇볕을 받으며 어디서 바람이 불어오는지 만져보려는 듯 따스함에 갈급한 손을 뻗쳐보곤 한다. 그걸 타고 생명력이 약간이나마 올라온다. 향기와 꽃, 꽃가루와 곤충들의 공중비행으로 가득한 가운데, 부르거니 답하거니 소용돌이치며 보이지 않아도 끊임없이 밀려오는 온 세상의 광채에 놀란 아이들은 아직 여린 그네들의 가슴을 공기와 물과 대지와 불의 유혹에 열어 보인다. 그러고선 하루가 저물 무렵 기쁨에 지쳐 쓰러지곤 한다.

이처럼 들이 온통 열광의 도가니에 사로잡힌 것처럼 보일 때 활발한 영향력이 더 미치는 신비한 장소들이 있기 마련이다. 계절의 치닫는 열정과 달리 담담한, 땅딸막한 작은 집채 리귀제 아주 가까이에 아르뷔스틴이라 부르는 과원이 있다. 벽만 둘렀을 뿐 거의 야생 상태인 곳으로, 정신의 도취를 안겨주는 기이한 기운, 자력磁力 가득한 곳이다. 봄에, 지구 세계의 은밀한 육신이 제 몸을 드러내러 찾는 곳이라고나 할까. 한결 부서지기 쉬운 진흙을 뚫으며 아몬드 나무들과 가시덤불 아래로, 수런수런한 천체의 힘으로부터 그리고 성체들의 빛으로부터, 태초의 물질, 그 질료가 번져 나와 솟구치는 곳이라고나 할까.

이런 사실을 경험으로 인지하고 있어서, 가끔 새봄 무렵 가보는 경우가 있다. 그러면 자연의 힘, 그 기이한 고양의 효과를 즉각 느끼곤 한다. 더위나 힘든 일로 조금이라도 피곤해질라치면 한기나 이명 혹은 현기증이 목덜미를 낚아채고 관자놀이를 뛰게 해서, 나는 헐떡이며 그만 집 안으로 피신해야 한다. 오래 견뎌온 고가古家이기에 어질어질한 그런 바깥 기운이 덜 느껴지는 리귀제 농가 안으로.

그럼에도 이 정원은 유혹적이다. 나무 격자로 닫혀 있고 사람들 손길에서 멀어져 방치된 그곳 말이다. 거기 나무들은 다 고목이 되었지만 아주 생기에 차 있다. 짐승들로는 두더지, 토끼, 도마뱀, 구렁이, 들쥐 등이 인간의 손이 닿지 못하는 깊은 굴에 숨은 채 은닉하고 있다. 야생 귀리로 가득

뒤덮인 통로 하나가 정문에서부터 네 그루 소나무로 그늘이 드리워진 작은 정자까지 나 있다. 시도니는 여러 해 전부터 참으로 끈기 있게 미지의 여행객을 기다리며, 바로 거기에 침대 하나와 램프 한 개, 물 단지와 작은 궤짝을 준비해 건사하고 있었다. 정자 앞에는 돌로 된 벤치가 하나 있고, 주변에는 월계수가 있는, 제법 넓게 잘 다져진 땅이 있어서 테라스 구실을 해주고 있다. 봄이면 그곳을 가끔 찾곤 한다. 달빛이 부드러운 저녁, 거기서 나무 우듬지를 바라보며 맑은 하늘을 음미하곤 한다. 그 무렵의 수런수런한 땅기운은 언덕에서 불어오는 시원한 바람에 약간 잦아드는 듯하다. 그러면 마음도 평안해진다. 날씨의 불안정 요소가 잠재되어 있어도 더위를 더하지는 않고, 대체로 이 두근거리는 계절에 자연스레 느끼게 되는 기온 정도에 머무는 듯하다. 저녁 피로야 봄을 타는구나 느낄 따름이고, 육체와 영혼이 딱 맞게 조율될 때처럼 생각 없이 그저 기쁨을 누리는 것이다. 거의 식물적인, 삶의 순수한 순간들이다. 나뭇잎 두어 잎이 살랑거리며 바람이 지나갈 때 약간 진동하는 어떤 선 가닥으로만 자신과 맺어져 있는 듯한 삶. 생각에서 존재의 무심함으로, 거의 알지 못한 채 건너온 만큼 살아 있음에 대한 자각도 딱히 없다. 자신에 대해 아는 것이라곤, 그저 시간을 벗어난 행복에 대한 감각일 뿐. 정신보다 더 투명한 육체 안에 있는 웅성거림들, 목소리들, 향기들 그리고 행성의 느릿한 표징들이 경이롭게 가로지르는 그런 육체 안에.

4월 20일 밤, 바람이 남쪽에서부터 일었다. 아침부터 더위가 들판을 뒤덮기 시작했다. 낮에는 숨이 막혔다. 저녁나절에야 산들바람이 약간 불었다. 일찌감치 시도니는 펠리시엔을 데리고 자리에서 물러갔다. 아이는 침착해 보였다. 시도니는 아이를 누인 후 다시 남은 일을 하러 돌아왔다. 우리는 잠시 얘기를 나눴다. 그런 다음 나는 가계 장부를 검토했다. 10시까지 걸렸다. 잠이 오지 않았다. 책을 한 권 집어 들고 읽어보려 했지만 별 감흥이 나지 않았다. 시도니도 물러난 터라 아래층 큰 거실에 혼자 남아 있었다. 무용해진 책일랑 덮어버리고는 시원한 물을 크게 한 잔 마시고 기다렸다. 아무것도 기다릴 게 없었지만 무얼 할지 잘 모르겠고 눕기도 싫어서, 집에서 나는 소리를 들으며 멍하니 머물러 있었다. 집에 무슨 움직임이 있는 것도 아니었다. 일어나 바람이나 쐬러 마당으로 나갔다. 공기가 무겁고 답답하게 느껴져서 정원까지 가보았다. 그때 커다란 새 한 마리가 리귀제에 닿아 있는 공동 구역 쪽 미루나무 꼭대기에 날아내렸다. 그 새에게도 관심이 가지 않았다. 나는 나무문을 열고 과원으로 들어섰다.

캄캄했다. 그래도 중앙 통행로가 희미하게 보이고 하얀 정자도 드러났다. 달은 없었다. 더 있다가 뜰 것이다. 한 무더기 별 위로 오리온성좌가 어둑하니 보였다. 나는 벤치까지 가서 등을 벽에 기대고 앉았다.

부드러운 돌로 된 벽은 아직 따스했다. 허리께에 따뜻한 열기를 전해주어 마음까지 가라앉았다. 기꺼이 거기 몸을 붙였다. 그러자니 편안해졌다. 이 단순한 관능이 안겨주는 감미로움에 차츰차츰 젖어들었다. 그 기쁨은 육신을 타고 번졌고, 이 안락함을 음미하느라고 생각일랑 다 놓아버렸다. 이윽고 그토록 안락함을 주었던 소박한 발열점에도 무감각해진 채 시간에서 벗어나, 멍하니 내 밖에, 밤 속에, 잠과 깨어 지새움 사이에 자리 잡았다. 거기서 나는 거의 비인간적인 어떤 존재가 되어 밤의 이 그윽한 세상과 하나가 되어갔다. 내 앞에는 검게 보이는 무성한 월계수 아래로 테라스가 한결 환하게 보였다. 그 테라스는, 매혹의 힘이 내 안에 깊이 스며들어 꿈과 한 덩이가 되게끔 나를 해체시켜버린, 형언할 길 없는 행복감에 빠져들기 전의 각성 상태에 대해 희미하게나마 기억할 수 있던 유일한 공간이었다. 뚜렷이 보이는 건 아무것도 없었다. 그저 막연한 영혼을 통해 몸에 스며든 이 막연한 즐거움 외에는, 그 무엇도 들리지도 느껴지지도 않았다. 현실을 가상과 뒤섞으며, 덧없고 알 수 없이 사라지며, 끝없이 새로 생겨나는 영상들로 대체되는 그런 뭇 영상들의 세계 속에서 나는 부유하고 있었다.

잠의 세계 언저리에는 꿈을 통해서만 가닿을 뿐. 꿈은 깨어 있는 상태에서 시작해 우리를 저 부드러운 확장의 영역으로 데려가는데, 거기선 자신에 대한 의식도 사위어들어 몽롱한 흐느적거림 속에 녹아버린다. 우리는 알지도 못한 채 어떤 문지방을 지나고, 그것은 현실을 떠나 꿈 혹은 부재 不在라는 전적인 가능성을 향해 열린다. 우리는 사물에서 사물의 이미지로, 그것에서 다시 녹아내릴 수 있는 환영의 영역으로 넘어간다. 그 환영들은 취약한 형태로부터 계속 달아나 무로 돌아간다. 그 안에서 잠의 미약한 딸들인 마지막 심적 영상들이 녹아내리고……

이렇게 나는 감각의 세계에서 이탈해 어느 길을 따를지 어정쩡한 채 어디선가 헤매었던 듯하다. 나도 모르는 새 아련해져가는 바깥세상에서 비롯한 감각들로부터 멀어져, 꿈의 자유로운 세계를 예고하는 이미 섬약한 환영들을 향하며. 나는 아직 밤과 정원의 감미로움에 대한 느낌을 내 안에 간직하고 있었다. 그러나 밤과 거대한 나무들이 뒤섞이며, 차츰 내가 잠에 끌려들고 있는 이 장소에 대한 인지는 더욱 모호해졌다. 그런 가운데 속살거림과 소리 그리고 대지의 은근한 향이 가득 어우러진 한 세상이 형성되어, 졸음에 겨운 정신은 미처 느끼지도 못한 채 상상처럼 그것을 받아들였다. 이 기이한 풍경 속에서 현실은 외려 상상의 것, 구체적인 비현실이 되어갔다. 만일 내가 꿈을 꾸는 거라면 꿈에 대한 의식이 있었으리라. 한데 아직 꿈에 들지 않은 바로 그 시점에, 최면 거는 잠의 손들이 나를 덮쳐왔다. 그러니 그때 보았던 걸 정말 보았는지 아닌지 결코 모를 일이다. 그걸 보면서 이치에 닿지 않는다고 판단하고, 미약하긴 해도 이성이 나를 경각심 안에 멈춰 세웠다. 나는 두 눈을 확신하고 있었지만, 저 환영의 영상이 다가왔을 때……

언제부터였는지 모르나 지하 생명계에 대한 신비한 인상이 나를 뒤흔들고 있었다. 이런 당혹이 고삐 풀린 내 정신을 흔들자, 불안정한 영상들이 졸음 겨운 상태 너머 내 깊은 곳에서부터 떨어져 나왔다. 비존재에서 나온 기이한 형상들, 그림자 진 질료의 구불거리는 움직임, 생각이 형상으로, 그 형상이 다시 순수한 감정으로, 이름 모를 거대한 순환적 동요가 대지 아래 펼쳐진 비가시적인 것들에게 생명을 불어넣었다. 대지에 갈라진 틈을 타고 동물들과 감춰져 있던 물 그리고 뿌리들이 더운 대기와 별들의 광채를 향해, 천체의 감미로운 생명의 지표면으로 올라오려고 출구를 찾고 있었다. 모든 것이 꿈틀대며 움직이는 듯했고, 지표면에서는 벌써 나무들이 유연한 뿌리를 움직이며 달빛을 받아 환한 공간을 찾아가고 있는 것이 보였다. 테라스 진흙 위로 검은 갈래들이 꿈틀꿈틀했다. 땅은 감춰진 식물의 생장과 더불어 여기저기서 혹처럼 부풀어 올랐다. 분명 (내가 상상하기로) 흙 아래로 자기네들 온갖 가지들로써, 흙에 깊이 잠겨 보이지 않는 숲 전체를 깨우고, 부풀리고, 들어 올리는, 그런 지하의 봄이 있는 것이다. 그 숲은 지하로 뒤집힌 채 나무들이 머리를 깊은 곳에 묻고 있는 격이다. 탐욕스러운 뿌리들이 위쪽을 향해 공기와 빛을 찾아 몸을 활짝 드러내면서. 이런 어둠 속 존재에 생각이 미치자, 수면睡眠 세계에서 흐느적거리던 온갖 괴물들이 내 영혼의 예민한 표면 위로 몰려드는 바람에 어떤 두려움이 슬며시 스며들었다…… 그 두려움이 하도 생생하게 나를 사로잡은 나머지, 나는 신비로운 존재를 처음에는 인지하지 못했다……

그건 커다란 뿌리였다. 갑자기 치솟은 그것은 달빛을 받아 하얀 땅바닥 위로 이제 꿈틀거리며 뻗고 있었다. 나무에서 자유로워진 검은 한 뿌리, 살아 있는 그 존재는 진흙 위로 천천히 움직이더니 아직 어둠에 잠긴 정자 문턱에서 멈췄다. 기이한 고요가 정원 위에 편만했다. 새들 날갯짓 소리 하나 들리지 않았다. 몹시 부드러운 날이었다. 기이한 존재는 더 움직이지 않았다.

나무문이 삐걱대는 소리에 이어 망설이는 듯한 발소리가 들렸다. (그때 나는 날 감춰주는 소사나무 아래 앉아 있었다.) 잠시 아무 소리도 없었다. 문득 어떤 형체가 테라스에 나타났다. 하얀 셔츠를 걸치고 양팔은 가슴팍에 교차시킨 채 머리는 무얼 살펴보려는 듯 앞으로 내민 여자아이의 가냘픈 몸이 미심쩍은 듯 햇가지 울타리 위로 솟아올랐다. 목덜미께로 단단히 땋은 머리채를 드리운 가느다란 목. 누구의 육신인지 알 수 있었다. 여린 가슴이 건들댔다. 아이는 열락에 빠져 있는 듯했다. 부드러운 얼굴은 달을 향해 들었는데, 뚜렷한 광대에 좁은 이마 그리고 아무 생각도 깃들지 않은 커다랗고 공허한 두 눈. 달빛은 밀물처럼 비인간적인 최면의 잠에 빠진 그 얼굴을 비추고 있었다. 아이는 미풍에 입까지 열고 헐떡이면서, 길게 들이켜듯 그걸 마셨다. 그럴 때마다 오르내리기를 반복하는 여린 어깨가 보였다. 잘 보이지 않았지만 환한 바닥 위로 미끄러져가는 두 다리를 천천히 움직여서 아이는 조금씩, 보일락 말락 앞으로 나아오고 있었다. 벗은 두 발로 땅을 디뎠다. 어디선가 청개구리 한 마리가 사람이 부는 피리 소리보다 더 섬세하게 울었다. 아이는 조금 신음하더니 부드러운 무릎을 가벼이 들어 올리면서 의도하지 않은 춤의 경지로 들어섰다. 보일락 말락 박자를 맞추고, 소리는 들리지 않으나 발을 구르며. 아니, 오직 섬세한 뒤꿈치로만 땅을 딛는 소리 없는 발 구르기 같았다. 청개구리는 달을 향해 다시 울었다. 작은 갈대 피리에서 액체처럼 흘러나오는 세 음. 다시 세 음정. 순수한 연못 위로 피어나는 기포같이. 현실이 아닌 듯한 그 아이는 내면의 박자에 맞추어 불규칙한 리듬으로 춤을 추었다. 육신이 움직이지 않을 때, 가벼운 뒤꿈치가 땅에 닿을 때마다 발목에서 목덜미까지 대지에서 솟구친 기이하고 긴 동요와 전율이 지나갔다. 이 춤은 서서히 빛에서 어둠이 있는 곳, 정자 문

펠리시엔

턱을 향해 갔다. 별 움직임이랄 것도 없었지만 차츰차츰. 비어 있는 방과 침묵을 향해 닫혀 있는 이 어둑한 문의 매력에 이끌린 듯 벌써 발가락 끝은 어둠의 가장자리에 닿았고, 나는 경이에 차서 위협적이고 은밀하게 느릿느릿 문턱에 똬리를 튼 괴물이 몸을 일으키는 것을 보았다. 이 물체는 스르르 부드럽게 몸을 풀더니 뭐라 말할 수 없는 질료로 이루어진 검은 고리를 끌고 갔다. 이름 없는 생명체의 기원 모를 이 몸풀기는 차츰 알지 못할 덩어리에서 풀려나오는 어떤 파장을 이루며, 문지방 위에 파충류인 제 모습을 드러냈다. 놈은 꿈틀꿈틀했다. 녀석은 꿈틀거리면서 물질적 유연성을 보이며 계속해 물렁해지는 자기 몸뚱이를 보여주었다. 급기야 거대한 뱀인 걸 분간할 수 있게 되었다. 저 무서운 납작한 대가리가 지표면에서 1미터 높이에 솟구쳐 있었다. 이 고장 뱀은 아니고, 분명 치명적 독을 지녀 순식간에 무는 열대의 뱀으로 보였다……

그런데도 아이는 아무것도 못 보고 두 눈은 하늘을 향한 채 가까이 가고 있었다. 벌써 손을 뻗으면 그 괴물과 닿을 듯한 거리. 갑자기 아이는 얼어붙었다. 휙 날카로운 소리가 공기를 가르며 풀밭 쪽에서 들려왔다. 서로 얼굴을 마주한 그 짐승과 아이는 더 움직이지 않았다. 누군가 근처 울타리 너머로 걸어가는 소리가 들렸다. 나는 일어서려 했으나 몸이 말을 듣지 않았다. 누가 한마디 하자 (무슨 말인지는 모른

다) 길고 낯선 그 단어는 귀에 서서히 흘러들었다. 하도 부드럽게 흘러들어, 한참 들은 것같이 느껴졌다. 급기야 나는 그 음의 순수한 감미로움에 취해 깜빡 잠이 들었던 것 같다.

깨어난 건 자정 무렵이었다. 달도 이울어가고 있었다. 테라스는 비어 있었다. 나는 리귀제로 돌아왔다. 살며시 펠리시엔 방으로 가보았다.

아이는 자고 있었다. 가슴에 두 손을 고이 모아 잡은 채 하얀 긴 잠옷을 입고 시트 위에 누운 아이 얼굴은 평상시처럼 고요하고 무표정했다. 그렇지만 아이의 발은 덤불에 긁혀 있었다.

*

이튿날 늦게야 잠이 깼다.

거실에 내려오니 시도니는 펠리시엔을 벌써 씻기고 빗기고 옷까지 입혀놓았다. 아이는 아침도 다 먹은 참이었다. 아이 얼굴에 나는 놀랐다. 새로 보는 멍함이 역력했다. 그 아이의 내적 공허에는 몽롱하고 평범한 헤벌림만이 자리한 듯 보였다. 사람이지만 껍데기만 남은 듯하달까. 영혼이 남아 있는지 모를 정도로 무언가에 강박당한 아이는 자신의 표정이 아니라 남의 표정에다 어색한 거동, 멍하니 얼뜬 얼굴을 하고 있었다. 이런 기이한 힘의 엄습을 이해하지 못하는 아

이의 존재는 무얼 담아내고 간직할지 모르는 듯 보였다. 그
애는 막 식사를 마친 식탁 앞에 서서 사기 대접과 빵 그리고
나이프를 응시하고 있었다. 거실 안쪽에서 시도니가 식기장
위로 컵을 정리하고 있었다. 등을 돌린 채였다. 그녀의 움직
임은 침착하고 자연스러웠다. 분명 아무것도 주목하지 못했
으리라. 그렇게 정리를 마치자 밖으로 나갔고, 펠리시엔은
그 자리에 그대로 있었다.

나는 아침을 먹으러 아이 앞에 막 앉았던 터였다.

"놀러 나가지 그러니?" 하고 말을 건네보았다.

아이는 눈을 들지도 말을 하지도 않은 채 식탁에서 물러
났다.

그때 시도니가 거실로 돌아왔다.

펠리시엔은 문틀에 등을 기댄 채 멈췄다.

나는 시도니에게 물었다.

"오늘 아침 애가 어땠어요?"

시도니가 아이를 바라보았다.

"아무 일 없었어요. 평소와 같은데요."

"이리 좀 데려와보세요." 나는 적잖이 불쑥 말했다.

시도니는 펠리시엔에게 다가갔다. 펠리시엔이 비명을 질
렀다. 시도니는 놀라서 멈춰 섰다. 여자아이는 문에 드리워
있던 휘장을 열고 마당으로 달아났다.

나는 시도니에게 말했다.

"저런! 그냥 두세요. 놀라게 하면 안 되죠…… 지금 어디 있어요?"

"우물 곁에 있네요."

"도망가려는 모습인가요?"

"아뇨. 조약돌을 모으고 있어요."

"금방 돌아올 겁니다. 너무 지켜보지 않는 게 나을 것 같아요."

그런 후 나는 아침 식사를 마치고 경작지에 일이 있어 나가면서 우물 쪽을 한번 바라보았다. 펠리시엔은 거기 없었지만 걱정하지는 않았다. 쏘다닐 자유가 있는 거니까. 사라진 적은 있어도 오래 그랬던 적은 한 번도 없었으니까.

대문 곁에서 나는 채소밭에서 오는 시도니와 마주쳤다. 그녀에게 일렀다.

"우물 곁에 펠리시엔이 없더군요."

그녀의 얼굴이 금세 어두워졌다.

"찾으러 갈게요. 그게 낫겠죠……" 시도니가 답했다.

나는 웃었다.

"무슨 악몽이라도 꾸었나요?"

그녀는 이상하고도 심각한 기색으로 날 건너다보았다.

이윽고 운을 떼기를,

"짐승들을 꿈에서 보아서요……"

"어떤 짐승요?"

"모르겠어요. 이름 모를 짐승이요. 하지만 분명 짐승이었어요……"

그러자 나도 걱정이 되었지만 농담조로,

"그 꿈속 짐승이 도대체 무엇과 닮았던가요?"

"뭐라 해야 할지 모르겠어요. 그 무엇과도 안 닮은 모습이었어요. 굳이 말하자면, 살아 있는 뿌리처럼 기어가더군요……"

나는 등골이 오싹해지며 창백해졌다. 날 쳐다보던 시도니도 그걸 눈치챘다.

"그러니 말입니다……" 하면서 그녀는 간신히 운만 떼고 말았다……

잠시 우리는 말이 없었다. 이윽고 시도니는 떠났고 나는 아그리콜네에 갔다.

*

나는 그와 함께 점심때까지 있었다. 함께 들을 살펴보았다. 딴생각에 팔려 있는 나를 보고 아그리콜도 입을 다물었다. 벌써 이삭이 패기 시작하는 흐뭇한 경작지를 두루 보았다. 날씨는 좋았다. 꽤 멀리, 양 우리의 동쪽 언덕을 경계 짓는 털가시나무 숲으로부터 하얀 연기가 서서히 솟아올랐다. 놀란 아그리콜이 말했다.

"올해가 자연 휴식년이라 숲에서 숯을 굽지 않을 건데. 누가 불을 지폈을까요?"

"아르나비엘은 아니죠. 아르나비엘은 그쪽으론 가지 않죠. 그가 불을 땐다 해도 항상 석양 무렵이기도 하고요……" 나는 답했다.

갑자기 바람이 짧은 말 울음소리를 실어 왔다.

우리는 마주 보았다.

"올리브 나무들 있는 곳까지 가면 뭔가 보게 될 것 같아요." 아그리콜이 제안했다.

올리브 나무들은 우리 앞 200미터 거리에 있는 부드러운 오름 위에 자라고 있었다. 거기 가자면, 작은 개자리*밭을 가로질러야 했다.

갑자기 아르나비엘이 놀라 소스라쳤다.

"아니! 이게 꿈이 아닌지!…… 메장 님, 이것 좀 보세요. 어제보다 개자리밭 크기가 확 줄었는데요!……"

그가 꿈을 꾸는 건 아니었다.

개자리가 넓게 펼쳐져 자라게끔 아주 정성스레 가꾸어둔 밭 한쪽 면이 깎여나간 게 역력했다.

나는 눈을 들어 본능적으로 멀리 숲 쪽을 바라보았다.

산들바람이 불어오면서 연기는 동쪽 나무 우듬지께로 펼

---

* 광풍채光風茱, 금지초金枝草, 게목, 거여목, 목률木栗, 목숙苜蓿.

쳐지고 있었다.

"세귀레 계곡에서 오는 거군요. 맞아요." 아그리콜이 웅얼거렸다.

"카라크 사람들 소행입니다. 이런 느닷없는 짓을 할 이는 그들뿐이죠. 가서 볼까요……"

나는 만류했다.

"길도 멀고, 가서 또 뭐 합니까? 개자리는 이미 먹혀들었는데……"라고 그에게 떠올려주었다.

사실 불안한 게 있어서였다. 한데 평상시에는 그리도 온순한 아그리콜이 낫질로 사라진 개자리를 두고서는, 이런 현명한 조언에 억지로 굴복 아닌 굴복을 했다.

"그래도요, 메장 님, 참 좋은 개자리였는데!…… 초장草場은 가꾸어야 하는데. 곡괭이질 한 사람이 거둬야 마땅하죠. 그게 맞죠. 아무에게나 돌아가는 게 아니죠!……"그는 웅얼거렸다.

그는 나한테마저 기분이 상한 것 같았다. 나는 오름 기슭에서 그와 헤어졌다. 정오쯤 집에 돌아갈 작정이었다. 펠리시엔이 보이지 않는 것이 뿌리치려 해도 근심을 안겼다.

아그리콜에게 작별 인사를 하는데, 햇가지 울타리를 따라 그의 세 아이가 보였다. 녀석들은 아마도 몸을 감추려고 거기서 잽싸게 달아나는 중이었을 것이다. 나는 못 본 척했다.

집에서 슬픔에 잠겨 있는 시도니를 보았다. 펠리시엔을

찾지 못한 것이다.

우리 둘은 함께 근처를 다시 수색했다. 허사였다. 과수원
도 사방 뒤졌지만 어떤 단서도 찾지 못했다. 서둘러 점심
을 먹은 후 혼자 수색을 재개했다. 숲에 있었을 야영장 생각
이 났기 때문이다. 양 우리를 지나면서 아르나비엘을 불러
보았다. 그러나 양 우리는 닫혀 있었다. 양 떼는 멀지 않은
곳에서 풀을 뜯고 있을 터였다. 하지만 그를 찾고 불러보아
도 자취라곤 없었다. 시간에 쫓겨 (벌써 저녁나절로 접어들고
있었다) 걱정이 된 나는 세귀레 계곡으로 내려갔다. 계곡은
푹 꺼지는 좁은 협곡으로 가파른 두 경사면 사이에 있었고,
그 안에 낮고 뒤틀린 떡갈나무들이 쓰러져 있었다. 야영장
이 어디일지 짐작이 갔다. 이 움푹한 곳에 평평한 지대가 하
나 있는데 그 근처로는 물도 한 줄기 스미듯 나오는 장소다.
수량水量이 많지는 않았다. 겨우 목이나 축일 정도지만 회색
석회암 안, 하얗고 두꺼운 암반 덕분에 잘 걸러진 물이 나오
는 곳이다. 두근거리는 가슴으로 나아갔다…… 그러나 그
장소에 닿아보니 아무도 없었다. 땅바닥은 여기저기 다져져
있고, 그을린 돌덩이 네 개 사이의 바닥에 아직 따스한 재가
있었다. 연기와 목재 탄 내가 풍겼으며, 겨우 느껴질 듯 말
듯 순수한 향 한 줄기처럼 이상하고 섬세한 냄새가 대기를
떠돌고 있었다……

나는 협곡을 따라 들이 나오는 곳까지 가보았는데, 살아

있는 생명체라곤 만나지 못했다. 그래서 리귀제로 얼른 귀가하고 말았다.

문 앞에 아그리콜이 맏이 가스통, 시도니와 함께 날 기다리고 있었다.

"애들이 여자아이를 보았다더군요." 아그리콜이 얼른 알려왔다.

"한 시간 전에 아이는 벨크루아*에 있었답니다."

벨크루아는 내가 막 나온 숲 귀퉁이에 있는 갈림길이다.

"왜 아이를 데려오지 않았니?" 나는 가스통에게 물어보았다.

가스통은 고개를 숙이고 퉁명스레 서 있었다. 아그리콜이 대신 답했다.

"아이들은 겁이 난 거죠. 누가 있었대요. 노인요."

"그 노인도 너희를 본 거냐?"

꼬마 소년은 아니라는 몸짓을 보였다.

"그 노인은 뭘 하던?"

이번에는 가스통이 답했다.

"아이에게 말을 하고 있었어요."

아그리콜과 나는 더 듣지 않고 벨크루아로 떠났다. 펠리시엔은 아직 거기에 있었다. 노인은 사라지고 없었다.

* '아름다운 십자가'라는 뜻으로 갈림길의 이름. 402쪽 참조.

야트막한 내리막길에 앉아 있던 펠리시엔은 우리가 오는 걸 보고도 움직이지 않았다. 뒤따라오던 아이들은 겁이 난 듯 아래쪽에 멈춰 섰다.

나는 펠리시엔에게 다가가 손을 잡았다. 여자아이는 일어나 얌전하게 따라왔다. 한마디 말도 없이 우리는 집에 돌아왔다.

시도니가 문 앞에서 우리를 기다리고 있었다. 아이의 두 손을 잡고 부드럽게 자기 쪽으로 당기며 물었다.

"이제 네가 본 걸 얘기해주련?"

펠리시엔은 약간 머뭇거리면서 할 말을 찾더니 새하얀 목소리로 이렇게 답했다.

"뱀은 꽃으로 가득했고요, 정원은 여우를 물어서 죽여버렸어요⋯⋯"

암송이라도 하는 듯했다⋯⋯ 그 말 외엔 더 들을 수 없었다. 아이는 영혼을 다시 놓쳐버린 것이다. 그러나 이 문장을 말할 때의 얼굴은 기이한 아름다움에 젖어들었더랬다. 경이와 공포가 서린 얼굴이었다. 그러다가 순식간에 모든 것이 지워졌다. 아이는 고개를 숙였다.

시도니는 아이를 집으로 들여 곁에서 밤을 지냈다.

*

그다음 날은 모든 것이 다시 질서 속에 잠겨들었다. 평상시와 같았다. 펠리시엔은 소소한 관심거리에 무심히 응하고 있었다. 약간 과묵한 시도니는 태연하게 끝도 없는 집안일 건사에 임했다. 주름진 그녀의 늙은 얼굴에 갑자기 눈길이 번쩍 빛났다. 어떤 그림자, 어떤 영상이 지나가는 걸 본 터…… 그러다가 그 빛이 사라지면 달그락거리는 접시 소리나 타일 바닥을 쓰는 보이지 않는 비질 소리가 들려왔다. 평화가 집에 가득했다. 생각과 염려와 인내심 깃든 주의력이 떠나지 않는, 밀도 높고 약간은 팽팽한 평화였다.

나는 홀로 걱정에 빠져 중얼거렸다.

"어제 그 말에 무슨 뜻이 있을 거라고 생각할 수 없겠지. 그래도 무슨 뜻이 있지 않을까?"

그 뜻을 나는 짐작할 수 없었다.

그래서 아멜리에르에 편지를 썼다.

그다음 날 점심 약간 전에, 놀랍게도 신부님이 집 앞에 당도했다. 도착하자마자 그분이 얼른 말했다.

"당신에게 제가 필요할 것 같군요. 편지를 잘 이해했습니다."

나는 그분에게 경위를 다 전했다. 그분은 잠시 생각에 젖어들었다. 이윽고 제안하기를,

"아이를 저 선량한 게리톤네로 보낼 수도 있는데 내키지 않나요?……"

나는 그렇다고 했다.

막 들어오는 길이던 시도니는 펠리시엔을 우리 쪽으로 보냈다.

신부님은 지혜롭고 세심한 눈길로 아이를 오래 지켜보다가 부드럽게 말했다.

"실제론 '정원은 꽃으로 가득했고, 뱀이 여우를 물어서 죽여버렸다'이겠지. 그렇지 않니, 펠리시엔?……"

아이는 비명을 질렀다.

나는 아이 팔을 붙들었다. 온몸이 떨고 있었다. 시도니가 아이를 가슴팍에 꼭 껴안았다. 갑자기 아이는 기운을 잃었다.

그러나 신부님은 미동도 없이 여전히 아이를 응시했다. 그분은 탄식하듯 이렇게 기도했다.

"*세드 탄툼 딕 베르붐 엣 사나비투르 푸에르 뫼우스*……"*

이어서 나를 향해 마음 아파하며 말했다.

"오늘 저녁 아이를 데려가겠습니다. 아이가 몇 주간 집을 바꾸는 게 나을 것 같아요. 그런 후 봅시다……"

* *Sed tantum dic verbum et sanabitur puer meus*… "그저 한 말씀만 해주소서, 그러면 제 종이 낫겠나이다."(「마태오」8, 8)

이 사려 깊은 제안에 아무 반박도 할 수 없었다. 긴장한 얼굴에다 눈물로 뻑뻑한 눈을 한 시도니는 아이를 여전히 팔로 안고 있었다.

아이는 차츰차츰 의식을 회복했다. 우리와 함께 점심을 먹었다.

저녁 5시경 신부님은 내 마차에 아이를 앉혔다. 아그리콜이 그들을 아멜리에르로 데려갔다. 늦게서야 그는 귀가했다. 나는 잠을 이루지 못했다.

귓전으로 시도니가 내 머리 위 자기 방에서 기침하는 소리가 들려왔다. 그녀는 동트기 직전에 일어났고, 나는 잠시 후 피로에 지쳐 잠에 빠져들었다.

뱀과 별

I

펠리시엔은 콰시모도 일요일* 전날 리귀제를 떠났다. 내가 말한 바 있듯이 봄이 이해 일찍 찾아왔다. 아름다운 하루가 멀리 알프스 너머 동쪽에서 매일 아침 밝아오면 온 들판이 반짝였다. 바람은 적었다. 나무들을 깨울 정도만 불었다. 피부에 닿을 때면 상큼하고 가벼운 자락을 간들거리는 꽃향기와 눈에 젖어 축축한 풀 냄새를 가득 지닌 미풍이었다. 아주 간명한 하늘에 구름 한 점 없는 날이 대부분이었다. 아니면, 저 광대한 하늘 2,000미터 고도에 그냥 한 점 걸려 있는 정도였다. 지평선 사방으로 온통 생명력과 편만하고 정연한 빛이 가득했다. 그리고 도처에는 벅찬 가슴을 안고 평온한 머리로 활발히 움직이는 사람들. 아름다운 날이 허락하는 이런 완벽함은 특히 일요일에 더했다. 들도 쉬고 그저 펼쳐져 있었다. 그러나 바로 이 드넓은 들 위로, 그 어떤 쟁기도 흙덩이와 싸우지 않는 주일날 특유의 한가함은 큰 공백

* 부활절 다음 첫 일요일.

을 만들며 우리를 살짝 슬픔에 젖게도 했다.

이 쾌적한 고장에서 그때까지 드물게만 느껴왔던 이런 고적함이, 일요일 아침 리귀제의 큰 거실에 얼굴을 마주한 우리 둘만 남게 되었을 때 시도니와 나를 사로잡았다. 부엌에서 건너오던 시도니는 손에 커피포트를 들고 조용히 등장했다. 내게 인사를 하고 식탁 앞에 망설이듯 멈춰 섰다. 그녀는 이유도 없이 빵 바구니에 칼을 정리해 넣더니, 자신의 한가한 손을 바라보면서 잠시 무료한 듯 서 있었다.

나는 김이 올라오는 커피잔 위로 머리를 숙인 채 그 너머로 그녀를 바라보았다. 굳은 얼굴이었지만, 생각에 젖은 슬픔이 번져 나왔다.

별로 말할 기분이 아니었던 나도 입을 다물고 있었다. 시도니는 자리에서 물러나 벽난로 아래 재를 긁어모았다. 짙은 색 모직 원피스 차림을 하고 몸을 숙인 채 철로 된 긁개와 부삽으로 아궁이를 청소하는 옆모습이 보였다. 그녀는 정성스럽고도 진지한 거동으로 아직 불의 향기가 올라오는 꺼진 재를 다독이면서, 정말이지 진정한 경건으로 일에 임하고 있었다. 아무 말도 하지 않은 채 이토록 단순하게 슬픔을 일상의 노동으로 녹여내는 그녀에게 나는 감탄했다. 정녕 고통은 그녀가 맡은바 평범한 일과 수행을 하는 가운데 조신한 형태로만 전해져왔다. 가슴이 말하는 바를 듣고 성찰하여 조화를 이룬 사고의 동향은 슬픔이 고개를 들려는 감정을 되누르고 있는 듯했다. 나는 그녀가 힘들어하는 걸 잘 보았다. 하지만 그녀는 자신의 소박한 영혼에서 나오는 고통의 자락을 잡아 다시 조심스레 동여맨 다음, 자신 안에 간직했다가 일과에 분배하는 듯 보였다. 그녀는 작게, 겸손한 조건에서만 아파하기를 택했다. 그녀는 (나는 오래전부터 그녀의 생각을 알고 있었다) 고통의 덩치란 우정을 깎아내면서 커지는 것이라고 생각했다. 그래서 그녀는 이끌림이랄까, 적절성의 감정 그리고 효용의 법칙에 따라 고통에 최소한만 양보했다. 슬퍼할 시간이 있는가 하면, 사랑할 시간이 있다(라는 게 필경 그녀의 생각이리라). 그것들을 뒤섞지 않는 것이, 첫번째 것에는 적게, 두번째 것에 더 마음을 쏟는 편이 현명하다는 게 그녀 생각이었다. 그렇게 행동했다. 바로 거기서 그녀의 내적 희망, 비밀스러운 약속에 대한 믿음이 나오는 것이었다. 그리고 행복에 대한 이런 감각은 노경에 든 그녀의 영혼을 영원히 도래하는 청춘의 방향으로 귀결시켰다. 인생의 마지막 시간은 벌써 온 우주가 예고하는, 천국의 첫날을 찾아내고 있었다.

이런 행복에의 소명은 그녀의 실천적인 생활에 누가 되기는커녕 일하는 데 힘을 보탰다. 이불이나 식탁보를 빨거나 구리 촛대를 정성스레 윤낼 때면, 영혼 깊은 곳에서부터 기쁨이 송송 솟구쳐 올라와 집안일에 따르는 피로를 생기로 씻어주었다. 그녀는 집안일을 다 마칠 때까지 기다리지 않고도 자신 속에 침잠하여 자연스럽고도 흐뭇하게 스스로를 살필 수 있었고, 그 안에 깃든 초월적 영상을 관상觀想할 수도 있었다. 가장 평범한 일에 몰두하는 바로 그 순간에 이런 영역의 영상들이 친근하게 나타나곤 했다. 꿈꾸고 있다는 걸 조금도 드러내지 않으면서 그녀는 천사들과 동행하며 씻고, 먼지를 털고, 비질을 했다.

그러니 그녀가 아파하는 것도 분명 그들과 함께였다. 빛에 속한 존재들과 함께하니, 찢어지는 절망 없이 아파할 수 있었다. 펠리시엔은 더 이상 여기 없었고 우리 둘은 그게 슬펐다. 그러나 시도니의 영혼 속에서 이 슬픔은 기다림의 길 위에 세워진 불가피한 기념물과 같은 위치를 차지하게 되었다. 정녕 그녀는 벌써 아이를 기다리고 있었다.

나는 그걸 잘 알고 있었다. 그래서 말로 굳이 표현하지 않았다. 같은 생각에 이미 닿아 있으니 굳이 단어를 주고받는 게 필요하겠는가? 나 역시 펠리시엔을 기다렸다. 그러나 나를 인내케 하는 천사들은 없는 터. 나는 외려 아이가 천사들을 데려갔다는 느낌을 받았다. 그래서 스스로 놀라고 있었다.

오늘에서야 분명하게 느껴지는 이런 생각들이 당시에는 의당 그렇듯이 또렷하지 않았다. 그래도 어느 정도는 인지하고 있었으니, 그 생각들은 어떤 목소리가 말을 건네는 내 안에서 형성된 것이었다. 나는 단어들을 채 다 파악하지는 못했지만 그 속삭임은 느끼고 있었다. 그런 속삭임이 가지는 음악적 의미가 언제나 접근 불가한 법은 아니다. 나처럼 고독에 익숙해진 사람에게는 말이다. 이제 여기 외따로 남겨진 우리는 더위 때문에 기왓장이 벌어지는 소리라든가, 나뭇잎 스치는 소리에서도 비밀스러운 말들을 들을 수 있게 되었다. 이처럼 다른 사람들이라면 미친 거라 내쳤을, 그러나 우리로서는 의미심장하기만 한 내용들을 신비한 열정으로 가득한 다른 온전한 세상과 연결 지어 생각하게 되었다. 하소연과 환희, 막연한 희망이 그저 소리나 속살거림과 같은 자연음으로 들려오는 그런 세상 말이다.

영혼이 없는 자연과 소통하기에 다다른 우리 두 사람의 각별함은, 애초에 우리 집에 펠리시엔을 들이는 일을 퍽 수월하게 받아들이도록 했던 것 같다. 아이의 멍한 몸과 생각이 지워진 얼굴은 처음엔 우리를 당혹에 빠뜨렸으나, 시간이 지날수록 차츰 아이가 우리 삶의 방식에 적응해가고 있다는 걸 느꼈다. 아이의 기이한 특성을 모르지 않았지만, 우리는 그것조차도 가끔 설명 불가해한 양상을 띤 삶의 질서의 한 부분이려니 여겼다. 게다가 우리는 아이를 사랑했다. 이런 애정에 굳이 이유가 있는 건 아니다. 불행한 운명이 불러일으킨 평범한 동정심이 아니었다. 그건 시도니에게는 열정적으로, 내게도 투박하나마 함께한 다정한 마음의 발로였다.

투박했지만 강했던 사랑. 나도 그리 알고 있었다. 하지만 우리는 이 무심한 피조물의 무엇을 사랑할 수 있었던 걸까? 정말이지 아이는 감사하다는 표시는 한 번도 하지 않았다. 아이의 여린 모습이 우리에게 불러일으키는 호기심, 관심 그리고 걱정도 아이에게는 가닿지 않은 듯했다. 우리의 말과 행동도, 거의 무無라고 할 만큼 아주 희미한 영혼만이 거하는 이 감미롭고도 신선한 형상을 건드리지 못했다. 하지만 알 수 없는 감응 반응이 어디에서 비롯하는 건지 모르게 이 무표정한 모습에서 떠오르곤 했다. 그건 몸이나 얼굴의 섬세한 윤곽에서였던가? 목 근처 오목한 곳의 그늘에서였던가? 아니면 동물적 매혹을 지닌 동작에서였던가? 그 무엇도, 그 어떻게도 짚어낼 수 없었다. 보이지 않게 심금을 건드린 파악 불가의 그런 특은은 우리 둘의 마음을 뭉클하게 했다. 우리는 무의 매혹에 걸려든 듯했다. 이제 우리에게 결여된 것은 아이가 지금 여기 없다는 것, 바로 그 부재였다. 설명할 길 없지만, 우리는 부재의 부재를 애석해하고 있었다. 마음과 정신과 기억력을 앗긴 이 여자아이가 리귀제의 커다란 농가를 딱히 의도 없이, 그저 오가던 모습을 더 볼 수 없다는 것에 슬퍼진 우리는 마냥 입을 다물고 있었다. 각자 자신의 생각에 젖어 있었다. 이런 방식으로 우리 둘은 그 아이를 찾고 있었던 게다. 차츰 나는 이 침묵의 새로운 면을 관찰하게 되었다. 아주 과묵하다 하더라도 사라진 한 존재는 한 집

안의 통상적 소리에 또 다른 공백을 만든다는 것을. 더는 듣지 못하게 된 어떤 발걸음, 어떤 한 숨소리가 회한의 자락과 함께 하나의 부재를 만들었던 게다.

물론 우리는 일거리(시도니는 집안일, 나는 들일)에 각자 몰입했다. 하지만 아침부터 그리고 저녁이면 펠리시엔을 생각했다. 나로선 그 아이가 우릴 다 잊어버렸다는 걸 알았지만, 그렇다고 맘이 아픈 건 아니었다. 기억력이 없는 아이 아닌가. 상상해보건대, 이 순수한 얼굴에서 떨어져 나온 기억이 어디엔가는 있을 거라는 생각이 들었다. 어떤 비밀의 장소에 있을, 공간상 위치가 없는 그것은 통상적 삶의 세상과는 별개의 것이라고. 아이의 연약한 머리 안에서 기이한 질병 때문에 회상만 가능할 뿐, 빛을 발할 수 없는 정신적 덩어리라고.

(물론 말도 안 된다고 생각하지만) 이런 생각이 나 자신에게도 매력적이어서 비이성적인 욕구를 품기까지 했다. 명시적으로 한 일은 아니지만, 나는 이 기억의 자취를 찾아 나섰다. 제정신이라면 얼토당토않은 처사일 터. 그렇게 되뇌어봐도 소용없었다. 이 작은 상상의 세상을 되찾고픈 욕구가 이성을 이긴 것이다. 나는 거기 이끌려 들었다.

타고난 성향상 나는 표징들에 중요성을 부여한다. 인간은 저도 모르는 새 암시의 의도를 품고서 행동하고, 느끼고, 말하기 마련이다. 인간의 행동이나 열정 그리고 말은 그것이 참으로 명백하다 하더라도, 직접 표출하는 듯 보이는 것보다 더 많은 의미를 함축한다. 표현되는 모든 것이 표현 불가능하게 유보된 비밀의 의미를 드러내지 않고는 그려내지 못할 그 어떤 것을 암시한다. 도막 난 어떤 단어, 어떤 숨결, 어떤 동작과 형태, 심지어 연기煙氣 한 자락도, 그 순간적인 존재를 넘어 그것들을 따라가는 자들에게 어떤 계시를 허락한다. 그래서 나는 펠리시엔이 제 영혼의 비밀을 향해 우리를 인도해주기에 충분한 표징을 남겨놓은 것 같다고 말한 것이다.

나는 그 아이가 했던 몇 마디 안 되는 말에 대해 다시 생각해보기 시작했다. 의도 없이, 그냥 희미한 기억에서 나온 속내 이야기 말이다. 나는 그것의 중요성을 느꼈다. 가녀린 인지 속으로 사그라든 먼 메아리의 소리를 다시 들었다. 그러나 수미일관한 영혼의 심부로 그것들을 이끌어갈 수는 없었다. 내가 이해하지 못할 것을 상상할까 봐 너무 겁이 났다. 나는 그저 알고 싶었다. 아이가 우리에게 말해준 것을 넘어선 광대한 영역이 생겨나, 나는 그 속에서 헤매는 격이었다.

헛되이 보름이나 보낸 후 나는 이 고독한 경지의 탐사를 포기했다. 지친 것이다. 시도니는 내 몽상 너머로 마치 그림자 한 자락처럼 지나가곤 했다. 그녀는 내 기분 상태를 존중했고 방심한 듯한 태도와 침묵을 존중했다. 분명 그녀는 무엇이 날 괴롭히고 있는지 알고 있었으리라. 순수한 정령에게 하듯 그녀가 기울이는 그 살뜻한 배려에서 느낄 수 있었다. 구체적으로는 몰라도 나는 그 배려에서 따스함을 느꼈다. 그리고 내 몽상과 일치하는 한 의지意志가 내 꿈의 여정을 후원하고 있다는 것을 느끼며 행복해했다. 그러나 그 의지는 미지의 것을 밝히려고는 하지 않았다. 그 의지는 엄청난 신비 앞에서 초조함을 느끼지 않는, 어떤 믿음에서 비롯한 것이었기에.

베르젤리앙 신부님의 편지 한 통이 날아왔는데, 당신이 펠리시엔을 게리톤에게 데려다준 걸 알리는 편지였다. "다 잘되었습니다"라고만 적혀 있었다. 좀더 자세한 소식을 원했지만 말이다. 나는 (시도니도 그랬겠지만) 적어도 첫 며칠만이라도 아이가 우리를 보고파 했다는 말을 기대하고 있었기 때문이다. 게리톤이 여동생과 사는 그 작은 마을에 신부님이 다시 가보리라는 말씀도 없었다. 그렇게 소식을 더 들을 수 없는 것이 꽤 견디기 힘들었다. 차라리 게리톤을 보러 가는 게 더 쉬울 정도였다. 그러나 감히 가지 못했다. 펠리시엔이 나를 본다면 어쩌면 떠올리게 될 리귀제를 더 생각하지 않는 게 나은 일로 여겨졌기 때문이다.

II

그렇게 며칠이 불확실성과 무용한 기다림의 무거운 분위기 속에서 흘러갔다. 신부님의 편지도 더 없었다. 알게 모르게 일이 우리 안에 자리 잡았고, 농사일에 따르는 일상적 걱정거리가 생각을 차지해갔다. 봄철 경작이 일단락되자 나는 가축들에게 모든 정성을 쏟았다.

아르나비엘은 겨울을 난 장소에서 떠날 준비를 했다. 벌써 그는 온종일을 양 우리 위쪽에 펼쳐진 산 중턱에서 보내기 시작했다. 때로는, 그의 말에 의하면, 올해 기운이 어떨지 알아보기 위해, 양 떼를 서늘한 밤기운에 적응시키고자 하루씩 한데서 지내고 오기도 한다. 그도 두꺼운 방수복으로 몸을 감싸고, 선배 목동들이 남긴 거처이자 우리 고장의 산 여기저기에 보이는 돌투성이 오두막에서 자곤 한다. 아직 매운 그 높은 곳의 밤 추위를 별로 불편해하지 않았다. 그는 여전히 건장했고, 바람을 품기 위한 튼튼한 폐를 갖고 있었다.

양 떼는 성 야고보의 날 우리 곁을 떠났다. 5월 1일 말이다. 매년 그랬듯이 나는 그 전날 아르나비엘과 함께 양 우리에서 보냈다. 겨울이 어땠는지 보고했고 봄과 여름을 어떻게 지낼지 대충 설명해주었다. 그는 보리솔로 가곤 했는데, 올해는 서쪽으로 훨씬 멀리 가보겠다고 했다. 가축과 개, 가는 길에 발견할 풀, 올라갈수록 드물어질 샘들 그리고 어렸을 때 본 후 더 이상 못 보았다는 경이의 숲에 대해 얘기했다. 그 숲은 고독한 계곡 사이에 파묻혀 있는데, 거기에 버려진 커다란 영지가 있다고도 했다. "거기서 누굴 본 적은 없어요. 마법에 걸린 곳이죠. 어찌 된 건지 모르지만 한 100년, 200년 전부터 모든 게 침묵에 빠진 곳이죠. 아마 하룻밤 만에 절로 그리됐는지도 모르고요. 거기 땅은 풀도 미소 짓고 물도 순하고 오솔길도 잘 나 있는 여기처럼 단순하지 않아요……"라고 그는 말했다. 그의 조부가 그 황량한 계곡에 한번 발을 들여놓은 적이 있다고 했다. 그는 문이란 문, 창이란 창은 다 닫혀 있는 커다란 집 한 채를 발견했었다. 아무도 없고 오직 거대한 멧돼지 한 마리만이, 서로 어긋난 오래된 돌바닥 틈으로 시커먼 관목들이 솟아나 있는 테라스에서 풀을 뜯고 있었다 한다. 어떤 짐승, 어쩌면 늑대가 그 집 뒤 깊은 숲속에서 울었다 한다. 그래서 그는 겁에 질려 도망쳤었노라고…… "마주"로 불리는 곳이다……

아르나비엘은 여자아이에 대해서는 아무 말도 없었다.

그는 아주 이른 아침에 떠났다. 출발할 때 나도 거기 있었다. 새벽빛이 부드러운 산언덕을 물들이고 있었다. 멋지고 아름다운 날을 예고하는 여명이었다. 백리향으로 가득한 관목지는 가축들이 풀을 뜯으며 지나갈 때 청명한 공기에 향기를 더하면서 이슬 맞은 채 조약돌 사이에서 반짝이고 있었다. 양의 방울이 두어 번 떡갈나무 아래에서 딸랑거렸다. 활기찬 개는 해 뜨는 쪽에서 짖어댔다. 개는 회양목 덤불 너머로 펄쩍펄쩍 뛰어올랐다. 반드르르한 언덕을 드러낸 산은 풀로 덮인 등을 부풀렸다. 어둑한 색의 호랑가시나무와 털가시나무로 털이 솟구친 형상이었다. 기울어진 솔숲은 계곡을 따라 바위에 단단히 붙어 있었다. 종달새들이 이 덤불에서 저 덤불로 노간주나무 열매를 찾아 날아올랐다. 미풍이 양 우리까지, 성 요한 숲에 숨어든 산비둘기들의 구구 소리를 실어 왔다.

양 떼는 오전 내내 보였다. 정오에 아르나비엘은 브랑트 언덕 쪽에서 중참을 들었다. 그의 모습이 육안으로 보이는 건 아니었지만 우리는 알 수 있었다. 이어서 양의 메에 소리가 멀어져갔다. 오래도록 개가 컹컹대는 소리가 들렸다. 이제 그 소리마저도 아련히 잦아들었다. 4시가 되자 길 떠난 양 떼에게서 이쪽으로 들려오는 건 더는 없었다. 우리만 동그마니 남았다.

*

집에 돌아오기 전 의무감에 구유들을 한 바퀴 돌아보았다. 슬펐다.

아직 따스한 잠자리 짚에서 무겁고 산미 느껴지는 김이 오르고 있었다. 벌써 어둠에 잠긴 기다란 외양간은 두엄과 기름 찌꺼기와 우유의 시큼한 냄새를 풍겼다. 나는 환기가 되도록 문을 활짝 열어두었다. 내일 아그리콜과 그 집 사람들이 와서 끈끈한 바닥과 돌로 된 여물통들을 청소할 것이다. 얌전한 200마리의 우리 집 가축이 겨울을 따스하게 지냈던 이 건물에서 나왔다. 나는 아르나비엘의 방에 들어가보았다. 비어 있었다. 이런 빈 상태가 마음 아팠다. 내가 이 노인에 대해 아는 게 뭐가 있던가? 거의 없다 해야 할 것이다. 하지만 내가 그의 주인이 된 지 15년이나 되지 않았는가. 그가 영위하는 그토록 멀찍한 삶에 대해 걱정했던 적이 언제였던가? 물론 이 작은 방에서 종종 함께 겨울밤을 지새우기도 했고 그걸 기꺼워하기도 했다. 하지만 언제나 고립되어 있고 자신의 고독에 한 번도 지친 기색이 없던 그 사나이에 대해 진심으로 이해한 게 무엇이 있던가? 이제 문득 그의 부재에 슬퍼졌다. 그는 그 자신이 한 번도 말해주지 않은 목동의 오랜 꿈과 더불어 저 향기 감도는 산을 넘어 막 떠났다는 걸 느꼈다. 저 위에서, 여러 날 여러 밤을 고요한 가운

뱀과 별   243

데, 순한 암양들을 인내심 있게 나아가게 하면서, 새벽부터 첫 별이 뜰 때까지, 혼자서, 오직 전설과 목소리들과 표징들이 교차하며 어우러지는 미지의 세계에서 족장다운 추억에 잠겨 살아가리라. 그리고 가을이 오기까지 고원 위로 걸어가면서 자신에게 말해주리라, 세세로 이어져온 자신의 옛 세상을. 이윽고 가을이 오면 우리 있는 곳으로 다시 슬며시 내려오리라. 그래도 그는 별말 않으리라. 거의 초자연적이라 할 수 있는 그 생활에 대해. 마법사들의 숲에 가본 얘기 정도는 들려주려는지?

지난겨울부터 그가 우리 집과 관련한 커다란 비밀을 갖게 되었다는 생각이 지금에서야 든다. 나도 모르게 그는 우리 집의 다른 사람들과 관계 맺은 것이 아닐까. 인가가 있는 부지와 야생의 광야 그 경계에 자리 잡은 그는, 이생에서는 아마 아무도 가닿지 못할 경이와 미지의 세계를 찾아 나서서, 뭇 길과 오솔길을 오가고 헤매는 모든 것과 은밀한 우정을 나눴던 것이리라⋯⋯

회를 바른 작은 공간이 무얼 감출 순 없었다. 그저 침대와 작은 걸상 두 개, 나무 상자 하나 그리고 서너 가지 가재도구들이 한눈에 다 들어왔다. 하지만 보이는 것 외의 다른 무언가가 보이지 않게 머물러 있는 듯 보였다⋯⋯

침대 위 못에 해진 모자 하나가 걸려 있었다. 나는 그걸 들춰보았다. 그 아래 천진한 투로 칠각의 뾰족 별* 하나가 숯으로 그려져 있었고, 다음 두 글자가 적혀 있었다. "왕들."**

리귀제에 돌아온 것은 늦은 저녁이었다. 시도니가 걱정스레 나를 기다리며 부산을 피우고 있었다. 식탁 위에는 편지가 한 통 있었다. 신부님이 보낸 편지였다. 읽어보았다.

"로크도두에 큰 불행이 닥쳤습니다. 아이가 어제 사라졌어요. 자취를 찾을 수 없다고 하여 알려드립니다."

그리고 추서로,

"보리솔에 급히 올라가보았습니다. 온통 바싹 말라 있더군요. 봄이 얼씬도 하지 않은 형색이었습니다. 과수원은 죽은 나무에 지나지 않고, 우물 곁에 있는 무화과나무도 이파리 한 잎 없었습니다."

나는 시도니에게 편지를 읽어주었는데, 그녀는 한마디도 하지 않다가 그저 이렇게만 언급했다.

"이제 일어날 일은 다 일어났으니 그저 기다릴 뿐이죠."

그녀는 그을음 나는 램프 심지를 잘라 끄고 물러갔다.

나는 바깥의 돌 벤치에 나가 앉았다. 그리고 아르나비엘

---

* 완벽한 세계의 상징.
** '삼왕三王'이라고도 불리는, 별 따라 순례한 동방박사 세 사람을 떠올리게 한다. 여기서 '왕들'로 옮긴 'les Rois'를 앞에서 '마주'로 표기한 'les Mages'와 합하면 'Les Rois Mages'로, 이는 동방박사들을 뜻하지만 짐짓 그런 확언을 피하고 있다. 한편 'les mages'는 마법사들을 가리키는 보통명사.

생각을 했다. 그가 맞는 산에서의 첫 밤, 신선하고 별이 가득하여 연중 가장 아름다운 그 밤을. 달은 없었으나 빛의 희미한 자락들이 보였다⋯⋯

나는 침착했다. 가끔 아이 생각도 했다. 작은 숲에서 야행 짐승 소리가 들려왔다. 무슨 소리인지는 몰랐다. 슬프고도 피리 소리 같기도 했다. 10시가 되자 거대한 유성 군락이 지나갔다. 시도니가 와서 잠시 얘기를 했다. 그런 다음 나는 잠자리에 들었다.

*

우리가 펠리시엔의 소식을 오래 기다릴 필요는 없었다. 사흘 후 신부님이 알려오기를, 로크도두에서 족히 1리유는 떨어진 몽지벨 마을 근처 한 헛간에서 아이를 찾았다고 했다. 로크도두는 리귀제에서 북으로 30킬로미터 떨어져 있다. 그러니 아이는 우리 집 쪽으로 걸어온 것이 아니었다. 그 얘기를 하자 시도니는 아무 말이 없었다.

아이는 평상시에는 매우 차분했다고 신부님은 덧붙였다. 한데 설명할 수 없는 어떤 충동에 의해 그리 도망갔던 모양이다. 다시 게리톤네로 데리고 올 때 도망친 일에 대한 어떤 아쉬움도 반발도 드러내지 않았다고 한다. 신부님이 결론짓길 "아이가 거기 최대한 머무는 게 낫겠습니다. 조용한 곳이거든요. 길에서 멀찍이 떨어진 작은 집이죠. 행인이 드물고 이웃은 좋은 사람들입니다. 언덕이 많지 않고, 있다 해도 나지막하며 토끼, 다람쥐, 작은 새 등이 많이 있지요. 손바닥 너비만 한 물길이 있어서 주변도 괜찮은 편입니다. 한마디로 살기 좋고 예쁜 풍경이 친근한 분위기를 자아내고 있어서, 걱정도 욕망도 없이 오래도록 하루하루 잘 살 수 있는 곳이지요. 이곳보다 더 편안한 곳도 없을 듯합니다. 모든 게 좋아요. 게리톤과 여동생은 천사들의 천진함을 떠올리게 할 정도지요…… 자매는 호두 네 알에 상추 두 잎 정도만 먹고살아요. 그러면서도 너무 많은 걸 누리며 산다고 감사해하면서 서로 얘기하죠. 정말……" 그분은 끝에 친구 메제미랑드가 아멜리에르를 떠나 비밀스러운 여행길에 나섰는데, 그로써 펠리시엔에 관해 환히 밝혀지기를 기대한다고 썼다. 그러나 더 자세히는 밝히지 않았다. 이어서 아르나비엘 소식을 물어왔다. 그가 보리솔 쪽으로 가려나? 그다음은 어디로 가려나?라고. 신부님의 이런 궁금증에 약간 놀랐다. 나는 그날 바로 답을 보내 아르나비엘의 예상 경로를 알렸다. 드문드문 보내는 평소와 달리, 곧바로 답장을 보내 감사를 표해왔다. 이렇게도 적혀 있었다. "베롤이(가구 만드는 그이를 아시지요?) 샐비어를 따러 올라갔다가 에스칼 쪽에서 당나귀를 보았다는데 한번 생각해보세요. 바로 어제 보았다네요. 커다란 바구니를 둘 지고 가는 당나귀, 등에는 갈색 담요를 두르고. 언제나처럼 혼자서 말입니다. 그런데 그 나귀가 동쪽으로 가던 길이라죠. 당신네 쪽으로. 베롤이 나 귀를 세우기엔 너무 멀리 있었다지만, 보기는 분명 보았답 니다. 그는 이렇게도 말했어요. (믿기 어려운 일이지만) 나귀 가 목에 노란 가죽끈을 하고 있었고 거기에 무언가가 매달 려 있었다고. 금속으로 된 것이었는데 별 모양이었다고 합 니다…… 어떻게 생각하세요?…… 한데 베롤은 여전히 믿기 지 않은 듯 놀란 채로 정말 보았다고 맹세하더군요…… 참 말이지, 별이라니!…… 샘가에서 저녁마다 우리끼리 무궁무 진 얘기를 나눌 수 있는 주제지요. 보다시피 아멜리에르에 선 올해 요정들이 우리를 참으로 자주 놀라게 하는군요. 올 해 과일도 맛있고 많이 열리니 우리 본당 벌통마다 꿀이 잘 될 겁니다."

III

시도니와 나, 우리는 펠리시엔을 되찾은 것에 왠지 모르게 살짝 실망했다. 칭찬받기 어려운 감정이지만, 솔직히 털어놓아야겠다. 서로 말 한마디 주고받은 건 아니다. 시도니는 커다란 희망을 품은 집념 어린 태도를 다시 취했다. 머리는 약간 숙이고 이마엔 큰 주름을 지은 채 회색 눈은 허공을 응시하며 열정적으로 맡은 일과 세탁을 계속했다.

내겐 소일거리가 몇 가지 있었다. 농장 일은 아그리콜로 충분했다. 땅은 그해 우호적이어서, 발아하려는 씨앗의 껍질이 쉽게 터지게 허락해주었다. 나는 자유롭고도 한가했다. 가까운 고원 지역을 좀더 잘 알아보고픈 강한 내적 욕구에 충동되어 산의 몇 구역을 탐사하기 시작했다. 유별난 의도 없이, 처음엔 발길 닿는 대로 혹은 그냥 좋아서, 그러나 곧이어 이상한 발견을 하게 될까 봐 두려워하면서도, 아마도 주의 깊은 면면들로 가득할 미지의, 탐사가 어려운 땅에 빠져드는 격이었다.

나는 양 우리에서 시작해 산으로 가보려고 결심했다. 아그리콜과 하인 두 사람이 깨끗이 구유를 닦아놓았다. 지나는 길에 그들에게 들러보았다. 아그리콜이 말했다.

"간밤에 분명 누가 여기 왔어요. 문을 열어놓으셨던 게죠. 방에까지 들어왔어요. 보십시오."

그는 침대 곁 벽에 기대어둔 채 누가 놓고 간 막대 하나를 보여주었다.

"아르나비엘 건 아닙니다." 그는 단언했다.

그건 매듭이 있는 지팡이로, 오래 써서 끝에 달린 쇠 부분이 이미 둥글게 닳아 있었다. 10~15센티 정도 껍질을 벗겨서, 노래진 나뭇결 속에 칼로, 별을 향해 두 갈래 진 혀를 내밀고 있는 뱀이 새겨져 있었다, 나뭇잎 그물 속에 똬리를 튼 뱀이. 나는 벽에 새겨져 있던 그림에 생각이 미쳤다. 그러나 질문받는 걸 피하려고 그 얘기는 꺼내지 않았다. 지팡이는 무거웠지만 손에 잘 들어왔고, 약간 제향 냄새가 나는 목재로 되어 있었다.

나는 아그리콜에게 그걸 잘 수습해서 직접 내 거처로 가져다놓으라고 했다. 그러고선 다시 길을 떠났다.

*

양 우리에서 산으로 가는 길은 (이미 말한 대로) 하나뿐이다. 숯 굽는 이들이나 양 떼가 지나다니던 옛길인데 이제는 아무도 찾지 않는다. 매우 깎아지른 그 길은 흙더미가 무너져 내린 협곡 바닥을 따라 양쪽이 아주 험한 오르막을 보인다. 세 시간을 걸어야 고원이다. 넓게 펼쳐진 곳으로, 여기저기 왜소한 관목이 겨우 꽂혀 있을 뿐이다. 나는 고원은 제법 잘 알고 있다지만, 동쪽과 북쪽에서 숲을 가로질러 내려가는 작은 골짜기들은 잘 몰랐다. 탐색이 어려운 이유는, 접어들 만한 오솔길 하나 없기 때문이다. 잡목림이 오래전부터 사방에 퍼진 탓이다. 그래서 고원 위에 닿으니 방향감각을 잃은 것 같은 느낌이 들었다.

동쪽으로 더 가면 3리유에 걸쳐 단조로운 자갈길을 걷게 된다. 호기심을 잔뜩 부추기는 서쪽이 남아 있다. 거기로 에스칼에 갈 수 있는데, 그러자면 적어도 한나절이 걸린다. 집을 오래 비우기는 싫었다. 그래서 바위 위에 걸터앉아 쉬면서 생각해보았다. 오그라든 케르메스 참나무가 바위에 그늘을 드리워주고 있었다. 멀리 점점이 작은 떡갈나무들이 겨울바람에 시달려 작은 바위에 기댄 채 몸을 비틀고 있었다. 일고여덟 그루 정도였다. 해 뜨는 쪽으로 나무들이 내리막을 향하면서 멀리 사라지는 것을 볼 수 있었다. 내리막은 나무들을 골짜기로 이끌고 있었다.

오후였다. 이틀 전부터 날씨가 더워서 소나기가 올 거라고 걱정하던 터였다. 나는 혼잣말을 했다. "집에 돌아가기 전에 저 나무들이 어디로 내려가는지 봐야지."

나무들은 과연 골짜기로 쏠려 내려가고 있었다. 나는 기계적으로 그리 다가갔다. 거기도 다른 곳처럼 빡빡한 덤불이 작은 길을 막고 있었다. 그래도 고집스레 통행로를 찾아보았다. 지팡이로 덤불을 더듬자니, 바위 하나가 눈에 들어왔다. 놀랍게도 거기 투박하게, 막대와 아르나비엘의 벽에서 본 것과 같은 뱀과 별이 그려져 있었다. 지팡이 손잡이를 이용해 덤불을 내 쪽으로 끌어당겨보았다. 덤불이 딸려 왔다. 그 위로 오솔길이 하나 열려 있었다. 초입은 좁았어도 점점 넓어지는 길이었다. 나는 거기에 접어들었다. 길은 밑으로 꺼지며 그물처럼 얽히더니, 가파르고 급격한 경사를 보이다가 신중하게 더듬어야 할 계곡으로 이르렀다. 고슴도치처럼 회양목과 거대한 가시덤불과 야생 개암나무 천지였다. 더위 때문에 불타는 듯한 야생 라벤더와 씁쓸한 노간주나무가 제각각 풍성한 향을 진하게 풍기고 있었다. 공기가 순환할 수 없는, 거의 절벽 사이에 난 좁은 복도 같은 길에서 말이다. 죽은 나뭇가지들이 길을 계속 가로막았다. 그것들을 치우며 가야 했다. 스무 번도 더 넘게 뒤돌아갈 뻔했다. 머리를 들자 왼쪽으로, 작은 골짜기의 벽 위에 그림자가 올라오는 것이 보였다. 저 위로는 황금빛 산 능선이었다. 아래로는 잡목림 안 계곡 바닥에 이미 저녁의 푸른 연무煙霧가 고여 감돌고 있었다. 두 기슭은 열熱 기둥을 서로 반사해 보내고 있었다. 나는 그 열기에 압도되었다. 하늘에는 새 한 마리 없었지만, 내려갈수록 한층 어둑해진 푸른 빛이 펼쳐졌다. 시간에 쫓기면서도 나는 이 낯선 곳을 고집스레 내려가고 있었던 게다. 거기 이끌려서 말이다. 앞으로 나아갈수록 어떤 불안에 점점 사로잡혔다. 더위가 목까지 차올랐다. 무거운 공기가 가슴을 눌러 심장은 힘겹게 고동쳤다. 그래도 나는 나아갔으니 이 장소의 야성적 장엄함에 사로잡혀, 경사면의 유혹에 이끌려. 협곡은 양 측면 아래로 계속 더 깊게 파여 들었다. 아래쪽으로 거대한 구덩이를 굽어볼 수 있는 작은 재가 나타났다. 파인 곳의 다른 쪽, 재 앞면에는 깎아지른 벽이 서 있었다. 그 벽은 지평선을 자르며 한 덩어리로, 산화철이 흘러내려 생긴 줄무늬를 드러낸 채 깊은 심연에 빠져 있었다. 이 심연에서 연기가 올라왔다. 푸르스름한 연기는 위로 올라올수록 천천히 가늘어지다가 하얘지면서 한 줄기 순수한 자락이 되어 사라지고 있었다…… 가슴이 두근두근했다. 피가 관자놀이에서 세차게 뛰었다……

이제 나는 조심스레 나아갔다. 재에 이르자 덤불에 몸을 숨기고 블랙홀 같은 그곳을 응시했다.

30미터 아래쪽으로 바닥이었다. 평평한 땅 사방에는 높은 절벽이 서 있었다. 출구는 없었다. 이 부지에 두어 마리 말이 말뚝에 매여 있었고, 야영의 흔적인 작은 모닥불에서 연기가 피어오르고 있었다. 불 근처에는 세 명의 여자가 앉아 있었다. 여기저기 몇 명의 남자들. 여섯까지 셀 수 있었다.

어떤 이는 하는 일 없이, 다른 이들은 나무를 깎거나 가죽끈 엮는 일을 하고 있었다. 떡갈나무 아래 한 사람이 길게 누워 있었는데, 머리는 담요 밖에 뉘고 자는 듯 보였다. 노인이었다. 떡갈나무 뒤로는 커다랗게 구멍이 난 바위가 있었다. 거대한 동굴의 어둑한 입구. 나이 든 여인네 한 명이 거기서 나와 염소를 끌고 갔다. 이어서 남자 두 명. 조랑말 한 마리가 뒤이어 나타났다. 잠이 든 노인 발치에 개 한 마리가 쉬고 있었다. 모두 조용했다. 마치 유령들 같았다. 소나무 침엽 가득한 바닥 위라 오가는 이들 모두 아무런 소음도 내지 않았다. 동굴 안에도 불이 지펴져 있는 모양인지, 가끔 연기가 새어 나왔다. 나는 더 이상 움직일 수 없었다. 이 광경이 나를 매혹했다. 모든 게 다 설명 불가능해 보였다. 이 말 없는 야영객들은 여기 은밀한 계곡 안에서 무엇을 하는 중이었을까? 나는 우연히 이 신비의 세계 언저리에 닿은 것이고, 두려움을 느끼면서 이 비밀스러운 존재를, 오래전부터 태평스럽게 살아온 조용한 마을과 불과 2리유 떨어진 곳에서 발견한 것이다……

이제 밤이 내리고 있었다. 아래쪽에서는 모닥불이 여전히 타고 있었다. 동굴의 벽이 불그레해지는 것도 보였다. 보이지는 않지만, 안쪽 화덕에서 나온 불빛의 반영이리라.

나는 자리를 떠나 이동할 엄두를 내지 못했다. 길이 어디였을까? 그걸 찾아도 간신히 이어지는 덤불 사이에서 얽혀버리거나 추락하지 않고 어찌 다다를지는 알 수 없었다. 나는 몸을 돌이켰다. 뒤로는 산이 어두운 머리를 들고 서 있었다. 두려움이 엄습했다. 나를 감춰주었던 덤불에 다가가 계곡 안을 바라보았다……

밤이 내려 불가에는 열다섯 정도의 그림자가 모여 있었다. 이 그림자들은 침묵 중에 저녁을 먹고 있었다. 분명 떡갈나무 아래 잠든 노인을 방해하지 않기 위해 경건하기까지 한 침묵을 지키는 것이리라. 식사는 오래 걸렸다. 식사를 마친 이 말 없는 유령들은 모닥불 가까이에서 우수에 찬 밤샘을 오래도록 이어갔다. 이윽고 불이 사그라들었다. 그들의 실루엣이 자취를 감췄다. 그나마 겨우 보였던 저 한 세계가 전부 사라졌다……

나는 혼자였다. 근처엔 그저 산이 강한 기개로 자리하고 있을 뿐. 작은 계곡 바닥에서 보니, 산등성이로 잘린 하늘이 이 깊은 곳 위로 빛을 던지는 한 성좌의 별 열두 개만을 간신히 보여주고 있었다. 대기는 캄캄했다. 무엇 하나 움직이거나 소리 내는 게 없었다. 기슭으로 지나가는 짐승 한 마리도 없었다. 계곡 안에는 그림자, 침묵, 평화만이 있을 뿐.

나는 바닥에 누웠다. 단단하고 돌이 많은 바닥이었다. 목덜미 아래 돌을 하나 괴었다. 잠을 청하려고 천체들의 느릿한 운행을 눈으로 좇았다……

잠이 든 기억은 없다. 하지만 깜빡 잠이 든 게 분명했고 새벽이 날 깨웠다. 피로로 허리가 아팠다. 10미터 거리쯤 자갈밭에서 자고새 한 마리가 노래했다. 몸을 일으키는 바람에 새는 날아가버렸다. 온몸이 뻣뻣했고 밤새 추웠다. 하지만 막 동이 트면서 내 안으로, 아침의 저 순수한 도취와 생명의 기운이 온 사방에서 물결치며 흘러들어왔다. 기억은 조심스레 천천히 떠올랐다. 전날 밤에 본 광경이 곧장 생각난 건 아니다. 좀 지나서야 모든 기억을 되찾을 수 있었다. 그래서 계곡 저 아래를 잘 보려고 절벽 끝으로 다가갔다.

야영지는 사라지고 없었다. 그러나 땅바닥에는 아직도 연기를 피워 올리는 재[灰]가 커다랗게 무더기 져 있었다.

*

리귀제에 돌아온 건 아침나절이 다해서였다. 피로에 절고 배가 고팠다. 시도니가 문지방에 나와 있었다. 내가 겪은 일을 들려주었다. 아무 말 없이 그녀는 듣기만 했다. 그녀의 침묵 너머로 은밀한 기쁨이 솟아올랐다. 감추려 했지만 이런 열정은 그녀의 노안老顏을 더욱 반짝이게 했다. 눈을 반쯤 감은 채 보이지 않는 시선으로, 그녀는 자신 안에서 내 이야기의 영상들을 따라가고 있었다. 그리고 내 말을 들으며, 그녀의 섬세한 입은, 전 존재로 전율하며 드러내는 저 알지 못할 희망에서 비롯한 어떤 말을 억누르고 있었다.

그래도 이렇게는 말했다.

"프레데리크 씨, 조만간 사물들이 말을 할 겁니다. 제가 사물에 귀 기울인 지 69년이 되었어요. 자, 그러니…… 마침내 어느 날 보상이 있을 겁니다……"

나는 시도니의 이 이상한 말을 이해하려고 들지 않았다. 그저 사랑할 뿐. 이 사랑 덕분에 내 정신은 이성적 사고를 가진 자에게는 그저 무가치할 의미를 헤아릴 수 있었다. 시도니의 말 속 단어들은 사랑으로 향하는 운명을 가지고 있으니, 그 어조는 마법처럼 가슴을 감동시키고 만다. 그렇게 나는 땅과 하늘 사이에서 영혼이 영혼에 대해 말하는 것을 듣는 순진한 기쁨에 젖어들었던 것이다……

그녀는 말했다.

"아그리콜이 왔댔어요. 막대를 가져왔더군요."

그 지팡이는 가죽끈에 매여 벽난로 쪽 못에 걸려 있었다.

"제가 거기 걸었어요." 시도니가 알려주었다. "거기 있어야 잘 보일 테니까요, 거실에 들어올 때 말입니다……"

과연 잘 보이는 곳이었다. 막대 손잡이 위로 길쭉한 뱀은 여전히 닿을 길 없는 별을 향해 뻗어 오르고 있었다.

"이제 우리가 눈에 띄게 된 거예요"라고 시도니가 중얼거렸다. "프레데리크 씨, 살아오면서 당신이 태어난 걸 본 이후로 이토록 기쁜 적이 없어요…… 모든 일이 일어납니다. 그저 기다리기만 하면 돼요…… 제가 여러 번 말씀드렸지요……"

그녀는 커다란 모직 천 조각을 들고 있었다. 그걸 정성스
럽게 둥글게 말더니 내가 식사를 하는 오래된 식탁 위로 그
천을 두 손으로 꾹꾹 누르면서 천천히, 이미 청동거울처럼
광이 나는 떡갈나무 상판에 광을 내기 시작했다. 그런 그녀
의 노동은 힘 있고도 고요했다.

인간이 노동하여 다듬은 그 오래 묵은 나무 판을 인내심
있게 윤내면서, 그 위로 그녀는 가슴을 숙였고 향기 풍기는
밀랍 칠 위로 부지런히 일하는 두 손을 가져갔다. 부드러운
밀랍은 모직 천이 가진 유용한 따스함과 두 손의 적절한 압
력 덕분에 잘 다듬어진 저 재질 속으로 스며들었다. 서서히
식탁 상판은 은밀한 광채를 발하기 시작했다. 100년도 더
된 백목질로부터 죽은 나무의 심장으로부터, 이 광채는 자
기를 띤 문지르기 덕분에 응집되었다가, 차츰 식탁 상판에
빛의 상태로 번져가는 듯 보였다. 덕목으로 가득한 저 늙은
손가락, 후덕한 손바닥은 나무 덩어리에서 그리고 생기 없
던 목질로부터 생명이라는 내적 힘을 끌어냈다. 그것은 경
이에 차 바라보는 내 눈앞에서 펼쳐지는 한 존재의 창조로
서, 믿음이 일궈내는 참위업이었다.

IV

허둥대는 일 없이 간절기의 보름이 흘러갔다. 봄에서 여름으로 기온이 올라가는 계절이었다. 날씨는 매일 점점 더 좋아졌다. 더위도 더해갔지만 가벼운 더위였다. 아침나절은 4월인 양 상쾌했다. 저녁나절은 피곤하기보다 평화로웠다. 남쪽과 북쪽에서 번갈아 불어오는 바람에, 밤 기온은 새벽녘까지 기복 없이 온화해서 잠을 푹 잘 수 있었다. 사념은 멀리 헤매고, 반쯤 꿈꾸는 것 같은 상태에 빠지기 좋은 계절이었다. 그런 상태에서는 딱히 맥락 없이 연결되다가 풀어지기도 하는 추억과, 막연한 계획과, 말과 소리들이 하나의 같은 감각 안에 어우러졌다. 환영들마저 조리 있게 말하는 듯하고, 감정에서 나온 가상의 사물들은 실제 있는 조약돌, 식물 그리고 다른 활물들의 구체적인 형태와 한 덩이가 되었다. 시도니로부터 나에게로 매일 가정생활에 으레 있는 그런 단어들이 건너왔다. 잘 사용된 말, 유용한 단어들. 접시, 빵, 기름, 속옷과 나무로 때는 불의 향기를 풍기는 그런 단어들. 나는 그것들을 다 알고 있었고 그 단어들도 나를 알고 있었다. 집 안에서 워낙 친숙하게 사용되어온 그것들은 나름의 관례까지 갖고 있었다. 그래서 거기 실제 별반 주의를 기울이지도 않지만 입에서 귀로 오간다. 하지만 바로 이 지점, 보통 그것들이 친숙한 이미지를 불러내는 그곳에서, 이제 나는 어떤 표징이 그려지고 어떤 그림자가 파닥이며 알지 못할 어떤 의미가 생겨나는 것을 보게 되었다.

　나는 이성의 장소에 더 살지 않는 격이었다. 선량한 시도니처럼, 정성스레 일을 다 마치면 일탈의 즐거움에 빠져들었다. 그녀처럼 나도 강한 마법에 빠져드는 것 같았다. 때로 나는 아르나비엘이 말해준 바 있는 마법사들을 꿈에서 보았다. 때로는 뱀과 별이라는, 막대 지팡이에 새겨진 이중적 상징의 의미를 찾아보려고 끙끙대기도 했다. 아르나비엘을 찾아가, 저 야생의 숲을 가로질러 방치된 집에까지 가보고 같이 하산하려는 계획도 세워보았다. 나는 중얼거렸다. "내 별은 왕들의 별이다. 일곱 각을 가진 별……" 이어서 나는 그 별을 삼키려고 안달이 난 뱀에 대해 생각해보았다. 그러자 뱀은 대홍수 이전의 저 오래된 땅, 파충류들의 거처지였던 진흙탕 대지의 표징 자체처럼 부각되었다. 이 꿈이 나를 정말 홀렸다. 그런 나머지 매일 저녁 식사 후, 들판에 빛이 다 사라졌을 무렵이면 대문 앞에 가서 샘과 마주 보고 있는 커다란 마로니에 아래 앉아 있기까지 했다.

　거기선 괴물같이 우거진 잎이 너무나 감미로운 그늘을 드리워 하늘도 보이지 않는다. 밤중의 한밤인 것이다. 그런 곳에 앉아 있자면 이성이 자신을 거역하여 생산해내는 욕망에 지거나, 꿈이 만들어내는 온갖 것들에 자유로운 생명을 쥐 부여하게 되거늘……

어느 날 밤 보통 때보다 날이 더 온화했고 시도니는 거처로 조용히 물러간 터였다. 나는 저녁 9시경에 소리 없이 이 경이의 장소에 자리 잡고 앉아 있었다. 벤치는 따스했다. 돌로 만든 커다란 의자로, 예전에는 온 가족이 와서 앉곤 했다. 달이 (겨우 한 가닥 줄처럼) 해가 지고 난 후 대지의 거대한 어깨 너머로 다른 세계를 향해 항해하고 있었다. 샘에서 훌쩍 뛰어오르는 잉어 소리 외에는 이 밤의 고요를 거스르는 것은 아무것도 없었다. 관개용 물을 가두어둔 저수지가 있는 호두나무 숲에서 피리 소리 세 음이 가끔 들려왔다. 침묵과 간신히 구별되는 순수한 탄식, 단조로운 부름이었다. 분명 청개구리이리라…… 어떤 동물이 휙 지나가자 나뭇잎 몇 장이 흔들거렸다…… 알 듯 모를 듯 이 밤의 생명력, 보이지 않는 틈으로 스며드는 시간, 하지만 밤에 벌어지는 사소한 일은 기이한 영향력을 펼치기에 사그라지지 않는다, 외려 깊어진다, 마치 영혼이 누리는 기쁨을 늘리기 위해 현재가 사라지거나 크기가 줄어들기는커녕 깊어지는, 어떤 지속을 확보한 양.

온갖 꿈들이 엄습해왔다. 잠과 깨어 있음의 중간에서 순환하는 이런저런 형상들의 교차, 그림자, 침묵, 소리의 조우. 나는 미약해진 이런 생과 밤의 소리 그 그윽함 사이에서, 내게 남아 있는 약간의 기민함을 유지하는 그 지점을 구별할 수 없었다. 그림자 너머로만 신호를 보내며 밤의 세계에서 나온, 무어라 이름하지 못 할 온갖 존재에서 비롯하는 가장 감동적인 우정에 기울여지는 부드러운 기민함, 주의 깊은 기민함…… 나는 아직 잠에 빠져들지 않았다. 그럼에도 벌써 이런 요정 세계를 누릴 수 있었다. 나는 아직 리귀제에 있지만, 그 집을 내 안에서 순수한 추억으로 관조하고 있었다. 나는 벽과 벤치와 마로니에 향기와 접하고 있었다. 하지만 어떤 기이한 특전으로, 그것들은 감정으로 변환되었다…… 애초 느낌에서 살짝 벗어난 이 기이한 감정은, 내적 생명력이 느끼는 감동 자체를 감각이 전하려는 희미한 메시지에 연결해주었다. 감동은 그것이 흔들어놓은 내면의 밤을 넘어 내 영혼보다 더 멀리, 몽상으로까지 파급되었다. 시간을 이런 비시간적 지속에 고정시킬 수 있다지만 나는 이 밤, 한참 동안, 물질의 원소적 힘이 내 생각을 대지의 알지 못할 계획에 일치시켜가도록 마냥 내맡기고 있었다. 정말이지 나는 대지에 신뢰를 보냈다. 샘과 나뭇잎들만이 숨을 쉬는, 대지의 가슴에서 발산하는 부드러운 열기는 나를 뭇 인간의 노모老母와 친밀감을 나누도록 이끌었다. 나는 대지 식물의 진액과 그 진흙으로 된 존재였거늘. 나는 우묵한 몽상 속에, 생명이 가장 활발한 그 속에, 대지가 태초 선조들에게 제공했던, 아직 진흙으로 따스한 요람을 새삼 강하게 느꼈다. 그 밤에 나는 대지에서 부드럽고 좋은 것만을 기대했으니, 나는 그녀의 아들이었던 것이다. 거기서 전해오는 모든 것이 기쁨과 무한한 평화를 안겨주었다. 내게서 나온, 내 생각의 창조물들과 상상의 존재들도 대지의 후의를 전해주었다. 어떤 무게 추 하나가 따스한 머리통처럼 오른쪽 어깨 위에 놓이면서, 정신에서 비롯한 존재들이 여전히 영혼의 존재이면서도 한층 물질화된 것 같다는 생각이 이따금 스쳤다. 그 존재는 나를 믿고 내게 기대어 잠을 청하러 왔었던 듯. 그래서 행여 깨울세라 걱정이 된 나는 팔을 움직일 수 없었다.

시도니가 일어나서 나를 발견한 것은 아침에 이르러서인데, 나는 여전히 어깨에 기대어 있는 한 여자아이와 함께 잠들어 있었다.

눈을 뜨자 아이가 내 앞에 움직임 없이 서서 나를 향해 미소 짓고 있었다.

V

펠리시엔은 저녁때까지 내처 잤다.

잠에서 깨어나면서 아이는 우리를 보았다. 시도니와 나,
우리는 아이 방 창가에 서 있었다.

아이 얼굴은 미약하나마 빛으로 환해졌다. 이 빛은 어떤
추억에 대한 혹은 표현하기에 시간이 걸리는 감동의 잘 모
를 표정 같았다. 생각은 멀리 있는 듯했으나 행복감은 확실
히 보였다. 처음으로 아이는 행복한 듯 보였다.

아이는 우리를 바라보았다. 긴장한 채 불안한 기색이었지
만, 한 점 온유함과 알지 못할, 매혹된 듯하면서도 경계하는
기색, 모두가 예상치 못한 수줍음이, 이 영혼으로서는 생경
한 어떤 감정이 생겨나고 있음을 드러내고 있었다. 아이가
우리를 발견한 것이다. 여태 우리는 그녀의 현존을 전혀 인
지할 수 없었댔다. 그러나 이제는 그 아이가 거의 실제적으
로 느껴졌다. 물론 부실하다시피 한 자그마한 행복에 담겨
있는 미약한 현실일지언정, 자신의 행복감을 간신히나마 드
러내는 표현이 가능해 보였달까. 그건 약속이지 그 이상은

아니었다. 그러나 우리는 이 약속, 그 전망으로 살게 되었으니 바로 그것에 가슴이 뭉클했다……

그러나 그것도 잠시였다. 이유인즉, 빛이 금방 사위었기 때문이다. 집을 찾은 것에 안도하고 사람들이 반겨주는 것에 안도한 아이는 금방 애초의 수동적 상태로 되떨어져버렸다. 우리를 다시 만나 감동했으면서도, 아마도 아이는 우리의 한 자락 사랑을 의심했는지도 모를 일이다. 아이는 간혹 움찔거리거나 가녀린 한숨을 쉬어, 그런 측은한 망령의 그늘을 드러내 보였다. 그러나 시선은 그렇지 않았다. 언제나처럼 순수하면서도 여전히 무관심한 시선이었다. 시선은 사물들 사이를 지나치고 사람들도 건너뛸 뿐, 심지어 비육신적인 것조차 무엇 하나 그 시선을 붙들지 못했다. 비가시적인 것에서 무얼 보아내는 시선도 아니었다. 영혼에서 나온 시선이 아니기에, 더없이 가벼운 생각이 생겨나도 금방 무無로 되떨어져버리는, 더할 나위 없이 백지인 무에서 나온 시선이기에……

하지만 아이의 영혼이 (적어도 우리의 민감하고 이성적이고 영혼에 조응할 수 있는 아이 영혼의 그 부분이) 다시 지옥의 변경에서 부유하고 있다 하더라도, 암묵리의 변환이 깊이 내재한 생명력을 부추기고 있음을 느낄 수 있었다. 미지의 세력에 의해 존재의 잘 알지 못할 부분에서 축출당한 이 생명력은 이제 너무 좁아져버린 육신 안에서 꿈틀거리기 시작했다. 사고력이 지워진 이 피조물의 살과 홀로 드잡이하며 뾰족하게 상승하는 생명력, 그 강력함에 방해가 되는 건 아무것도 없었다. 워낙 힘차게 솟구쳤기에 그 생명력은 이성과 가슴을 대신했다. 아니, 그것이 바로 감정이자 지각이었다.

우리 시선 아래 새로운 존재가 속속 형성되어가고 있었다. 걱정이 우리를 덮쳤다. 그래도 서로 통하는 시도니와 나는 이 힘이 솟아나도록 내버려 두었다. 그걸 억압하면 길 잃은 야성이 분출될까 봐 외려 두려웠다.

*

나는 신부님께 펠리시엔이 돌아온 것을 알렸다. 그분은 금방 답을 주었다.

게리톤은 받아들였다 한다. "하느님이 그리 원하시는 일이니"라고 아주 부드럽게 탄식했다 한다. "하늘의 뜻을 어찌 거스르겠어요. 내가 좀 나아지면 여동생과 리귀제에 가서 뵙죠…… 메장 씨에게 감사드린다고 전해주세요……"라고 했다는 것이다. 가여운 그녀는 나이와 회한, 보리솔에 대한 그리움, 게리통에 대한 사랑, 무엇보다 사람이라면 누구나 애정을 가진, 이 지상의 사라져가는 모든 그윽한 것에 대해 아파하고 있던 터였다. 신부님도 편지에 쓰기를, "대지에 애정을 가지는 거야말로 인간적인 일이죠. 더구나 겸손하고 소박하게 이 대지에 천국의 이미지를 겸허한 덕목처럼 옮겨 심어가며 살아온 분이니." 그렇게까지 신부님은 감동했다. 언제나처럼 절도 있는 신부님의 편지는 이번만큼은 여전히 온유하고 약한 영혼들을 이해하고, 이울어가는 노경의 기쁨과 애석함을 다 헤아리며, 그리고 불가피하게 다가올 천사의 얼굴과 유약한 영혼들을 조심스레 근접시키면서, 그들을 위로할 줄 아는 시골의 노老사제로서의 경건한 신심을 노정하고 있었다.

편지 끝에 그분은 아이를 내색 말고 잘 지켜보라고 했다. "엄격한 말이나 의무를 과할 계제가 아니니 불편하게 하지 말고요. 텅 빈 상대에게 뭘 가르칠 수 없으니까요. 비어 있는 걸 어찌할 수 없지요. 아직 그 가여운 아이는 있어도 있는 게 아닙니다. 아이가 진정 돌아올 때는 절로 알게 될 겁니다…… 소식 주십시오. 메제미랑드는 편지가 없군요. 그래도 믿고 있습니다…… 여태까지는 개입하지 않는 것이 최선. 삶에서 돛은 하늘이 원할 때 저절로 오르기 마련이지요……"

신부님의 조언은 우리가 취한 태도와 일치했다. 걱정이 가라앉았다. 사실 어떤 신비한 변환을 그분이 목격한 것은 아니다. 실제로 아이를 봤다면, 종종 동물적인 열정이 그분의 경건한 지혜에 외려 걱정이나 혼선을 끼쳤을 것도 같다. 나는 그분께 그 점을 굳이 말하고 싶지 않았다. 그 아이 영혼에 부주의하게 가닿을까, 그 아이를 무섭게 할까 걱정해서였을까? 아니면 자기 자신의 과격함에 사로잡히고 동요된 아이의 생명의 약동을 끝까지 지켜보고 싶었던 것일까?…… 당시로서는 이런 질문도 할 수 없었다. 그저 입을 다문 채 지켜보았을 뿐이다.

*

  시도니도 아이를 지켜보았다. 하지만 근심이 덜한 투였다. 그녀는 내 뒤에 기민하게, 그러나 말없이 서 있었다. 그녀의 시선은 아이의 이상한 동작 너머를 보고 있었다. 가끔은 무관심하다고 할 수 있을 정도였다. 그녀가 수락하긴 한 건지 의심이 들기도 했다. 그러나 그녀는 언제나처럼 주의 깊고 꼼꼼한 데다, 매일 사랑의 몫을 작은 호의로 나누어 배분하면서도 깊이 침잠하는 가슴의 소유자였다. 이제 그녀는 펠리시엔을 자신의 질서 세계에 맞아들였다. 활물이건 비활물이건 생활의 모든 사물이 각자 제 운명을 지니고 살아가는, 통상의 사람들에게는 보이지 않되 시도니 자신에게는 분명한 그 세계에서 펠리시엔은 나름의 위치를 갖고 있었다. 특출하지만 절대적이지는 않은 위치. 시도니는 그 뜨거운 여름 무렵 말수가 적었다. 그러던 어느 저녁 몇 마디 암시하기를, 펠리시엔은 자신이 기다린 사람은 꼭 아니라고, (내 생각과는 달랐는데) 그러나 시도니 자신에게 한 영혼의 도래를 알려주는 저 기막힌 희망의 전조이자 더 확실한 형태라는 것이다.

펠리시엔이 그 영혼은 아니었던 것이다.

나는 아이를 지켜보았다. 아무것도, 거의 아무것도, 영혼이라는 명사가 인간에게 일러주는 것이 이 피조물에게서는 드러나지 않았다. 아이가 돌아와 보여주었던 여러 변모상이 우리를 놀라게 했으나, 그 몸에서 어떤 정신적 새 생명력은 느껴지지 않았다. 정말이지 그 어느 때보다 생각, 감정, 의지적 행위에 유보된 내적 장소들은 다 헐벗고 불모의 상태가 된 것 같았다.

그래도 아이는 살아 있었다. 예전처럼 거의 식물 같은 생명 영위도 아니었다. 아이는 나이에 걸맞은 온전한 순수함을 지닌 채 열정적인 동물처럼 살아갔다. 애매하고 수상쩍어 보이던 자취도 이제 이 열정 속으로 사라졌다. 몸은 더 말라갔다. 더 길어지고 단단해진 팔다리는 예견치 못한 선물을 누린 듯, 갑자기 평온하게 이완되곤 했다. 턱부위도 뾰족해지고 광대는 더 나왔으며 때로 빛을 띠기도 했다. 피의 온기 때문이겠지만, 이유 없이 기이한 빛이 광대 근처의 엷고 매끈한 피부를 밝게 빛나게 했다. 여전히 무표정한 두 눈은 기이하게 더 커졌다. 황금색 줄이 지나가는 회색빛 두 눈은 밀려드는 청록색 물, 그 기이한 조수潮水에 사로잡힌 양 누군가의 시선이 그걸 잡을라치면 미약하게나마 존재의 심부에서 떠오르다가 천천히 도로 가라앉았다. 예전에는 아이의 시선에서 그저 공허만 보았다면, 이제는 어떤 그림자들 때문에 멈칫하게 된다. 그 너머로는 아직 태초의 밤에 잠겨 있으나 살아 있는 식물적 심연의 움직임이 설핏 보인다. 이처럼 영혼을 획득한 건 아니지만, 아이는 그새 변모해 있었다. 아이는 뭐라 정의 내릴 수 없는 존재지만, 고유의 성격을 가진 독자적 존재가 된 것이다. 아이는 펠리시엔(이 이름이 그 아이의 생명을 표지하는, 변경 불가능한 단어라고 친다면)이 아니라 어떤 누구였다. 아이는 알 수 없는 익명의 한 인격을 떠올리게 해주었다. 한 내적 존재가 불확실하고 모호한 형태로, 아직도 기이한 일이지만 그녀 안이 아니라 주위로, 그녀의 젊은 육신이 가닿은 그 주변에 투영되었다.

나는 아이를 계속 엿본 건 아니다. 아이는 불신감 없이 살아갔다. 걱정이나 의심할 일도 교묘한 꾸밈새도 아니었다. 그러나 동물 특유의 솔직성을 보였으니, 이를테면 행위마다 보이는 자신을 잊고 있는 상태, 풋풋하게 뻗어나는 순수한 생명력, 계획이 없으면서도 온 열정을 다하고, 증오도 사랑도 부재하며, 부드럽진 않지만 욕망의, 가위 야생적이라 할 만한 순수함을 보인 것을 들 수 있겠다.

고요한 이 집의 어느 침방 근처에서 삐걱거리는 소리로,

계단 어두운 곳으로 스윽 지나가거나, 서까래 밑에서 내쉬는 긴 탄식으로 발현되던 그 잠재적 야생성, 침묵 속에 간직한 욕망. 집의 여기저기서 예기치 못하게 출현하는 사물들도 가세하여 침착한 시도니는 약간 불안해했다. 질서를 교란하는 것들 아닌가……

나는 아이가 숨바꼭질하듯 집을 탐사한다는 걸 알고 있었다. 이 방 저 방 기웃거리는 소리가 들려오곤 했다. 어떤 때는 벽장에서 장작 한 개비가 움직였고, 아니면 지붕 밑 다락에서 살금살금 망설이는 발걸음이 들려왔다. 집이 이처럼 매력적이었어도, 리귀제를 둘러싼 들과 풀밭, 관목림이 아이의 관심을 더 불러일으켰다.

아이가 덤불에 숨어 살그머니 간다거나 키 높은 풀을 흔들어대는 게 보였다. 아이는 잔잔하고도 맑은 샘물을 좋아했다. 종종 갈대 끝으로 고요한 수면을 흔들어보기도 하고, 아니면 심심한 듯 딱히 의도는 없이 개암나무 가지로 수면의 나뭇잎들을 저어서 새로 생겨난 물결을 무심하게 바라보기도 했다.

집에서 아이가 보이는 한 나는 거의 걱정하지 않았다. 그러나 여름 기운이 점점 강하게 아이를 덮쳐올수록, 아이가 때때로 격하기까지 한 유희를 펼치는 행동반경은 넓어져갔다.

*

어느 아침 동녘이 트기 조금 전, 잠에서 반쯤 깬 상태에서 아이 발걸음 소리를 들은 것 같았다. 내 방 앞을 지나는 소리였다. 잠시 후 문이 삐걱거렸다. 나는 잠에서 빠져나오느라 한참 애를 먹었다. 열린 문이 다시 삐거덕거렸다. 안마당의 자박자박 소리는 부속 건물 쪽으로 멀어져갔다. 누가 포도밭 쪽, 사립문 울타리를 밀었다. 더 들리는 소리는 없었지만 잠에서 완전히 깼다……

아직 어두웠다. 나는 덧창을 살며시 열고 하늘을 바라보았다. 여태 별이 많았고, 어떤 별들은 벌써 동쪽에서 창백하게 이울고 있었다. 다른 별들은 천정점에서 여전히 생생하게 빛을 발하고 있었다. 반짝이는 쌍둥이자리를 가운데 두고……

나는 시원한 물에 한참이나 머리를 담근 후 옷을 입고 집에서 나왔다.

날씨는 매우 부드러웠다. 부속 건물 쪽으로 가보았다. 방책을 열고 포도원을 가로질렀다. 그 너머로는 들판이 저 언덕들까지 펼쳐져 있었다.

해 뜰 무렵이었다. 동쪽에서 오는 햇살이 아직 산 능선을 넘어오지 못하고 있었다. 그러나 새벽을 알리는 여명이 알프스 산꼭대기 너머로 하늘을 환하게 밝혀가고 있었다. 곧 에스칼 정상이 드러나더니 햇빛에 물들어갔다. 푸르스름한 작은 골짜기에서 피어오르며 산기슭에 서린 김은 깊고 축축한 떡갈나무 숲을 연보라색 빛으로 물들였다. 아침 공기의 움직임이 신선한 목질의 쌉싸름한 냄새를 실어 왔다……

나는 동쪽으로 숲을 향해 걸어갔다. 본능과 새벽의 매혹과 이 깊은 숲 냄새 외에 나를 이끄는 것은 없었다. 이처럼 이른 시간에 숲까지 산책을 가본 적은 없었다. 온 세상의 신선함에 매혹된 나는 이 신선한 새벽 공기를 음미하는 즐거움을 마냥 누리고 있었다.

해가 다 뜨기 전, 작은 협곡을 통해 이끼와 참으아리가 깔개처럼 나 있는, 한 번도 들어가본 적 없던 숲에 가 닿았다. 200미터 멀리, 숲은 작은 계곡을 이루며 둥글어지고 있었다. 거목들이 솟아 있는 부드러운 물매 사이로 땅은 평평했다. 흔히 볼 수 있는 털가시나무와 소나무 한가운데에, 우리 지방에 드문 수종樹種들이 생경스럽게도 자라나고 있었다. 기슭에 마가목과 월계수, 야생 자두나무, 딱총나무가 가득했다. 그 위로는 키 작은 종種들도 섞여 있었고, 오리나무와 검은 미루나무 곁에 쥐똥나무와 야생 단풍나무도 있었다. 여기저기 거대한 물푸레나무가 땅에서 솟구쳐 올라 숲의 능선 너머 가벼운 잎새들을 위로 내밀고 있었다.

들어갈 수 없는 요람을 엮듯 나뭇잎들은 숲의 신비한 고요 속에서 높은 궁륭을 만들고 있었는데, 녹색 광채가 그 안에 조용히 감돌고 있었다. 발은 이끼에 푹푹 빠져들었다. 움직이는 가지 하나 없었다. 동물도 없었다. 나무들 사이 작은 공터에서 다른 공터로, 계곡은 푸른 절벽으로 뚝 끊어지는 바위 병풍에 닿더니 거기 길쭉한 미루나무가 서 있었다. 더없이 민감한 가지들 끝에서도 무엇 하나 움직이지 않았다. 나뭇잎들의 저 초자연적 고요가 고독에 기이한 깊이를 부여했다. 부드러운 식물들을 파고들었던 간밤의 신선함은 그 향을 더 진하게 만들었다. 계곡은 온통 산사나무, 월귤나무, 딸기와 나무딸기 향을 풍겼다. 검은 흙냄새와 뿌리 그리고 찢겨 나간 껍질의 향도 어우러져 있었다. 아직 밤으로 축축한, 여름의 빛이 벌써 스며드는 이 경이로운 아침 세상을 경탄하며 나는 앞으로 계속 나아갔다.

어떤 틈으로 갑자기 가벼운 황금빛을 띤 미약한 빛줄기, 하루 중 가장 젊은 새 빛이 거대한 너도밤나무에서 부동의 나뭇잎으로 비스듬히 내려오다가 바위에 부딪혔다. 여기저기 작은 공터가 환해지면서, 초록으로 덮인 천장과 황금빛 작은 빛들이 사방에서 반짝이는 걸 볼 수 있었다. 켜켜이 깊은 나뭇잎들이 문득 동요로 가득했다. 보이지 않는 수많은 작은 날개가 따스한 깃을 비벼댔다. 나뭇가지들 가장 가느다란 끝에 있던 수많은 새집이 잠에서 깨어났다. 대기의 요새 전체가 밤의 수면 상태에서 빠져나왔다. 수천의 탄식과 외침과 부름과 투두둑거림과 종 치는 듯한 소리와 음의 전율이, 구애의 신호들이 왁자하니 일출에 이끌려 나뭇잎 위온 세계에 활기를 부여했다. 여름 새들의 보이지 않는 거처에 말이다. 온 세상이, 온 우주가 놀란 듯 가슴에 빛을 받은 이 기민한 백성들을 깨우고 있었다. 빽빽대고, 휘파람 불고, 말하고, 종알대고, 구구대고, 돌면서 미친 듯이 자기네들이 태어난 숲을 데우는 햇살을 다시 만나 흥분하고 있었다. 때로 들려왔다. 경이로운 문장, 단단한 부리로 쪼아대는 소리, 부드러운 피리 소리, 종달새 소리, 기도, 훈계, 감탄 그리고 호방하게 웃는 소리, 허풍스러운 외침, 참새와 제비의 높은 악센트, 작은 종이 주악 울리듯 하는 기쁨에 겨운 지빠귀의 변덕스러운 소리, 티티새의 흐르는 듯한 음, 울새의 노래, 새벽의 새, 푸른 박새의 노래, 동고비, 굴뚝새, 피리새, 오디새, 개똥지빠귀, 밭종다리, 개개비, 종달새…… 모두들 왁자하게 가슴 가득 행복의 날을 노래하고 있었다. 봄이라기보다 여름이었다. "이 아침에 저 생기에 찬 새들이 노래하는 건 무슨 일인지? 짝짓기 철과 둥지 짓는 계절이 끝났는데? 7월에는 새들이 입을 다문다. 많은 철새가 이미 떠났다. 그런데 봄철 우리 숲 나뭇잎들 사이사이에 깃드는 날것들 무리가 전부 지금 머리 위에서 노래를 불러대고 있으니 이곳은 사냥꾼도 나무꾼도 모르는 유별난 곳인가, 나무들도 수백 년 묵은 데다 이 언덕들, 모든 숲을 잘 안다고 자부하는 나조차 한 번도 와본 적 없었던 이곳은?……" 이렇게 혼잣말하는 동안 멧돼지들과 노루들이 공터를 지나고 있었다. 멧돼지들은 덩치가 크고 검은 놈들이었고, 노루들은 가벼운 허리에 조심스레 다리를 움직이며 지나갔다. 온 사방에서 짐승들이 몰려들었다. 인간이 기억하는 한 이런 광경은 고적한 우리네 숲에서 겪지 못했을 일이다. 사슴, 공작 그리고 수사슴. 그들은 고사리 위로 조심스레 걸어왔다. 암사슴이 부드럽게 휘어지는 버드나무 싹을 뜯고 있었다.

낯설고 커다란 동물들을 곁에서 보게 되어 놀란 다람쥐들이 온갖 나무들에서 뛰어내렸다. 무리를 이룬 벌 떼들이 뚫린 바위 구멍에서, 무수한 벌집 구멍에서 날아올랐다. 햇발을 황금색 체로 걸러내듯 하면서. 가끔 산비둘기들이 짝을 지어 나무 궁륭 아래로 푸른빛 날개를 펼치며 오갔다. 가벼운 깃을 저어 날아가면서 유유히 흐르는 대기를 갈라놓는 그들. 머리 위로 이처럼 많은 날갯짓을 본 적이 없었다. 여름, 아침, 순수한 시간, 식물들의 신선함이 이 장소를 경이롭게 만들면서 내 안으로 깊이 스며들었다. 가끔 붕붕거리는 소리 너머로 웅얼거림, 노래들, 무수한 날갯짓 소리가 들리는 듯했다. 아주 가까이 내 곁에서 어떤 신중한 입이 조성해내는, 보이지 않는 갈대에서 나오는 듯한 숨죽인 은밀한 가락처럼. 그 갈대 피리 소리에 귀 기울이며 어디에서 들려오나 살펴보았으나, 그 소리는 계곡 사방으로 흩어지며 나를 실망시켰다. 숲에 숨어 있는 한 야생적 존재의 낮은 목소리가 아주 부드러운 음으로 읊는 주문이 사방에서 메아리로 들려왔다. 그 가슴, 그 존재는 대지와 수액과 순수한 피와 숨어 있는 물과 불의 새벽을 일깨우는 기이한 부름을 계속했다. 매혹당한 채 듣고 있자니 어질어질했다. 정신을 잃어가는 내 머릿속에서는 아침의 이 세계가 신선한 정원과 원시적 동물들로 가득 찬 신비하고 습한 구체처럼 천천히, 장중하게 돌고 있었다. 이 동물들 사이에서 나는 식물을 하나하나 따서 들고 있는 여자아이를 보았다. 가끔 그 아이는 식물들을 제 얼굴께로 가져갔다. 큰 사슴과 암사슴, 어린 수사슴이 그녀 곁에서 이끼를 뜯고 있었다. 다람쥐들은 놀라 아이를 지켜보고 있었다. 머리채 근처로는 벌들이 붕붕 날고 있었다. 아이가 다가갈 때마다 온갖 새들이 노래했다. 오른쪽 어깨에 비둘기 한 마리를 얹은 아이는 무심하게 커다란 공터를 가로질러 내 쪽으로 다가왔다. 가끔 어떤 목소리가 (그게 사람의 목소리였는지) 이렇게 웅얼거렸다. 이아생트! 이아생트! 그러나 아이는 듣지 못했다. 아이가 못 보고 내 앞을 지나갈 때, 아이를 멈춰 세우려면 그 어깨 위에 살포시 손을 놓기만 하면 되었다. 비둘기는 달아났고 다른 새들도 입을 다물었다. 아이는 쓰러졌다. 나는 아이를 조심스레 잡아 이끼가 있는 우묵한 곳에 뉘었다.

아이는 움직이지도 않고 저녁나절까지 잤다. 밤이 되자 깨어났다. 우리는 그제야 리귀제에 돌아왔다. 시도니가 걱

정스레 하나의 신호처럼 자기 방 창 너머로 램프를 켜두고
기다리고 있었다.

VI

그가 어디서 솟아 나왔는지 모르지만, 아무튼 그를 보았다. 이틀 후 그는 집에 왔다.

나는 열이 났다. 오후 4시경 한기가 들더니 잠깐 현기증이 일었다. 며칠 전보다 약간 더운, 아직은 참을 만한 아름다운 하루였다. 아이는 평소 모습으로 돌아왔다. 시도니는 (알았든 혹은 모른 척하기로 했든) 아무것도 묻지 않았다. 나는 평범한 설명 외에는 달리 입을 떼지 않았다. 신중해서였는지 아니면 나 자신이 두려웠던 건지 모를 일이다. 어떤 거북한 걱정이 내심 들었다. 갑자기 몸을 덮친 열도 염려스러웠다. 정상상태가 아니었다. 손을 과민하게 움츠릴 때, 마른 열기가 손바닥에 얼핏 느껴졌다. 알게 모르게 통증이 다리에서 허리로 올라왔다. 벌써 어깨까지 닿았다. 한기가 주르르 등을 타고 흘렀고 입은 쓰디썼다. 눈은 무겁고 귀는 윙윙거리는 데다 어떤 손이 목덜미를 누르는 것 같았다.

더위 때문에 더욱 지쳐 시원한 샘가로 가서 앉았다. 거기로 그가 온 것이다. 그는 길 위로 조용히 모습을 드러냈다.

처음엔 그의 얼굴밖에 안 보였다. 마르고 진중한 얼굴. 내가 어쩜 기대했을지 모를 미친 모습이 아니었다. 반대로 호의 가득한 신중함과 참으로 주의 깊은 갈색 두 눈, 위쪽으로 약간 벗어진 넓은 이마에, 광대에서 코언저리까지 새 부리처럼 쭉 내려오고 섬세한 눈썹이 가로지르는 그런 얼굴.

나는 그가 누구인지 대번에 알아보았다. 그런데 생각했던 것보다 더 키가 컸다. 무척 말라서 가벼워 보였지만, 거동은 아주 고상하고 편안한 분위기를 풍겼다. 게다가 품위와 대담함까지 지닌 우아함으로 두 눈은 문득 빛났다.

그런 모습으로 메제미랑드는 내 앞에 나타났다.

그가 곁에 앉더니 내 손목을 잡고 맥을 짚어본 다음 입을 뗐다.

"네, 바로 그렇군요! 정말 그렇군요! 걱정하던 대로입니다. 아! 경솔한 일을 벌인 거죠…… 아침에 숲을 그리 헤매는 게 항상 좋은 일만은 아니랍니다, 메장 씨. 그래도 제가 여기 왔으니 아무 염려 마십시오. 살펴드리겠습니다. 의사는 부르지 마세요. 부탁입니다. 여기, 우리에겐 가루약이나 알약, 물약보다 더 강력한 약재가 있으니까요. 게다가 시도니에게도 알렸어요. 잘 이해하더군요. 순종하고 지휘하고 예견하고 갈망하며 기다릴 줄 아는 이죠. 마르타이자 동시에 마리아*인 시도니는 비질을 하면서도 집 안 구석구석에서 천사를 발견하는 이죠. 내가 지금 당신을 보는 것만큼이나 당연하고 자연스럽게…… 안심하세요!…… 시간이야 걸리겠지요, 늘 그렇듯이 좋아졌다 나빠졌다 하면서 말입니다. 착란증을 겪겠지만 받아들여야 합니다. 그럼 오늘 저녁부터…… 그 단계를 거쳐야 하니 얼른 결단해야 합니다. 하긴 착란증이 얼마나 많은지!…… 때로는 이성을 잃어가며 깨닫게 된달까요…… 보는 게 종종 보이는 것보다 더 낫지요…… 그래요, 바로 신부님이 알려주신 겁니다…… 가서 도와드리라 하셨어요…… 그래서 날 듯 달려온 겁니다…… 그러니 이제 무슨 일을 겪었는지 말씀해주세요……"

나는 그에게 긴 이야기를 들려주었다. 그는 입을 다문 채 가끔 심각하게 고개를 끄덕이면서 몰래 한숨을 내쉬었다……

*

자정 무렵 나는 헛소리를 해댔다. 일찍 자리에 든 터였다. 메제미랑드는 석양 무렵 떠나고 없었다.

곧바로 침상을 찾아든 힘든 잠. 나는 뜨겁고 무거운 흑암 속에 내 떨어졌다. 곧바로 의식을 잃은 건 아니고 차가운 진땀을 흘리며 헐떡대는 중에……

---

* 각각 활동과 관상觀想을 대표하는, 복음서에 나오는 자매.

이렇게 정신적으로 동요된 상태에서 이성적 세상에 관한 기억을 할 수 있는 한 떠올리고 있었으니……

　……나는 방에 혼자 있었다. 몇몇 친숙한 것들의 외양을 판별하기에 족한 막연한 빛이, 밤에 켜두는 작은 야간 등 근처에서 떠돌고 있었다. 그러나 그 형태는 고정돼 있지 않았고 약간의 바람기에도 흐릿해졌다. 늘 보던 사물들의 흐릿한 조짐만 보는 격으로, 그뿐이었다. 그러나 여기저기 넘치도록 온 사방에 보였다. 단독으로 혹은 겹쳐 보이기도 했다. 바라보기만 해도 사물들을 이리저리 움직일 수 있는 능력이 허깨비를 보는 상태에서 생긴 양. 이 능력, 그리도 쉬이 사물들이 오락가락하는 것이 나는 무서웠다. 사물들이 의지와 상관없이 나를 향해 오기도 했다. 그것들이 땀에 젖은 얼굴 위로 덮치며 거대해지는 걸 보았을 때 나는 공포에 휩싸여 소리 질렀다. 그러나 그것들은 내 얼굴을 가로질러 지나갔다. 아니 그것들이 얼굴에 닿으려는 찰나, 오히려 내 몸 위의 얼굴이 사라져버렸다고 하는 게 맞겠다. 그리고 형태들은 가시적인 것에서 비가시적인 것으로 알 길 없이 넘어가버렸으니, 그 와중에 나는 미묘하고 고통스러운 감각을 통해 비가시적인 것들을 여전히 느낄 수 있었다. 이윽고 모든 것이 사라졌다. 차츰 나는 거리 감각을 상실했다. 곧이어 이토록 불안정한 상태의 온갖 가시적 사물들은 내가 내 안에 만들어낸 것이라는 상상이 들었다. 기이한 공간 속 그것들에 내

가 생기를 불어넣은 격이었다. 심계心界의 어디에도 위치시킬 수 없는 곳, 그저 녹아내리는 듯한 어떤 순수한 장소 안에. 허공 그 자체에. 착란 중에 허공을 만들어낼 수 있는 것이라면……

이런 환상에 빠져 있었지만, 내가 누워 있던 방에 대한 기억을 전부 잃어버린 건 아니었다. 가끔 방의 친숙한 모습이 절로, 아주 부드럽게 떠올랐다. 잘 간직된 세계의 참으로 부드럽고 우호적 모습. 바로 이 방에서 20년 동안 잠을 청해오지 않았는가. 흐릿하게나마 방이 느껴졌다. 방 안쪽, 좀 멀리에 창과 대칭으로 고요히 앉아 있는 사람의 형태가 보였다. 그 모습은 희미했고, 이름은 알았으나 오래전에 잊어버렸다. 내가 아는 건, 그 사람이 여성이라는 것이다. 오직 여성만이 그토록 인내심 있게 헛소리까지 해대는 사람을 밤샘으로 간호할 수 있기 때문이다. 그녀 곁에 작은 탁자가 있고 야간 등이 켜져 있었다. 불꽃을 감추고 있는, 얇은 자기로 된 등갓이 희미하게 빛을 투과하고 있었다. 그 위로 하얀 중탕 병이 여러 가지 쓴 뿌리를 우린 탕약을 데우고 있었다. 그 향기가 방 전체에 가득했다. 커튼 주름 자락을 따라 증기가 벽을 타고 올랐다. 나는 김이 오르는 천장까지 둘러보았다. 그 너머로 별이 하나 가끔 보였다. 다시 정신을 잃었다……

그건 정말이지 실성 상태, 자꾸 반복되는 착란상태였다. 열이 끓는 몸, 내 깊은 곳에서 나온 불안정한 영상들이 정신의 맥을 끊어놓았다. 모든 것이 와해되어 나 자신도 흐릿하게 묽어졌다. 그래서 이런 상황이 단 하루 저녁에 지나지 않았다고 느낀 것이리라. 하지만 (나중에 들은 일이지만) 나는 실제로 8월 15일 저녁 9시에 자리에 누워 9월 3일 아침 첫 닭이 울 때 의식을 되찾았다고 한다. 이 18일간의 삶은 겹이 진 삶이었다. 얇디얇은 내 의식의 껍질은 외부와 제대로 연결되지 않은 채, 열로 뜨거웠던 하룻밤만을 가늠하게 했던 셈이다. 그게 내가 간직한 기억의 전부다. 그러나 이 취약한 의식의 표면 아래에서 내 의식이 살아 있는 부분이 있었으니, 그에 대한 기억이 생생한 점으로 보아 나를 다른 곳에서 달리 살게 했던 것 같다. 아마도 여러 해 동안 내 낯모를 세계에서, 영혼의 순수함과 자정自淨함으로 가끔 천국에 가 닿은 듯 느껴졌다……

열이 차츰 가라앉으면서 동요도 진정되기 시작했다. 기괴한 내적 형태들이며 고삐 풀린 괴물이 들쭉날쭉하던 것이 지나가고, 서서히 체온은 미열로 내려갔다. 평정해짐에 따라, 보이는 것도 좀더 지속성을 가진 형태로 떠올랐다. 어둠에서 지평선이 솟아나와 덜 유약한 형상들 뒤로 가서 다시 자리 잡았다. 하늘은 땅에서, 물은 대지에서 분리되었으며 비존재에서 천천히 솟구치던 영상들은 이젠 서로를 향해 가서 평정한 집합을 이루었으니, 세상의 평화와 신선함이 내 안에 번져갔다.

이처럼 열에 들뜬 혼돈 상태에서 신선함과 평화의 질서로 옮겨가기까지, 착란의 어느 국면에서 그리되었는지 나는 모른다. 하지만 누가 내 머리맡을 지킨 걸 기억한다. 한밤의 일이다. 창이 오랜만에 처음으로 열려 있었다. 정말 성실하게 나를 지켜보던 인간의 형태는 벽 근처에서, 방 안쪽에서 그 밤에 사라져버렸다. 나는 혼자였다. 바로 그때 내 곁으로 이 가벼운 육신, 아이 같은 형태가 다가왔다. 과수원과 과일들의 향기가 이 순수한 세계에서 바로 풍겨 나왔다.

여전히 헤매는 상태였지만, 통상 인간이 꾸는 정도로 부드럽게 걸러진, 모든 게 낯설지만 인지 가능한 그런 꿈속에 빠져들었다. 그 안에서 대지는 참 좋았다. 장소와 동물들과 아이들, 여자들과 남자들이 농가 월력月曆에 등장하는 이름들을 갖고 있었다. 이 모든 이름은 겸허한 덕목, 시골의 성인聖人들, 그네들의 순수한 삶 그리고 산사나무 울타리에 싸여 고이 간직된 오래된 과원의 부드러움을 떠올려주었다.

처음에는 이름들이 들려왔다. 그러다가 꿈속 세계가 펼쳐졌다. 이어서 한 고장이 시야 아래 서서히 형성되었다. 그 고장은 내가 사는 이곳보다 더 아름다워서 아멜리에르에 비견될 만했지만 실제 본 적은 없었다. 거기서 먼저, 아주 오래된 마을의 한끝에 있는 커다란 집이 보였다. 두 노인이 살고 있었다. 그들은 열두 살 소년과 함께였고, 목동 한 사람과 나이든 하녀 그리고 고아 여자애 한 명과 살고 있었다. 노인들은 현명하게 이 큰 집을 잘 건사하고 있었다. 모두 그 노인들을 사랑했다.

마당 안쪽엔 오두막 헛간이 하나 있었다. 고아 여자애가 놀이 삼아 그 안에 숨어들곤 했다. 이 구석진 공간을 '누아르 아질'이라 했다. 팡탈레옹이라 부르는 100년도 더 묵은 사이프러스도 한 그루 있었다. 소년은 그 나무를 몹시 좋아했다.

과수원 울타리 너머로 푸르스름한 구릉들이 이어졌다. 이 구릉들 너머 숲에서 한 줄기 신비한 연기가 피어오르고 있었다. 큰 집에서는 이 연기 피우는 곳을 종종 궁금해했다. 특히 아이들이 연기를 지켜보곤 했다. 그 연기는 금단의 지역에서 올라왔기 때문인데, 그곳에는 나이 든 마법사, 섬에서 흘러왔다는 과객이 산다. 그는 무슨 주문을 건 건지 나무들과 과일들을 키워냈다. 그 주문은 짐승들까지 홀렸고 물도 불도 바람마저도 복종했다. 그는 혼자서 구릉들을 지나 제 갈 길 가는 마법의 당나귀를 한 마리 갖고 있었다. 한데 이 당나귀는 가끔 활짝 핀 금작화를 가득, 아니면 아몬드 나뭇가지를 일요일 아침 성당 앞에 가져다 놓았다. 축일이면 본당 신부님은 이 꽃다발을 동정 성모님 제단에 올려놓았다. 비록 그 꽃이 마법사에게서 온 선물이라 할지라도. 정말이지 마을 사람들의 의견으로는, 주는 사람이 마법을 부린다는 게 중론이었다. 그렇지 않고서야 겨울이면 괴상하게 의장을 갖춘 나귀, 즉 반바지 입은 나귀가 모는 사람도 없이,

사려 깊은 기색으로 이 고장 들판을 혼자서 밟아갈 수 있었으랴. 사람이 기억하는 한, 이토록 지혜로운 나귀는 없었던 거다. 나귀의 주인에 대해선 그가 혼자 산중에 살고, 마을에는 결코 내려오지 않는다는 것 외에 아무것도 알려진 게 없었다. 늙었다고들 했다. 아침과 저녁이면 바람에 저 푸르스름한 연기를 실어 보냈지만, 마을 사람 그 누구도 실제 저 위에 올라가서 무슨 나무로 불을 피운 건지 알아볼 염을 내지 않았다. 오직 신부님만이 거기 한번 올라갔으나 방문 내용에 대해서는 입을 열지 않았다.

하지만 예의 그 큰 집, 사튀르닌에서 두 아이는 오직 그 생각뿐이었다. 팡탈레옹 사이프러스 아래에서건 누아르아질 안에 들어가서건. 아이들끼리는 거의 말을 주고받지 않았는데, 고아 여자애가 집안일을 거들 겸 살러 오게 된 건 순전히 선량한 조부모의 자비심 때문이었다. 소년은 수줍어하면서도 야생적이었다. 하지만 벌써 둘은 마음으로 사랑하고 있었다. 꿈에 정말 그리 보였다. 그러나 당사자들은 모르고 있었다. 그 나이 무렵의 순진한 아이들이 으레 그러하듯이 아이들은 아직 뚜렷이 사랑의 감정을 인지하지 못하고 있었다. 그러나 나는 강력한 환영의 힘 덕분에 그 아이들의 감정을, 동시에 그들이 살았던 상상의 고장을 짚어낼 수 있었다. 사람들과 짐승들 그리고 사물들의 생명력이 신기루처럼 전해져왔다. 장면들이 연속되는 하루하루 흐름을 따라서가 아

니라 동시적으로 말이다. 비현실적인 광대한 배경 위로 공
간과 시간은 갖가지 광경과 에피소드로 내 정신을 만족시키
는 단 한 장면만 기적적으로 그려 보였다. 하지만 잠에서 깨
니 해명 불가했다. 나는 가끔 이 환영들이 아프고 열에 들떠
있던 내 정신의 고유한 바닥에서 솟아난 것이 아님을 느끼
곤 했다. 반대로 이것들은 필멸의 몸체와 분리된 어떤 기억
에서 비롯한 것이었다. 영혼들이 붕붕 비상하기에 좋은 여
름밤의 열기, 그 속에서 기억은 고열이 나 뜨거워진 내 정신
을 찾아든 것이다. 내 정신을 진정시키기 위해, 어쩌면 그 여
정 자체에서 이제 쉼을 찾기 위해 이 기억이 내게 가벼이 기
대고자 했는지 모른다. 그럴 때면 기억이 나를 데려간 다른
세상, 시골의 그 낙원이 가진 온갖 신선함이 영혼 깊이 들어
왔고, 나는 필멸의 이 삶보다 더 그윽한 다른 삶이 있음을
목격했던 것이다.

　나는 아이다운 기억에 의해 거기 가닿은 것이다. 그건 내
가 어린 시절의 추억을 쟁여 간직한 기억과는 아무런 공통
점이 없다. 그건 이미 무르익은 기억으로, 그 안의 추억들
은 서로 달리 중첩된 추억들이 가득한 여러 해를 거쳐서야
내게 닿곤 했다. 그러나 아직 제 기억 곁에 머물러 있는 아
이의 기억 안에서는 무엇 하나 멀어져간 것이 없었다. 시
간 속에 신비하게 정지한 이 기억은 과거로는 미약하고 희
미하게만 확산되어 거기 잠깐잠깐 생동하는 형태들을 부여

한즉, 그 모습들은 천국의 경이로운 신선함을 간직하고 있었다. 그래서 이 사물들을 기억하는 것은 내가 아니고, 미지의 한 존재가 나를 차용借用하여 이 밤, 자신의 추억들을 되찾고 있다는 생각이 들었다. 열 때문에 온갖 꿈이 찾아들 수 있게 된 내 약해진 머리 안에 살그머니 그 추억들을 넘겨줌으로써. 그렇게 내 착란상태는 변모되었다. 나는 아직 현실 감각을 회복하지 못했지만, 무어라 이름 붙이지 못할 유별스러운 회복기가 허락하는 갖가지 기쁨을 느꼈다. 나는 모든 걸 볼 수 있었고, 사방에 존재하는 동시에 모두였으며, 불가능한 것에도 너무나 쉬 닿아 그걸 누릴 수도 있었다. 단한 가지가 걱정을 안겨주었다. 밤이고 낮이고 타오르던 그불, 저 멀리 구릉 위 우묵한 곳의 그 야영 불 말이다. 어른들이 엄하게 금지했지만, 아이들은 사튀르닌에서 나와 이 연기 나는 곳을 보러 갔다는 걸 알게 되었다. 비밀리에 거기까지 숨어들었던 게다. 그리고 마술사와 말도 나누게 되었다. 심각한 과오. 하지만 저 위에선 (정말 내 두 눈으로 똑똑히 보았다) 아무것도 무서워할 게 없었다. 소박한 집 너머로 꽃이 활짝 핀, 잘 가꾸어진 작은 정원 같은 과수원이 있고, 새들이 주위를 날아다니는 가운데 노인 한 사람이 여기저기를 돌보고 있었다…… 바로 이런 새들의 군무가 두 아이를 현혹했던 것이다……

그런 내 꿈에 자연스럽거나 수긍할 만한 게 없었던 만큼,

정말 친숙하게 길들여진 이 동물들에게 나 스스로 매혹되어버렸던 것 같다. 하지만 정원 위로, 노인과 두 아이 위로 나를 걱정시킨 저 익명의 불안이 떠돌고 있었다. 어떤 것이 (하지만 정녕 무엇인지? 아마도 어떤 저의일지) 내 시선에는 가려져 있었다. 그 신비 위로 행복이 놓여 있었건만 그 행복은 암암리에 위협받는 그런 행복이었으니, 정말 있을 법하지 않은 그 고장에서 말이다…… 나는 어떤 욕망이, 어떤 야생의 사랑이 그 고장을 가로질러 사람들 주변을 헤매고 있는 것을 느꼈다. 그러다가 간혹 그것이 대지 아래로 감춰진 길을 택하면, 온갖 식물들이 전율에 몸을 떨었다. 어떤 짐승, 괴물 같은 뱀이 식물들의 뿌리까지 몸체를 처박으며 은밀하게 그 식물적 힘의 정수를 노리고 있었다고나 할까. 거기 제 납작한 대가리를 갖다 댐으로써 나무들의 순수한 생명력에 제 영향력을 행사하면서.

나무가 타들어가는 불에서 올라오던 연기가 차츰 짙어지며 얼굴들이 하나씩 하나씩 연기 안에 녹아들었다. 연기가 번지면서 그 고장은 색과 형태와 미덕을 잃어갔으나, 그럼에도 그 연기는 향기를 풍겼다. 소나무와 노간주와 도금양의 정수에서 나온 연기 기둥이었다. 곧이어 이 연기가 내 꿈 전체를 뒤덮더니 곧이어 가벼운 소리, 목소리들만이 남아 들려왔다. 비물질적인 환영의, 비물질적인 긴 작별 인사라고나 할까. 이 소리는 내가 꾼 꿈의 신비로움을 오래 연장해주었다. 보이지 않는 한 존재, 어떤 목소리가 이따금 곁에서 들은 바 있는 한 이름을 부르곤 했다. 그이는 분명, 이 상상 적 고장의 거주자이리라. 그 목소리는 이아생트 하고 속삭였다. 그러나 이아생트는 대답하지 않았고, 차츰 목소리는 약해지면서 꿈의 먼 자락으로 멀어지며 나에게서 떠나갔다. 그러곤 모든 것이 조용해졌다. 수탉 한 마리가 창밖에서 노래했다. 친근한 들 위로 동이 트고 있었다. 나는 치유되었다.

VII

휴양 기간을 보내러 간 곳은 아멜리에르의 베르젤리앙 신
부님 댁이었다.

헛소리 상태에서 완전히 깨어났을 때 신부님이 방에 앉아
계신 걸 보았다. 시도니는 침대 발치에서 나를 바라보고 있
었다. 바깥에서는 9월의 아름다운 아침이 열리고 있었다. 나
는 아주 허약했지만 행복했다. 그래서 신부님이 나를 댁에
데리고 가겠다고 했을 때 거절하지 않았다. 내가 깨어나기
전에 모든 사람이 그렇게 하기로 동의한 듯했다. 아그리콜
은 경작지를 맡았다. 그는 말수가 적고 믿음직스러웠다. 난
신뢰감에 차서 모든 걸 그대로 수용했고, 엿새 후 아그리콜
이 조심조심 모는 마차를 타고 리귀제를 떠났다.

아멜리에르까지는 적어도 세 시간이 필요했다. 우리는 제
일 좋은 길, 그러니까 제일 길고 오래된 길을 택했는데 평탄
한 들에서 꽤 지체하는 길이었으니 회복기 환자에게 걸맞은
노선이었다…… 밭 가는 모습에 언제나 그렇듯이 가슴이 찡
해진 아그리콜은 서두르지 않고 경작지 상황을 자세하게 일

러주었다. 저기 올리브 나무숲이고, 더 멀리는 작은 포도원인데 계단식으로 산허리에 연결되어 있다며. 때로는 참지 못하고 아예 멈춰 서서 포도송이가 익어가는 잎이 무성한 포도 그루 앞에 태평한 노새를 세운 다음, 그 포도송이가 가져다줄 포도주 품질을 예견하기도 했다. 수확기가 가까웠던 터라 포도를 기다리는 큰 확 아래 대지의 기운은 벌써 발효를 시작하고 있었다.

베르젤리앙 신부님은 나를 위해 사제관 정원으로 창이 난 예쁜 방을 마련해두었다. 집 전체에 순수와 평화의 기운이 넘쳤다. 벽들은 제향 냄새를, 옷장들은 수레국화나 라벤더 향을 풍겼다. 집 안은 고요하고 질서가 잘 잡혀 있으며 관례는 단순하고도 흐뭇했다. 나이 지긋한 하녀인 쥘리에트는 가끔 웃을 줄도 알았다. 하지만 매우 신중한 그이는 거의 보이지 않았다. 가끔 그이가 지나갈 때도 그저 그림자만 스치듯 했다. 신부님은 다정했고 잠시 말 상대도 되어주면서 평화를 선물하고는 사라졌다. 나는 자유롭다 느꼈지만, 모르는 사이 간호받는달까 혹은 보호받는달까 하는 상태였다. 시도니가 먼저 보고 싶었다. 하지만 그녀가 없는 상태를 받아들여야 했다. 시도니는 리귀제에도 누가 있어야 한다고 주장했던 것이다. "저는 여기서 메장 씨를 기다릴 거예요" 하고 고집부리며 말한 바 있다. "저는 기다릴 줄 압니다. 제가 잘하는 일이죠." 그러니 나는 맘이 편했다. 신변 만사가 잘 건사되고 있어서 기쁜 마음으로, 내 안녕과 재산, 건강과 욕구 그리고 내가 사랑하는 전부를 다른 이들 손에 맡길 수 있었다. 나는 두루 우호감을 느끼며 몸과 정신이 가벼워졌다. 기꺼이 만끽하는 이런 태평스러움 덕분에, 뜻밖에 도로 젊어지는 것 같았다.

하지만 건강은 아주 조금씩 되돌아왔다. 매일 나아지긴 했지만 느렸다. 이 느림이 회복기를 더 기껍고, 어쩌면 더 소중하게 누리도록 이끈 것 같다.

우선 나는 아이를 염려하지 않았다. '섭리'가 빛을 발하는 배려 깊은 질서 속에서 다시 태어나고 있었기에, 이런 특은이 펠리시엔에게까지 뻗쳐 있을 거라 생각되었다.

그런데 신부님이 여자아이 이야기를 건넸다.

"아이는 돌아갔어요(라고 어느 아름다운 저녁나절 일러주었다), 게리톤네로. 아이를 데려가는 게 약간 힘이 들었지요. 하지만 메제미랑드 덕분에……"

신부님은 말을 맺지 않았다.

"아 그래요, 메제미랑드는 어디 있지요?" 나는 물었다.

신부님은 미소 지었다.

"그이가 돌아오면 보게 되겠죠. 여행 중입니다."

사제관의 비둘기들이 아침이면 창가에 와 앉곤 했다. 이제 막 시작된 가을이, 저물어가기 시작하는 한 해의 이 시점에, 놀라운 순수함을 보이는 여름의 선명한 날씨를 아직 이어가고 있었다. 따스함을 즐기는 새들은 찬란한 태양이 있는 이 여름 나기 장소에 영원히 머무는 것 같았다.

이윽고 나는 걷게 되어 정원에 내려가보았다. 커다란 안락의자에 앉아 감초 향을 맡으며 오전 나절을 보내곤 했다. 덩굴시렁 아래로 네댓 명의 어린이들이 서로서로 붙어 앉아 신부님 앞에서 교리문답을 암송하고 있었다.

저녁나절도 상쾌했다. 신부님은 테라스로 나와 내 의자 곁에 앉았다. 마을 소식이며 한창 진행 중인 포도 수확 얘기를 전해주었다. 하느님에 대해 말씀하신 적은 없지만, 그분 안에서 모든 것은 하느님과 영원을 호흡하고 있었다. 맡고 있는 성당에 대해 돌 하나까지 다 알고 있었다. 내게 털어놓기를, 주主 제단 아래를 파다가 대리석으로 된 부조浮彫를 발견했다고 한다. 수염이 난 신神이 새겨져 있었는데(신부님 생각으로는 목신牧神이라고 했다), 음률에 도취한 네 마리 야생동물들 앞에서 피리 부는 모습이었다고 했다.

"그걸 그냥 그 자리에 뒀습니다." 신부님은 천진하게 털어놓았다.

그분이 사제관에서 나갈 때면, 가끔 비둘기 두 마리가 날아올라 그분 가는 길을 잠시나마 동행하곤 했다. 신부님은 정작 모르는 듯하다. 하긴 사목상의 외출을 제외하곤 나가는 일이 드물었다. 그래도 신부님은 모든 걸 다 알고 계셨다. 아무리 작은 사건이라도 설명 불가한 경로들을 통해 알고 계셨다. 덕분에 나도 하루하루 리귀제에서 일어나는 모든 일을 듣고 있었다. 정말 기적 같았다.

저녁 식사 후 잠시 책을 읽거나, 지난 세기에 나온 『여행의 역사』에 실려 있는 판화를 함께 감상하기도 했다. 가끔 신부님은 어떤 장면, 풍경 혹은 기념 건물에 대해 설명해주기도 했다. 내가 당신의 지식에 놀라면 약간 거북해하면서 얼른 책장을 넘겨버렸다.

일찍 자리에 들었다. 나는 꿈에 시달리지 않고 오래 푹 잤다. 정말 회복기에 접어들었다. 잠이 들기 전엔 성당 문을 닫으러 가는 신부님 발소리를 들을 수 있었다. 그런 다음 완전히 맘이 놓여 사제관의 다른 이들과 더불어 휴식에 빠져들었다.

하지만 어느 밤에 (그때 우연히 잠들지 않은 상태였다) 정원의 종이 들릴락 말락 땡그랑거렸다. 덧창 하나가 열렸다. 누가 계단을 내려갔다. 속삭이는 소리가 들렸다. 정원 안쪽에는 기다란 접견실이 있다. 방문객이 떠나고도 오랫동안 깨어 있었다. 집 안에서도 말소리를 들은 것 같다. 이윽고 목소리들이 잦아들었다.

그다음 날 쥘리에트가 신부님이 안 계신다고 알려주었다. 묻진 않았지만 호기심이 일어 밤이 내리도록 매사에 쫑긋 서 있었다. 허사였다. 혼자 저녁을 먹었다. 날이 아주 좋았으므로 식사 후 테라스에 바람을 쐬러 나갔다.

거실의 창 겸 문을 통해 전해오는 램프 불빛이 나를 평화롭게 비춰주었다.

9월의 첫 저녁나절들은 8월의 밤 같은 더위를 간직하고 있으면서도, 사람의 몸을 더 태평스럽게 하고 감동에 젖게 하는 어떤 나른함이 감돈다. 더 절실한 관능을 느끼게 되는 시점이다. 하늘과 물과 숲이 여름 같지 않고, 기운이 작열하던 여름을 벗어나면서 서서히 이울어지는 듯하다. 마치 피로를 느끼는 인간처럼. 나는 아직 온기를 지닌 밤의 초입에 이런 9월 날씨와 내 피가 호응하는 것을 누리고 있었다. 계절의 즐거움과 무관한 것은 생각에서 물리치면서. 하느님의 집에 깃든 평화와 인간의 정원에 깃든 평화는 내 심장의 박동마저 편안하게 해주었다. 나는 행복했다. 나는 소박함만을 원했다. 정원으로 베르젤리앙 신부님이 당신의 벗인 메제미랑드와 함께 들어서는 것을 보았을 때 딱히 놀라지도 않았다. 그들이 때맞춰 오리라는 걸 확신하고 있었던 거다.

"메장 씨, 이제 다 나으셨군요. 보아하니 그렇습니다. 얼굴이 특히 좋아 보여요. 평화로워 보입니다." 메제미랑드가 말했다.

그는 내 곁에 앉았다. 신부님도 그렇게 했다.

그제야 나는 물어보았다.

"내게 무슨 일이 있었던 건가요? 아직도 꿈을 꿉니다…… 분명 멀리까지 갔다 온 것 같은데…… 당신이 내 생명을 구해주었어요……”

메제미랑드는 심각해지더니 고개를 끄덕였다.

“마법에 걸렸던 거죠.” 그는 내가 처음엔 잘못 들었다고 생각할 만큼 아득한 목소리로 웅얼거렸다. “메장 씨는 믿기시는지?”

“아이구 맙소사.” 나는 그저 막연하게 말했다……

그러나 그가 내 말을 잘랐다.

“저 기이한 숲에 들어가, 길든 새들과 동물들 사이에서 꽃을 꺾고 있던 여자아이를 발견한 그날 아침을 기억하시나요?……”

나는 그렇다는 몸짓을 했다. 그러자 그는 더 나지막이 말을 계속했다.

“당신도 그 포획 원 안에 들어갔던 겁니다. 금지된 세상을 바라보고 있었던 거예요…… 제 말, 잘 알아들으시겠어요?…… 신비의 금역禁域이 있는 터라……”

나는 귀를 기울였다. 그는 더 낮은 목소리로 말을 이었다.

“삶엔 신비가 있기 마련이죠…… 그런데 오늘날 세상에는 그에 접근할 수 있는 자가 거의 없습니다……”

신부님은 고개를 숙이면서 생각에 잠겼으나 입은 열지 않았다.

“그래도 있긴 하지요.” 메제미랑드는 계속했다. “이 고장에도 한 사람 있습니다…… 오래전부터 있던 사람은 아니고요. 저번 겨울, 성탄 무렵에 여기 온 것 같습니다…… 당신이 그를 봤을 수도 있습니다…… 누가 아이를 데려왔을 때 그가 보리솔에 있었습니다…… 그이가 바로 아이를 내버린 거죠…… 예, 노인입니다…… 그의 자취를 밟는 데 여러 달 걸렸습니다…… 바로 그 사람이 당신 기억도 앗아버리려 했습니다…… 하지만 다행히 '벽사辟邪 표징'이 있었지요……"

그가 자기 이마를 짚었다.

"성심과 십자가랍니다." 그는 소박하게 말했다.

신부님은 고개를 들고 메제미랑드를 쳐다보았다.

늦은 밤이었다. 온 마을이 성당을 둘러싸고 다 잠들어 있었다. 가끔 새 한 마리가 가까운 나무 위에서 울었다. 그러자 메제미랑드가 말했다.

"제가 아이의 이름, 진짜 이름인 세례명을 찾아냈습니다. 직접 아이를 그 이름으로 불러보기도 했어요, 아이 정신이 돌아오도록. 내가 '이아생트!' 하고 발음하면, 아이는 놀라며 나를 바라보기는 해도 대답하진 않더군요……"

그는 침착한 어투로, 사리에 맞게 목소리를 낮춰 말을 이어갔다.

"…… 애를 써보았어요. 무無에서 그 생명체의 비밀을 몇 가닥 끌어냈죠…… 거의 믿기 힘든 이야기죠……"

아닌 게 아니라 그가 들려준 이야기는 거의 믿기 어려웠다.

그는 아이가 한 마을에서 납치된 건 알았지만, 그곳이 어디인지에 대해선 입을 다물었다…… 한 노인이 도착했었다. 어디서 온 사람이었던가? 아무도 답하지 못했으리라. 분명 아주 멀리서 온 사람이다. 어쩌면 바다 너머 있다는 마법의 나라에서…… 그는 혼자 산에 정착했다. 그 높은 곳에서, 그 고장에서 사람이 기억하는 한 한 그루 관목조차 본 적 없는 그곳 대지를 일궈 커다란 과수원을 조성했다. 몇 달 만에 기적적으로 잘 자라났다. 바위가 몹시 단단하고 물이 드문 곳에서 말이다…… 그러나 이런 사실에 더해 더 놀라운 점은, 노인이 모든 동물을 길들이고 있다는 소식이었다. 그는 (사람들 얘기로) 마을의 어린 소년까지 그리하려고 했다. 아이는 노인의 마법에 저항했고, 화가 난 노인은 대신 이아생트를 납치해 갔다. 그리고 사라지기 전 자기 과수원에 불을 질렀다고 한다……

"왜 그는 아이들을 사로잡아 동물처럼 길들이려 했을까요? 소년도 그렇고 이아생트를 데려가버리다니?…… 아마 계획이 있었겠지만 무슨 계획이었을까요?" 메제미랑드가 말을 이었다.

그는 고원 쪽에 나 있던 어떤 자취에 대해 말을 했고 이제는 버려진 낡은 집, 대피소에 대해 언급했다……

나는 말했다.

"그 높은 곳에 마법사들이 살던 옛 영지가 있다고 하던

데요……"

그는 소스라쳤다. 그러나 대답하지 않고 다시 이아생트에 대해 얘기하기 시작했다.

말하는 내내 그는 흥분했다. 이윽고 갑자기 입을 다물었다. 우리는 더 듣고 싶어서 초조히 기다렸다. 그러나 홀로 생각에 사로잡힌 나머지, 자기가 시작한 그 기이한 속내 이야기를 더 이상 털어놓고 싶지 않은 듯 보였다. 아주 한참을 뜸 들이더니 이렇게 말했다.

"제 생각으로는 노인이 실패한 것 같습니다……"

그는 실망하고 불만스러워 보였다. 웅얼거리듯 덧붙이기를,

"그렇지 않다면 어린 이아생트를 내버렸겠어요? 아아, 그이는 우리에게 익명의 피조물을 내던져놓은 거죠. 제 이름을 불렀는데도 무표정한 아이, 그게 어디 인간이라 할 수 있나요?……"

그는 몽상에 잠겼다. 이윽고 슬픈 듯 한숨을 내쉬었다.

"참 고운 이름인데……"

이 이름이 그를 다시 오래도록 꿈에 잠기게 했다. 우리는 그가 웅얼거리는 소리를 들었다.

"그래도 대단한 노인이죠. 한데 무엇 한 끗이 부족했던 걸까요?"

"아마도 사랑이었을 겁니다." 신부님이 답했다.

메제미랑드는 일어나 작별 인사를 하고 정원을 떠났다. 신부님이 그를 배웅했다. 나는 테라스에 남아 있었다. 문이 도로 닫히는 소리가 들렸다. 신부님이 돌아왔다. 그러나 교리문답을 가르치곤 하는 비둘기집 근처 포도 덩굴시렁 아래에 멈춰 섰다. 그 모습이 잘 보이지 않았다. 움직임도 없었다. 분명 기도하고 있었으리라……

조심스레 일어나 방으로 물러났다.

하지만 잠을 이룰 수 없었다. 메제미랑드가 들려준 이야기에 동요된 탓이었다. 그 이야기는 내가 꾼 꿈의 후속편 그 자체가 아니던가. 리귀제의 내 방에서 회복되던 날 아침, 동트기 전 꾸었던 그 꿈의……

휴양 기간은 잘 끝났다. 메제미랑드는 먼 길을 떠났다.

나도 며칠 뒤 집에 돌아왔다.

VIII

그 후 3년간 아멜리에르와 리귀제에서 일어난 일들은 이야기하지 않으련다. 삶이 제 궤도에 돌아왔기 때문이다. 그러니 이 이야기에 담을 만한 특별한 사건은 없다.

회복은 빨랐다. 신부님은 여전히 교리를 가르치고, 혼배미사를 올리고, 강복하고, 벌들을 기르고, 키우는 비둘기들에게 빵을 준다. 당신은 서서히 그리고 온화하게 노경에 접어들었다. 여든은 되었겠지만 그 순수한 몸은 고요했고, 영혼은 선함과 믿음으로 늘 땅과 하늘에 닿아 있었다. 우리는 편지를 주고받았고 나는 그분을 뵈러 가기도 했다.

아이는 봄과 여름에 걸쳐 게리톤과 살았다. 리귀제에서는 가을과 겨울, 6개월을 보냈다.

"리귀제에서 제일 탈이 없는 계절은 가을, 겨울이지요. 당분간은 아이가 위험해지지 않을 겁니다. 4월이나 7월에는 아이를 혼란에 빠뜨리는 야생적 자연과 거리를 두는 시간이 필요해요. 그리고 아이를 지켜볼 아주 순수한 사람들이 필요하겠죠…… 시도니나 메장 씨 당신 말고요"라고 메제미랑드가 말한 바 있다. 약간 짓궂은 투로 그이는 이렇게 중얼거렸다. "두 분은 그리 단순한 편은 아니시니까. 본 바가 있죠…… 하지만 게리톤은 천사입니다……"

이렇게 말한 후 그는 사라졌다. 마치 구름이나 그림자처럼, 바람 한 자락처럼……

그는 여행을 떠난 것이다. 가끔 소식을 전해 들었다.

시도니는 기다리고 있었다. 별로 늙지도 않았다. 아이가 집에 있을 적이면 아이에게 온 정성을 기울였다. 아이가 가고 나면 자신의 그 수수께끼 같은 질서 감각으로 과수원의 손님용 별채 정리에 남은 시간을 바치곤 했다. 나는 모른 척했으나 그녀가 방을 항시 준비해두고 건사하는 것이 분명했다.

아르나비엘과 아그리콜은 종교적이기까지 한 정성을 쏟으며 맡은 일을 계속했다. 가축들도 번성했다. 대지는 아름다웠다. 그러나 아멜리에르 저 위, 물이 부족해 황폐해지기 시작한 보리솔에는 변화가 없었다. 가끔 올라가보았으나 샘에는 물 한 방울도, 과수원에는 이파리 한 장도 없었다. 그냥 남겨두었던 나무들은 죽거나 마른 채 바위에 붙어 있었다. 그 어떤 희망도 없었다. 집만 건사했다. 집은 살 만한 상태를 유지했다.

목수는 게리통의 묘지를 늘 돌보았다. 나도 1년에 두어 차례 꽃다발을 들고 찾아갔다. 2월 17일이면 신부님은 위령미사를 올렸다.

날이 좋고 시간도 있을 때면 마차를 준비해서 로크도두로 게리톤을 보러 간 적도 있었다. 게리톤은 여동생인 마르슬린 집에서 여자애와 함께 살고 있는데, 집에 방문하면 날 맞느라고 전력을 다했다. 복숭아며 멜론, 오렌지가 있으면 챙겨 갔다. 오렌지를 보면 두 여인네는 감동하곤 했다. 마르슬린이 손아래였지만 나이 차는 별로 없었다. 아직 건장하고 약간 투박하기까지 했다. 게다가 머리며 가슴이며 강한 의지가 느껴졌다. 게리톤은 여동생을 아꼈다. 마르슬린은 게리톤을 끔찍이 위했다.

아이는 성장하고 있었다. 자신을 위해 세세히 정성을 기울이는 두 할머니 사이에서 무심하고 태평했다. 주의력이라든가 우정, 농담 그 어느 것도 아이에게 미치지 못했다. 그저 평온하고 바람이 살짝 불면 동요하여 온갖 영상들을 따라가다가 그만 잊고 마는, 연결성 없는 영혼 상태만 보였다.

내가 도착하면 아이는 약간 놀라는 기색 한편으로, 조금은 기뻐하는 듯 보였다. 하지만 그것도 잠시뿐이었다.

리귀제에 돌아오면 절로 이런저런 제 습관을 되찾았다. 과거를 잊은 정신세계를 헤맬지언정, 이렇게 알아보는 일이 기억 아래 어딘가에서 이루어지는 듯했다. 장소며 사람들이며 행동들이 순수한 무의식 속에서 다시 태어나는 모양으로, 아이는 잃어버린 것을 되찾곤 했다. 그런 상실을 의식하지도 못한 채 말이다. 그 어디에서든 아무것도 아닌 아이는 어디서건 제집에 있었다.

우리는 그 아이를 사랑했다.

왜 사랑하는지 이유는 모르겠다. 아마도 시도니와 나는 아이의 사람이 아닌 듯한 천성에 이끌렸는지 모른다. 워낙 그런 나머지, 그 기이함은 신비 가득한 매혹으로 여겨졌을 터. 어둠에 잠겨 있는 아이의 운명과 관계된다고 짐작되는 그 무엇에 의해서가 아니라, 어떤 위험이 여전히 도사리고 있는 것처럼 보이는, 이 움직임도 없고 비인간적인 바로 그 얼굴로 아이는 우리를 끌어들였던 것이다.

아이는 아름다웠다. 아니, 차츰 알게 모르게 그리되어갔다. 하루하루 이 아름다움은 더 깊은 다른 아름다움에서 나오는 것 같았다. 이 육신 안에, 보이는 얼굴 안에, 아직은 불분명한 형태의 비물질적인 윤곽이 가끔 떠오르는 것이 보였다. 하지만 거기 닿을 순 없었다. 그냥 그럴 것이라 짐작할 뿐. 영혼의 작용이 아니었다. 이 존재 안에는 영혼이 부재했다. 형태에 선행하는 이데아 같은 것이랄까. 아마도 활짝 개화하기 위해 강렬한 한마디만을 기다리는 가능태로서의 피조물이라고나 할까. 그러나 아무도 그걸 몰랐다.

나처럼 누군가에게는 거의 느끼지 못할 정도로 시간은 담담하게 흘러갔다. 나는 매일 하루하루 살았다. 한편 더 명민하고 상상력이 활발한 이들, 자신들의 열정에 더 몰입하

는 다른 이들에게 시간은 회한을 거느린 채 온갖 꿈을 부추
겼다.

IX

앞에서 말한 사건들이 있은 지 3년 후 사촌 메그르뮈가 나를 자기 집에 초대했다. 나는 북아프리카 두가에서 1월과 2월을 지냈다. 이 지방에 호기심이 동해 그다음 몇 주를 여행 다녔다. 나는 걱정할 일이 없었다. 리귀제에는 시도니와 아그리콜, 아르나비엘이 그리고 내 집과 땅, 가축들이 모두 잘해나가고 잘 건사되고 있었다.

나는 4월이 되어서야 돌아왔다.

방심한 나머지, 시도니에게 정확한 날짜를 알리는 걸 잊어버렸다. 그러니 온다는 기별도 주지 않은 채 4월 16일 아침 리귀제에 도착했다. 아무도 날 마중 나와 있지 않았으므로 큰 가방들은 역에 맡겨두고 걸어서 집으로 향했다.

마을을 지나 언덕에 멈춰 서서 제일 먼저 내 땅을 바라보았다. 거기서 1킬로미터, 미루나무들이 서 있는 개울과 구릉 사이에 잘 일구어진 경작지가 넓게 펼쳐져 있었다. 포도나무들이 앞에 있었고 그 너머로 밀밭이었다. 구릉 아래 과수원과 세 계단을 이루며 예쁘게 서 있는 올리브 나무들. 오른쪽으로 아그리콜네 집에서 연기가 피어오르고 있었다. 왼쪽으로는 리귀제가 나무들 아래 안겨 있었다. 아무도 눈에 띄지 않았다. 모든 것이 질서 정연한 모습이었다. 의당 가슴이 벅차올랐다. 저기 보이는 것이 내 소중한 사랑의 대상 아닌가.

나는 기꺼운 마음으로 다시 길을 걸어 리귀제에 닿았다. 깜짝 출현으로 시도니를 놀라게 할 생각에 즐겁기까지 했다. 그러나 대문 앞에서 망설여졌다. 이상한 느낌이 들어 멈춰 섰다. 무언가가 바뀌어 있는 듯 보였다. 다 알아보고 분간이 되면서도, 정작 문을 열려 하니 의문 한 자락이 스며들었다. 뭐가 있을까?…… 예민해진 나는 큰 소리로 시도니를 찾았다. 아무도 답이 없었다. 나는 들어갔고 (대문은 열려 있었다) 큰 소리를 부러 내면서 의자를 끌었다. 그 소리에도 아무런 응답이 없었다. 부엌에 가보았다. 깨끗하니 잘 정돈되고 반짝이는 부엌의 개수대 위 단지에는 신선하기 그지없는 물이 가득했다. 위층으로 올라가서 방 하나를 열어보았다. 창들은 닫혀 있고, 침대 위에는 먼지가 앉지 않게 커다란 덮개가 씌워져 있었다. 나는 덧창을 열고 바깥을 내다보았다. 아몬드 나무들이 대기를 향긋하게 물들이고 있을 뿐, 밖에도 그저 고독만 감돌았다.

시도니 그림자라도 거기 있으려나 기대하면서 과수원 안을 바라보았다. 시도니는 없었다. 과수원도 집과 같이 인적이 없었다. 적어도 아무도 보지 못한 내 시선을 믿고, 아무 소리도 듣지 못한 내 귀를 믿자면 말이다. 마법에 걸린 세상…… 하지만 누군가가 있었다…… 어디에 그리고 누구였을까?…… 평화로운 누구, 내가 온 것을 알지 못하는 누구…… 나는 정말이지 갈피를 잃었고, 다시 아래층 거실로 내려왔다.

시도니가 거기 있었다. 거실 가운데 서 있었다. 도대체 아무 기척도 없이 어디서 마법처럼 솟아 나온 것일까. 나를 보고 놀라 창백하니 눈을 반짝이면서, 두 손은 파란 천으로 된 커다란 앞치마를 움켜잡고 그녀는 움직이지 않았다.

"어이쿠 시도니?" 놀란 나는 말했다.

그러면서 생각하기를, 누가 집에 있는 것 같다고 여겼는데 그건 집 여기저기를 오간 시도니였다고…… 하긴, 그리 생각할 수밖에 없을 터. 그럼에도 불구하고 그 생각을 하는 바로 그 순간에도, 다른 누군가가 있다는 걸 느낄 수 있었다.

"정말 집에 오자마자 허깨비를 보는구먼. 또 머리가 어찌된 건가……" 나는 웅얼거렸다……

시도니가 마침내 입을 열었다. 내가 온다는 걸 알렸어야 했다고. 아까는 겁이 나기까지 했다고. 그러고선 내 방과 점심을 준비하러 갔고, 장작을 패고, 짐을 풀었다…… 이 모든 일을 그녀는 거북하니, 감추긴 했지만 속상한 내색으로, 간혹 예상치 못한 말을 흘리면서 했다. 나로서는 시도니가 평상시 얼마나 말을 절제하고 절도 있게 하는지, 말뿐만 아니라 손가짐과 얼굴 표정도 그러한지를 잘 아는 터라 이런 혼란이 당혹스러웠다. 내게 말을 하면서도 다른 생각에 빠져 있었다. 단어며 표현이며 행동거지 모든 것이 그런 상태를 드러내고 있었다.

나는 모른 체하고 그녀를 안심시켰다. 그러자 정말 서둘러 나가버렸기에 마음이 좀 언짢았다. 여행이 어땠는지 한마디도 묻지 않았다. 하지만 걱정스러운 그 모습. 내가 별안간에 돌아와서 불만이었을까? 어떻게 생각해야 좋을지 몰랐다. 그녀의 후의가 어긋난 적은 한 번도 없었는데. 내가 태어나는 걸 본 그녀와 나는 서로 사랑하는 사이 아니었던가……

실망한 나는 이런 의심이 들었다. 좋지 않은 계제에 집에 돌아온 걸까? 이런 의혹이 불편했기에 기분도 좀 상했다. 하지만 다시 돌아온 시도니는 서둘러 식사를 잘 차려주었다.

점심을 먹고 아그리콜과 아르나비엘을 보러 갔고, 다시 돌아와 가방 정리를 마저 한 다음, 저녁 식사 후 열 마디도 하지 않은 채 방으로 물러갔다. 말이 없는 나 때문에 시도니가 불편해했다. 당황하고 반성하는 태도를 보니 부끄러워졌다. 하지만 다음 날도 고집스레 굴면서 그녀를 관찰했다. 처음으로 시도니는 후회, 아니 영혼의 거북함을 느낀 것 같았다. 내게 털어놓음으로써 홀가분해졌을 어떤 무게를 가슴에 얹은 그녀는 그 고백을 감히 하지 못했다. 심각한 일이었을까?…… 나는 아이 생각을 했다. 그러나 최근까지 좋은 소식을 듣지 않았던가. 시도니도 다 인정했듯이. 아이는 잘 자라고 있으며 건강하다고 했다. 그 외에는 별반 새로운 소식이 없었으니 전하지 않았을 터이고. 하긴 무슨 소용이었으랴?……

말한 바 있지만 나는 표징을 믿는다. 시도니가 내게 털어놓지 못하는 (문득 그런 생각이 들었다) 바를, 어떤 이미지, 어떤 사물, 어떤 뜻밖의 행동이 대신 조만간 알려줄 것이다. 가장 강력한 알림도 대개 인지되지 못하고 흘러가버리는 이런 영역을 조금이라도 밝은 눈으로 보아내기만 한다면. 표징을 믿는 자는 표징을 보게 되는 법. 오래 걸리지 않았다.

우리 집 장식장 위에는 촛대 두 개가 언제나 놓여 있었다. 순구리로 된, 번쩍이는 촛농 받침을 가진 촛대였다. 당연히 잘 닦아 윤이 나는 모습. 정말이지 시도니는 그 촛대들을 아끼며 높이고 있었다. 내가 기억하는 한, 거기 양초나 일반 초가 꽂힌 적은 없었다. 그건 우리 집을 지키는 두 개의 상징물로서, 오직 빛의 신성한 방사에 윤나는 금속의 광채로 답하는 기능만을 가진 존재였다.

그런데 이제, 내 앞에, 이 두 촛대에, 각각, 작지만 진품 밀초가 꽂혀 있었다. 아직 쓰지 않은 초였다. 심지가 불탄 흔적 없이 하얗게, 아직 단단한 밀랍 원기둥 위로 서 있었다. 내 경험상 시도니는 (거의 말이 없지만) 큰 축일이나 기념일에 초자연적인 사건들을 초를 밝혀 기념한다는 걸 알고 있었다. 초가 타지 않은 상태로 보아, 나는 아직 그 사건이 도래하지 않았다고 결론 내렸으나 곧 임박했음을 느낄 수 있었다. 그러자 마음이 홀연 가벼워졌다.

X

　그다음 날 아침 메제미랑드의 편지 한 통이 리귀제에 닿았다. 메제미랑드는 아멜리에르에서 내게 편지를 쓴 것이다. 그도 여행에서 막 돌아왔고 사제관에 가보았다 한다. 내가 귀국한 걸 알고 (참 어찌 알았는지 신기하다!) 몇 가지 소식을 전해주었다.

　중요한 소식이었다.

　게리통과 펠리시엔이 보리솔에 있다고 한다.

　매년 2월이면 다정했던 게리통의 무덤에 손수 꽃을 바치고, 우리와 함께 위령미사에 참석하고자 아멜리에르에 오는 게리통은 "성탄 미사 다음으로 겨울에 드리는 가장 아름다운 미사예요"라고 진심으로 말하곤 했다. "모든 게 다 있어요." 아닌 게 아니라 참 아름다운 미사였다. 마을 전체가 진심을 담아 모였다. 우리, 그러니까 아그리콜과 아르나비엘, 시도니와 나, 즉 리귀제 전체가 참석했…… 신부님은 평소보다 더 우의와 열성을 담아 집전했다. 다정한 감동이 모두의 마음을 움직였다. 울지 않고 모두 기도했다. 그럴 때 정녕 하느님이 거기 계셨다. 사람들은 게리톤 오른쪽에, 바로 기둥에 기대어 계신 그분을 보는 듯했다. 하지만 그 누구도 감히 똑바로 바라볼 엄두를 내지 못했다. 그분은 가만히 거기 계시다가, 미사가 끝나자 당신의 천사들에 에워싸여 떠나셨다.

게리톤에게는 행복하고 멋진 날이었다. 그녀는 한 해 내내 그분만을 기다린 것이다. 열한 달 열두 달 이윽고 이런 행복……

주임신부의 사택에서 2~3일 휴식을 취한 후 그녀는 로크도두의 여동생 집으로 돌아갔다. 보리솔까지 올라간 적은 없었다. 아이를 데리고 간 적도 없었다.

그런데 이제 이 창창한 4월에 두 사람이 저 높은 곳에 단둘이 있다니.

급행 마차를 타고 어느 좋은 아침나절 도착했다는 게다.

사제관에서는 크게 놀랐다.

"메장 씨도 나쁘게 생각하지 않으실 겁니다." 그녀는 집 열쇠를 받으며 말했다 한다. "잠깐 둘러보고 좀 정리나 하게요……"

"무슨 정리를?" 신부님이 되물었다.

그리고 친히 게리톤과 함께 올라갔다. 그녀가 이렇게 되돌아온 것이 신부님에겐 걱정스러웠다. 그곳에는 추억들과 이제 초라해진 정원뿐인데…… 하지만 보리솔에 도착한 게리톤은 다행히도 완벽히 침착했다. 덧창을 열고 환기를 하고 벽장문도 열고 옷장 안도 살펴보았다.

"모든 게 아직 괜찮군요." 그녀가 흡족해서 말했다.

하지만 황폐해진 과수원을 보더니 거의 울상이 되었다.

"무슨 기적이 있지 않고서야……" 그녀는 고개를 저으며 인정했다.

그녀 곁을 떠나지 않으며 신부님은 이렇게 말했다(무언가 꼭 말해주어야 했다는 듯이).

"물 때문입니다. 아시다시피…… 물이 사라져서……"

그녀는 깊은 생각에 잠겼다.

"그럼 물이 되돌아올 수도 있어요…… 물만 있으면 정말 모를 일이죠. 하지만 나무는 다시 심어야겠지요. 그런 다음 20년은 기다려야죠. 땅이 비옥하지 않으니까요. 전부 자갈이지요. 바위가 나무를 키워주지는 않으니까요…… 그러나 주는 것이……"

이런 말을 나누는 가운데 (신부님이 미리 넌지시 알린) 목수 베롤이 양팔에 바구니 하나씩을 걸친 채 도착했다. 베롤도 즉각 이렇게 말했다.

"짚이야 있겠죠. 제가 곳간에서 자겠습니다. 여자 둘만 이 바위산 위에 남겨둘 수 없지요. 여우와 독수리 사이에서 말입니다……"

그는 잠자리를 잡았다.

여전히 걱정하는 신부님은 (하지만 베롤 덕분에 다소 안도하면서) 아멜리에르로 다시 내려왔다.

거기서 그분은 메제미랑드를 먼저 만난 것이다. 그런데 메제미랑드가 쓰기를,

"이번 겨울과 작년에 보리솔을 살펴보았습니다. 장기간에 걸쳐 꼼꼼하게, 어떤 선입관도 갖지 않고 말이죠. 부지도 측량하고 지세와 설계도도 비교·검토했습니다. 샘과 과수원도 보았습니다. 경사면 각도도 재어보았고요. 그리고 해시계 타작마당 도면도 발견했습니다. (발견 당시 가슴이 어찌나 뛰던지!) 그곳은 정령이 감도는 장소, 영혼들을 위한 거처, 특정한 방향을 택한 곳이었어요…… 마당 주위에 여러 형상이 새겨져 있었습니다. 해시계의 표식들과 금언과 교훈의 말 그리고 별자리 뜻이며…… 온갖 알림장같이…… 메장 씨, 보리솔 위로 어떤 행성이 곧 다가올 겁니다…… 조금만 더 있으면 그 별은 에스칼 위로 나타날 겁니다…… 그러나 우리가 좇아가는 이 별들, 보이지 않는 천문도天文圖상의 다른 천계를 추구하는 우리에게, 길벗이여, 우리 머리 위로 빛나는 하늘과는 아마도 다른 하늘에서만 이 별들의 보이지 않는 빛을 볼 수 있음을 그대는 아는지요?"

그의 편지는 마음을 뒤흔들었다. 방에 혼자 있던 터였다. 가끔 내 과수원인 아르뷔스틴에서 꽃 핀 산사나무 향기와 소나무 수액 냄새를 약간 지닌, 피어난 화덕의 열기를 간직

한 아직 따스한 가벼운 연기 한 줄기가 건너왔다.

"내 정원에 누가 불을 지폈나?" 이 대담한 연기에 놀란 나는 중얼거렸다. 그러곤 잊어버렸다.

하지만 편지는 저기 있었다. 단어 한마디 한마디에 사로잡혀 내용 파악에 초조해하며 읽어 내려갔다.

"이제야 아이의 비밀에 깊이 다가갈 수 있었습니다…… 참 기이한 신비입니다…… 저는 아이가 왜 말이 없는지 압니다…… 그리고 그 아이의 기억이 왜 다 지워졌는지도…… 아이에게서 영혼을 분리해버린 마법의 강한 힘에 대해 전부 알아냈습니다…… 그런데 그 영혼이 어디에 정착했는지는 모르겠습니다. 안다 한들, 세상의 그 어떤 힘이 한번 떠나버린 영혼을 다시 되돌려 몸에 안착시킬 수 있겠습니까?…… 그건 물이 없기에 더는 꽃을 피울 수 없는 보리솔의 아몬드 나무와 같겠지요. 수액이 땅 아래로 흘러가버리면서 수많은 미세한 지맥을 타고 다 사라진 것이겠지요…… 나무는 죽었습니다. 뿌리가 있기에 아직 땅에 서 있기는 하나, 이번 겨울에 삭풍이 불면……"

이 편지와 함께 공책 한 권도 와 있었다.

메제미랑드는 편지에서 이렇게 말했다. "이걸 읽어보십시오. 손에 넣느라 꽤 애를 쓴 공책입니다. 인내심과 지략이 필요했어요…… 약탈자의 비밀, 마법의 힘을 지닌 노인의 비밀 열쇠가 여기 있습니다…… 그가 주를 달아놓은 것, 일기 본문, 전부입니다…… 그 자신도 제대로 말할 수 없었던 약간의 영역만 제외하고 말입니다. 한번 드러난 비밀도 더 큰 신비로 덮어버리는 작은 부분들이 있지요……"

나는 공책을 집어 들어 읽어갔다.

우선 메제미랑드가 손 글씨로 이렇게 적어놓았다.

시프리앵의 일기

단장들

"영지"에서 내가 찾은 것임.
일기 본문의 주는 노인이 직접 단 것임.
아이는 이아생트임.

갈대 펜으로 쓴 듯 묵직한 글씨로 이어지는 다음 페이지들은 메제미랑드가 쓴 것이 아니었다. 그러나 이 페이지들 사이 쪽지에 몇 가지 설명을 적어놓았다.

본문 안에는 도형도 몇 개 그려져 있었다. 숫자 4가 여백에 여덟 번 반복해 적혀 있었다. 두 동물에게 그늘을 드리워주는 길쭉한 나무들과 함께였다.

날짜 표시(그레고리력에 따른 일월 표시) 옆에는 한 해 한

해 이어진 연표가 있었다. 그때의 나로서는 알 수 없었던 어떤 시점부터 꼽기 시작한 연도들이 적혀 있었다.

끝에는 오각의 별 하나와 뱀 한 마리가 도사리고 있는 그림이 있었다.

시프리앵의 일기

9월 7일.

우리는 어제저녁 석양 무렵에 고원에서 멈췄다.

내가 여섯 달 전에 표시를 해둔 작은 떡갈나무를 다시 볼 수 있었다. 여전히 연약한 나무.

그 주변에는 나무 한 그루 없다. 단지 바위뿐.

나는 말했다. "우리는 여기서 야영을 할 거다."

그들이 바닥에 작은 봇짐을 남기고 계곡 쪽으로 멀어져 갔다.

다른 이들은 저 아래 샘 옆에서 기다리고 있었다.

말소리가 들렸다.

그들도 떠났다. 우리만 남았다.

아이는 잠들었다.

그들이 아이를 땅바닥에 뉘어놓아 아이의 머리는 나무 뿌리 위에 얹혀 있다.

플뢰리아드 정원 이후 두번째 해.

메제미랑드가 여백에 다음과 같은 설명을 달아놓았다.

"방랑객들의 도움을 받아 그가 아이를 납치한 것은 8월 22일 수요일이다. 방랑객들 자취는 찾을 수 없었다."

나는 페이지를 넘겨 계속 읽어갔다.

9월 7일. 그 후.

이아생트는 자고 있다. 밤이다. 나는 정말 고독하다. 가끔 계곡에서 가벼운 바람이 올라온다.

달도 없다.

천막은 가죽과 염소 털 냄새를 풍긴다. 그들은 말뚝을 박느라 주변 박하풀을 짓이겨놓았다.

후회를 털어냈다. 나는 늙었으나 아직 강하다. 계획이 분명하게 섰으니 그 핵심과 윤곽이 보인다.

몇 줄 공백이 있었다. 마치 휴식처럼. 그런 후 일기는 계속되었다.

이아생트는 오래 잠들어 있게 될 것이다. 그 아이의 삶의 반半은 그저 잠, 다른 반은 꿈이 될 것이다…… 하지만 어떤 꿈일지!

벌써 아이는 휴식 상태다. 아이는 밤의 기이한 영향력과 여정에 지쳐 늘어져 있다.

아이가 내 것이기도 한 이 세상에서 다시 깨어날 때면, 연약하고 부드러웠던 옛 삶의 기억은 머리에 하나도 남아 있지 않을 것이다.

아이의 영혼을 분리하는 것만으로 만족해야 했다. 이제 아이에게는 (아이는 참으로 조용히 자고 있다!) 생명력이 얼마 남지 않았다.

나는 거기에서 출발할 것이다. 생명력은 견고한 바탕이다. 우리는 생명력밖에 없다. 어느 날 내가 혹 이아생트도 사랑할 수 있을지…… 적어도 그리 고대해본다.

이제 가서 자야겠다.

곧 여름이 끝나면 밤이 더 서늘해질 것이다. 그때 재고해보리라.

나는 온화한 겨울은 원치 않는다. 바람과 비, 눈을 원한다. 이 황량한 고원 위로.

거기서 우리는 소박하게 살아갈 것이다.

메제미랑드.
"그는 이아생트를 데려올 생각이 아니었다."

9월 11일.

아니다.

나는 내가 사랑한 아이, 사내아이인 콩스탕탱 글로리오를 데려오지 못했다.

데려온 건 여자아이다. 그 아이가 여기 있다.

마음에 위로가 되지 않는다.

하지만 그렇다, 나는 할 수 있었을 것이다. 필요한 말, 어투, 가락, 정확한 음률, 힘에 대한 열망, 모두!…… 하지만 그럴 수 있었을까?……

아! 남자아이는 마법에 민감했다. 확실하다. 동물들만큼이나 예민했다.

나는 감히 그럴 수 없었다. 사람을 소리로 홀리는 일, 그것이 그에게 나의 천국을 증여하기 위함이라 할지라도?……

늑대도 매도 뱀도 아니고, 그 작은 인간 동물을. 나와 같은 부류, 남성의 피, 피어나는 영혼, 자유혼, 아마도 이미 이 세상의 군주가 아니었을까.

나 자신이 정작 마법에 대해 두려움이 밀려온다.

9월 12일.

여자아이는 스스로 깨어났다. 사흘 밤을 지낸 후다. 아이는 잠에 지쳐 있었다.

아이가 자고 있을 때 아주 조심조심 그 애의 지난 삶을 기억에서 분리해냈다. 대신, 깨어나서도 오랫동안 계속될 아름다운 몽상을 집어넣었다.

능력은 작동했다.

이제 아이는 자기 자신에 관해 모든 걸 잊어버렸다.

하지만 아이의 작고 마른 얼굴에서 변한 건 아무것도 없다. 두 눈은 응시한다. 입도 말을 할 수 있다. 그러나 참말을 할 수 있게 하는 영혼은 거기 없다. 나는 영혼을 말살한 것이다.

9월 20일.

……한데 남자아이가 응하는 태도를 보였더라면……그 아이 말이다. 그는 모든 걸 할 수 있었다.

나는 비법의 언어 영역을 그에게 열어 보여주었을 것이고, 비밀의 음조를 알려주면서 마술 갈대 피리를 넘겨주었을 텐데……

그리고 아이에게 능력의 힘을 부여했을 텐데.

그런 다음 내 몸에서 생명이 용출되어 빛에서 어둠으로, 피에서 나무의 수액으로 넘어가고 마음은 평화로워졌을 터이련만.

이제 저 높은 세계에서 떨어진 나만이 힘을 갖고 있을 뿐.

정말이지 나는 여전히 강하다.

슬프기도 하다.

대지의 컴컴한 가슴에 대한 희망 외에는 다른 건 더 없다.

9월 22일.

날씨가 아직 좋아서 가을 속으로 여름이 펼쳐진 듯하다. 이 황막한 고원 위라도 9월의 저녁나절은 여태 부드럽다.

우리가 여기서 지낸 지 보름째다.

아이는 오가지만 입은 다문 채다.

우리는 들뢰브르를 거쳐 여기 왔다. 이곳은 달리 이름이 없다.

사방에는 그저 협곡과 숲.

여기서 1,000미터 떨어진 곳에 '마주'라는 저택이 하나 있다. 인적이라곤 없는 커다란 영지다. 셀 수 없이 많은 떡갈나무 사이에 연못들이 있다. 고요한 수면. 노루들과 멧돼지 떼가 아침에 물을 마시러 온다.

사람은 전혀 없다. 9월에도 (불치가 많건만) 사냥꾼도 밀렵꾼도 보이지 않는다.

계곡 한쪽에 나무들 사이로 버려진 인가 한 채. 돌로 된 전면에 이 장소의 옛 주인들은 오래전 별 하나 아래 뱀 한 마리를 새겨두었다.

9월 24일.

매주 그들은 계곡에 필요한 것들을 부린다. 샘에 갈 때마다 그것들을 가져온다.

거기 10시쯤 갔더니 다들 떠나고 없었다. 그들과 마주친 적은 없다.

가벼운 신호음이지만 갈대 대롱에서 세 음이 탄식처럼 새어 나왔고, 나는 그 음들이 밤에도 계곡을 타고 흐르는 것을 듣는다.

9월 26일.

이 순수한 삶의 매혹이 가슴을 진정시켜준다.

나는 혼자다. 아이는 아침에 나타나 무념무상 천막 주

위를 떠돌다가 바위 옆에 웅크려 있곤 한다. 아이는 여기 있는 건가? 아니면 멀리 다른 데 있는 건가?…… 난 그 아이를 잊곤 한다…… 모든 것이 고독일 뿐……

좀더 다음.

하지만 곧 파종을 해야 하리라.

겨울 되기 전 파종을. 식물들의 어미인 씨앗을.

11월은 좋은 달이다. 사수좌. 마법의 식물에게 호의적이다. 비가 오고, 바람이 불고, 물기는 주문이 닿은 씨앗을 부풀리는 무렵이다.

조만간 따스한 눈이 대지의 모성적 온기를 간직하게 하리라……

그날 밤.

봄이 오면 그것은 발아하리라. 플뢰리아드에서 그랬던 것처럼 여기서도, 단 3주 만에 나무들은 바위를 뚫고 나와 잎새들을 펼칠 것이며, 미풍에 아몬드꽃과 앵두꽃들은 사방으로 날릴 것이니 계곡과 고원 위로 퍼져 나가리.

아이는 겨우내 웅크리고 있던 것을 떨치고 그때가 되면 제2의 삶으로 깨어나리라. 모든 기억이 사라진 그 영혼 안에 새로운 기억을 심으리.

나는 그 내용을 매일 밤 머릿속에 주의 깊게 설계한다. 신비가 삭제되고 그저 순수한 형상들만 가득할 것이며 생의 영상들, 꽃과 소리, 나뭇잎과의 접촉, 물 위를 지나는 짐승의 그림자, 새로 솟은 산딸기의 신선함이 생각을 대신하리라.

아이에겐 생각 따위는 필요 없다. 내가 숙고하여 창조하려는 새로운 세상 안에선. 4월이 되면 어떤 존재가 태어날 것인가……

새벽녘.

아마도 간밤 내내 꿈을 꾼 것 같다.

10월 3일.

기억이 사라져가며 조는 것 같은 상태로 아이는 겨울을 나게 될 것이다.

눈 아래 잠든 대지처럼, 그러나 그 깊은 곳에는 생명이 살아 있듯 아이는 쉬고 있는 것이다.

나는 여자아이에게 꿈을 이입했다. 흐릿한 기억이 간신히 떠도는, 비어버린 공간을 다 장악하는 꿈을.

일정 기간, 그것이 영혼을 대신한다. 정말이지 살기 위해서는 영혼이 필요하기에. 이건 내 계획에 유용한 허구적 구상에 지나지 않는다. 그것이 이 겨울, 이 작은 존재, 한때 이아생트였던 아이의 동물적 삶을 지탱해주겠지.

이아생트는 살아 있다. 그러나 더 이상 이아생트가 아니다.

아이의 몸은 아침에 일어나 음식을 먹는다. 그 몸은 내 주위를 서성인다. 일상 거동을 하고 들으면서. 그러나 주의 깊은 경청은 아니다. 복종이다. 아이에겐 욕구도 후회도 불안도 이제는 없다. 나는 아이를 그런 상태로 원했다.

내가 꺼내서 내쫓아버린 영혼에서 이제는 칸막이벽 같은 것만 남았을 뿐이다. 한때 그 부서지기 쉬운 진흙 그릇은 추억과 감응하는 마음과 생각을 간직했었지.

말하자면 아이는 이제 하나의 단지처럼 새로운 추억, 가상의 감정, 내가 천국의 아이를 만들기 위해 미리 계획해둔 생각을 간직할 수 있는 채비가 된 것이다.

나는 이렇게 준비한 모든 것을 하루하루, 아주 천천히 온갖 조심을 다하며 아이 안에 흘려 넣는다.

단어 하나에 마법적 영상을 하나씩 연결 지으면서. 각각의 음절 안에 하나의 잠재적 힘을 주입한다. 간결한 문장은 거대한 꿈을 감싸안으면서 파고드는 힘이 있다. 언젠가 꿈이 개화하리라. 텅 빈 피조물이 되게끔 창안된 영혼이 이제 벌써 갖기 시작한 모든 감각은 무심한 귀를 거쳐 소리로 그 안에 들어간다.

이처럼 무의식에 빠진 잠 속에서, 이 겨울, 아이는 4월이 오기를 기다리는 동안, 호출 소리만 울리는 정원에 지나지 않으리라.

이어서 봄이 오면 그 목소리들이 한 세상을 재건하리니, 아이는 그것을 그때 알게 되리라.

11월 16일.

내가 이제 늙은 건지?…… 고집스러운 내 머리 위로 가을이 무수히 지나갔거늘…… 그 가을들이 피부를 늙게 하고 얼굴도 태웠으며 두피도 딱딱하게 해 머리칼은 백발이 되었다…… 그러나 껍질 아래 살과 피는 아직 나이에 굴복하지 않았다. 나는 원하고, 할 수 있고, 수행한다. 내 의지와 힘과 행위를, 지칠 줄 모르는 두 손이 만들어내는 작품에 부여하면서.

정녕 이 두 손은 바다의 소금기에 트고 세찬 산바람에 갈라지고 늙었지만, 아직도 내가 하는 일 앞에서 활짝 열린다. 운명이 금을 그어놓은 손바닥은 그것이 가닿는 형태에 생명력을 전달한다.

내 안의 그 무엇도 꺾이지 않았다. 몸이 영혼에 비견되고 영혼이 의도에 값한다. 나는 준비되어 있다. 내 힘에 그 누가 저항하랴?

나는 바위와 살덩이 위로 내 정신을 펼치리라.

나는 숨결이다.

11월 20일.

첫 추위가 왔다. 불을 지폈다. 어제 비가 산 능선을 후려쳤다. 천둥도 울렸다.

내일 비바람을 예고하는 사수좌가 뜰 것이다. 그러면 11월 특유의 큰 폭풍이 비와 거친 바람을 계곡과 고독한 산의 협곡으로 펼치면서, 우리 근처로, 심연 위를 도는 위협적인 큰 힘을 실감케 해주리라.

나는 천막 고정 끈이 팽팽한지 확인했고, 폭풍우에 대비하여 말뚝을 더 깊이 박아 천막을 정비했다.

그리고 돌을 일곱 개 주워 겨울을 날 화덕을 만들었다.

이제 불꽃을 일으키며 불이 타고 있다. 4월까지 불은 살아 있으리라.

이 밤, 나는 그걸 듣는다. 그것이 내게 말을 건넨다. (대단한 폭풍우다! 천막은 트라몽탄*에 삐걱거리고 휘청거린다.)

아이는 잔다. 나는 혼자다. 불(꿈 때문인지 회상 때문인

* 지중해의 북풍.

334

지, 내 안에서 무수하고 아득한 목소리들이 웅성웅성한다),
불이 자기 얘기를 들려준다, 진정한 지혜의 말을.

재를 들추고 장작을 화덕에 가져가자. 무릎과 팔, 우리
의 손을 덥히자. 내 영혼을 듣기. 나이의 심연에서 우리
에게 말하는 건 누구인가? 온 세상의 집마다 지켜오는 저
오랜 불 위로 몸을 기울인 인간들의 조용한 목소리인가?
아니면 불의 존재 자체인가? 우리를 환하게 하고, 따스
하게 하며, 우리의 사지에 생기를 주기도 쇠약하게도 하
는, 저 불꽃의 보이지 않는 정령이런가? 우주를 지탱하는
불……

나에게 그 우주를 다오, 희생을 기꺼워하는 나를, 오 불
이여!……

바람이 거세져간다.

밤이 아주 깊었다. 쉴 시간이다.

겨울의 신과 더불어 있는 나. 불이 보호해준다. 밤이고
낮이고 내가 건사하는 불은 봄까지 늘 타오르리라.

11월분 일기는 많지 않았다. 두 장. 12월 일기는 일부 파
기되어 있었다. 페이지들이 잘려 나갔다. 다른 페이지도 찢
겨 있었다. 문장의 남은 조각조각을 읽을 수 있을 뿐.

때로 날씨 언급이 있다. 고원에 올라온 여우에 대한 언급.
녀석은 세 번 나타나 눈 속에 멈춰 서서는 천막을 응시하다

가 사라졌다고 한다.

성탄 주간에는 일곱 장. 하루에 한 장.

그저 날짜 표기와 불이 얼마나 높이 타올랐는가에 대한 언급이 있을 뿐.

불이 그 노인을 사로잡은 것이다.

읽어보면,

12월 20일.

나는 불을 지켜본다. 재 아래에서 알을 품은 불.

12월 21일.

간밤에 잠든 사이 불은 사그라들었다.

12월 22일.

날씨가 나빠질 조짐. 새벽부터 연기가 올라오고 간신히 그만그만한 불길.

12월 23일.

자정 무렵 불을 되살렸다. 장작이 부족해 죽어가고 있었다.

12월 24일.

오늘 저녁 불이 솟아오른다.

성탄 당일은 공책 상단에 암시적 그림을 하나 그려놓았다. 성탄 자체에 대한 언급은 일절 없었다. 상징 그림은 살이 일곱 달린 바퀴였다. 그 아래 일종의 찬가를 적어놓았는데, 아마도 불이 자신의 힘을 찬양하는 내용 같았다.

나는 별이 가득한 천궁의 광채에 금속과 식물의 생명력을 연결 짓는다.
나는 타는 듯한 태양이며 이 계약의 영혼 그 자체다.
영혼과 육체를 묶는 것도 바로 나이며 식물과 별을 연결하는 것도 나다.
영원 불꽃 드높이며 내가 탈 때, 아 불멸의 영상이여, 불이여.

12월분 내용은 이랬다.

사건은 드물었다. 고원 위에서의 겨울 기간.

멧돼지들이 한 번 지나갔고 눈이 한 번 내렸고 샘이 살짝 얼었으며 바위가 한 번 무너져 내린 일들이 간략하게만 언급되어 있었다. 두 줄 내로. 때로는 몇 마디로.

천막 밖 멀리 간 일도 드물었다.

고원을 벗어난 것은 1월 6일 '마주'에 한 번 다녀온 일이 전부다.

그 날짜에 이런 내용이 있다.

나는 이 세상을 보고 싶었다.

한밤중에 거기 갔다. 얼음투성이 날씨.

……집과 연못, 소나무 침엽이 온통 눈을 맞아 수정처럼 얼어 있었다.

겨울 성에는 아득히 오랜 숲의 연약한 나무들을 얼려버렸다. 유리처럼 된 수많은 나뭇가지가 달빛 아래 빛났다. 현실이 아닌 듯한 이 광명이 부서지기 쉬운 나무 우듬지를 부동의 자세로 묶어두고 있었다. 겨울 하늘에는 수정 같은 천체들이 빛나고 있었다. 새로 내린 눈이 이룬 이 광대한 얼음 궁전 속에서 숲은 고요했다.

무서웠다.

나뭇가지 하나, 그림자 하나, 짐승 한 마리도 움직이지 않았다. 별을 기다렸지만 허사였다.

천막에 가서 몸을 한참 녹여야 할 것 같다.

불은 좋은 것이다.

겨울 동안 아이에 대한 언급은 종종 있었는데, 아이도 불 곁에서 지냈다.

밖에는 온통 결빙. 삭풍이 고원을 휩쓸었다.

천막 안에서 사는 건 그리 나쁘지 않다. 따스했다. 밤에도. 하루는 단조롭게 흐른다.

아이는 말이 없다. 노인은 아이를 지켜본다. 주의 깊게 걱정하면서 아이를 잘 돌본다.

낮 동안 그는 야영에 필요한 소소한 일에 집중한다.

아이가 노인을 좀 돕는다.

밤이 되면 아이는 잠에 빠진다.

잠이 아이를 덮치자마자, 노인은 아이에게 낮은 목소리로 말을 주입한다.

1월 15일.

여자아이야, 너는 혼자일 것이다. 하지만 너는 이미 침묵의 덕목을 깨우친 것.

너는 유익을 주는 좋은 식물의 비밀스러운 이름을

안다.

딱총나무와 떡갈나무를 하루 만에 성장시키는 기적과
도 같은 수액의 선물을 간밤에 네 미래의 기억으로 전수
하였다. 어둠이 너를 졸음 겨운 상태로 데려가는 즉시, 매
일같이, 나는 너의 잠을 가득 채우는 작업을 한다. 아직은
네 입이 닫혀 있지만 때가 오면 그 입을 통해 무수한 형상
을 탄생시킬 창조적 주문으로.

네 입은 너의 새 생명이 깨어나는 4월이 되면, 내 늙은
손이 이 겨울에 너의 부드러운 꿈속에 불어넣은 온갖 경
이와 함께 열리게 되리라.

다정한 말 같지만 실상은……

1월 20일.

나는 너를 사랑하지 않는다. 그래서 괴롭다. 하지만 달
리 도리가 없다. 내가 아는 것 하나하나, 내 소망 하나하
나를 매일 너에게 불어넣으며 빚어보려 했지만 허사다.
내 마음이 영 널 사랑하길 거부한다.

가련한 일이다.

내 피, 혈연보다 더 귀한, 내가 너에게 준 존재.

하지만 난 널 사랑할 수 없다. 너는.

340

이건 후회의 고백인가? 무력에 대한 두려움인가? 그는 자신을 의심하고 있는 건가?

좀 지나서 그는 이렇게 적고 있다.

2월 10일.

하지만 나는 식물들과 동물들을 사랑한다.

내가 잔인한 마음을 가졌다면, 어찌 이 천국을 꽃으로 피워 올리려고 하겠는가?

하늘의 월계관이 아니라 이 지상의 정원을……

하지만 내 두 손으로 수확을 해야 할 이 영혼, 힘의 상속자, 온갖 인내심을 기울여 내가 만들어내는 존재, 이 겨울 동안 내가 빚은 피조물, 내 생각, 내 노년의 모든 걸 건 작품은 이제 마지막 단계에 이르렀다. 경이로운 존재! 그러나 사랑할 수 없으니.

봄에 대한 첫 언급은 4월 5일 자에 표명되어 있다.

밭종다리 한 마리가 8시경 고원의 소귀나무 위에서 우짖었다. 날아가버린 후 다시 보이지는 않았다. 날씨는 나빴다.

이 날짜 이후 언급이 많아진다. 모든 것은 수런수런한 탄생, 염려를 드러낸다. 종교적인 수행을 거쳐 대지를 향해 수행된, 겉으로는 믿음에서 나온 행위 아래 가려진, 차마 토로하지 못하는 의심이 문득문득 생겨나 노인의 생각을 뒤흔든다.

4월 7일.

밤 내내 눈이 내렸다. 나는 깨어 있었다. 오늘 아침에 고원과 계곡 산등성이는 겨울의 모습 그대로이다.

4월 8일.

날씨가 얼어붙었다. 하늘은 잿빛으로 찌푸렸고 계곡과 숲은 성에로 가득하다. 아직 눈이 있다.

플뢰리아드에서는 2월 말부터 바닷바람이 느껴졌었다. 여기는 고도가 높아 날씨가 더 가혹하다.

4월 10일.

변화가 없다. 납빛 해는 이 거친 땅을 데우기에 미흡

하다.

밤은 차다.

올해 봄은 이상하다.

4월 12일.

눈 아래 정원 설계 윤곽을 다시 살펴보았다. 조약돌을 줄지어놓아 생명을 가꿀, 사변이 지게 만든 땅에 11월에 파종한 싹들이 아직도 눈에 덮인 땅을 볼록하게 밀어 올리고 있었다.

꽃을 심을 터는 넓다. 그곳의 주된 길은 의식에 따라 십자로 냈다. 천막을 동쪽 모퉁이 위로 이동. 하늘의 모습 그대로일 정원을 바라볼 수 있는 방향이다.

눈이 아직 있는 그 한가운데에, 지난겨울 긴긴밤 내내 인내심을 가지고 우묵하게 팠던 돌을 안치했다. 봄의 첫 모닥불을 지피기 위해.

천체 아래 모든 것은 질서.

나는 생명의 도래를 기다린다.

4월 16일.

움직임이 전혀 없다.

해빙기의 눈은 금방 녹아내렸다. 계곡 쪽으로 기울어진 고원 여기저기서 물줄기가 반짝이며 흐른다. 개울은 큰 소리를 내기 시작했다. 10시경 독수리 한 마리가 하늘을 갈랐다. 해 뜨는 방향에서 지는 방향으로, 북에서 남으로. 두 날개를 고요히 한 채 외려 움직임 없이 바람을 타고 천천히 흘러갔다. 동쪽에서 올라오는 황금빛 연무, 그 고요한 기둥 속으로 독수리는 천천히 사라졌다.

그는 무얼 알려주는 걸까?

4월 17일.

나는 아이를 나오게 했다. 하지만 무슨 소용인가? 이제 바짝 말라버린 땅은 단단하기만 했다. 바위틈에도 아무것도 없었다. 개밀도 엉겅퀴 한 대도 없었다.

그리고 아이 자체가 돌덩이 같다.

4월 18일.

날짜가 다가온다. 이제 사흘만 더 있으면.

아무 표징이 없다. 나는 아무것도 할 수 없다. 내 모든 숨결을 가을의 씨앗에 불어넣었건만. 생명을 준비하는 것은 가을이다. 가을에는 신비한 주문의 의미가 소리에서

나와 땅 아래 묻혀 있는 씨앗의 중핵까지 가닿는다. 그 주
문의 말은 겨울잠을 잔다. (땅에 귀를 기울이면) 들릴락 말
락, 한계점에 이른, 그 긴 수면 중 뒤척임을 들을 수 있다.

이윽고 생명의 계절이 오고 자력을 띤 태양 열기가 주
문의 말을 불러내면, 그것은 굳게 닫혀 있던 씨앗들 속에
서 창조의 동사가 지닌 힘을 뒤흔든다. 기적의 정원은 땅
을 열고 솟아오른다.

이제 그 계절이 왔다. 나는 귀를 기울여보았으나 허사
였다. 땅속의 음성은 침묵하고 있다. 죽은 세상.

4월 19일.

아이는 4월 21일에 깨어날 예정이다. 내가 그리 정
했다.

아직 이틀이 남았다. 단 이틀……

이 이틀간에 정원이 대지를 들어 올리고 솟구쳐 꽃을
피우려는가?

4월 20일.

구름 낀 하늘이 낮다.

이상하게 나른한 기운이 자연을 누르고 있다.

아이는 깊게 잠들어 있다.

정원을 다 둘러보아도 그저 바위투성이. 여상한 모습.

나는 기다린다. 시간은 흐른다. 그래도 기다린다. 희망을 주는 한 시간, 1분만 있어도……

아이는 내일까지 자게 된다. 동이 트면서 해가 천막을 정확히 비출 때 비로소 눈을 뜰 것이다……

나는 정원의 채비를 갖추어왔다. 겨울잠에서 깨어난 아이가 벌써 부드러운 잎과 셀 수 없이 많은 꽃을 단 채 햇살에 몸을 데우고 있는 수천 그루의 나무들을 볼 수 있도록……

그리하여 이처럼 기적적으로 태어나도록 여러 달에 걸쳐 조성되고, 식물과 동물과 생각들로 이루어진 아이의 내적 정원은 나뭇잎들, 순수한 동물들, 대지에서 막 솟은 과수원 식물들이 품은 평화와 충돌하지 않고 일체가 되리라.

아직 반쯤 잠이 든 채 깨어날 단계에 다다른 아이는 잠에서 꿈으로, 지상의 달콤함을 속삭여주는 목소리에서 바로 그 달콤함의 광경으로 이행하기만 하면 될 것이다. 아이 자신이 동물들과 나무들로 가득한 꿈에서 태어났기에 그런 광경을 제 삶과 분간하지 않으리라……

그런데 내가 기다려왔던 깨어남의 순간이 이젠 두렵다.

그만큼 이곳 땅이 거칠고 비인간적이다.

하여 오늘 밤에 '정원'이 수천의 나뭇가지를 흔들며 이 불모의 바위를 쪼개면서 올라오지 않는다면, 아아! 새벽은 아이에게 어떤 모습일까! 경악스럽다!

떨린다. 그래도 희망한다.

5시.

과수원 바깥에 백리향 몇 무더기와 패랭이꽃이 한 송이 피었다. 그러나 과수원 안에는 아무것도.

산등성이 위로 비가 내린다. 연무가 계곡을 타고 온다.

춥고 습하다.

7시.

밤이 내린다. 가을 같다. 숲은 젖었고 장작도 나무뿌리도 잘 타지 않는다.

재는 11월의 쓸쓸한 냄새를 풍긴다.

가끔 바람이 고원 위로 살짝 분다. 갈대와 연못 냄새를 풍긴다. '마주' 그 영지의 잠자는 물, 그 거대한 수면과 숲을 거쳐 온 것일 터……

10시.

시간은 흘러간다. 바깥에는 오직 고요. 여기는 잠.

아이는 움직이지 않는다. 잘도 잔다. 두 손이 침대 바깥으로 나와 자유롭게 늘어져 있다. 몸은 무겁고 깊다. 잠자리가 휘어 내렸다. 굳은 얼굴 위로 아무 표정도 없다. 하지만 호흡은 고르다. 그저 규칙적인, 꼭 필요한 호흡만 할 뿐, 고요한 가슴을 크게 들먹이는 깊은숨은 없다.

아이가 여기 있다.

한 세상이 온통 아이에게 달려 있다. 내가 그리한 것이다. 세상은 내게서 태어났다. 세상이 기지개를 켠 것은 우선 내 안에서다. 인간들의 오랜 꿈, 대지 위 생명의 새벽. '동쪽'을 향해 햇살 속에 첫 정원은 이울었거늘……

내 것인 정원이 태어나려 한다. 정말 태어날 것이라 믿는다. 어쨌든 나는 그걸 고대한다…… 땅속에 그건 살아 있을 것이다…… 내가 어찌 그 존재를 의심하리오?…… 램프가 희미하게 비추는 이 얼굴 뒤로 그것은 잘 살아 있다.

한데 그것이 어떤 기슭에 닿았는지?…… 생명의 내부, 영혼이 남겨놓은 그 공백과 하나 되어 조용히 비어간 것일까?…… 이 세상에서 생각 너머 모든 것은 신비다. 나에게조차……

아이의 영혼은 차츰차츰 떠나간 것 같다. 나는 거칠게 내몰지 않았다. 영혼은 참으로 부드러웠다…… 나는 그것을 제 친숙한 목소리마저 무감각하게 만들었고, 시선 위

로는 망각의 김과 안개를 펼쳤다…… 영혼은 방울방울
흘러 사라졌다. 그 무엇으로도 되채워지지 않을 샘처럼.

11시.

달이 없다. 별도 없다. 광대한 하늘은 닫혀 있다. 협곡
으로 계곡물 소리가 들리지 않는다.

물이 더는 흐르지 않는 걸까? 그럴 수 있을까? 분명 그
렇지는 않을 것이다. 하지만 안 들린다.

보통은 10시경 작은 암올빼미가 절벽을 굽어보는 바
위 꼭대기에 와서 몇 분간 울다 간다. 오늘 밤에는 저 홀
로 탄식에 젖곤 하던 이 측은한 새도 오지 않았다. 벌레도
없다. 이 무렵이면 풀섶 아래에서 스멀거리기 시작하지
만…… 그림자가 내려오고, 지하 원시의 암반 사이 일종
의 광물적 평화가 차올랐다. 고원의 모든 것이 얼어붙었
다. 모두가 침묵.

내 심장 뛰는 소리만 들린다. 오늘 밤에는 빨리 뛴다.
너무 빨리 뛴다.

거의 자정 무렵.

알아봐야겠다.

자정.

바람 한 점 없다. 침묵의 평화. 정원은 죽었다.

1시.

아이를 지켜보자.

불이 사위어간다. 나는 불을 뒤적였다. 이제 다시 타오
른다. 억지로 그렇다. 그래도 불꽃이 피어올랐다. 아무리
보잘것없다 하더라도 불꽃이다. 오늘 밤은 작은 불빛으로
만족해야 한다.

내 안에는 밝음이 없다. 나는 더듬거리며 허튼짓을
한다……

그래도 빠뜨린 건 없다. 그날의 말도 믿음도.

생명을 위한 모든 채비가 갖추어졌다. 자정에 대지가
자기장을 지났다. 한 시간 전부터 대지는 아직 겨울로 축
축한 채 봄 안에서 떠돈다.

하지만 여기 대지는 너무 단단하기만 하다.

3시.

나는 기다린다. 기다리는 시간은 잘 흐르지 않는다. 진
전 없이 늘어지고 질질 끈다. 기이한 시간의 이완. 참으로
천천히, 이 길이에서 저 길이로 넘어간다. 그 시간의 길이

는 내 부동의 생각을 가로질러 차츰 어두워진다.

나는 기다린다. 욕망도 없이, 기다리기 위해 기다린다. 새벽을 기다려야 하므로. 이 시간이 내 운명의 일부가 되고 있다.

아이는 그때 깨어나리라…… 나뭇잎과 꽃과 무수한 새로 가득한 채 눈을 뜨게 되리라. 이 잎과 꽃, 무수한 새 너머, 아이는 정작 불모의 대지를 목격하겠지.

이게 내가 기다리는 건가.

6시.

새벽.

*

날짜 표기 없음(추정컨대 21일 늦은 밤).

허망한 날. 하늘도, 내 안의 대지도 움직임이 없다.

아이는 저녁때까지 잠에 빠져 있었다.

내가 직접 아이를 깨워야 했다. 아이는 천막에서 나와 작은 돌 위에 앉았다.

나는 아이에게 말을 걸었다. 아이는 답하지 않았다.

밤이 내렸다. 불을 들척였다. 아이는 스스로 들어와 화덕 앞에 웅크렸다.

나는 두 손으로 아이 머리를 부드럽게 감쌌다. 평상시와 다름없이 내가 하는 대로 가만히 있었다. 시선은 나를 바라보지 않았다. 나는 오래도록 첫 표징이 나타나기를 기다렸다. 하지만 아이의 눈동자는 그저 비어 있었다.

이윽고 내가 그 말을 했다. 아주 최대한 낮게 발음했다. 그 말은 강한 힘의 말이었기에.

아이는 그 말을 듣지 못했다.

나는 반복했다. 귀 더 가까이에 대고. 그러나 그 말은 천천히 내게로 되돌아왔다.

나는 공포의 한기가 나를 덮치는 것을 느꼈다. 외칠 뻔했다. 그 말을 부르짖을 뻔했다. 그러나 그러지 못했다. 허공에, 부동의 상태로, 말은 아이와 나 사이에 걸려 있었다. 강하고 여전한 그 말을 느꼈다.

그건 한 존재였다. 조그만 충격에도 엄청난 파열을 내며 번개 칠 힘으로 가득한 채 닫혀 있는 존재.

나는 말이 내 무능력 때문에 작동하지 않은 것이라는 의심이 들기 시작했다. 하지만 나는 내 목소리에 확신이 있었다. 이날까지 내 목소리가 나를 배반한 적은 없었다. 그리고 나는 의식 절차를 알고 있다……

하지만 말은 허공에, 내 앞에 위협적으로 걸려 있을 뿐.

내가 그것을 다시 침묵으로 되돌리려 해보았으나 허사

였다. 새벽까지 그것은 내 눈앞에 걸려 있었다.

이윽고 해가 뜨기 직전, 그것은 사라져갔다.

4월(어쩌면 5월).

아이는 아직 꿈속인가? 어쩌면 이미 깬 걸까?…… 누가 알랴? 깨어났든 잠에 빠져 있든, 오늘 아침 아이는 나뭇잎과 꽃, 무수한 새 속에서 눈을 뜨지 않았다……

저 나뭇잎과 꽃, 새를 내가 그 아이 안에 집어넣었건만!…… 그 모두를!……

이제 두 정원이, 영혼과 대지가 서로 마주하고 있다, 둘 다 황량하고 헐벗은 모습으로.

전말을 알고 싶다.

날짜 표기 없음(필경 며칠 뒤).

무엇보다 나는 좌초했다. 하지만 용기를 다 잃은 건 아니다.

현상에 대해서 환상은 없다. 다 끝났다. 그래도 나는 추구한다……

날이 좀 갰다. 우리는 고원에 머문다.

씨앗들이며 영혼, 내 힘, 모든 것이 이 고원 위에 있다. 여기. 그러니 땅속에서, 육체 안에서, 내 안에서, 샅샅이 찾아보아야 한다.

그리고 찾아내야 한다. 틈을, 갈라진 금을 발견할 것.

5월 11일.

나는 앞으로 나아간다. 만사가 혼란스럽다. 빛이 좀 든다.

나는 아이를 지켜본다. 말도 건넨다. 아이는 말이 없다.

아이의 침묵은 푹 꺼진 우물 같다. 허무와 같은 침묵. 말이 아이에게 닿지 않는다. 말은 아이를 관통해 내리 떨어져버리고, 어딘지 모를 곳으로 아이를 넘어 사라지는 것 같다. 말이 그리 지나가건만, 영혼은 아무것도 파악하지 못한다.

이 머리통에서, 거기 간직했던 모든 기억을 삭제하면서 기억 자체를 내가 무화해버린 걸까?

이 생각이 무섭다.

이 비어 있는 기억 안으로 주입했던 세상도 마법처럼 완전히 사라져버렸기 때문이다.

물이 새면서 사라져버리는 구멍 난 단지처럼……

5월 13일.

아이가 혼자서 샘에서 돌아오고 있다. 아이는 길을
안다.

5월 14일.

결단을 내렸다. 다시 해보리라. 먼저 작은 것부터 인내
심 있게. 이제 내 힘뿐. 다른 것은 그것을 촉발할 수 없다.
나는 이해했다.

사라진 기억을 다시 찾아와 아이에게 되돌려주어야 한
다. 그것만이 영혼의 새는 틈을 막으리라. 그 틈새로, 내
가 축적해주었던 꿈들마저 모르는 새 새어 나간 것이다.
추억을 되찾게 되면 그 안에 천국의 영상이 뿌리를 박으
리라. 아이는 이 자연 세상에서 자신이 찾은 것과 내가 아
직도 주고자 하는 가상 세계의 찬란함을 함께 어우르게
되리라. 행복에의 갈망이 내재되어 있는 이 영혼 안에서
이런 반죽은 어렵지 않으리.

한 동작, 한 단어, 한 숫자면 된다.

5월 15일.

한밤중에 기상. 산등성이 너머로 새벽달이 환했다. 아이는 자고 있었다.

나는 두 손으로 아이의 머리를 감쌌다. 오른 손바닥에 목덜미 체온과 아주 부드러운 박동이 느껴졌다. 피의 박동. 그것이 내 손가락 바로 닿는 곳에서 살아 숨 쉬고 있었다.

그 나이에는 골격이 매우 부드럽다. 머리통도 놀라울 만큼 가벼웠다. 잠으로만 가득한 그 머리는.

최대한 천천히 나는 아이의 생명력을 향해 말과 숫자를 전달했다. 아무도 입에 올리지 않았던 저 조용한 힘의 말……

그러자 생각이 내 손을 타고 아이 머리로 건너가는 것이 느껴졌다. 손가락들 끝이 전율로 콕콕, 잠시 찌릿찌릿했다. 이윽고 손이 편안해졌다.

나는 아이 목덜미를 베개 위에 뉘었다. 맥박과 눈을 만져보았다.

부름이 잘 스며들었다고 믿는다.

이제 그것이 자연스럽게 돋아나기만을 기다릴 뿐. 기억이 이 미지의 깊은 곳에서부터 솟아오르리라. 구름처럼 차츰차츰……

말도 다시 하게 되리라. 이름이 제자리를 되찾으리라. 심장 곁, 생각의 정중앙에.

나는 이아생트 하고 말하리라. 이아생트는 내게 답을 하리라……

5월 17일.

아이가 내 말을 들은 것 같다. 가끔 말도 하는데 목소리는 낮다. 내게 하는 말이 아니라 비가시적 존재들을 향해 말한다. 우리 두 사람 사이에 아무도 없건만……

아이는 애매한 짧은 문장을 말한다. 가끔 아이는 비밀스러운 사랑으로 속삭이기도 한다. 하지만 나로선 그 문장들이 이해 불가하다. 모든 것이 다른 곳 상상계 안에서 일어나는 듯……

필경 아이는 음에 대한 단순한 추억들로부터, 기억에서 가장 먼저 솟아나는 가볍기 그지없는 추억들로부터 바람 소리, 어느 저녁 푸른 잎으로 덮인 정자 위로 휘휘거리며 지나가던 새소리 같은 한마디를 맞아들였는지. 어쩌면…… 하지만 어떤 한마디일지?…… 망각에서 나온 것이니 아직은 그저 웅얼웅얼처럼만 들린다…… 고독한 물결 위를 지나는 첫 돛단배. 곧 수평선의 여린 구름 한 점처럼 떠도는 섬이 나타나리라. 기억은 벌써 여행 중이다.

비현실적이고 아직은 생각을 동반하지 않은 채.

나는 이 아득한 생명의 첫 표징을 경건한 마음으로 (그리고 정말 당황한 채) 맞아들였다. 이 표징들은 내가 유배보내버린 영혼이 바다 위로 무거운 증기선을 끌며 되돌아오듯 서서히 다가옴을 알린다.

5월 18일.

마침내 상승력이 작용했다. 내가 소망했듯이.

나 이제 숨이 쉬어진다.

깊은 곳에서 떨어져 나온 것은 아직 수면에서 터지는 공기 방울 정도의 것.

영상이 그림자의 저 심연에서 서서히 나아온다. 망각을 청산하고 스스로 밝아지며 의식意識을 순간 밝히면서. 그러다 다시 사라진다.

5월 19일.

지나치려는 그것들을 간파했다. 그러나 결국 그것들은 도망쳤다. 느껴질 듯 말 듯한 상태였지만 기억 회복의 첫 표징. 아마도 잡기 힘든 흐릿한 향수에서 나온 것인 듯. 그만큼 이 세계는 유동적이다.

하지만 아이는 추억들을 보았다. 이제 아이는 본다. 아이가 보는 것은 자기 자신이다. 그러나 이상하게 보인다. 아이는 과거의 여러 얼굴을 만난다. 그리고 알아보지 못한 채 그들을 지나친다. 어제의 영상들이 현재에 들어온다. 예전 것이 현재의 것이 된다. 그리고 현재의 것은 뒤로 아무것도 남기지 않는다. 이런 영혼은 다른 곳, 저 아래도 저 위에도 없다. (나를 은밀히 괴롭히고 들쑤시는 생각이지만) 아이는 추억을 느끼는 감각을 상실했다.

5월 20일.

아마 아이에게서 나는 기억보다 주의력을 말살한 것 같다. 기억은 돌아왔기 때문이다.

그것이 아이의 부드러운 이마 위에서 움직이는 게 느껴진다……

그러나 안착하지 못하고 떠돈다. 내적 시선이 그걸 보긴 하건만 알아보지 못한다. 그 오랜 부재 후에, 다 잊힌 형상들의 이름을 되찾기에는 (잊어버렸다는 것을 알기에는……) 시간이 좀더 필요할 것이다. 시선 아래 그걸 두고 파악할 시간, 그리고 그걸 고요히 응시할 시간, 그래서 스스로 그걸 알아볼 시간이.

하지만 이 영혼에게서는 어떤 형태든, 환기되자마자 흩

어져버린다. 이뤄지는 일에 무관심한 아이는 자신이 인간으로 살아왔던 시간에 대한 느낌이 없는 것이다.

아이는 아무것도 기다리지 않는다.

5월 22일.

아이가 거의 말이 없는 만큼, 아이의 마음 형태도 모를 일이다.

다시 주문의 힘을 빌려야 했다. 다른 마법의 말을 해보고 침묵을, 호흡을 가늠하기……

그러자 좀더 잘 보인다……

5월 23일.

어제부터 아이의 영혼상이 달라졌다. 저녁 무렵 모든 감각이 약해졌다. 감각이 현실을 더 이상 받아들이지 않았다. 저기 있는 것과 영혼 사이에, 기억에서 회복 재생된 온 세상이 신비하게 스며들었다.

사물들의 현장성이 손에 잡히지 않는 추억의 형태를 이룬다. 새로운 것, 미지의 것, 매 순간 솟아오르는 것. 아이는 그것들을 순간 속에서 있는 그대로 보지 못한다. 하지만 알아보았다고 생각한다. 그것들은 과거의 것이 되고,

아이는 그것을 기억하게 된다. 그러니 아이의 현재란, 오직 기억 회복이다. 아이에겐 아무 일도 일어나지 않고 모든 것은 가상적 회귀일 뿐. 직접 접촉은 더 이상 없다. 직접성은 사라졌다. 아이는 향기롭고, 빛나고, 낭랑한 이 우주, 온 사방에서 그 찬란함을 선물하는 이 우주에 대한 기억만을 가졌을 뿐.

내가 제게 말을 해도 아이는 듣지 않는다. 아이는 되살리듯 기억하는 것이다. 내가 말을 하는 순간, 말들이 과거로 되돌아가는 격이기에.

이런 식으로 아이는 생각한다.

5월 25일.

나는 그 얼굴 위로 고개를 숙인 채 산다. 나는 기다린다. 엿본다.

아이는 아무것도 의심하지 않는다. 다가와 한마디 하고는 멀어진다. 나는 그 말을 수습해 숙고해본다.

바람에 때로 늑대 냄새가 실려 온다. 그러나 이 오래된 고원 위로 정작 올라오는 짐승은 없다.

그러던 어느 밤, 상현이 아직 안 된 초승달이 뜨자 여우가 산 능선 뒤에서 음산하게 울었다.

같은 날짜, 조금 뒤.

방대한 기억을 간직하고 있는 나. 아이를 계속 엿보자
니 내 유년 시절이 다시 떠올랐다. 하지만 아주 먼 기억.
나 자신을 알아보기조차 힘들었다.

내가 그랬을까? 그래 분명…… 그러나 아아, 내 안에
한때 나였던, 지금 나보다 아주 먼저의 그 유약한 소년에
게서 살아남은 게 아무것도 없다.

지금의 나는 무엇일까?

내가 질문하고 내가 듣는, 쓸데없는 자문……

이 질문은 누구를 향하나? 아무도 답하지 않거늘……

그래도 내 안에 기억보다 더 오래된 손님이 사는 것 같
다. 내 존재의 비밀스러운 증거자. 내 존재의 모든 비밀을
아는 자.

언제나 사방에서 그를 찾아보건만 그 어디에서도 찾지
못한다. 하지만 그가 날 떠난 적은 없다. 내가 나 자신을
떠나는 경우에도.

그는 타자다.

그는 말이 없다.

5월 26일.

그가 무섭다. 얼굴 없는 이 존재가 나를 따라다닌다. 나를 관찰하고 내게 적대적이다.

나 스스로 여전하다고 느끼는 한, 내 안에서, 나는 지금 그대로, 온 존재로 만족하는 한, 혼란의 그림자 한 자락도 얼씬하지 않는다.

정녕 나는 생명의 사랑이다. 이 세상에서 생명에 대해 내가 두려워할 것은 없다. 생명은 내가 조력자임을 안다. 도처에서, 그 존재의 뿌리에서부터 나뭇잎까지, 모든 것이 생명을 위협할 때, 땅 아래서 살 속에서 하늘에서 생명은 내가 대지를 경작하는 소리를 듣고, 내가 피를 부추기고, 생명을 위해 천체의 광채를 포섭하려는 걸 안다.

우리는 서로 사랑한다.

좀더 후, 밤.

나는 생명을 미래의 암흑에서 구원하러 왔다. 사랑을 나누고, 나를 뜨겁게 하는 이 불꽃을 타자에게 전수하기 위해.

우선 이 아이에게. 우리 정원은 온 대지에 널리 가득해질 것이므로. 사람들은 신과 같이 되리라. 강과 숲 사이에서, 진흙 위로, 온갖 짐승들로 에워싸인 가운데 그들은 정원들을 계속 조성해가리라.

이게 불경이라고 누가 외칠 건가?

아 인간의 기쁨을 위해, 지체할 수 없다! 약속만으로는 안 된다! 오늘 받은 선물, 살아 있는 양손에 쥐어진 과일 그리고 그 과일을 깨무는 이빨.

나는 여기, 바로 여기에, 하늘의 정원을 펼친다. 대지밖에는 모르는 내가.

5월 27일.

오늘 아침 드디어 고원에도 봄이 찾아왔다. 간신히 느껴지는 바람 한 점.

더없이 여린 나뭇잎들 향기가 보이지 않는 식물들로 가득한 석축 경사면을 온통 채운다, 숲 전체가 계곡과 협곡으로 이끌려 드는 듯. 에르가스틸의 숲, 소나무가 심겨 있는 그 숲과 에스칼의 덤불숲은 노간주나무 향기를 풍긴다. '마주'의 떡갈나무 위를 스치는 의미심장한 바람……

같은 날짜.

계절의 위력이 대지 아래 숨어 있는 생명력들을 움직이고 이동시킨다.

나는 그것을 듣는다.

사물들 위로 내가 가진 힘을 행사하는 동안, 온갖 생명력은 내 안에서 교차되었다. 나의 활기가 그것들을 끌어들였다. 나는 유체적 대지가 모여드는 인간 중추였다. 순수한 행위를 통해 자기장의 이동을 부추겼고, 대지 아래 구불거리는 은밀한 흐름에 바른길을 열었다.

이리하여 암묵적 공감대를 부추기면서 나는 광물의 정령과 식물의 신을 맺어주었다. 이런 일련의 위력이 내 두 손을 거쳐 흐르게 했고, 나는 물질에서 바위와 물과 나무, 뜨거운 바람을 추출했다. 나는 동물들을 복종시켰다. 사람도 길들일 수 있었다.

나의 마법은 그러했다.

나는 사랑했다. 나는 내 영혼을 사물들에게 쏟았다. 그것들은 내게 되갚아주었다. 나는 사랑받았다.

그들의 사랑을 받아 한순간 나는 발아의 위력을 가속할 수 있었다. 과수원이 계절과 무관하게 꽃 필 수 있게, 일찍 나무속을 타고 도는 수액을 창출했다. 그리고 파충류의 광기를 휘어잡을 수 있는 가락을 갈대 피리로 불 수 있게 되었다. 대지에서 비롯하는 그 씁쓸하고도 슬픈 부름을.

5월 28일.

이제 나는 분리되었다. 다 끝났다.

자연은 이제 내 안이 아닌 바깥에 있다.

나는 땅을 바꿔놓으려 했다. 질료에 미치는 나의 힘을 영혼에 쏟았다. 그 영혼을 육체에서 분리하기 위해. 영혼은 이탈했다. 나는 한 영혼을 새로 만들어내려 했다. 그러나 그런 창조 행위도, 유배에 처한 여자아이도 내 의도에 부응하지 않았다. 나의 창조 행위는 무로 사위어갔다. 유배된 여자아이는 멀찍이 따로 있다.

몸은 여기 있다. 쉬고 있다. 무용하고 순수한 몸. 가엽다! 부재를 에워싼 한 가닥 물질의 껍질. 이름을 말해도 잘 알아듣지 못한다.

푹 꺼진 형태뿐, 아무도 살지 않는······

그런 아이를 어찌 사랑하랴?

좀더 후.

아니, 난 그럴 수 없다. 내 마음은 무너졌다. 죽었다. 내 죽은 심장은 이 허망한 피조물을 위해 다시 박동 치지 않으리라.

아이가 내 피를 받은 누이로 거듭나기 위해서는, 사랑에 걸맞은 인간 존재가 되기 위해서는, 우선 내가 사랑할 수 있어야 할 것이다.

아! 하지만 나는 거의 원망만 느낄 뿐.

다시 좀더 후.

밤에 에스칼 쪽에서 천둥. 소나기가 내린다.

하지만 이제 바람이며 폭풍우가 무슨 소용이랴? 나는 이 대지 위에서 혼자다.

아주 깊은 밤.

나는 천막 주위를 헤맸다. 지금은 기다린다. 다시 소나기가 물러갔다. 하지만 밤이 내리자, 한 가닥 따뜻한 공기가 계곡에서 올라왔다. 그 공기가 고원 위를 감싼다.

환기를 하러 모직 천막 한 자락을 걷어 올렸다. 바람한 점 없다. 모닥불은 땅 아래 숨어 있다. 땅은 정전기가 날 정도로 건조하다. 모두가 팽팽하다. 가죽도, 천막을 맨 끈도.

하지만 아이는 쉬고 있을 뿐. 나는 혼자 밤을 새운다.

고요 속에서 폭풍우가 커간 것 같다. 보이지는 않는다. 침묵한다. 하늘은 굳게 닫혀 꿈쩍 않을 양이다. 그러나 이런 어두움 속에서도 폭풍우의 거대한 기둥이 솟아오르고 있음을 예감할 수 있다.

멀리 '마주' 위로, 떡갈나무들이 10리유나 늘어선 그 위로, 아까부터 달빛이 밀물처럼 속삭이며 흘러간 듯. 부드러운 큰 파도가 이 무수한 나무들의 호소를 막 들어 높이고 있는 것 같다. 아마도 습기 머금은 바람이 우듬지에 닿아, 거기서 바람에 민감한 그 아득한 존재들로부터 웅얼거리는 속삭임을 끌어낸 것이리라.

나에게서 떨어져 나간 그것들은 울었다. 나도 나에게서 떠났다.

정말이지 내 안에서도 폭풍우가 올라오고 있고, 나는 나를 찾아 헤매고 있는 중이다. 이 밤, 내 영혼의 어둠 속에서. 가끔 내 뺨에 타자의 호흡이 탄식하듯 스친다. 따스하다. 그도 배회하고 있다. 그가 나를 찾는다 해야 할 것이다. 나는 은밀히 그를 추적한다. 그러나 더 은밀한 그는 늙은 내 두 손으로 잡을라치면 사라져버린다. 나를 치고 사라지기도 하고 내 안으로 스며들기도 하여, 나는 내 안에서 그를 뒤쫓는다. 그러나 그는 더 깊게 내려가버린다. 내 현존재를 넘어……

이 이탈자, '가르는 자'는 무얼 원하는가?

그의 존재는 나를 갈라 겹으로 만든다. 그는 여기저기에서 내 모습을 반영한다. 그가 내 안에서 날 듣지 않고선 나는 제대로 말할 수도, 속삭일 수조차 없다. 그는 고독을 파괴했다. 아무리 은밀한 생각일지라도 비밀의 속삭임처럼 그에게 건너간다. 그가 나를 듣는다. 그는 여기 있다. 나는 그에게 증오심을 감출 수 없다.

나는 그를 정말 증오한다. 인간들을 사랑하는 것이 그

임을 이제 잘 안다. 내가 어찌 그들을 사랑할 수 있으랴, 필멸의 한 사내일 뿐인 내가?

생명과 피와 대지의 찬란함에 대한 이런 사랑은 한 사내의 외침을 넘는 것이다. 죽어갈 인간 입술이 부를 노래를 넘어서는 것이다. 그 사람은 정녕 매혹적인 약속과 '유혹자'의 혀 차는 소리를 필요로 하는 것이다.

새벽 1시.

아까 나는 보았다.

말 한마디, 생각 한 자락이었던가?

그건 저절로 녹듯 사라져버렸다. 누가 어디서 날 불렀다.

내 밖에서 (하지만 내 깊은 안에서) 한 이름이 불리는 걸 느꼈다. 그건 나를 형태에서 끌어내고, 나는 고원의 돌 속으로 산 채로 들어갔다. 대지에 난 수많은 미세공을 통해 나는 응회암 안으로 흘러갔다. 바위틈으로 스며들었다. 광물의 세계가 나를 변모시켰다. 나는 이제 고대의 죽은 뼛조각처럼 바스러지기 쉬운 석회질이 되었고, 빛이 억눌린 형광물질이 되었다. 흙과 돌의 형태 아래 유황과 부드러운 쇠, 그리고 아주 멀리 아직도 이름 모를 물가를 적시는 수정 같은 물. 나는 나의 어머니로 따스해져서 살고 있었다……

5월 29일.

하늘은 밤 내내 굳게 닫혀 있었다. 소나기가 들이닥친 건 내 안이다.

흙으로 빚은 램프는 천막 끈에 매달린 채 한동안 이 폭풍우를 비추고 있었다.

이름 모를 한 마리 짐승의 추한 신음이 고원 위에서 낑낑거렸다. 나는 달아났다.

그러나 바깥에는 시커먼 바람이 곧 구름을 찢으려는 듯하면서도 정작 움직이지 않았다. 거대한 기둥 같은 기운이 번개와 천둥을 안고 있었다. 그들은 눈먼 채 소리 없이 걸려 있었고, 폭풍우도 부동不動이었다.

누가 계속 불렀다.

하지만 영혼에서 무언가를 간직하였으니, 아마도 내가 한 인간에 지나지 않았던 시간을 애석해하기에 충분한 기억, 또 지금의 내가 흙으로 된 존재임을 탄식하기에 족한 그런 기억이리라……

이 공포감은 종달새 노래가 들릴 때 비로소 날 떠나갔다.

오래도록 나는 고원 꼭대기, 절벽 위에 쓰러져 있었다.

천막까지 되돌아올 수 있게 되었을 때, 새벽은 황량하고 여명은 잘려 나간 것 같았다.

갈대 피리는 되찾을 수 있었다. 나는 동쪽을 향해 부르고 외쳤다.

그들이 계곡으로 왔다. 위에서 그들을 목격했다. 그들은 샘 근처에서 대기 중이었다.

저녁 무렵 우리는 야영지를 정리하고, 천막을 '마주' 아래에 설치했다.

거기서 겨울을 기다리려 한다.

9월 16일.

여름이 가져다준 게 아무것도 없다. 나는 결단했다.
성탄절에 이아생트를 사람들에게 돌려주리라.

더 아래에 해독 불가능한 몇 가지 도형이 그려져 있고, 낯선 두 글자가 적혀 있었다. 그다음엔 백지가 이어졌다.

이아생트의 귀환

나는 그 큰 공책을 덮고 창가로 가서 공기를 좀 들이마셨다. 머릿속에 불이 난 듯했다.

창으로는 채소밭이 보였고, 채소밭 안에는 시도니가 평온하게 나무 아래서 상추를 따고 있었다. 그녀를 불렀다. 그녀는 머리를 들어 무슨 신호를 보냈으나 나는 그 뜻을 이해하지 못했다. 그래서 방에서 내려와 채소밭으로 갔다.

거북한 듯 그녀가 말했다.

"샐러드 상추가 웃자랐어요. 유감이네요."

"샐러드 없이 먹어도 돼요." 나는 부드럽게 말했다.

"안 돼요, 오늘 저녁은!" 그녀가 답했다. "누가 함께 식사할 거예요. 고기와 함께 먹자면 필요하죠."

"저녁 식사에? 누가?"

그녀는 흙을 털어내려고 상추를 흔들면서 말했다.

"저 정자 별채에 든 손님이에요."

나는 잘못 들은 줄 알았다. 하지만 내가 놀란 걸 생각하지도 않고 그녀는 말을 이었다.

"제가 그걸 세놓았지요, 주인님 안 계실 때요. 아주 잘 세를 놓았지요. 젊고 멋진 청년에게요……"

그녀는 집 쪽으로 향했다. 나도 따라갔다. 걸어가면서 그녀는 기쁜 듯이 일러주었다.

"식물 채집가 청년이랍니다. 그냥 좋아서 하는 것 같아요. 온갖 식물들, 숲에 있는 것들, 이렇게 풀 한 포기도 말이죠……"

그녀는 매료된 듯 엄지손톱을 치켜세웠다. 나는 대꾸하지 않았다. 그녀는 천사들 앞에 대령한 것 같았다.

"4월 어느 저녁에 도착했어요. 비가 오고 있었지요. 짚을 좀 달라고 했답니다, 헛간에서 잔다며. 그래서 정자 별채를 열어주었어요. 별채는 준비되어 있었거든요……"

"그래, 잘 자던가요?"

"예, 아기처럼!…… 참 젊은 청년이죠!…… 그 나이엔 내리 한숨에 푹 자죠……"

내 질문에 그녀는 즐거워했고, 나는 차차 상황이 파악되었다.

"……다음 날 아침, 날씨가 좋아졌어요. 청년은 과수원을 보고 정말 좋아하더군요. 그럴 만하죠. 그래서 제가 말했답니다. '주인님이 올 때까지 머무르세요. 머지않아 오실 겁니다.' 그래서 그는 머문 거고요……"

"난 그이를 못 보았는데." 나는 최대한 작은 목소리로 말했다.

우리는 우물 앞에 이르렀다. 시도니는 상추를 씻었다.

"그는 방금 막 들어왔어요." 그녀가 바로 설명해주었다.
"일주일 전부터 숲으로 언덕으로 두루 다니면서 식물 채집
중이랍니다. 오늘 저녁에도 풀과 꽃을 잔뜩 안고 들어왔어
요. 어깨에 한 짐 지고서요. 향기가 대단했죠. '와서 저녁 드
세요. 메장 씨가 돌아오셨답니다' 하고 말하니, '이 식물들을
내려놓고 손이랑 얼굴만 씻고 바로 오겠습니다'라고 대답하
더군요. 그가 주인님을, 그러니 15분 전부터 기다리고 있지
요. 주인님이 어디 계신지 몰라서……"

"정말 멋진 청년인가 봅니다"라고 나도 몽상에 젖어 중얼
거린 것 같다. 마치 나 자신에게 말하듯. 곁눈으로 시도니를
지켜보면서 말이다.

그녀는 이렇게만 답했다.

"얼굴만 봐도 알지요."

누가 마당을 가로질러 우리 쪽으로 왔다.

"저기 오네요. 장본인이요. 여기로 오는군요." 시도니가
가리켰다.

그러곤 상추를 물에서 건져 올리며 말했다.

"이걸 먹어야죠. 그래도 괜찮은 잎이 아직 좀 남아 있
네요."

그때 우리는 말을 나누었다. 그러나 무슨 말을 했는지는 잊었다. 모든 것이 워낙 자연스럽게 흘러가서 그냥 긴 산책에서 돌아오는, 이미 여러 달 전부터 우리 집에 기거하는 친척이나 친구를 다시 만난 것 같은 느낌이 들었다. 아마도 (그런데 영혼들은 무얼 낳는 것일까?) 많은 기적 중에서 우리가 그 기꺼운 영향력을 받는, 감춰진 한 기적의 결과가 아니었을까. 정녕 우리 사이에서는 비현실적인 것이라곤 아무것도 없었다. 그도 나도 시도니도 초월적 면모를 하고 있진 않았다. 우리 셋은 그저 충만하고도 소박한 피조물들로서, 그중에서 가장 소박한 이는 바로 그 청년, 수줍게 말을 하는 그이였다.

우리는 램프 아래로 가서 저녁 식탁에 앉았다. 미지의 인물은 행복한 기색이었다.

시도니는 그녀의 장점인 꼭 필요한 행동만으로 빵을 잘 썰고, 짚으로 엮어 만든 깔개 위에 물 단지를 깔끔하게 올리며, 정겨운 한마디와 더불어 음식 접시를 돌렸다. 꿈속에서 하염없이 기다리며, 말없이 고양되어 지내던 시도니가 아니라, 식탁 앞의 이 시도니는 일상의 시도니, 즐거움을 주려 배려하고, 모두에게 절도 있게 조언할 줄 아는 연륜 깊은 한 여인이었다. 특히 식사 진설陳設에 대해서는 말이 거의 없었고 분별 있게 제안만 할 뿐이었다. 거창한 기념의 초를 켜지 않은 식탁 위로는 고요한 두 손만 등장하고 사라졌다. 그러고서 램프를 끄고 잘 자라고 인사한 다음 부엌으로 사라졌다.

나는 손님과 잠시 이야기를 나눴다. 그는 꽃과 식물, 식물 채집가로서의 즐거움에 대해 말했다.

그런 다음 물러갔다.

나는 불을 끄고 방으로 올라왔다. 날씨가 온화해 창은 열어두었다.

밤꾀꼬리가 자정 무렵 노래를 불렀다. 새벽녘에야 조용해졌다. 나는 잠들지 않았다.

*

우리는 이렇듯 평화롭게 일주일을 지냈다. 손님은 얌전하고 눈에 띄지 않았다. 거의 마주치지도 않았다. 일찍 나가서 늦게 들어왔고, 가끔은 식사에 응하면서 말수는 적었다. 무엇보다 단순하고 다정했으나 속내를 쉬 꺼내는 사람은 아니었다. 그는 아르뷔스틴과 낡은 별채를 좋아했다. 나는 그를 거기 홀로 기거하게 내버려 두었다. 이런 적당한 거리감을 그는 기꺼워했다. 시도니가 그의 거처를 청소해주었으나, 우리끼리 그에 대해선 일상 용건 외에는 거의 말을 나누지 않았다. 아침이면 그의 가벼운 발걸음이 들렸다. 아이 발걸음 같았다. 그는 숲으로 가곤 했다. 밤에 그의 램프가 정자 별채에 그늘을 드리워주는 오리나무 고목의 잎을 비추는 것을 볼 때가 있었다. 이 램프는 밤이 깊어서야 꺼졌다. 내 나무들 아래 이렇게 밤을 오래 지키는, 마치 대답할 준비가 되어 있는 친구의 생각처럼 느껴지던 그 램프 빛이 좋았다. 그러나 나는 한 번도 그 손님의 일이나 꿈을 방해하러 찾아간 적은 없었다. 그냥 상상해보는 게 좋았다. 책 위로, 아직도 물방울이 별처럼 반짝이는 신선한 꽃 위로, 볕에 탄 얼굴을 주의 깊게 기울이고 있을 그를.

그와 함께 있을 때는 그를 정색하고 바라볼 수가 없었다. 하지만 그가 자리를 뜨면 그의 모습을 잘 되짚어볼 수 있었다. 그의 순수함은 놀라웠다. 맹하니 순진하거나 무지하거나 억지 부리는 순수가 아니었다. 그는 기민한 감각과 정확한 눈썰미와 풍부한 기억의 소유자였고, 잠시 그 시선에 어떤 불길이 이는 때도 있었다. 그래도 막 유년에서 벗어난 모습이었다. 어떤 점에서 그가 이토록 부드러웠던 건지, 집어내 말할 수는 없었다. 반듯한 윤곽이 가끔 굳어지면서 넓은 어깨에서는 청년의 기상이 느껴졌다. 그러나 머리에서부터 발끝에 이르기까지 수줍은 우아함이 맴돌고 있었다. 이 우아함이 내 가슴을 뭉클하게 했다.

점점 더 침착해지는 시도니는 생각에 잠겨 놀랍게도 침묵을 지켰다. 물론 그녀는 여전히 기다렸다. 그녀를 알 것 같았다. 그러나 분명 약속의 시간에서 도래의 시간으로 그녀의 기다림은 이행했다. 이미 만족한 그녀의 가슴에는 그야 말로 평화가 넘쳤다.

4월이 떠나갔다. 5월에 접어들었다. 몇 종류 나무들이 아직 꽃을 피우는 들판에는 송진과 과일 향기가 느껴지기 시작했다.

10일에 우리는 메제미랑드로부터 전갈을 한 장 받았다. 이튿날 아멜리에르로 마차를 보내달라고 했다. 설명은 전혀 없었다. 하지만 메제미랑드 부탁이니 놀랄 일도 없었다. 아그리콜에게 알렸다. 그는 아침 일찍 길을 떠났다.

나는 그보다 늦게 일어났다. 절로 달력에 눈이 갔다. 오순절임을 알게 되었다. 내가 참으로 사랑하는 이 축일에 들판을 달려가고 있을 아그리콜이 부러웠다. 정말 날씨가 좋아서 미풍은 샘가의 물냉이와 야생 장미 향을 여태 풍기고 있었다…… 10시에 미사 드릴 베르젤리앙 신부님이 떠올랐다. 전야에 오래된 본당 성당에서는 새 성수를 축성했다. 나는 관례를 알고 있었다. 이 작은 본당은 나름의 의식을 지켜오고 있었다. 이제 후진에 일곱 대의 성촉聖燭을 밝힐 것이다. 성령 칠은七恩을 기념하면서. 그리고 감실 앞에는 한 송이 붉은 장미를 놓을 것이다. 나는 우리 노사제가 오늘날에는 잊힌 라틴 교회의 옛 전례를 따라, 깊은 신비 속에서, 오늘 밤에는 협조자 성령을 청하는 내밀한 미사를 홀로 드릴 것임을 알고 있었다.

아침나절 내내 이처럼 몽상에 젖어, 딱히 하는 일 없이 그
저 행복감에 싸여, 집에서 샘으로, 채소밭에서 덩굴시렁 아
래로 오갔다. 별채의 손님은 새벽에 나가고 없었다. 시도니
도 없는 듯했다. 소작 농가에도 아무도 없었다. 아그리콜의
아내와 아이들, 넷 모두 마을로 가고 없었다. 나는 그야말로
혼자였다. 이런 고독에 한없는 매력을 느꼈다. 식사 때 시도
니를 겨우 보았을 따름이다. 그녀는 꼭 필요한 행동만 절도
있게 수행했는데, 너무나 순수한 동작들이라 식탁 위에는
그늘 한 자락 없었다. 그렇게 조금만 비추던 그녀 모습마저
해체되듯 사라졌다. 저녁때까지 아무것도 나의 순박한 기쁨
을 흩뜨리지 않았다.

어둠이 내리고 식탁이 밝혀지고 식사가 김을 피워 올리면
서 시도니는 일상의 모습을 되찾았고, 피로에 젖었으나 행
복에 겨운 손님이 나의 농갓집 거실에서 함께 저녁을 들기
위해 들어섰다. 나는 그를 기다리고 서 있었다.

그가 "야생 바질 한 포기와 히숍을 잔뜩 발견했어요"라면
서, 언제나처럼 어색하고 수줍으나 다정한 미소를 지었다.

우리는 맛있게 먹었다. 식사 후, 그는 식물 몇 가지를 보
여주었다.

그것들을 식탁보 위에 펼치고선 균형 잡힌 해박함으로 설

명해주었다. 우리 고장 식물들의 향토 이름을 다 알고 있었다.

"이건 매발톱꽃이랍니다. 성모님의 장갑이라고도 하죠. 종달새 풀, 파란 덩굴, 풀딸, 딱총나무, 땅딸이 딱총나무, 버베나와 교잡된 살비아, 심판관님 풀이라고도 하고요…… 다 제 나름의 맛과 향, 생명과 영혼이 있어요. 검정 아네모네나 바람꽃처럼……"

한숨에 주르르 꿰는 설명이 아니었다. 자주 수줍음에 사로잡혀 꽃을 손가락 사이로 돌리면서 말을 잇지 못하기도 했다. 그러면서 불안한 듯 나를 바라보았다. 그런데 내 얼굴이 그를 안도시켰는지 그는 다시 그토록 순수하게, 나는 다 상실해버린 그 순수함으로, 산에 깃든 이 식물들의 향기로운 세상을 전하는 설명을 이어갔다. 목소리에 수줍음이 워낙 가득하면서도, 그 신선한 이름들에서 그토록 큰 행복을 끌어내고 있었다……

우리는 식물들에 매료된 채 한참 머물렀다. 히숍 꽃과 아르니카 잎의 덕목, 치유력을 이야기하며. 이런 자연적인 가치가 우리에게는 대지의 감추어진 강한 힘에서 비롯하는 것 같이 느껴졌다. 그만큼 이 뿌리들과 아직 축축한 수액의 향기가 우리 뇌리를 장악하며 그 깊은 곳까지 감동을 준 나머지, 오늘 아침, 새벽의 신선함 속에서 그 식물들의 순수함을 채집한 장소인 바위며 샘, 협곡, 고원과 굴이 떠올랐다.

시도니가 우리 뒤에 서 있었다. 그녀도 바라보고 있었다. 가끔 그녀는 문 쪽으로 가볍게 고개를 돌렸다. 마치 우리가 듣지 못한 소리가 예민한 그녀의 귀에 닿기라도 한 듯이. 하지만 그녀의 몸은 고요히 가만있었다. 입에서는 숨 쉬는 소리도 전혀 느껴지지 않았다. 손님과 내가 무사태평하게 떠다니는 반쯤 몽상의 상태에서, 시도니가 거기 서 있는 것이 워낙 믿음직하고 든든하여 우리는 그녀를 바라보기 위해 너나없이 몸을 돌리곤 했다. 그러나 그녀의 얼굴은 그저 단순했다. 그러면 우리는 식물로 되돌아왔는데, 식물들의 매력이 우리를 금방 되사로잡아 모든 걸 잊게 했다.

아그리콜의 마차 소리를 들었던 건 11시경이다. 마차가 마당에 들어왔다. 아그리콜이 노새에게 말을 했다. 이어서 그가 마차에서 뛰어내리더니 누군가도 그다음에 뛰어내렸다. 노새는 힝힝거리고 거칠게 숨을 쉰 다음 마차를 끌었다. 삐걱거렸다.

시도니가 문을 열었다. 나는 일어났다. 아그리콜이 문지방에 서 있었다. 낮은 목소리로 그가 말했다.

"여자아이를 데리고 왔어요."

그는 마차 옆에 가만히 서 있는 아이를 보여주었다. 밤이 깊었으므로 그저 키가 크고 마른 실루엣밖에 보이지 않았다. 놀란 나는 말했다.

"어이쿠, 여섯 달 만에 많이 자랐군요!……" 아그리콜도 그렇게 생각한다는 몸짓을 보였다.

"이제 아가씨가 되었지요."

"그런데 왜 데리고 온 건지?"

"데리고 있을 수 없었답니다. 근래 두 번이나 달아났다고 해요."

"어디로?"

"여기, 리귀제 오는 길로요."

"그럼 신부님과 메제미랑드가 아이를 도로 보내는 건가요?"

"그렇습니다. 두 분이 그게 더 낫다고 하셨어요."

"두고 보면 알겠지요. 게리톤은 어떤지?"

"저 위에 머무르고 있지요."

"그 높은 데서 어찌 지내는지?"

"늘 그렇듯이요. 모든 게 바짝 말랐더군요"

"베롤은?"

"여전히 거기 있어요. 한데 그가 당나귀를 한 마리 데려왔어요."

나는 깜짝 놀랐다.

"나귀를? 어떤 나귀를?"

"방랑하던 나귀죠. 아주 얌전해요. 집을 벗어나지 않아요.

나귀가 둘의 친구가 되어주지요."

그가 여자아이를 불렀다. 아이가 왔다.

나는 손님에게 말했다.

"그냥 계세요. 수양딸 펠리시엔이랍니다. 정신이 좀 단순해서 그렇지, 우릴 방해하지 않을 겁니다. 가여운 아이죠……"

하지만 그는 거북해하며 식물들을 하나하나 수습하여 표본첩에 정리했다.

방 한가운데 서서 펠리시엔은 주위를 무관심하게 둘러보고 있었다. 그녀의 눈길은 이방인에 닿지 못한 채 그를 지나쳤다.

여자아이는 자랐다. 아그리콜이 말한 대로 이제는 어엿한 처녀였다. 몸도 탄탄해지고 팔다리는 길어졌다. 멍하고 맑은 두 눈은 기이한 깊이를 보이며, 램프 불빛이 닿으면 더 커지는 듯했다. 그러나 영혼은 텅 비어 있는 채였다.

나는 시도니에게 신호했다. 시도니가 펠리시엔에게 다가가니 아이는 순순히 따라갔다.

아그리콜이 작별 인사를 했다.

손님은 식물 정리를 마쳤다. 나는 잔 두 개와 호두 포도주 한 병을 꺼내러 갔다.

우리는 포도주를 조금 마셨다. 내가 말을 건넸지만, 상대방은 내 말을 건성 듣고 있었다. 나는 펠리시엔의 기이한 특성 몇 가지를 알려줌으로써 그의 관심을 끌어보려 했다. (그러나 그 이야기는 여기 적지 않는다.) 상대방은 입을 다물고 있었다. 갑자기 그가 말을 했다.

"어쩌면 한마디로 족할 겁니다…… 단 한마디가 기억을 되찾게 해줄 수 있어요…… 본 적이 있습니다."

나는 고개를 흔들었다.

"어떤 말이죠? 아이의 진짜 이름도 별 감응을 낳지 못하던 걸요."

상대는 깜짝 놀라 나를 바라보았다.

"진짜 이름요? 저이의 진짜 이름이 무엇인지요?"

그 순간, 미끄러지듯, 한 걸음 될까 말까, 계단으로 발소리가 들리더니 펠리시엔이 나타났다. 그녀는 맨발로 내려왔다. 우리를 보자 마지막 계단에 멈춰 섰다.

램프가 환히 그녀를 비추었다. 무표정한 얼굴이 환한 빛 안에 들어왔다. 커다란 두 눈은 응시하는 대상 없이 허공에 꽂혀 있었다.

내가 부드럽게 불러보았다.

"이아생트……"

아이는 움직이지 않았다. 그런데 청년이 천천히 몸을 돌이켰다.

"하느님!"

그는 웅얼거렸다.

나는 그가 일어나려 한다고 생각했지만, 그는 정말이지 그러지 못했다. 그는 크게 애를 쓰다가 압도된 듯 다시 주저 앉았다. 그러면서 아주 낮은 목소리로, 마치 자기 자신에게 말을 하듯이, 나보다 더 부드럽게 내처 불렀다.

"이아생트……"

이아생트가 그를 바라보았다.

그러자 그는 몸을 일으킬 수 있었고, 나를 향해 떨리고 약간 갈라진 목소리로 말했다.

"저, 콩스탕탱 글로리오입니다."

그가 이아생트를 향해 걸어가려고 했다. 그러나 어렵사리 단 한 걸음을 뗄 수 있었을 뿐이다.

이아생트는 그를 바라보고 있었다. 그녀는 가만있었다.

하지만 심연의 침잠된 고요를 뒤흔드는 생명력이 그녀의 두 눈에 솟구쳐 올라오고 있었다.

내가 보았다. 내가 거기 있었다.

*

이튿날 아침 문을 열면서 시도니는 당나귀 한 마리를 발견했다.

나귀는 혼자 마당 한가운데 서 있었다.

시도니가 나를 불렀다. 나는 내려갔다.

"예의 그 나귀일 겁니다." 나는 시도니에게 망설임 없이 말했다.

나귀는 바구니를 둘 지고 있었다.

한 바구니 안에 넷으로 접힌 작은 종이 한 장이 꽂혀 있었다. 메제미랑드의 전갈이었다. 나는 읽었다.

오늘 아침 보리솔에 물줄기가 보였고 아몬드 나무 한 그루가 꽃을 피웠습니다.

다른 바구니에는 짚방석 위에 세 개의 싹과 세 송이 꽃이 매달린 아몬드 나무 작은 가지 하나가 곱게 담겨 있었다.

보스코 세계 속의 식물과 동물 그리고 인물들*
── 이아생트의 비밀을 중심으로

**보스코 애독자인 상상력과 이미지 읽기의 대가,
바슐라르를 따라서**

'이아생트Hyacinthe 3부작'**에 나타난 앙리 보스코 상상 세계의 비밀스러운 구조에 다가가기 위해 문학 상상력 이해의 진경을 개척한 가스통 바슐라르적 책 읽기로 접근해보자. 보스코는 이른바 '책의 사람' 바슐라르가 각별히 선호

---

* 이제 우리는 보스코의 유명한 초기 3부작 국내 완간을 맞게 되었다. 보스코는 무척 아름답지만 여전히 수수께끼 같은 작가인가? 이에 '이아생트 3부작'으로 불리는 세 편의 소설 중 마지막에 해당하는 이 작품만 언급하기보다, 3부작의 전체적 이해에 도움이 되리라 생각되는 옮긴이의 같은 제목의 논문을 대폭 줄이고 고쳐 써서 이 귀결 작품의 해제로 제시해본다. 이로써 보스코 작품 세계의 비밀스러운 섬세한 매력이 일반 독자들에게도 좀더 깊이 느껴질 수 있기를 바란다.

** 『반바지 당나귀』(정영란 옮김, 민음사, 2014, 이하 『반바지』로 약칭), 『이아생트』(최애리 옮김, 워크룸프레스, 2014), 『이아생트의 정원』(이하 『정원』으로 약칭)을 말한다.

한 작가의 한 사람이다. 보스코를 위대한 몽상가로 주목하고, 상상력과 이미지 연구서 여러 곳에서 인용한 바슐라르는 "책 읽기란 시적 디테일에 주의 깊은 배려를 하는 가운데 작가의 이미지를 연장하는 활동으로, 그 이미지 안에 응축된 작가의 상상력을 되살며 또 그 감동의 내용을 드러내는 일이다"라고 하지 않았던가. 얼핏 보기에는 사소하며 아무 중요성이 없는 듯할 때에도, 보스코적 디테일은 창조적 몽상의 개성과 내적 통일성을 지니면서 작품의 문학성과 의미에 역동적으로 참여하고 있다. 바로 이 문학적 디테일, 이미지의 편린을 독서의 심리분석가 바슐라르적으로 증폭해봄으로써 보스코적 신비에 다가가보겠다.

3부작의 내적 관련성 — 창조적 몽상의 연계

세 편의 소설을 접한 독자라면 알아차렸겠지만, 『반바지』 『이아생트』 『정원』을 3부작이라는 이름으로 모을 수 있게 하는 통일성은 줄거리가 연결된다거나 같은 인물들이 계속 등장한다거나 하는 데 있지 않다. 각기 다른 화자들을 내세웠을 뿐만 아니라, 그나마 작품의 주요 인물 중 몇몇은 모습을 보이는가 하면 곧바로 사라지기에, 말하자면 사라지기 위해 잠시 등장하는 듯한 이아생트 말고는 다른 인물들의 출현 방식은 더 심하게 단속적斷續的이다. 끊어짐이 더 많은 가녀린 이어짐이랄까. 그러니 이 세 편의 소설을 3부작으로 묶는 통일성은 외현적이라기보다 내재적 통일성일 텐데, 그것은 세 작품을 감싸고 도는 작가의 창조적 몽상의 연계에 있다.

먼저, 작품의 제목들에서도 그 점을 짚어볼 수 있다. 말의 섬세한 음미가인 작가는 일견 소박하기 짝이 없는 제목들 속에 그 특유의 생의 상상력을 담고, 풍부한 환기와 시적 메아리를 향한 길을 터놓고 있다. '반바지 당나귀'의 경우 잊어버릴 수 없을 만큼 생생한 면모를 보여줄 당나귀를 비롯한 동물의 세계가, 소녀 이름인 '이아생트'를 통해서는 같은 이름의 히아신스꽃이 불러오는 식물의 세계가. 덧붙여 '반바지 당나귀'는 다른 인간의 존재, 인물들까지 간접적으로 환기하니 당나귀에게 인간의 옷인 반바지를 입혀 겨울나기 채비를 해준 것이 인간이 아니고 누구겠는가. 그는 유별난 정원의 경작자이자 동물들을 불러 모으는 자임을 동명의 첫 작품은 일러준다. 한편 '이아생트의 정원'이라는 제목, 꽃 이름이자 그와 같은 이름을 가진 소녀가 불러오는 정원은 또 어떤 공간일까.* 세 편 중 두 편의 제목에 거푸 등장하는 이

* 정원 조성은 '잃어버린 천국 추구'라는 인간의 가장 오래된 꿈의 반영임을

아생트는 고유명사로 인명이지만, 보통명사로 쓰일 때는 히아신스뿐만 아니라 'jacinthe'(자생트)로도 적을 수 있는 보석, 풍신자석의 별칭으로 대지와 관련된 몽상, 광물에 대한 꿈을 촉발하기까지 한다.*

이처럼 '이아생트 3부작'은 그 제목들만으로도 보스코의 개성적인 우주론을 형상화하고 있음을 암시한다. 이런 이해의 빛 아래에서 동물과 식물 그리고 인물 들이 어떻게 작품에 참여하고 있는가를 살펴보자. 동물계에서는 당나귀와 감춰진 뱀이라는 두 존재의 대립적 역할을 중점적으로 살펴보는 것으로 만족하고, 식물계에서는 히아신스와 히숍을 대표로 살펴보자. 그리고 인물의 영역에서는 당연히 히아신스 아가씨, 곧 이아생트에 집중하자.

동물들의 세계 ─ 뱀과 당나귀, 반립적 두 표징

보스코적 동물지動物誌에서 1차적 상징 동물은 태고의 뱀이다. "『반바지』는 프로방스 편 창세 설화다. 작품의 모든

보스코는 여러 곳에서 표백하고 있다. 천국이나 낙원으로 번역하는 '파라다이스'는 그리스 및 고대 페르시아어, 아베스타어 어원상 '주인의 정원'을 뜻한다.

* hyacinthe와 같은 어원을 가진 파생어 jacinthe도 인명으로 쓰이기도 한다.

극적 사건은 괴물 같은 뱀 한 마리가 장악한 한 정원에서 전 개된다"라고 소개할 수 있듯이, 사고事故인 듯 운명인 듯 시 프리앵 영감의 '신新정원'에 들어와 똬리를 틀게 된 거대한 이국의 뱀은 성서적 세계 창조 이야기 속에 저주를 싣고 미 끄러지듯 들어온 저 '원죄의 뱀'을 환기한다. 태초 정원의 완 벽한 재현을 시도하는 시프리앵 동산의 불길한 수문장으로 자리 잡기 직전, 이 위협적인 뱀 주위로 방랑 집시들이 모여 저녁 야회를 벌이는 삽화(『반바지』 229~238쪽)가 이야기의 내적 구조에 의미심장한 연결을 제공한다.

피리 소리로 뱀을 도취시켜 휘어잡으려 했으나 실패한 무 능력한 땅꾼 대신, 파괴와 죽음의 전령인 그 동물 앞에 대담 하게 나선 집시 소녀는 뱀과 더불어 새로운 원죄의 한 쌍을 환기한다. 그런데 '이 세상에서 가장 오래된 동물'의 독침이 소녀에게 꽂히기 직전, 뱀은 그 무시무시한 광경을 우연히 목격한 시프리앵, 즉 모든 동물을 길들여 자기가 조성한 마 魔의 정원에 거느리는 데 성공한 마법사가 부는 주문呪文의 피리 소리를 듣게 된다. "어머니 대지"의 심부에서 길어 올 린 현묘한 피리 소리에 "땅의 동물" 뱀은 소녀를 놓아주고, 자신의 신경을 마음대로 지휘·지배할 수 있는 노인을 심복 처럼 따라온다. 그리하여 다른 동물에게는 "무서운 손님"으 로 이 늙은 마법사의 정원에 대기하며 그의 명령을 기다리 게 된다……

이처럼 파괴의 불길한 영을 싣고 나타난 괴물 짐승이 야
망의 새 낙원에 수상쩍은 수문장으로 행세하게 된 연원에
는, 이름 모를 집시 소녀와 뱀이라는 한 쌍이 자리하며 이는
또 다른 한 쌍을 예고한다. 다시 시프리앵의 주력呪力에 속
박될 이아생트와 뱀이다.

그 정황을 보자. 우선 플뢰리아드, 이름 그대로 '꽃 핀 정
원'의 평화는 그 개척자가 고백하듯이 "뱀이 지켜주는 평
화"(246쪽)에 지나지 않아 조만간 깨지고 말 운명이 아니겠
는가. 온갖 동물이 다 모여든 이곳을 끝내 지키기 위해서가
아니라, 뱀은 파괴의 상징으로서 마치 감실 혹은 지성소 같
은 벽감 안에 모습을 감추고 있다. 『반바지』에서 뱀은 모습
을 감춘 채 성당에까지 잠입했는지도 모른다. 밤 기도를 맺
으면서 "뱀은 지구상 그 어느 동물보다 간교했다"(208쪽)라
는 「창세기」의 구절을 되뇌는 쉬샹브르 신부는 성모 제단을
장식해달라고 부탁하며 시프리앵이 보낸 금작화 다발 안에
뱀이 감춰져 있었노라고, 마을 아이들이 소동한 그 뱀*을 발
견하지 못하고서 그런 성서 구절을 새삼 기억한 것이리라.

이 보이지 않는 뱀, 아이들이 보았다고 말하지만 사제의

---

* 보스코적 디테일의 상징성을 짚어볼 수 있는 좋은 예다. 통상 뱀을 밟고
서 있는 모습으로 표현되는 성모상 앞에 바칠 꽃다발 안에 숨어든 뱀이라면
얼마나 극적인 도발일지 상상해보아야 한다.

눈도 속이는 이 뱀의 행방은 어떻게 될까. 그냥 사라지고 만 것일까. 한편 『이아생트』에서 텅 빈 고원에 위치한 라 주네 스트라는 외딴집, 수수께끼 같은 등불에 이끌려 빈집에 잠입해 들어간 화자는 그 기이한 집에서 잠들어 꿈을 꾸게 된다. 꿈속에서 성당의 사제에게 고해성사를 하고 있는 제 모습을 보게 되는데, 사제 뒤편 채색 유리창에 뱀이 다시 모습을 드러낸다. 그러나 이제는 살아 있는 뱀이 아닌 하나의 회화적 영상으로 꿈결에 등장하는 것이다.

> 〔……〕 신묘한 **그늘 드리워진** 장소가 보였다. 이 **그늘 자락** 아래로 사자 한 마리와 여인 곁에 한 남자가 거닐고 있었다. 〔……〕 여인의 오른편으로 터질 듯 익은 과일로 뒤덮인 나무의 미끈한 둥치에 **감겨 있는** 저 지상 낙원의 **큰 뱀**이 보였다. (108쪽)*

스테인드글라스로 재현된 천국 동산의 친근한 영상 아래 고해성사 중인 꿈을 꾸는 『이아생트』의 화자, 영혼 고갈에 고통받고 있던 익명의 남자는 자신도 모르는 새 『반바지』의 중심 화자인 콩스탕탱과 일체가 된다. 『이아생트』의 서술 구조를 따라가볼 때, 바로 이 꿈속의 고해는 『반바지』의 콩

---

* 인용문의 번역 및 강조는 이 글의 필자에 의함.

스탕탱이 쉬샹브르 신부 앞에서 한 고해(190쪽)의 연장선에 있다.

그런데 보스코의 어휘 중 '그늘ombre'은 깊은 상징성을 가진 단어로, 악마적 분신이나 밤 혹은 어둠의 공존을 의미하면서 단연 부정적으로 쓰인다. 그런데 그 단어가 여기서는 "그늘 드리워진ombragé"이라는 형용사와 "그늘 자락ombrage"이라는 명사로 살짝 변모해 긍정적 가치로 옮겨가고 있지 않은가. 정녕 이 묘사에서 느껴지는 것은 불길함과는 거리가 먼, 평온하고 풍요로우며 낙관적인 분위기다. 그래서 인용문에서의 "큰 뱀"은 작가와 독자의 공감적 상상 세계 속에서, 앞선 『반바지』에 등장했던 뱀과 동일한 역할을 하지 않는다. 여기의 뱀은 하느님의 집인 성당의 채색 유리를 장식하는 성서적 그림으로, 창유리에 고정되어 있다. 그것은 흘러 꿈틀거리는 활동적 뱀이 아니라, 수동적으로 "감겨 있는enroulé" 뱀이다.

이런 변이, 이행을 볼 때, 이 동물을 고정화固定化시킴으로써 『반바지』에서 『이아생트』로 악마적 뱀에 대한 일종의 벽사辟邪 혹은 구마驅魔가 진일보하고 있음을 알 수 있다. 이처럼 『반바지』에 후속된 작품의 내적 필요성에 부응하기 위해, 작가는 『반바지』 후반에서 종적을 감춘 뱀을 그대로 둘 수 없었던 것이리라.

『반바지』의 진정한 후속편이자 3부작 전체의 귀결이『정원』인데,* 여기에서는 뱀이 어찌 되었나 보자. 소설의 앞 대목을 보면, 저지대에 위치한 마을에서부터 높은 산 하늘 아래 첫 집처럼 내걸린 게리통네 외딴 농가 보리솔로 이르는 길이 나온다. 극적인 수직의 상하 공간을 잇는 이 상징적 행로에 뱀의 이미지가 등장하되 더할 나위 없이 은밀하다. 산 언덕으로 오르는 길과 주변 경관의 묘사 중 살짝 삽입된 다음과 같은 언급은 아무런 날에 대한 중성적 묘사가 아니라,『정원』의 화자 메장이 처음으로 보리솔이라는 각별한 장소를 향해 가던 첫 봄날 방문 때의 정경이다.

* "여기 이 이야기는 내가 잘 알았던 한 소녀, 이아생트, 내 집에서 키우기도 했던 소녀의 이야기와 관련된 몇 가지 잘못을 바로잡으려는 일이다"라는『정원』의 첫 서두에 놓인 화자 메장의 말(14쪽)을 볼 때 이 작품은 정작『이아생트』에서 제대로 못다 한,『반바지』에서 실종된 이아생트의 이야기를 새로이 전개하여『반바지』의 귀결로 삼고 있다. 자기 대신 시프리앵의 손아귀에 든 소녀를 숨어서 목격하게 된 콩스탕탱의 증언(『반바지』184쪽)을 이 작품 앞에 아무 설명 없이 붙여둔 이유가 여기서 짚인다. 그것이 굳이『반바지』의 인용문임을 밝히지 않은 것도 작가의 깊은 의도에서 비롯한다. 즉『정원』은『반바지』의 논리적·사실적 후속편이 아니라 하나의 독립적 작품이면서도 노인의 피리 소리에 홀려 실종된 소녀의 이야기라는 옛 실마리를 다시 풀어갈, 상상적 꿈의 영역에서 연계될 새로운 이야기임을 암시하기 위한 것이다.

398

그 **아래로** 제멋대로인 풀밭을 가로지르는 아주 작은
개울이 **굽이돈다.** 거기 **히아신스**와 **황금단추꽃**이 자란
다. (62쪽)

 속독가의 시선에는 그저 새어 나가버릴 이 한 조각 묘사
는 진술의 양태를 잘 집어내면서, 작가의 역동적 상상력에
마땅한 가치를 부여해보려는 우리에겐 의미심장하다. "굽
이도는"(동사 serpenter의 현재형으로 처리되어 있다) 이 개울
의 사행蛇行 안에 바로 뱀serpent에 관한 역동적 상상력이 숨
어 있다. 그러한 개울이 "아래로" 위치해 있음은 우연이 아
니다. 바슐라르식으로 말하면, 뱀처럼 굽이 흐른다는 동사
에 실린 심리적 무게, 필경 무거울 불길함의 무게가 물의 흐
름을 아래로 이끄는 것이 아니겠는가.
 그러나 이 개울가의 꽃들 덕분에, 소박하고 자잘한 풀꽃
에 지나지 않지만 프랑스어로 '황금단추꽃bouton d'or'이라는
빛나는 이름을 가진 꽃 덕분에 정경은 다시 밝아진다. 그렇
다, 사행성이라는 뱀의 간접적 이미지로 환기될 약간의 어
두움마저 황금단추꽃이라는 속명을 가진 풀꽃의 빛 때문에
즉각 상쇄되는 듯하다. 그러니 보스코가 황금단추꽃의 정식
명칭인 renoncule, 즉 미나리아재비라는 단어를 쓰지 않은
것이 얼마나 다행한 일인가.*『반바지』에서 "아가위나무, 디
기탈리스, 수레국화, 나무딸기, 쥐똥나무, 스페인 금작화, 꽃

갯길경, 성녀 베로니카의 풀"(50~51쪽), 뿐이랴 "앵초와 금어초, 꼬리솔나무, 야생 산토끼꽃, 〔……〕 개자리속, 토끼풀, 누에콩풀, 샐비어, 백리향"(52~53쪽) 등등, 하고 많은 야생초를 신나게 열거하고 있는 보스코, 프로방스의 언덕 기슭마다 피는 온갖 풀과 식물의 대가가 왜 여기서는 하필 속명으로 황금단추꽃을 언급했을까. 그것은 그 속명만이 가지는 언어적 힘, 환기력 때문이 아니겠는가.**

뱀처럼 구불거리는 개울에 이끌린 듯 거기 서 있는 또 다른 식물인 히아신스도 몹시 의미심장하다. 작품 전체를 통틀어, 제목에서 쓰인 인물의 이름을 뜻하는 꽃이 등장하는 것은 사실 이 대목이 유일하다. 그런데 바로 여기서 놀랍게도 뱀과 이아생트(혹은 꽃으로서의 히아신스)의 쌍 혹은 의미심장한 근접을 보게 된다. 이미지에 대한 바슐라르식의 섬세한 읽기만이 주목하고 드러낼 수 있는 것, 그것은 뱀처

---

* 식용인 흰 꽃의 미나리와 비슷하게 생겼으나 영어권에서는 속명으로 '버터컵'이라고도 하고, 프랑스에서는 '황금단추꽃'이라 할 만큼 밝은 노란 꽃을 피우는 미나리아재비는 유감스럽게도 식용이 아니다. '아저씨'의 낮은말 '아재비'가 덧붙여진 이유겠다.

** 작가는 콩스탕탱과 더불어 '성모님의 장갑' 등 진귀한 식물의 속명을 일부러 들어, 그 환기력을 음미하는 화자의 모습을 작품 대미에서 보여주고 있다(『정원』 383쪽 참조).

럼 굽이도는 개울과 히아신스가 서로 가까이 있다는 사실이다. 아니, 사행하는 물이 히아신스의 존재를 요청한 것 같다. 개울물에서 뱀이, 꽃에서 그 꽃 이름을 가진 소녀가 기민한 독자의 상상력에서 차례차례 소환된다.

이처럼 겉보기에는 사소하기 그지없는 듯한 이 묘사는, 뱀과 이아샌트의 엮임을 후일 메장의 깊고 위험한 환각 상태 속에 불러온다. 거의 실성 상태에 빠져 이 정경을 생생히 보게 될 메장*이 보리솔에서 예기치 않게 만날 상대가, 그러니 다른 이름으로 불리지만 실은 이아샌트가 아니고 누구겠는가. 소녀는 메장이 보리솔에 처음 방문했던 그 봄에 이은 성탄절 밤, 보리솔의 게리통네에 위탁되었다가 다시 메장네에 맡겨진다. 이아샌트가 어디서인지 모르게 신비하게 출현한 외지의 뱀과 그것을 부리는 피리 소리에 이끌린 듯 늦은 봄밤 과수원으로 나와 달빛 아래 그 뱀 곁에서 춤추는 장면을, 메장은 이아샌트를 보살피던 중 목격한다(『정원』

* 세 작품의 내적 주제들이 하나로 총합되도록 작가는 외부 사건들의 연계, 즉 평면 서사에만 의지하지 않고, 이처럼 화자 메장의 기이한 꿈 이야기를 등장시킨 것이다. 현실의 흐름을 끊고 느닷없이 심연으로 파인 거대한 싱크홀, 그 환상, 무의식의 우묵 자리에서 세 작품의 몽상적 실마리들이 서로 얽혀든다. 그 깊은 수면에서 깨어난 화자는 현실 속 작은 신호들에서 꿈의 내용을 총합하고 풀어가는 새 안목을 얻는다. 그것은 이 작품을 주의 깊게 읽어가는 우리 각성된 독자들이 누릴 몫이기도 하다.

215~216쪽). 그러나 이는 과수원에서 잠에 빠져든 메장이 꿈결 속에서 본 일이기에 현실과 비현실의 경계를 구분할 수 없다. 이런 추이를 되짚어보면, 앞 인용문에서 본 대로 굽이진 개울 곁에서 자라난 히아신스는 뱀의 출렁거림에 매혹당해 춤추는 이아생트를 은밀히 예고함을 확언할 수 있다.*

　그러나 소녀와 뱀의 이 춤은 깊은 몽환 상태에서 본 것이기에 집요한 괴물 뱀의 현실적 힘을 증명하기보다, 기실 이아생트가 뱀의 힘에서 풀려나서 자신의 의식 세계로 귀향하게 되는 종국적 구마의 전초적 단계를 오히려 암시한다. 더구나 이 밤 이후 소녀는 다시 실종되지만 "아름다운 십자가"라는 뜻의 갈림길인 "벨크루아"(224쪽)에서 발견되어 귀환한다. 여기서 그녀가 하필 구원의 상징물인 십자가가 세워지고 그 이름이 붙은 갈림길에서 발견되어 그녀를 진중히 보살피는 노사제와 어진 양아버지 격의 메장의 곁으로 돌아오는 장면은, 시프리앵 노인의 피리 소리에 휘둘려 받은 뱀의 현혹에서 그녀가 머지않아 놓여나리라는 것을 예고하는 세미한 문학적 포석이라 하겠다. 말 그대로 아름다운 십자가 갈림길은 여기서 운명의 방향을 바꿀 다행한 전환을 암시한다.

---

* "시적 이미지가 지닌 의미 작용을 어찌 잊을 수 있겠는가." 바슐라르, 『공기와 꿈』, 정영란 옮김, 이학사, 2020, 440쪽.

한편 "여전히 닿을 길 없는 별을 향해 뻗어 오르고 있"는 길쭉한 뱀(257쪽)이 새겨져 있는 시프리앵의 지팡이는 위력적인 이국의 큰 뱀을 좌지우지할 수 있었던 노인의 능력을 상징하기도 하지만, 시프리앵이 이 지팡이를 흘리고, 아니 버리고 떠나버린 이상 그는 더는 예전 같은 힘을 이아생트에게 행사하지 못할 것이다. 이 사실이 소녀 위에 덮친 뱀 혹은 시프리앵의 주력이 벗겨질 날의 도래를 앞당겨 지시한다. 더구나 노인의 지팡이에 새겨진 별에 이르지 못하는 뱀의 형상이 상징하듯이, 뱀 혹은 그것과 등가되는 시프리앵의 주력은 『정원』에서 놀랍게도, 아니 은밀하게도 별 모양의 오브제를 목에 걸고 출현하는 당나귀(248쪽) 혹은 그의 보이지 않는 파견자에 의해 상쇄되어버릴 것이다. 즉 뱀의 불길한 역할은 반립적인 동물인 '반바지 당나귀'에 의해 『정원』에서 상쇄되어간다.

보스코가 작품 배경으로 설정하고 있는 세기 초의 프로방스 지방에서 당나귀라는 동물이 무어 신기하랴만, 이 반바지 당나귀는 아무런 당나귀가 아니다. 그는 우선 시프리앵의 동산에서 뱀, 곧 "죽음"과 대면하고도 침착함을 유지하는 유일한 동물이다(『반바지』247쪽). 그는 자신에게 애꿎게 붙여진 별명이 그대로 제목이 된 3부작의 첫 작품부터 종결작인 『정원』에 이르기까지, 깊은 상징적 존재로 보스코의 우주에 참여한다.

우선 첫 작품에 나타난 당나귀 모습을 잠시 보자. '영이 깃든 언덕'의 이 당나귀는 중심 화자인 소년 콩스탕탱이 보기에도 영을 부여받은 당나귀다. 그는 소년 앞에 불쑥 나타나 저 산 높은 곳에 자리 잡은 마법사의 정원으로 그를 데려감으로써 아랫마을에서의 일상적이기 그지없던 삶 안에 문득 개입해드는 초월 혹은 신비로 소년을 입문시킨다. "한 전형으로서의 당나귀, 순수한 당나귀, 당나귀의 이상理想 그 자체"(52쪽)인 이 동물의 생기, 튼튼함(205쪽)은 뱀이 육화하고 있는 파괴의 정신, 그 집요하고도 불길한 힘과 맞겨루는 데 필요한 힘이라는 걸 우리는 장차 수긍하게 된다. 즉 콩스탕탱이 이 반바지 당나귀 눈에 스쳐 가는 것을 본 "다른 어떤 힘"(53쪽)은 마을의 여느 나귀들과 달리 이 나귀만이 부여받은 힘인데, 그 힘은 『정원』에서 다시 등장하는 나귀의 모습을 볼 때 신비의 전령으로서의 힘, 그가 부여받은 성령의 힘이기까지 하다고 납득할 수 있게 된다.

어째서일까, 그 연유를 보자. 시프리앵이 추위 때문에 입힌 반바지가 말해주듯 이 당나귀는 시프리앵의 사업에 연대되어 있지만, 실은 언제나 "자유로운"(『반바지』 53쪽) 동물로서의 품위를 간직한다. 그는 시프리앵 영감의 마법적 주문의 부름에 낚인 다른 동물들과 달리 마을 본당신부의 선물로 시프리앵에게 보내졌기에, 동물을 휘어잡아 길들이는 강박적 목자의 가락에 굴종적으로 길들여진 존재가 아니다.* 그런 점에서 이 당나귀는 자유롭다. 즉 이 나귀는 천국 동산을 재창조하려는 시프리앵의 평생을 건, 교오驕傲의 극치를 이루는 이 사업에 대해 유일하게 호의적인 쉬샹브르 신부가 보내준 것으로, 교만한 노인의 대업이 지닌 내밀한 소망을 이해한 하느님 대리자의 우의의 표현일 터이다. 노사제는 이 무서운 친구의 야망에서 태초의 순수함에 대한 희원希願을 읽었고, 산꼭대기 저 고립된 독불장군에게 마을과 산을 이어줄 전령으로 당나귀를 선물한 것이다.

* 『반바지』 속 「시프리앵 씨의 일기」에 나오는 이 당나귀에 관한 언급을 보자. "나는 당나귀와 우정을 나눈다. 기이한 일은, 감응을 요구하는 '힘'은 그에게 직접적으로 작용하지 않고 단지 그를 깨울 뿐이다. 나귀는 부름을 듣고 대답을 했지만 조심성 있게 그랬다. 나는 그가 내 시중을 들기를 원하는 것이 아니라 나와 협력하기를 원하고 또 기다리고 있다는 느낌이 들었다. 내가 '우정'이라고 말한 것은 바로 그래서다. / 그는 이제 더 이상 여느 당나귀들과 같은 한 마리 당나귀가 아니다. 내 '주문'이 그를 복종시켰기 때문이 아니다. 그러나 그는 이해하는 듯한 태도를 보였다. 그 '말'의 신비한 힘에 대해서라기보다는 그 우정에 찬 의미에 감동을 받은 것이다. 맹세컨대 분명 그러하다. / 몸집은 작지만 튼튼하고 침착한 산山 당나귀다."(205쪽); "나는 그에게 바지를 입혀주었다. 그렇게 입혀놓고 나니 조금 우습게도 보였다. 그러나 그는 따뜻해했다. / 나는 가끔 곁눈질로 그를 바라본다. 인류 대대로, 오래전부터 인간과 더불어 살아온, 신중하고도 조심스러운 당나귀. 나는 그가 날 사랑한다고 믿는다. 나는 그를 복종시킨 것이 아니라 납득시킨 것이다. / 그 나귀는 쉬샹브르 신부님이 나를 위해 이른바 밀렵꾼이라 할 수 있을 피르맹에게서 사서 주신 것이다."(217쪽)

그러기에 파라다이스를 다시 창조하려는 시프리앵의 역사役事에 당나귀가 보내는 도움과 우의는, 태초의 정원에 대해 인간이 가진 향수에 부치는 호의적 이해로도 읽힌다. 그러니 이 각별한 나귀는 시프리앵의 신新정원이 올라앉아 있는 "고지"와 쉬샹브르 신부의 본당이기도 한 인간의 대지인 "저지" 사이를 오가는 전령에만 머물지 않고, 내실 각자 다른 방식으로 하늘을 지향하는 인간들을 잇는 매개자다. 애초에 시프리앵의 개인적 종속물에 머물지 않는 당나귀, 굴종의 동물이 아니었던 이 당나귀는 플뢰리아드가 그것을 일궈낸 장본인의 절망적 방화로 파괴된 후에는 그야말로 자유의 몸이 된다. 그리하여 『정원』에서는 "모는 사람도 없이" "아무 짐도 지고 있지 않"고 "고삐도 굴레도 없이" "확실한 걸음새로 다가"오는(130쪽), 누가 봐도 기이한, 아니 자유로운 모습으로 다시 등장한다. 그는 잠깐 주인이었던 시프리앵, 즉 인간과 동물의 진정한 주인일 창조주를 흉내 내는 원숭이 격 창조자 시프리앵 영감의 정원이라는 협소한 틀을 벗어나는 존재인 것이다.

"무언가 모를 강하고도 부드러운 그 어떤 것이 당나귀를 지켜주고 있는 것 같았다"(『반바지』 22쪽)라는 콩스탕탱의 말은, 자기도 모르는 새 이 겸손한 동물이 누리고 있는 천상의 호의를 간파한 말이다. 그런 점에서 우리는 "지혜로운 그 무거운 머리통 속 미지의 인도자에 의해 확실히 그려진 길을 따라오는 듯"(『정원』130쪽) 걸어가는 나귀의 모습에서 예언자 발람의 당나귀,* 곧 성령의 당나귀를 다시 보는 듯하다.

그러니 『정원』을 맺으며 최종적 화해, 누리의 봄을 알리는 전령이 문득 나타날 때, 이 그윽하기 이루 말할 수 없는 나귀가 아니라면 또 누가 있겠는가? 『이아생트』에서는 사라지고 없나 했더니 『정원』에서 다시 등장하는 이 나귀는 시프리앵의 "종속의 집"에서 놓여나 진실한 초월의 파견자로, 누리를 깨우는 봄바람에 비유된 성령의 사자使者로 등장하는 것이다. 즉 이 나귀는 결국은 그리스도교 문화 안에서 제 위치를 차지한다. 소년을 미지의 땅에 입문시킨 성지주일聖枝主日의 당나귀에 대해서는 더 언급할 필요도 없거니와 (『반바지』 53쪽), 성탄절 게리통네에 방랑 집시들과 함께 알수 없는 길로 다가온 필경 그 당나귀, 홀로 성탄 밤을 지키는 당나귀는 아이가 없는 고적함을 새삼 고백하는 노부부에게 그날 맡겨진 잠든 업둥이를 지키는 나귀로서, 메장의 말마따나 콧김으로 잠든 아기를 따뜻하게 하는 "성탄 구유의 나귀"(『정원』 88쪽)를 연상시킨다.**

* 「민수기」22, 22~35.
** 가톨릭 전례에서 경배하는 성탄 구유 재현에 빠질 수 없는 동물상 중 황소와 짝을 이루는 당나귀에 관해서는 「이사야」1, 3을 볼 것.

이쯤이면 쉬샹브르 신부의 다른 현현이라 할 『정원』의 베르젤리앙 신부가 문득문득 마을에 홀로 출현하는 이 기이한 나귀를 왜 "저 불고 싶은 대로 부는 성령의 바람"(131쪽)에 비교했는지 이해할 수 있다. 그 바람은 「전도서」에 따르면 성령의 바람이다. 협조자, 위로자, 보혜사保惠師라고도 불리는 성령의 바람이 누리에 부는 날, "세 개의 싹과 세 송이 꽃이 매달린 아몬드 나무 작은 가지 하나"(389쪽)를 콩스탕탱과 이아생트의 만남이 이루어진 현장에 지고 오는 이 나귀의 등장은 교회의 전례력상 성령강림의 날인 오순절 다음 날이 아니던가. 이는 『반바지』에서 성지주일에 콩스탕탱을 산 위 동산에 올려 보내는 특사 역할을 한 이 나귀가 그 사건에서 비롯한 모든 드라마의 대미가 되는 현장에 다시 등장하는 결정적 출현이다.

시프리앙의 주력에 소년 대신 걸려든 희생자 이아생트가 그 주문에서 벗어날 날을 향해 당나귀는 "확실한 걸음새"로 "확실히 그려진 길을 따라오는 듯"(『정원』 130쪽) 걸어온 것이리라, 성지주일에서 오순절까지를.* 그러나 작가는

* 전례력상 결정적인 양자를 잇는 그 시간대 안에 교회적으로는 향후 성령으로 다시 오실 분의 예루살렘 입성, 죽음과 저승에서의 시간, 그리고 부활이라는 카이로스적 시간(혹은 사건)이 차례로 이어진다. 그 사건들은 각기 이 3부작 안에서 소년의 시프리앙 정원 입성, 이아생트의 영적 죽음 및 지옥에서의 한철, 그로부터의 소생에 차례로 대응하고 있다.

결코 종교적 교설敎說로써 확언·설교하지 않는다. 대신 『정원』안에 의미의 씨앗, 점점의 이미지들을 흩뿌려 놓는다. 그중 나귀 대 뱀이라는 반립적 동물 이미지의 한 쌍을 더 주목해보자. 별 달린 가죽끈을 목에 걸고 동쪽을 향해 혼자 걸어가는 나귀(248쪽)에서 이 신묘한 나귀가 내건 별은 반립적 힘, 뱀, 저 지하 음부의 죽음의 힘을 상쇄하려는, 보이지 않는 그의 파견자의 의지 표현이겠다. 과연 "기이하게 덮쳐 드는 잠의 위협" 아래 놓여 잠만 자는, 주술에 옭매인 "텅 빈 한 영혼"(194~195쪽), 이아생트의 목깃을 여민 "뱀 문양이 든 반짝이는 고리형 호크 핀"(94쪽)이 바로 그 부정적 힘을 상징하지 않는가. 정말이지, 뱀 문양 고리형 호크 핀agrafe이 소녀 옷의 목 부분에 채워져 있는 것은, 보스코의 세미한 이미지 구조망 속에서 살펴보면, 소녀를 목까지 옥죄고 있는 뱀 혹은 죽음의 기운을 환기하는 놀라운 이미지로 작동하고 있다.

우리의 이런 해석이 결코 과장이 아님을 뒷받침해주는 증거가 있으니, 바로 시적 주절거림처럼 아름답게 이어져 내리는 이 작품의 긴 차례를 잘 살펴보면 작품 중·후반부가 '펠리시엔' '뱀과 별,' 그리고 '시프리앵의 일기'에 이어 '이아생트의 귀환'으로 종결됨을 볼 수 있다. 사실 작품 자체만을 속도감 있게 읽다 보면 어디에 뱀이며 별이 있었는지 아리송할 수 있는 독자들에게, 이 차례 매김은 작가적 의도*의 중요한 한 축을, 우리가 막 드러낸 저 은밀한 이미지가 담당하고 있음을 작가 자신이 공표하고 있는 장치인 것이다.

식물들의 세계 ─ 그리스 신화의 히아신스와
그리스도교 제의의 히솝

『정원』을 제대로 음미하기 위해 우리가 묶어 살펴보고 있는 3부작은, 어떤 의미에선 식물을 사랑해 마지않은 향토 식물학자의 풍모를 지닌 보스코의 작품이라고 말할 수 있다. 프로방스의 산과 들을 향기롭게 하는 식물들의 이름을 열거할 때 특히 그러하다. 그런데 몹시 흥미로운 사실은 히아신스는 식물로서는 너무나도 은밀히, 거의 그 모습을 알아챌 수 없을 만큼 단 한 번만 살짝 나타난다는 점이다. 그것은 우리가 앞에서 본 대목에서지만 재차 언급할 필요가 있다.

　그 **아래로** 제멋대로인 풀밭을 가로지르는 아주 작은 개울이 **굽이돈다**. 거기 **히아신스**와 **황금단추꽃**이 자란

---

* 달리 말하면 펠리시엔이 이아생트로 귀환할 수 있도록 나귀의 '별'은 펠리시엔의 '뱀'을 벽사하러 등장한 것이다.

다. (62쪽)

사행하는 개울 곁에 있기에 나긋한 긴 꽃대를 가진 식물 히아신스가 뱀의 현혹에 끌려든 소녀 이아생트를 불러오는 상상 구조는 앞서 말한 바와 같다. 덧붙이자면 여기의 물줄기는 아주 가느다란 실개울에 지나지 않아, 뱀처럼 굽이치는 큰 강이라면 자연스레 환기할 위협감을 불러일으키지 않는 것도 문학 상상력을 짚어보는 데 중요한 요소다.

과연 매장이 몽환 상태에서 본, 뱀 곁에서 춤추던 그 밤 이후 종적을 감추었다가 다시 돌아온 날, 마법사에 의해 한동안 펠리시엔이라 불렸던 이아생트는 시프리앵 노인네에서 본 것이 무엇이냐는 질문에 다음과 같이 대답한다. "뱀은 꽃으로 가득했고요, 정원은 여우를 물어서 죽여버렸어요."(225쪽) 이 의미심장한 문장을 최초로 길게 더듬거림으로써, 평소 말문도 열지 못할 만큼 비어 있는 존재였던 그녀를 무언無言에 가둔 악령의 힘이 이제 그녀에게서 떠나갈 결정적 순간이 머지않았음을 암시한다. 그러니 이 첫 일성一聲은 실성한 말이 아니다. 소녀의 말 그대로 생명의 꽃이 죽음의 뱀을 가득 덮어버리고 생명 누리인 정원이 울 밖의 위협자 여우를 죽였다면, 그것은 죽음과 같은 결박에서의 해방이 꽃 소녀인 그녀를 곧 찾아오리라는 걸 예고하는 게 아니겠는가. 그러니 이 귀한 첫마디 말을 베르젤리앙 신부가 정정했듯 "정원은 꽃으로 가득했고, 뱀이 여우를 물어서 죽여 버렸다"(227쪽)라는, 소위 정상적 말이 착란 상태에서 잘못 나온 것이라고 볼 수 없다. "보이지 않는 어떤 위협 아래 간신히 살아 있는"(107쪽), 오랫동안 펠리시엔이라 불린 이아 생트는 마법사에 의해 잃어버렸던 영혼을 다시 찾고 그 지옥에서의 한철*에서 곧 벗어나게 되리라. 그렇다, 그녀의 진정한 이름인 이아생트라고 부르는 벗의 부름에.**

한편 『정원』에 붙인 서문에서 화자는 "이 지상 그 어느 소녀도 풍기지 못하는 향기를 품고 있는 소녀, 정원과 꽃과 과일의 향기를 띠고 있는 걸로 보아 아마 자신도 모르는 새 천

---

* 이미 『반바지』에서도 소녀가 겪게 될 구속 상태와 장구한 실종에 관한 전구적前驅的 징후들이 암시된다. "마치 나무 장난감"처럼 "기계적으로 걸음을"(74쪽) 옮길 뿐인 "이아생트는 보이지 않는 영혼이 되어버렸다. 그 애는 기적처럼 나타났다가 또한 기적처럼 금방 사라져버리곤 했다."(157쪽)

** 이아생트라는 이름이 비롯하는 첫 신화를 환기할 필요가 있겠다. 아폴론의 사랑을 받는 미소년 히아킨토스는 아폴론에 대한 경쟁심에 빠져 있던 제피로스의 질투에 희생되어 그가 던진 원반에 맞아 피를 흘린다. 땅을 적신 그 피가 히아신스가 되었다는 신화상의 이 투기 장면을 재현이나 하듯이, 콩스탕탱을 낚지 못한 질투에 불타는 시프리앵은 소년 대신에 이아생트를 희생양으로 삼아 이름과 말과 영혼을 뺏고 제 맘대로 펠리시엔이라 부르며 조련한다. 그런 만큼 사라진 그녀를 줄곧 찾아 헤매던 참벗 콩스탕탱의 출현과 진짜 이름 부르기, 회복이 가지는 의미는 중차대하다. 이 책 419~420쪽 참조.

국을 가로질러 온 한 시골 처녀의 젊은 날"(16쪽)에 대한 이야기를 전해주겠다며, 소설의 전개 방향을 미리 지시하고 있다. 한데 이아생트라는 본명을 찾기 전 게리통 노부부에게 위탁된 소녀의 보퉁이에 남겨져 있던 메모에 따라 사람들은 그녀를 펠리시엔이라고 부를 수밖에 없지만, 시프리앵이 작명한 이 잠정적 이름도 나름의 의도를 드러낸다. 천국 동산의 재현을 꿈꾸며 가꾸어온 시프리앵이 그 정원의 거주민으로 삼고자 했던 소녀에게 천상 행복과 풍요라는 속뜻을 지닌 펠리시엔이라는 이름 외에 다른 이름을 줄 수 있었겠는가.

그러나 일방적으로 사랑하며 상속자로 애초 지목한 콩스탕탱을 놓치고 펠리시엔이라 이름 붙인 소녀로 대체한 채 시도된 늙은 야망가의 하늘 정원 흉내 내기가 실패로 돌아간 후에야, 비로소 모든 것은 이아생트의 정원으로, 다름 아닌 이 땅 위로 착지해 귀환의 여로를 시작한다. 피조물 히아신스가 피는 지상의 정원, 바로 이 대지로 말이다. 대지의 생명체들을 휘어잡아 자신의 정원 안에 가두려고 나선 마법사의 억지 낙원이 아니라, 뭇 인간에게 선물로 주어진 이 보편 대지 자체가 그것을 사랑하는 사람들의 손길에 힘입어 태초 정원의 모습을 다소간이라도 되비추는 한, 그것이 바로 '이아생트의 정원'이 말하는바 작가가 우리에게 궁극적으로 제시하는 정원이다. 선물로 이미 주어져 있고 매년 누

리를 새롭게 하는 봄바람 혹은 성령의 바람*이 불어와서 히
아신스를 비롯한 꽃과 나무, 특히 아몬드 나무를 일깨울 그
정원이란, 창조와 피조물의 신비를 깊이 묵상하는 그리스도
인 보스코에게 여기 이 누리 외에 달리 어디 있겠는가. 바로
이런 뜻으로, 프로방스 시골 마을의 식물들과 동물들** 그
리고 사람들과 더불어 살아가면서 그 모두를 사랑해 마지않
았던 쉬샹브르 신부는 "이 '대지'와 함께"라는 세 마디(『반
바지』 201쪽)를, 신新정원 조성에 매달리다가 실패한 시프리
앵의 고백록을 후일 읽고서 그 끝에 사제로서의 통찰을 일
갈해놓은 것이리라.

히아신스라는 식물*** 이름이자 인명을 이렇듯 겹겹의 상
징으로 운용한 것과 아울러, 성서를 잘 알고 여린 듯 부드러

* 『이아생트』와 『정원』의 종결부에는 일부 독자들에게 생경하거나 거북할
수도 있는 성령의 바람과 오순절이 갑자기 반복되어 언급된다. 그러나 이 역
시 작품의 의미망 안에서 필연적 설정이다. 이 책 419쪽 이하 참조.
** 훗날 콩스탕탱이 증언한바, 쉬샹브르 신부가 간직한 대지 사랑의 영적
의미에 대한 기술 부분은 작가의 세계관을 그대로 투영하고 있다.(『반바지』
198~199쪽).
*** 히아신스가 봄에 피는 꽃이라는 점도 잊지 말아야 한다. 각 계절의 고
유한 상징적 가치에 매우 민감했던 작가는, 소녀가 영혼 박탈 상태에서 회복
되는 기적을 봄의 도래와 일치시키고 있다. 그것은 물론 상징성을 일치시키
고자 하는 배려다. 열림, 해방의 행복을 말할 때 봄은 가장 특권적 계절이다.

운 필치로 용의주도하게 작품을 조직한 작가 보스코는 몇몇 성서적 식물도 묘미 있게 등장시키고 있다. 히솝이 『정원』의 말미에 그야말로 의미심장하게 등장하고 있음을 지적하기에 앞서, 『이아생트』 거의 끝부분에 등장하는 "몰약沒藥과 침향"을 먼저 보자.

시프리앵의 영지를 확인하러 나선 여정 중에 익명의 화자는 가파른 산 위 고원에서 하룻밤을 지내는데, 그 깊은 밤 그는 처음이자 마지막으로 "이 높은 고도에서는 기이한 일이라 아니할 수 없는 일이지만 아래 계곡에서 올라오는 따스한 공기 기둥을 타고 때때로 전해오는 **몰약과 침향***의 향기"를 맡게 된다. 밤의 암묵 속에서 이처럼 섬세한 후각을 지닌 보스코적 주인공의 진귀한 체험 대상이, 부활과 영생이라는 인간의 오래된 꿈이 어린 두 식물이라는 점에서 복음서의 한 대목(「요한」 19, 39)을 환기시킨다. "니고데모도 **몰약과 침향** 섞은 것을 가지고 왔다."

니고데모가 예수의 시신을 찾아 제대로 염하고 새 무덤에 모시고자 나서는 이 대목은 예수 부활 사건 직전에 위치한다. 분리 불가하게 연결된 두 식물적 향료, 바로 이 성서적 "몰약과 침향"을 보스코는 『이아생트』의 전환적 대목에 삽

---

* 다른 이름으로 '미르라'와 '알로에스'로도 불리는 '아갈로차'(『이아생트』 277쪽 참조).

입시킴으로써, 『이아생트』를 성서적 빛의 훈륜으로 은밀히 감싸고자 했던 것으로 보인다.

흥미로운 사실은, "몰약과 침향"의 체험 주체인 화자의 입장에서 볼 때 언급한 대목이 오랜 영적 탈각 상태를 겪은 후 이제 그토록 소망하던 영적 희망을 회복하기 직전에 있다는 점이다. 그의 영적 회복, 그것을 "몰약과 침향"이 예비한 또 하나의 부활로 보면 그저 과장일까. 이 체험이 장차 오순절의 바람, "누리의 얼굴을 새롭게 하는 바람"으로 고조되어갈 "봄날" 밤의 체험임은 이런 디테일 읽기를 허황한 혹은 주관적 과장으로 치부케 하지 않는다.

한편 후속 작품인 『정원』의 경우, 의미를 실은 식물의 등장 순서를 보면 히아신스(62쪽)에서 히솝(382쪽)으로 이행하고 있음을 볼 때, 작가의 선先그리스도교적 자연 신화에 대한 지식은 그리스도교적 세계 안으로 흡수되며 그 안에서 새로운 의미를 띠고 위치됨을 거듭 확인할 수 있다. 즉, 『이아생트』의 종결부 직전에 "몰약과 침향"이라는 성서적 결합을 성서 텍스트상의 단어 결합 상태 그대로 삽입해둠으로써 회복되어가는 희망을 암시했던 작가는, 『정원』에서는 히아신스가 핀 길을 올라 찾아간 게리통 노인네 집에서 기이하게 영을 결박당한 상태의 이아생트를 만나게 되는 화자 메장을 등장시키며, 마침내 그 끝에 이르러 히솝을 매장의 눈앞에 선물로 펼쳐놓고 있다. 히솝, 그것은 그 어떤 식물보다

종교적 식물이 아니던가.*『구약성서』를 통해 볼 때 유대인
들의 정화 의식에 사용된 히솝, 다른 말로는 우슬초 말이다.

그 대목을 보자.『반바지』이후 사라진 콩스탕탱은 식물
채집가가 되어 어느 날 문득 메장네 별채에 나타나 머무른
다. 여러 날에 걸쳐 식물채집을 하던 그는 바로 오순절에
"야생 바질 한 포기****와 히솝을 잔뜩"**(같은 곳) 발견하기에 이
른다. 이처럼 무더기로 발견된 히솝은 뱀처럼 굽이 흐르는
개울가에 있던 히아신스와 대조를 이루며, 아직 펠리시엔이
라 불리는 소녀를 진정한 이아생트로 회복시키는 데 필요
할 벽사 혹은 정화의 장치처럼 등장한다. 작가는 콩스탕탱
이 체류하던 메장네로 돌아와 "히솝 꽃의 덕목"(383쪽)을 이
야기하는 바로 그 순간, 영육이 결박당해 "비인간"의 얼굴을
한 이아생트를 그녀 사랑의 참대상인 콩스탕탱 앞에 나타나
게 한다. 정녕『정원』의 끝에 마침내 등장한 콩스탕탱이 그

---

* 「탈출기(출애굽기)」 12, 22; 「민수기」 19, 6 등. 무엇보다 다비드의 「시편」
51, 7을 들어보자. "우슬초로 정화수를 나에게 뿌리소서, 이 몸이 깨끗해지리
이다. 나를 씻어주소서, 내가 눈보다 더 희게 되리이다."
** 여기서, 원래 흔한 식용식물 두 종류의 보람 있는 채집을 두고 '한 포기'
와 '잔뜩'을 대조시킨 이미지의 가치 부여 작용이 놀랍다. 바질은 비록 '한 포
기'지만 귀한 야생종으로 발견된 것이기에 그 효과가 강한 약초로 환기된다.
한편 원래 귀한 히솝은 '잔뜩' 발견되는 경이를 콩스탕탱이 체험한 것으로,
작가는 무심한 듯 실은 의도를 실어 세심하게 언급하고 있다.

리스도교적 의미로 충만한 이 풀꽃을 "새벽의 신선함 속에서"(같은 곳) 발견한 것은 더욱 상징적이다. 밤, 어둠의 세력을 씻어내리는 빛의 승리를 상징하는 새벽이슬 매달린 히숍은 바로 여기에서, 『정원』의 대미이자 3부작의 대미에서 다가온 세상의 정화, 나아가 성화聖化의 약속이다.

인물들의 세계 — 수수께끼 같은 인물 이아생트를 중심으로

온 영혼을 걸고 찾던 어린 시절의 벗을 다시 만나게 되는 결정적 순간, 청년 콩스탕탱은 그녀를 이아생트라는 진정한 이름으로 부른다(『정원』 388쪽). 해후의 날이자 펠리시엔에서 이아생트로 귀환하는 해방의 날로 설정된 오순절에, 1차적으로는 이교도적 어원을 가졌으나 그리스도교 문화에 흡수된 이아생트라는 이 이름*이 비로소 콩스탕탱에 의해 그

---

* 이아생트는 대부분의 프랑스 사람에게도 여성의 이름으로만 쓰이는 것으로 인식되지만, Hyacinthe Jean Vincent이라는 프랑스 군의관(1862~1950)의 이름에서처럼 남성 이름으로도 쓰이는 것을 확인할 수 있다. 한편, 다른 로만어에서는 성별로 분화되어 세례명으로 쓰이고 있다. 히아킨토스 신화보다 후대의 가톨릭 전례력에 등장하는 히아친타 성녀(축일 1월 30일)와 히아친토 성인(축일 8월 17일)을 드는 것이, 신화에서 그리스도교로의 이행에 관한 가장 간단한 예증이 되리라.

녀에게 닿도록 선포됨으로써 이 이름은 그리스도교적 의미를 진정 덧입는 듯이 보인다. 상대를 그날 이아생트라 부른다는 것은, 그리스도교적 세례 성사의 연장선에 있는 전례적 행위로서의 의미까지 가지는 게 아닐까. 영명靈名, 세례명을 부여하는 성사聖事가 사랑 안에서 회복해야 할 참인격의 품위 회복에 이르게 하는 예식이라는 뜻에서 말이다.

참이름 부여가 사랑의 기적을 허락하여 처녀로 하여금 기억력과 영혼, 참존재를 회복하게 하는 『정원』의 대미는 성사 집행용 초본草本, 전례의 식물, 히솝과 더불어 있기에 가능하다고 말해도 과장이 아니리라. 히솝과 더불어 이아생트와 마주한 콩스탕탱*은 성수채 — 그것의 원모습이 유대 전통에서 정화수의 채로 사용된 히솝 묶음 다발이다 — 를 들고 세례 성사를 기다리는 예비자 앞에 선 전례 집전자, 사제까지도 떠올리게 한다. 오직 보스코 문학 세계 속에서.

사라진 이아생트의 밤길을 아련히 묻어둔 신비한 "밤"의 이야기 『이아생트』는 『정원』의 대미에서 콩스탕탱과 이아

---

* 영혼에 새겨진 유년의 벗을 결코 잊지 않고 끝내 그녀를 사랑으로 불러내는 청년의 세례명이 콩스탕탱이라는 것도 상징적이다. 그 이름은 바로 그리스 문화 위에 그리스도교 문화의 대大평정을 이룬 로마의 콘스탄티누스(프랑스어 발음으로 콩스탕탱) 대제의 이름이 아닌가. 글로리오라는 성姓도 그가 끝내 끌어낼 사랑의 승리, 그 영예의 월계관gloire을 환기하지 않는가.

생트의 극적인 해후 "이튿날 아침"(같은 곳)에 증거되는 보편적 구원의 봄 이야기로 흡수된다.* 한동안 방치되고 고갈되었던 저 높은 보리솔에 다시 물이 솟고 아몬드꽃**이 피어난 것을 알리러 온 예의 『반바지』 속 그 당나귀의 등짐, 꽃송이들은 지상에 편만한 봄을, 제목이 말하는 '이아생트의 정원'이란 바로 온 누리 정원 혹은 이 대지임을 증거한다. 모두가 만나고 모이며 살아나고 피어나는 곳.

*

다음은 번역 내내 작품 안팎을 나든 단상들이다.

주문의 피리 소리로 대지의 뭇 생명을 휘어잡아 자신의 '신정원'을 채우려던 시프리앵의 사랑 아닌 야심의 조물주 행세는 역창조, 자멸의 길.

지배욕, 온갖 전횡의 상징, 시프리앵의 한때 예속의 정원, 그 황폐처럼 누리가 피폐하다. 인간의 문명, 삶의 경작이 지

* "열정적 사랑은 몽상의 측면에서 볼 때 도회적일 수 없다. 그것은 우주적 처소를 꿈꿔야 하는 법이다"라고 말한 이도 바슐라르다. 『대지 그리고 휴식의 몽상』, 정영란 옮김, 문학동네, 2002, 207쪽.
** 아몬드꽃의 상징성에 대해서는 『반바지』의 작품 해설 309~310쪽 참조.

속 가능한 인간 키 높이만큼의 경작으로 남아 있을 수만 있다면. 보스코가 애정으로 그려내고 있는 프로방스 마을, 특히 '보리솔'이 영원성의 얼굴로 보여주듯이.*

실패한 인공 낙원의 상속자가 될 수 없었던, 악의 주술에 넋과 말을 잃은 한 아이를 받아안아 회복시키기까지 착한 노인들 게리통**네와 지혜로운 노사제와 메장처럼 성실하고 깊은 어른, 충직한 집사 시도니***와 목동 아르나비엘이 있어야 했다. 사람들뿐이랴, 봄 혹은 봄꽃의 신선함도.****

어릴 적 동무를 찾아 끊임없이 헤매었을 소년은 이제 싱

* 시프리앵은 높은 산에 호방하게 조성하던 '새 동산,' 플뢰리아드의 지속 불가능성에 절망하며 처절하게 불을 지르고 사라진다. 그러나 노경의 게리톤은 하늘 아래 첫 농가, 물 귀한 옛집 보리솔을 끝내 저버리지 않고 되찾아와 봄과 꽃을 맞는다. 얼마나 놀라운 대조인가.
** 프로방스어 이름, '치유를 돕는 이.'
*** 등불을 밝혀두고 자리를 마련하여 끈기 있게 결정적인 영혼의 방문객을 기다리는 시도니를 주목한 바슐라르는 동시대의 가장 놀라운 심리소설로 본 『이아생트』와 『정원』에서의 등불, 램프의 의미를 짚고 있다. 『공간의 시학』, 곽광수 옮김, 동문선, 2003, 117~118쪽 참조.
**** 우리를 고아로 내버려 두지 않으려 봄은 온다, 업둥이 소녀를 사랑으로 돌본 어른들의 너그러운 덕성의 품과 함께. 『정원』을 펼쳐 보인 지 13년 후, 평생 고아들을 품어 안았던 위대한 교육가 사제, 성 돈 보스코를 기리는 전기를 내게 될 작가의 내적 지향이 이 작품에서 벌써 감지되는 듯하다.

그러운 청년이 되어 아름답게 성장한 그녀와 해후한다.

이아생트, 그러니 히아신스 하고 누가 부른다.

바로 그이다!

펠리시엔이 이아생트로, 제 온전한 존재로 귀환하는 이야기의 마지막은 새로운 시작,
정원에서 다시 만난 이 한 쌍에게 맡겨질 누리와 더불어 이야기의 종결은 출발을 향해 열린다. 그 시점이 봄의 오순절이기에. 이는 새로운 기다림을 향한 교회적 시간의 시작.*

작품은 천국의 정원을 찾아 나선다, 바로 이 땅 이 대지에서.
프로방스 오래된 돌집 벽 위에 새겨진, 세월에 바래 읽기조차 힘들어진 글씨 일부, PARDÈS**는 인간의 영원한 지

---

* 『이아생트』 마지막에서 '성령 성당'에 새겨져 있던 기도문을 문득 떠올리는 화자를 감싸며 불어오는 바람은, 그 기도문처럼 '누리를 새롭히며' 『정원』의 대미에서 히숍과 봄꽃들을 소생시키고 무엇보다 이아생트를 다시 삶으로 돌아오게 한다. 부활 이후 성령이 이끄시는 교회의 시대("성령을 통해 우리는 낙원을 되찾을 수 있습니다." 성 대大바실리오)의 한 문학적 표현이 되겠다.

** '천국 중의 천국'을 의미하는 산스크리트어 *paradesha*를 뜻할 듯.

향을 표백表白한다. 끝내 찾고 회복해야 할 그 세계는 동물과 식물이 제 온전한 덕목으로 인간 곁에 자리하는 누리다. 특정의 이상향이 아니라 하나로 연결된 커다란 정원, '공동의 집,' 이 지구별이다.

Laudato si!*

---

* '찬미받으소서!'. 해를 형님으로 달을 누님으로 노래하며 새들에게 가르침을 전한 아시시의 성 프란치스코의 이 기도문은 프란치스코 교황이 생태적 회개를 절실히 촉구하며 발표한 회칙(2015)의 제목으로 채택되었다. 800년을 건너 프란치스코가 프란치스코에게 전한 이 기도문에 쉬샹브르 신부의 '이 대지와 함께'(『반바지』201쪽)가 교응한다.

작가 연보

1888 11월 16일 프랑스 남부 아비뇽에서 출생. 아버지
      루이 보스코는 아비뇽 음악원에 속한 테너 가수로
      활동하다가 현악기 제작 장인으로 정착, 어머니
      루이즈 파레나는 니스 출신. 이탈리아 토리노에서
      살레시오 수도회를 창립한 성 요한 보스코(돈 보
      스코)가 재종조부.

1898~1906 고향에서 중등과정까지 마침. 음악원에서 작곡과
      바이올린을 배움.

1909~ 그르노블 대학에서 문학사 학위와 고등교육 수료
      증 취득. 이후 이탈리아 피렌체의 프랑스 문화원
      에서 이탈리아어 교수 자격 취득. 여러 고등학교
      와 대학에서 프랑스어, 이탈리아어를 가르치고 알
      제리에서 고전문학 강의.

1914~18 제1차 세계대전 동안 지중해와 가까운 여러 나라
      에서 통역병으로 종군.

1920 이탈리아 나폴리에서 체류하며 프랑스 문화원에

서 향후 10년간 강의.

1924 첫 소설 『피에르 랑페두즈*Pierre Lampédouze*』 발표.

1930 마리 마들렌 로드Marie Madeleine Rhodes와 결혼.

1931 모로코로 이주. 이후 24년간 라바트에서 체류. 문
학 교사로 일하면서 왕성한 작품 활동. 『반바지 당
나귀*L'Âne Culotte*』 집필 시작.

1932 『멧돼지*Le Sanglier*』 출간.

1935 『트레스툴라*Le Trestoulas*』 출간.

1936 라바트에서 문학 잡지 『아그달*Agdal*』(1936~1945)
을 창간하고, 『반바지 당나귀』 연재 시작.

1937 프랑스 갈리마르 출판사에서 『반바지 당나귀』
출간.

1940 『이아생트*Hyacinthe*』가 갈리마르에서 출간.

1942 『성 요한의 묵시록*L'Apocalypse de Saint Jean*』 카사블
랑카에서 출간.

1944 『프로방스의 목가*Bucoliques de Provence*』 알제리에서
출간.

1945 『테오팀 농가*Le Mas Théotime*』 갈리마르에서 출간.
이 책으로 르노도 상을 수상하고 창작에 전념하기
위해 교사직에서 조기 은퇴. (이하 그의 생전 전 작
품이 갈리마르에서 출간된다.)

1946 『이아생트의 정원*Le jardin d'Hyacinthe*』 출간.

1948 『말리크루아*Malicroix*』『실비우스*Sylvius*』출간.

1949 『갈대와 샘물*Le Roseau et la Source*』출간.

1950 『밤의 잔가지*Un Rameau de la Nuit*』『알제, 이 놀라운 도시*Alger, Cette Ville Fabuleuse*』출간.

1951 『경관과 신기루*Sites et Mirages*』출간.

1952 『앙토냉*Antonin*』출간.

1953 알제에서 1945년 최초 출간되었던『아이와 강 *L'Enfant et La Rivière*』이 갈리마르에서 출간. 작품 전반에 대해 국가문예대상 수상.

1954 『골동전문가*L'Antiquaire*』출간.

1955 영구 귀국. 니스 거주. 오트프로방스의 산간 마을 루르마랭에 자주 은거.『발레스타*Les Balesta*』출간.

1956 『섬 안의 여우*Le Renard dans l'Ile*』출간.

1957 『사비누스*Sabinus*』『바르보슈*Barboche*』출간.

1958 『바르가보*Bargabot*』출간.

1959 전기『성 요한 보스코*Saint Jean Bosco*』출간.

1961 회고록『덜 깊은 망각*Un Oubli Moins Profond*』출간.

1962 두번째 회고록『몽클라르의 길*Le Chemin de Monclar*』출간.

1963 『새매*L'Epervier*』출간.

1966 세번째 회고록『트리니테르의 정원*Le Jardin des Trinitaires*』출간.

1967 『꿈의 동반자*Mon Compagnon de Songe*』출간.

1968 아카데미 프랑세즈 문학상 수상.

1970 『마르틴 아주머니*Tante Martine*』출간.

1971 『암초*Le Récif*』출간.

1973 국가 최고 훈장 수훈.

1976 5월 4일 니스에서 타계. 루르마랭 묘지에 묻힘.

1978 『어떤 그림자*Une Ombre*』갈리마르에서 사후 출간.

1980 『구름, 목소리, 꿈…*Des nuages, des voix, des songes…*』 엑상프로방스, 에디쉬드에서 사후 출간.